T0279662

EL FABRICANTE DE PORCELANA

SARAH FREETHY

EL FABRICANTE DE PORCELANA

Traducción de
Eduardo Iriarte

Rocaeditorial

Penguin
Random House
Grupo Editorial

Título original: *The Porcelain Maker*

Primera edición: marzo de 2024

© The Writer's Room Publishing Limited 2022 Written by Sarah Freethy
Esta edición ha sido publicada bajo acuerdo con Simon & Schuster UK Ltd.
en colaboración con IECO y Yáñez.
© 2024, Roca Editorial de Libros, S.L.U.,
Travessera de Gràcia, 47-49. 08021 Barcelona
© 2024, Eduardo Iriarte, por la traducción

Printed in Spain – Impreso en España

ISBN: 978-84-19449-44-3
Depósito legal: B-643-2024

Compuesto en Fotoletra, S. A.

Impreso en Liberdúplex
Sant Llorenç d'Hortons (Barcelona)

RE49443

Para Mama Bean y mi querida Ratoncita, 143

PRIMER LIBRO

En una vitrina alta, sobre un estante de cristal, hay un conejo de porcelana blanca. La luz fluorescente se refleja en el lustre de su pelaje. Natural, orondo y bonito, casi alcanzas a imaginar que lo posas en el regazo para acariciarlo, pero se aprecia cierta tensión. Las orejas delicadamente labradas están pegadas al cráneo y los ciegos ojos blancos como la leche están vueltos hacia atrás por efecto del miedo. Una presa convertida en mascota.

Debajo, donde quedaría la piel suave del vientre, la porcelana es lisa por completo y oculta la marca del fabricante; la palabra 𝕬𝖑𝖑𝖆𝖈𝖍 está estampada en un tipo de letra anguloso que remite a cervecerías, pinares y posadas alpinas. Encima, pintados con rotundas pinceladas negras, dos rayos idénticos: ᛋᛋ.

1

El asfalto del aparcamiento delante de Subastas de Ocasión Forsythe's estaba pegajoso bajo los pies y agrietado allí donde se habían abierto paso puñados de hierba amarga. El sol cetrino formaba un manto sobre los edificios bajos. Se estaban arracimando nubes de tormenta y la electricidad estática hacía crepitar el aire.

Con un recubrimiento exterior de aluminio barato y agazapada entre un tugurio y una capilla baptista, la casa de subastas en sí era de lo más insulsa. La capilla y el bar mostraban pocos indicios de vida, pero delante de Forsythe's había media docena de coches y furgonetas aparcados.

En el interior del caparazón metálico, el runrún del aire acondicionado era constante, aunque apenas hacía mella en el calor del día. La sala principal estaba atestada: en una pared colgaba toda una galería de grabados y pinturas descoloridos por el sol junto con un armero y una vitrina alta de cristal en la que apenas había piezas. Se habían dispuesto varias filas de sillas plegables delante de un pequeño atril, aunque pocas estaban ocupadas. El olor a humedad ascendía del suelo de linóleo azul desvaído y flotaba en el aire.

A las diez en punto entró a trote ligero una mujer compacta con un fajo de papeles y un pequeño martillo de madera apretados contra el pecho. Mientras que un halo de rígido cabello color peltre le enmarcaba la cara, las amplias hombreras de su chaqueta le daban todo el aspecto de un defensa de fútbol americano. Dejó la carga en el atril y miró al público con una radiante sonrisa de placer.

—¡Buenos días! ¿Qué tal están?

Había una docena escasa de cuerpos repantigados a la espera, pero aun así la subastadora parecía encantada con su cometido.

—Bien, amigos, voy a pedirles que echen un vistazo al inventario de ventas para que podamos empezar.

Alguno hizo alarde de coger las hojas grapadas que les habían dejado en las sillas, aunque pocos tenían intención de rascarse el bolsillo.

La subastadora empezó a repasar metódicamente los lotes de la lista de esa mañana: una mezcla de aparatos de hostelería y maquinaria agrícola, material de oficina de alta tecnología y muebles desvencijados. En ocasiones, su cotorreo aflautado y cantarín era apenas descifrable, pero todo el mundo en la sala parecía entender sus altibajos. Bajo los fluorescentes, los moscones describían lentos circuitos por la sala y el grave gruñir de los truenos amenazaba a lo lejos. Se instaló una quietud opresiva.

El súbito clamor del timbre de la puerta de la casa de subastas rompió el hechizo. Entró una mujer y tras ella llegó una vaharada de calor plomizo. Tenía poco más de cincuenta años; rizos castaño oscuro surcados de hebras plateadas. A todas luces forastera, su elegancia le daba una apariencia casi extraña.

Evidentemente cohibida, se apresuró hasta una fila de sillas desocupadas al fondo de la sala y se sentó al tiempo que cogía el inventario del asiento contiguo.

La subastadora inició la puja por un rifle de aire comprimido. Después de una ráfaga de actividad, fue a parar a un hombre que sudaba a raudales y se tiraba de la camiseta negra para despegarla de las lorzas de su barriga. Luego, en rápida sucesión, nadie ofreció el precio de salida de una moto acuática y de una lancha, demasiado sustancioso para la sangre aguada de los espectadores. Intuyendo el final de la subasta, empezaron a rebullirse en los asientos.

—Muy bien, pasemos a echar un vistazo a nuestro último lote.

Alzó con una floritura una imagen en blanco y negro con mucho grano de un conejo de porcelana más bien *kitsch* sentado en cuclillas.

—¿Quién ofrece veinte dólares por este precioso conejito?

La sala guardó silencio; pocos tenían dinero de sobra para baratijas así. La mujer de cabello oscuro de la última fila cogió el inventario y lo levantó en el aire. La subastadora aceptó la puja con un ligero cabeceo.

—Gracias, señora.

Todas las cabezas de la sala se volvieron, sorprendidas de que la desconocida mostrara interés en un artículo tan peculiar.

—¿Alguien ofrece veinticinco? ¿No? Veinte a la una…, veinte a las dos…

Dejó caer el martillo con un golpe seco.

—Todo suyo.

La subastadora siguió adelante.

—A continuación, tenemos este corderito tan mono. ¡Me parece que lleva tu nombre escrito, Roger!

Le lanzó un guiño juguetón a un granjero de cara colorada en la primera fila que dejó escapar una risilla y declinó el ofrecimiento con la mano.

—Voy a empezar pidiendo quince dólares por esta monada.

De nuevo, la desconocida del fondo levantó el papel. La subastadora asintió.

—Ofrecen quince dólares, ¿alguien sube a veinte? ¿No? —Volvió a descargar un martillazo—. Pues ya tiene usted la parejita.

Retumbó un trueno en las alturas y un súbito tamborileo de lluvia intensa resonó contra el tejado de metal. La subastadora continuó levantando la voz para hacerse oír entre la descarga de ruido. A lo largo de los quince minutos siguientes, la mujer de pelo castaño se hizo con ocho figuritas de porcelana más: un vikingo, una pastora sonriente, un candelabro ornamentado y un oso alzado sobre las patas traseras en actitud amenazante. Una golondrina, un galgo —con la lengua húmeda fuera—, un ratón y un semental encabritado. Eran de proporciones distintas, pero todas estaban minuciosamente labradas con detalles muy realistas.

Al dejar caer el martillo por última vez, la subastadora se quedó mirando de hito en hito a la desconocida que había entre ellos. La mujer morena recogía sus pertenencias y guardaba las gafas de sol en el bolso de mano. De alguna manera pareció percibir la mirada de la subastadora y le ofreció una sonrisa tensa y fugaz a modo de respuesta. No había en ella alegría ni triunfo, solo determinación.

Poco después, Clara Vogel estaba sentada delante de la oficina esperando para pagar las figuritas de porcelana que ahora tenía en el regazo. Luchaba contra la sensación de vacío que siempre le sobrevenía después de un vuelo de larga distancia. Ya se imaginaba metiéndose entre las sábanas limpias y frescas del hotel del aeropuerto, pero eso tendría que esperar. Aquí y ahora, debía efectuar un pago y cumplir una promesa que se había hecho a sí misma.

Dentro de la oficina, el hombre de la camiseta negra pagaba su rifle de aire comprimido. La subastadora metió los billetes de un dólar en una caja para el dinero y le entregó el arma.

—Aquí lo tienes, Nathan. Ándate con cuidado y dale recuerdos de mi parte a tu madre.

Él tomó el arma de sus manos y al pasar junto a Clara en su asiento le dio un breve tirón a la visera de su gorra desgastada. La subastadora la llamó.

—Pase y siéntese. Ahora mismo la atiendo; estoy preparando la factura.

La oficina estaba llena a rebosar de expedientes, torres de papel que amenazaban con caer de todas las superficies, un inventario de objetos efímeros. Clara se sentó con cautela y observó a la mujer mayor manipulando la calculadora.

—Tiene diez artículos que ascienden a un total de doscientos cincuenta y ocho dólares. —Miró a Clara—. No estaba segura de que fuera a comprarlos nadie, a decir verdad. Debido a su... naturaleza histórica. Si sabe a qué me refiero.

—La marca del fabricante.

El semblante de la subastadora reflejó su disgusto.

—No quiero insinuar nada, evidentemente.

—No se preocupe, estaba al tanto de su procedencia. Sé que debe de parecer bastante macabro.

La entonación inglesa de Clara era inconfundible; la subastadora se llevó una mano al pecho.

—Déjeme que le diga que me encanta su acento. ¿De dónde es?

—En realidad, nací en Alemania, pero nos trasladamos a Inglaterra cuando era muy pequeña. ¿Ha estado allí?

—¡Ay, querida, no! —La novedad de semejante idea llevó a la subastadora a menear la cabeza.

Clara abrió el bolso y sacó un sobre de cheques de viaje. Los firmó y se los tendió por encima de la mesa.

—¡Gracias! —La subastadora los guardó en la caja del dinero y luego alargó una mano—. Soy Peggy, por cierto. Ahora dígame, ¿es usted coleccionista? Porque dentro de unas semanas van a llegarnos unas piezas de porcelana de muy buen gusto, unos jarrones preciosos que me encantaría enseñarle...

—No soy coleccionista, no. —Clara cambió de postura en la silla—. Pero... ¿le importa si le pido ayuda con una cosa?

—Claro que no, cielo; adelante.

—¿Sería posible obtener los datos de la persona que vende estas figuritas?

Los mantecosos carrillos de la mujer descendieron en un gesto de decepción.

—Ay, lo siento mucho, pero no. No podría hacerlo sin que me remordiese la conciencia. Por aquí la gente valora mucho la intimidad.

Clara había supuesto alegremente que esta parte de la transacción sería sencilla. Había ensayado la conversación en su cabeza, pero no había elaborado ningún plan. Ahora notó un sofoco en el pecho.

—Es que he venido desde tan lejos...

Se interrumpió al notar que las lágrimas involuntarias le humedecían los ojos; la súbita fuerza del sentimiento la cogió por sorpresa.

—Lo siento mucho, haga el favor de perdonarme.

—¿Está bien, querida? ¿Quiere un vaso de agua?

La subastadora alargó la mano por encima de la mesa para tomar la suya.

—Debe de pensar que soy boba. Lo que pasa es que estoy un poco cansada: volé desde Londres anoche con la intención expresa de comprar estos artículos.

Por un momento, asomó al rostro de la mujer mayor un atisbo de recelo.

—¿Ha venido desde Inglaterra para comprar unos chismes de porcelana?

—Llevaba mucho tiempo buscando una pieza en particular. Por eso he venido yo misma. He pasado meses intentando localizar el vikingo. Ya tengo uno, pero esta es la única otra copia que he visto en la vida.

—Pero ¿cómo se enteró siquiera de que las vendían?

Clara suspiró, muy cansada ahora para contar nada que no fuera la verdad sin adornos.

—Tengo a personas contratadas en varios países. Han estado siguiendo la pista de esta marca de porcelana en general y de esa pieza en particular. Un coleccionista radicado en Nueva York me telefoneó en cuanto apareció puesta a la venta en su lista de correo.

Clara hizo una pausa y se inclinó hacia delante con resolución.

—Peggy, ¿puedo hablarle con sinceridad?

—Por supuesto —dijo, ahora con los ojos dilatados de interés.

—Tengo que averiguar quién estaba en posesión del vikingo porque podría ser la única persona capaz de decirme quién es mi padre.

2

El cálido bálsamo que había dejado el sol vespertino todavía seguía manando de los adoquines cuando Max Ehrlich volvía a casa. Habían encendido las farolas y su esbelta figura proyectaba una sombra larga y nítida.

A través del extenso césped del Park an der Ilm venía un grupo de estudiantes como él cuyo llamativo atuendo destacaba en el lienzo cada vez más oscuro del atardecer: pinceladas de naranja, ocre y escarlata. Max levantó una mano a modo de saludo, consciente de que su esmoquin de etiqueta debía de parecerles tremendamente convencional, adecuado para un entorno más sobrio.

Después de dejar su Viena natal a los diecinueve años, Max ya se consideraba un hombre de mundo. Nacido en una familia de magnates textiles, bien podría haberse quedado en Austria y dedicado al negocio, pero estaba decidido a forjarse su propio futuro, que lo llevó hasta las calles adoquinadas de Weimar y la Bauhaus, la escuela de arte vanguardista que hacía de todos sus alumnos iconoclastas. Max había seguido el ejemplo rechazando su propia educación religiosa y adhiriéndose a lo liberal y expresivo.

Ahora la Bauhaus estaba experimentando su propia metamorfosis con la mudanza a su nueva ubicación en la ciudad de

Dessau. Max esperaba que se creara un departamento dedicado al estudio de la arquitectura y le permitiera hacer realidad sus sueños. Hasta entonces, estaba decidido a disfrutar al máximo de un último verano en Weimar.

Cuando llegó a las anchas escaleras de entrada a su edificio con fachada de estuco, le salió al encuentro un estrépito. Max notó un destello pasajero de preocupación: ¿había empezado la fiesta sin él? Pero aún no eran las nueve; demasiado temprano para que hubiera comenzado la juerga en serio.

Abrió la pesada puerta de entrada y accedió al fresco vestíbulo donde dos jóvenes estaban absortas en una conversación; sus tajantes peinados a lo *garçon* oscilaban uno muy cerca del otro y los labios pintados de violeta oscuro casi se rozaban. Un joven de aire lánguido estaba apoyado en una columna cercana, su cuerpo musculoso ataviado con un mono azul oscuro sobre el que habían estampado encrespadas olas de cresta blanca. Observaba a las mujeres con atención cuando Max le dio una palmada en el hombro.

—Buenas tardes, Richard. ¿Tramando algo?

El joven se sobresaltó. Al tiempo que se retiraba el tupido flequillo rubio miró con disgusto el atuendo de Max.

—¿Así vienes vestido?

—No te preocupes. Voy a cambiarme. ¿Cómo van los preparativos?

—Todo a punto. —A Richard le brillaron los ojos cuando le indicó a Max que lo siguiera—. Ven, tienes que ver el mural.

—Habréis estado tratando este lugar con respeto, ¿verdad?

—Solo con el que se merece. Además, vas a mudarte pronto, conque no seas tan remilgado. Esta fiesta tendría que haberse celebrado hace ya mucho tiempo, y lo sabes.

Se volvió para mirar a su amigo, de pronto serio.

—¿Qué tal con tus padres?

—Han decidido coger el tren de regreso a Viena esta noche, gracias a Dios.

—¿Y?

—Y… han aceptado. —Sonrió—. Continuarán manteniéndome, así que puedo ir a Dessau con el resto de los réprobos como tú.

Richard le dio una palmada en el hombro:

—Entonces ¿por qué estás tan triste, hombre? ¡Venga, tenemos que celebrarlo!

Al entrar en el apartamento los engulló de inmediato el ruido. La radio crepitaba a todo volumen, un clarinete lanzado en picado se mezclaba con un coro de voces jóvenes y entusiasmadas que llenaban la suite de habitaciones de altos techos.

Habían retirado prácticamente todos los muebles. Un grupo de jóvenes enrollaron la pesada alfombra de lana dejando a la vista el suelo de parqué pulido que había debajo. Otros habían subido con escaleras de mano hasta el techo, donde colgaron franjas de tela de paracaídas de colores como los de los periquitos, creando la impresión de que había habitaciones dentro de las habitaciones, cuyas capas de superponían.

A un lado, la cocina estrecha y alargada estaba llena de energía charlatana y una mezcla dulcemente acre de humo y alcohol. Una rubia esbelta se aplicaba un trazo de kohl con ayuda de un espejo de mano mientras su compañera pelirroja seguía parloteando sin descanso. Removía una cuba de vino humeante, la cara colorada y encendida. La rubia cruzó la mirada con Max y arqueó una ceja fina como una línea de lápiz ante el entusiasmo de su amiga.

Richard le dejó en la mano un botellín de cerveza, empeñado en romper el hechizo de la chica.

—Ven, tienes que ver esto.

En el otro extremo de la habitación un par de puertaventanas altas daban a un jardín simétrico. El aire cálido de la noche agitó las cortinas de seda separándolas un momento de tal modo que Max alcanzó a ver los márgenes oscuros de un mural pintado a ambos lados. Se acercó para examinarlo.

Habían perfilado en la pared dos figuras femeninas gigantescas como si vigilaran la salida al jardín. Colmaban el espacio de arriba abajo, sus gruesas piernas firmemente plantadas en el suelo, los brazos musculosos levantados por encima de la cabeza como si sostuvieran todo el peso del edificio. Parecían como moldeadas en tosca arcilla: los muslos y los pechos como losas de color gris pizarra, el tajo de su sexo oscuro y fangoso, los rostros sin rasgos distintivos, pero implacables. Las gruesas pinceladas del artista habían captado su energía cinética, pero algo en su apariencia inquietó a Max. No guardaban relación con las formas clásicas de la arquitectura griega, que levantaban cargas pesadas con cierta gracia. Eran más bien amazonas surgidas de la tierra, alzándose con una fuerza brutal y básica.

—Sugerentes, ¿eh?

Max reconoció algo en el tono de Richard, una mezcla de excitación y repulsión. Levantó la vista hacia sus caras oscuras e impasibles y rio.

—No sé si son hermosas o aterradoras.

—Me parece que tienes que conocer a su creadora. —Richard salió por las puertas.

El jardín común era un laberinto de arriates de flores y setos simétricos rodeados por un muro alto que bordeaba todo el perímetro. Una hilera de brillantes faroles de papel iluminaba un sendero a través del césped que llevaba a una terraza donde se habían dispuesto mesas y sillas. Colgando cual frutos de vientre orondo —el sol a través de vidrios de colores—, cada farol estaba decorado con una cara naif. Los ojos vacíos y las bocas abiertas eran máscaras hechas de formas elementales: tierra, aire, fuego, agua.

Al final de esta luminosa hilera de perlas había una joven encaramada a lo alto de una escalera de mano de madera. Pintaba una cara en la última linterna: ojos de media luna encima de unas sonrientes mejillas de manzana. El pelo corto y moreno, serrado al estilo *garçon*, lo apartaba del rostro con ayuda de un pañuelo de seda rojo, e iba vestida con una bata sin forma de color marrón tabaco. Richard se detuvo al pie de la escalera y encendió dos cigarrillos para tenderle uno. La pintora lo cogió sin decir palabra y continuó con su trabajo.

Max aguardó unos instantes a que advirtiera su presencia y luego decidió romper el silencio.

—Richard me dice que hay que agradecerte a ti el mural.

Ella no contestó, de modo que siguió adelante.

—No sé si a mi casero le gustará la cantidad de piel que se exhibe aquí, pero… —señaló las caras radiantes que oscilaban en el calor— estas son preciosas.

La pintora se volvió hacia él por fin, sus grandes ojos grises serios.

—Y útiles, espero. A menos que quieras que tus invitados tropiecen y se tuerzan los tobillitos.

Empezó a bajar de la escalera a la vez que sacaba un trapo del bolsillo y limpiaba la pintura del pincel.

—Por lo que al mural respecta, es mío, desde luego. Debo reconocer que me encanta una buena exhibición de piel, aunque quizá a ti no.

Apareció un leve pliegue entre sus cejas y se volvió hacia Richard.

—¿Es siempre tan mojigato?

Max empezó a protestar diciendo que lo había malinterpretado, hasta que vio la sonrisa de Richard. A la chica le centelleaban los ojos de regocijo contenido ante su evidente turbación. Incapaz de seguir manteniendo la simulación, estalló en carcajadas y la cara solemne de Max se relajó en una sonrisa de alivio bordeada de hoyuelos.

Richard aprovechó el instante:

—Bettina Vogel, te presento a Max Ehrlich, nuestro anfitrión. Futuro arquitecto sin igual de la Bauhaus.

En una pantomima de formalidad, Max hizo una leve inclinación.

—Encantado de conocerla.

—Bueno, Herr Ehrlich, ¿no le gustan a usted mis gólems? —Arqueó una ceja fingiéndose ofendida.

—¿Qué demonios es un gólem? —preguntó Richard.

—Qué ordinario. —Puso los ojos en blanco—. Los gólems son figuras de arcilla. Según la leyenda, un rabino moldeó uno y le dio vida para que protegiera a los judíos del gueto de la persecución.

Vio que Max la miraba con una media sonrisa.

—¿Qué?, ¿he metido la pata?

—Qué va. Lo que pasa es que creo que nunca había conocido a un alemán no judío que hubiera oído hablar de la leyenda del gólem.

Bettina se encogió de hombros.

—El profesor Adler nos habló de ellos en una conferencia sobre folclore y se me quedaron en la cabeza. Cuando Richard me dijo que el tema de tu fiesta eran los elementos, pensé que algo hecho de tierra podía ser apropiado.

—Y tanto. Pero creo que te has equivocado en una cosa: creo que los gólems son siempre masculinos.

Bettina dejó escapar un bufido.

—Y eso ¿quién lo decide?

—Bueno, me parece que cae por su propio peso. Los crearon por su fuerza.

—Las cariátides son femeninas y aguantan el peso de edificios enteros. ¿Por qué no pueden hacer lo mismo unas gólems?

Max sonrió irónicamente:

—No soy ninguna autoridad en gólems. Ni en mujeres, si a eso vamos. —Se volvió hacia Richard, que estaba apoyado en la escalera de mano viéndolos discutir—. Venga, Richard, apóyame.

—Vas a tener que apañártelas tú solo, amigo mío. —Rio—. Buena suerte.

Bettina tenía las mejillas sonrojadas.

—La figura femenina siempre se representa en actitud servil: jovencitas que cargan con losas de mármol como si fueran bandejas del té. Dime, ¿cómo es que los hombres disfrutan tanto humillando a las mujeres?

Max sonrió ante el súbito estallido de furia y levantó las manos fingiendo que se defendía.

—No hay necesidad de que te lo tomes tan a pecho.

—Pero ¿por qué no habría de hacerlo? Criticas mi obra y por extensión a mí.

Le dio una fuerte calada al cigarrillo y lo apagó contra el trapo manchado de pintura haciendo caer unas ascuas al suelo.

—Das por sentado que los hombres tienen el monopolio de la fuerza, pero la hay de muchas clases. El poder de una mujer es mutable: la capacidad de transformarse y adaptarse, como la arcilla. Un hombre inflexible no me sirve de nada, por muy fuerte que crea ser.

Escupió las palabras con un inesperado destello de ira en los ojos.

—¿Lo dejamos para un seminario? —los interrumpió Richard—. Me niego a emborracharme con ninguno de los dos hasta que os cambiéis.

Dio media vuelta y echó a andar hacia la fiesta.

—¿Vienes, Max?

Max intentó cruzar una mirada con Bettina para atenuar la vehemencia de su ira, pero ella rehusó mirarlo. Con la mandíbula tensa, recogió sus útiles. Procedente del interior del edificio, un clamor de voces jóvenes se impuso a la música disputándose su atención. Vaciló un momento y luego le dio la espalda y regresó por el jardín, entusiasmado con la promesa de la noche en ciernes.

Max no volvió a ver a Bettina hasta la madrugada del día siguiente. Para entonces, el apartamento estaba lleno a rebosar de cuerpos sudorosos, copas sucias, humo de tabaco y, sobre todo, un denso manto de ruido. Las voces clamorosas se superponían y el gramófono y la radio mantenían un duelo auditivo que reverberaba por el aire nocturno en calma. Los invitados se habían desparramado hacia el exterior para escapar del humo y del calor. Unos cuantos vocingleros cantaban a pleno pulmón mientras otros buscaban los rincones más oscuros del jardín con la intención de manosearse lujuriosamente.

En la cocina, Richard estaba enfrascado con dos intensos jóvenes en una discusión sobre el eterno papel de la política en el arte, pese a la incongruencia de su aspecto. En consonancia con el tema de la fiesta de «los elementos», uno iba ataviado de representación en cartón piedra de una molécula de agua, mientras que el otro tenía los pies literalmente de arcilla. Richard seguía con su mono pintado a mano, pero Max se había cambiado el esmoquin por su propia interpretación del «aire», todo líneas fluidas e inmaculada simplicidad. Vestía una camisa blanca bien entallada y un pantalón de algodón de sarga azul celeste. Allí donde otros se encontraban a sus anchas en el caos, Max aspiraba a la perfección a través del recato.

Se paseó por la sala principal volviendo a llenar copas y repartiendo cigarrillos antes de asumir el mando del gramófono. Cuando empezó a sonar Gershwin, llevó a la chica rubia de cejas arqueadas al centro de la sala, los largos dedos entrelazados con los de ella, una mano liviana en la parte baja de su espalda.

Desde el jardín, empezó a alzarse una marejada de ruido, una oleada de aplausos y taconazos. Invitados curiosos traspusieron las puertas vigiladas por las gólems, impacientes por ver qué nueva diversión prometía el estrépito, y Max se vio arrastrado por ellos.

Se estaba reuniendo una muchedumbre en torno a una hoguera de leños rescatados de la leñera. Alrededor de las llamas formaban corro media docena de jóvenes, sus torsos desnudos de color ámbar por efecto del reflejo del fuego. Max reconoció a algunos, antiguos acólitos del carismático profesor Itten. Había abandonado la Bauhaus hacía un año, pero su influencia aún era palpable.

El fuego lanzaba columnas de humo hacia el cielo mientras Max se acercaba. Casi había llegado cuando una joven surgió de entre las sombras delante de él y se internó en el círculo de luz. Llevaba una túnica de seda carmesí hasta el suelo y una capa negra adornada por completo con anillos de fuego pintados a mano. La reconoció de inmediato.

Bettina se alzó con los brazos estirados como una saltadora a punto de zambullirse, su rostro engalanado con una sonrisa. Estimulada por una energía primitiva en el gentío cada vez más nutrido, se estremeció como a punto de dar el salto, luego metió las manos bajo la capa y se desprendió de los finos tirantes del vestido, dejándolo caer al suelo. Su cuerpo desnudo era blanco como la porcelana. Se alzó un grito estridente de la muchedumbre, su sangre acelerada al ritmo de los taconazos.

La brisa nocturna pespunteó la piel de Bettina de carne de gallina. Se regodeó en la luz parpadeante que la transformaba en algo parecido a una suma sacerdotisa. Max sintió que lo recorría una súbita llamarada de deseo, atemperada por el miedo a que ella se cayese.

Sin aviso previo, empezó a llegar un repentino estruendo de golpes pesados procedente de lo más recóndito del edificio. El ruido sacó a Max de su ensueño. Alguien llamaba con fuerza a la puerta de su apartamento. En torno a la hoguera, una docena de cabezas se volvieron hacia el ruido, que se reanudó con una urgencia cada vez mayor. Una sola palabra empezó a correr entre el gentío: *Polizei*.

Absorta en la excitación de su propia osadía, Bettina parecía ajena a la amenaza que esta entrañaba. Max empezó a abrirse paso entre la muchedumbre para llegar hasta ella, apartando a la gente y agachándose para recoger su vestido por el camino. La agarró por los hombros desnudos y le hizo darse la vuelta, empujándola con urgencia para alejarla de la luz en dirección a lo más profundo de las sombras.

—¿Qué demonios haces? —gritó ella con incredulidad.

A su espalda, desde el interior del edificio, Max oyó cómo se daban órdenes a voz en cuello y se rompían cristales.

—Venga, tenemos que sacarte de aquí, es la policía. Odian a los estudiantes aun cuando no haya ningún problema. Nada les gusta más que darnos una buena lección a los radicales. Si alguien les dice que hay una mujer desnuda por aquí, te espera como mínimo una noche entre rejas. Gropius es indulgente, pero aun así pueden expulsarte si te acusan de desnudez en lugar público.

—*Scheiße!* —Examinó los arbustos—. ¿Puedo salir por aquí?

—Puedes, pero igual antes te conviene ponerte algo encima.

Max le dejó entre las manos la túnica de seda. Ella fue dando traspiés en la oscuridad al tiempo que se esforzaba por ponérsela. Se colocó bien los tirantes y él le cogió la mano para llevarla hasta las sombras que proyectaba el alto muro del jardín. Hincó una rodilla y ella rio, suspicaz.

—¿Intentas salvar mi honor proponiéndome matrimonio?

—Intentó salvarte el pellejo.

Le ofreció las manos a modo de estribo. Ella sonrió abiertamente y se quitó los zapatos. La aupó y la joven trepó el muro. Sacudiéndose el polvo de manos y rodillas, Max escudriñó la casa a través de las ramas que ocultaban su escondrijo. Alcanzó a ver cómo media docena de agentes hacían entrar a los invitados. El clamor del gramófono y la radio cesaron de repente y descendió un silencio de mal agüero.

Max contempló lo que le esperaba: los vecinos furiosos, las acusaciones y las disculpas, la más que probable multa por alteración del orden público y la necesidad de limpiar todos los restos de la fiesta. Vaciló un momento, luego se volvió hacia el muro y saltó. Aferrándose al remate de ladrillo, encaramó todo su peso a la tapia y lo dejó caer a la calle al otro lado con un fuerte jadeo. Bettina estaba apoyada en el muro poniéndose los zapatos. Ladeó la cabeza mientras mantenía el equilibrio sobre una pierna.

—Me da la impresión de que has abandonado a tus invitados cuando más te necesitaban.

—Eso parece, sí. —Sonrió de oreja a oreja.

En el linde de la arboleda del Park an der Ilm había empezado a clarear y en alguna parte en su interior comenzó a trinar un mirlo solitario. Max miró el reloj de muñeca. Eran las 4.14 de la madrugada.

—Fräulein Vogel, ¿me permite acompañarla a casa?

—¿No deberías quedarte para asumir las consecuencias?

—Seguramente debería…, pero pensándolo bien, creo que un paseo por el parque puede ser más agradable. ¿Vamos?

Le ofreció el brazo, pero ella le cogió la mano en cambio y echó a correr tirando de él. La emoción de la huida los estremeció mientras corrían hacia la seguridad de los árboles mirando hacia atrás de vez en cuando, temerosos de oír el grito de identificación de un perseguidor que no llegó.

Cuando alcanzaron una amplia arboleda de abedules plateados, aminoraron el paso para recuperar el aliento. Conforme iban abriéndose camino entre los árboles, Max se descubrió observando a su cómplice: era grácil, sus largas extremidades esbeltas cual arbolillos. Tenía la cara enmarcada por las cejas arqueadas y el terminante flequillo, la promesa de una sonrisa tallada en las curvas de sus oscuros labios pintados.

Fueron paseando hasta un prado de hierba alta en el que ahuyentaron de su escondrijo a un par de conejos sorprendidos, que salieron corriendo por un claro en dirección a una casita de campo blanca y bien proporcionada con tejado de pizarra gris y paredes cubiertas de espalderas.

Bettina aflojó el paso hasta detenerse. El rocío del amanecer le empapaba el dobladillo del vestido de seda roja dándole un tono como de vino; se estremeció por efecto del aire fresco.

—Supongo que debería darte las gracias por rescatarme.

—Me sentía más que ligeramente responsable; era mi fiesta, después de todo. He pensado que igual a tus padres no les hacía ninguna gracia que enviaran a casa a su hija caída en desgracia.

—No creo que mi familia tenga capacidad para más desaprobación. —Le ofreció una sonrisa sardónica—. Mi madre cree que estudiar bellas artes en la Bauhaus ya me convierte en una perdida. Ella esperaba que me hubiera casado con un agricultor a estas alturas en vez de desperdiciar la juventud en algo que ni siquiera desea entender. Entretanto, a mi hermano fascista lo aterra que estén haciendo de mí una radical. —Rio—. Aunque no le falta razón, lo han hecho.

—Y tu padre, ¿qué?

—Tampoco lo habría visto con buenos ojos, pero falleció hace unos años.

—Lo siento mucho. —Frunció el ceño.

—No lo sientas. Igual solo he llegado aquí de resultas de mucho sufrimiento, pero al menos he llegado. Y haré todo lo que sea necesario para quedarme.

Más allá de la arboleda de abedules, los rayos del sol naciente empezaban a atravesar el radiante dosel verde. Max y Bettina se detuvieron y se sentaron en un remanso de luz, uno junto al otro, las manos y las caderas casi rozándose, ambos plenamente conscientes de la escasa distancia que los separaba. El aire sobre sus cabezas estaba impregnado de polen, motas de polvo que caían entre los árboles, suspendidas en un rayo de sol. Max se recostó sobre los codos e indicó con un gesto de cabeza la elegante casita blanca al otro lado del césped.

—¿Ves esa casita con jardín? Fue de Goethe. Esa clase de sencillez tiene algo que me llega hondo, algo así como una música glacial. Quiero diseñar composiciones que consistan solo en lo elegante y necesario. Nada más.

—Parece un manifiesto bastante decente para un arquitecto.

—Entonces ¿cuál es el tuyo?

—Seguro que piensas que soy tremendamente ingenua. No te rías, pero… creo que el arte debe tener un propósito más allá de la belleza. Como mínimo, quiero que el mío deje huella. Si no, ¿qué hacemos aquí?

El polen se les posó encima como una rociada de nieve. Bettina se acercó para retirarle las briznas doradas de la cara. Sus ojos se encontraron con los de él, casi negros en su intensidad. Max cerró los párpados brevemente cuando ella le tocó la mejilla, y luego le ofreció una amplia sonrisa con hoyuelos que lo iluminó desde dentro.

—Cierto, qué hacemos si no. Es un sitio tan bueno como cualquier otro para empezar.

3

Mientras el taxi aceleraba por las calles empapadas de lluvia, Clara veía pasar a toda velocidad los edificios. Al menos allí había algunas estructuras más parecidas a las edificaciones históricas de varias plantas de su ciudad de procedencia. Aun así, volvía a tener esa sensación de vacío, asociada con la anticipación nerviosa de lo que igual se avecinaba. Empezó a sentir náuseas cuando el taxi surcaba los charcos despidiendo olas de agua que iban a romper sobre la acera.

El taxista se dirigió a ella a voz en grito para que lo oyera a pesar de la radio.

—¿Qué número de Sycamore ha dicho?

Clara cogió la nota que le había dejado en la mano Peggy Forsythe.

—El 1046, residencia asistida Espera un Rato.

—Entendido.

Clara notó que sus ojos la observaban por el retrovisor. Reacia a conversar, se volvió para mirar por la ventanilla. Ya la había interrogado sobre los orígenes de su acento y su nombre: los dos peligros a los que ahora temía tener que enfrentarse cada vez que abría la boca.

—¿Tiene parientes en Over-the-Rhine? —preguntó él.

—¿Perdone?

—Over-the-Rhine. Así llamaron los europeos como usted a esta parte de la ciudad cuando se trasladaron aquí. He pensado que con un nombre como el suyo…

Ella lo atajó:

—No que yo sepa.

Se aferró a la caja de porcelana tintineante y apretó los dientes para mantener a raya otro acceso de agotamiento. El hedor dulzón del ambientador colgado del espejo era sofocante. Bajó la ventilla y respiró hondo. Poco después, cobró conciencia de un aroma distinto: almizcleño, salado y tan familiar como la infancia. Lo inhaló colmando los sentidos de una nostalgia de algo que no hubiera sabido nombrar.

—Es la fábrica de plastilina.

Se volvió y vio que los ojos del taxista ya le sonreían por el retrovisor. ¡Eso era! Sintió que la fatiga se esfumaba gracias a la emoción del reconocimiento.

—Me sorprende cada vez que vengo por aquí —comentó el taxista—. No hay nada parecido.

En la radio una chica declaraba con una dulzura jubilosa que adoraba la sonrisa de alguien. Clara se notó de mejor humor gracias a la canción, el aire de aroma dulce y la eterna jovialidad de aquel lugar, tan candoroso en su optimismo.

El taxi aminoró la velocidad hasta detenerse en la esquina de una intersección transitada. Espera un Rato ocupaba media manzana detrás de una valla de tela metálica desvencijada: cuatro plantas de ladrillo marrón engalanadas con escaleras de incendios. A cubierto de un alero, unos cuantos ancianos encorvados estaban sentados en mesas de hormigón jugando al dominó mientras veían el mundo pasar con ojos veteranos.

Clara le pagó al taxista y cruzó a paso ligero el cemento húmedo en dirección al cobijo del oscuro edificio. Atravesó un vestíbulo de aspecto esterilizado y enfiló un largo pasillo bordeado de puertas cerradas. El techo bajo de poliestireno estaba iluminado por fluorescentes temblorosos. Había pocos indicios de vida, salvo por el tenue borboteo de una televisión detrás de una puerta con el letrero de DIRECCIÓN. Clara respiró hondo y llamó con los nudillos, primero suavemente y luego de nuevo con fuerza. Una mujer con bata acolchada de poliéster abrió la puerta y asomó la cabeza. Clara percibió que eran más o menos de la misma edad, aunque de algún modo la otra parecía infinitamente mayor.

—Perdone que la moleste. Busco a la señorita Williams.

—Pues ya la ha encontrado. ¿Es la que Peggy dice que compró mis figurillas?

—La misma.

La mujer retrocedió y le indicó a Clara que pasase. La habitación estaba llena de muebles que no casaban en absoluto. Había una tele sobre un soporte en un rincón y dos armarios de cristal con medicamentos bajo candado. La señorita Williams le indicó a Clara que se sentase en un sillón antiguo cubierto de vinilo transparente. Ella se acomodó junto a un perro de raza indefinida que dormía. Lo recogió con cuidado y lo depositó sobre su antebrazo carnoso para acariciarlo.

—No creía que fuera a tener mucha suerte con la venta. No eran de mi gusto.

«Ni del mío», pensó Clara.

—No sé si Peggy se lo dijo, pero quería preguntarle cómo se hizo usted con ellas.

—Me las dio uno de nuestros pacientes. El señor Ezra Adler, de la segunda planta.

Clara notó la boca seca como la arena.

—¿Se encuentra hoy aquí el señor Adler?

—Dios santo, no; murió. Hace ya un mes que falleció. De neumonía.

La oleada de agotamiento regresó con plena intensidad y Clara notó que se encorvaba. La señorita Williams frunció el ceño en un gesto de consternación.

—¿Conocía al señor Adler? Peggy no me dijo nada.

Clara negó con la cabeza.

—No lo conocía, pero tenía la esperanza de que me ayudara a encontrar a mi padre. —Se masajeó las sienes intentando desalojar la presión que notaba: la locura de haber recorrido semejante distancia solo para hallarse en un callejón sin salida—. Una de las figuritas era un vikingo. Mi madre tenía una igual; la única pieza de la que estoy al tanto. Antes de morir, me dijo que la esculpió mi padre. Había pensado, quizá pecando de ingenua, que el propietario de la otra figura de vikingo tal vez podría decirme quién fue.

La señorita Williams la observó con recelo.

—Bueno, lo único que sé es que el señor Adler fue una especie de escultor en Europa durante la guerra. Vino aquí y entró a trabajar haciendo moldes para la fabricación de plastilina. Estuvo viviendo ahí arriba estos últimos diez años o así, desde su jubilación. —Miró fijamente a Clara con el ceño fruncido—. Usted no tiene el mismo acento. ¿También es de Polonia?

Clara negó con la cabeza y la señorita Williams se encogió de hombros.

—De allí dijo que era. Solía invitarme a su habitación a tomar un café si le subía el correo o algún medicamento nuevo. ¡Qué cargado lo preparaba! Me tomaba el pelo por echarle sacarina siendo tan dulce como soy.

Dejó escapar una risilla y la ternura que desprendió cogió a Clara por sorpresa.

—Lo echo de menos; era uno de los buenos.

A Clara se le pasó algo por la cabeza:

—¿Puedo preguntarle qué fue del resto de sus pertenencias?

—Siguen ahí arriba. Aunque no hay nada de mucho valor, claro. Tiene que venir un paciente nuevo la semana que viene, así que lo he estado metiendo todo en cajas para llevarlo a algún centro de beneficencia.

—¿Le importa si subo a echar un vistazo? Solo para verlo con mis propios ojos. He venido de tan lejos…

La señorita Williams observó a Clara con severidad intentando decidir si era digna del tiempo y del esfuerzo que solicitaba.

—Puedo subir yo misma; no quiero ser un fastidio.

Con otro profundo suspiro de reticencia, la señorita Williams desenganchó un llavero grande que colgaba de su cinto y rebuscó entre las llaves antes de sacar una.

—Es la segunda planta, la habitación 21. Iría con usted, pero está a punto de empezar la telenovela.

—Gracias. No será más que un momento. —Se levantó para salir—. ¿Mencionó a algún pariente de Polonia?

La señorita Williams ya se había vuelto hacia la pantalla y puesto los pies encima de una banqueta a la vez que subía el volumen.

—No que yo sepa. La mayoría de los que están aquí no tienen a nadie, o no estarían aquí. Viven solos y mueren así también.

Unos minutos después, Clara salió de los estrechos confines del único ascensor chirriante y fue en busca de la habitación de Ezra Adler. El ruido de una docena de televisores distintos, todos a máximo volumen, resonaba contra las superficies duras. Mientras que las risas enlatadas se mezclaban con disparos, el público aullador de un programa de entrevistas jaleaba la retórica de charlatán de algún predicador evangelista.

Clara dejó atrás una puerta tras otra, todas abiertas, sus inquilinos individuales sentados en sillones reclinables o en camas con cobertores de poliéster. La mayoría tenía la mirada fija en la pantalla, aunque alguno que otro la tenía perdida a lo lejos, la boca entreabierta.

La última puerta era la única cerrada del todo. Clara sacó la llave del bolsillo, la metió en la cerradura y la giró con facilidad. El interior de la habitación estaba mal ventilado y había una capa de polvo sobre todas las superficies. El mobiliario era escaso; una mesita y dos sillas de aluminio junto a la ventana, un solo sillón orejero y una estrecha cama pulcramente hecha con una manta fina y ropa antiquísima. En el centro del cuarto un montón de cajas atestiguaban el trabajo de la señorita Williams: tazas, cuencos y platillos apilados y envueltos en papel de periódico, al lado de una tetera avejentada y una pequeña *Kaffeepresse*. En una mesita auxiliar había una ordenada montaña de panfletos amarillentos en los que se veía a docenas de niños encantados jugando con criaturas de colores primarios minuciosamente elaboradas. Saltaba a la vista que Ezra Adler había sido todo un artista de la plastilina en sus tiempos.

Clara rebuscó entre el contenido de las cajas, pero no había nada que remitiera a una vida anterior a América. Se hundió en la dura cama individual y revisó las reliquias de la única persona que quizá hubiera podido contestar a la pregunta que la eludía: ¿quién era su padre? Lo único que quedaba de Ezra Adler estaba entre esas cuatro paredes y, sin embargo, a él seguía siendo imposible conocerlo; por siempre fuera de su alcance.

Pasaron unos minutos mientras seguía sentada en la cama y veía flotar en el aire caliente el polvo que ella misma había levantado. Sabía que debía marcharse, pero no conseguía sacudirse la sensación de inercia. Al final, reunió la energía suficiente para ponerse en pie e ir al cuartito de baño a echarse un poco de agua en la cara. Su mirada fue a parar a un par de fotografías enmarcadas que colgaban junto a la puerta. Una era un antiquísimo retrato en sepia de un hombre ancho de hombros y con barba que tenía sobre la rodilla una bebé de miembros rígidos con todo el aspecto de una muñeca. Debajo, un estilizado retrato de grupo de otra era. Había cuatro figuras sonrientes en un estudio lleno de luz, rodeadas de obras de arte, vasijas de gran altura y estatuas.

El centro lo ocupaba una joven hermosa de ojos radiantes con los labios oscuros combados en una media sonrisa. Vestía una falda ceñida a su figura y una chaqueta con hombreras y la cintura entallada. Con un pasador sujetaba al pelo lustroso un som-

36

brero de diseño exquisito, y estaba flanqueada por tres hombres. Dos llevaban bata blanca y holgada, el tercero un traje de tres piezas elegantemente confeccionado y unas gafas de montura de alambre.

Clara observó la fotografía sin demasiada curiosidad hasta que lo desconocido empezó a tomar forma delante de sus ojos. En un instante de perturbadora claridad, reconoció que esa visión, esa mujer hermosa y vivaz, era su propia madre.

La joven Bettina tenía el mismo aspecto en todas sus fotografías de aquella época. Elegante, magnética y espléndida, exigía la atención de la cámara, aunque para Clara seguía siendo un enigma. Era una versión de su madre que solo había visto en dos dimensiones, en blanco y negro. Parecía muy distinta de la mujer con la que había crecido Clara: era igual de hermosa, pero delicada como una cáscara de huevo, con un tenue crepitar de líneas de falla que le cubría la piel igual que un barniz vidriado.

Bettina era como una muñeca de porcelana rota que hubieran recompuesto: no se podía jugar con ella sin ser consciente de su fragilidad y de la posibilidad de que se rompiese de nuevo, esta vez sin arreglo.

Con manos trémulas, Clara cogió la fotografía de la pared y le dio la vuelta al viejo marco de madera sujeto con dos tachuelas medio oxidadas. Lo abrió y retiró la fotografía del vidrio para leer las palabras escritas en el reverso con una fina letra de patas de araña:

En el estudio de Porzellanmanufaktur Allach,
Dachau, con Max, Bettina y Holger, 1941

Aunque Bettina nunca había dicho ni una palabra sobre los años de la guerra, Clara siempre había sabido que la vida de su madre en Alemania, sin lugar a dudas, había determinado su forma de ser. Volvió de nuevo la fotografía para identificar cuál de ellos podía ser Ezra Adler. El más bajo de los dos de blanco tenía la misma constitución recia y el pecho abombado del hombre del retrato con el bebé. Se acercó la foto un poco más; estaba casi segura de que era él. Ahí plantado con la bata blanca, el mentón en alto, sosteniendo un conejito de porcelana.

Algo en la imagen le llamó la atención. Se palpó el bolsillo del abrigo y sacó unas gafas de lectura con montura de carey. Levantó la fotografía hacia la luz. Debajo de las batas blancas, quedaba patente que los dos hombres iban vestidos de la misma manera: algodón grueso con amplias rayas, reconocible al instante como el uniforme que llevaban los prisioneros de un campo de concentración nazi.

4

Una densa neblina flotaba sobre Berlín a la media luz de la mañana de noviembre. Los tranvías chirriaban y la gente caminaba aprisa entre los edificios, el cuello del abrigo subido, la vista baja. En los parques y las avenidas, los altos árboles se desprendían de sus hojas colmando el aire de un intenso aroma dulzón a podredumbre.

En el ático de la estrecha casa adosada, Max yacía desnudo en la cama. Todavía dormido, tenía el cuerpo contorsionado, todo rectas y ángulos y codos enrojecidos, un boceto de Schiele con las sábanas enredadas en torno a las extremidades inquietas como maromas en el muelle. En los siete años transcurridos desde aquel dorado verano en Weimar cuando se conocieron, Bettina había llegado a estar tan familiarizada con los contornos del cuerpo de Max como con los del suyo propio; los hombros anchos y la cintura estrecha, los rizos de su pelo castaño y la carne gruesa y blanda como la fruta de sus labios.

Después de su primer encuentro, se habían ido a vivir juntos al campus de la Bauhaus en Dessau; su futuro, en apariencia tan brillante como la luz que se reflejaba en las aguas del Elba, iluminaba sus caras cuando trabajaban codo con codo y solo se atenuó un poco cuando los arribistas nazis de la zona empezaron a hacerles la vida intolerable. Estaban furiosos, atemorizados incluso, pero eran jóvenes y Berlín ejercía su atracción, les ofrecía una vía de escape.

Ahora, hecha un ovillo en una silla a los pies de su cama, en la parte más elevada de la ciudad, Bettina bosquejaba por enésima vez la figura conocida de su amante. El carboncillo le manchó los dedos al trazar el arco de la clavícula y la elegancia de sus manos de largos dedos. Tan comedido y controlado como era cuando estaba despierto, ella siempre se sentía tentada de captar su *alter ego* dormido, tan lánguido y desenfrenado.

Absorta en el proceso, no se dio cuenta cuando él empezó a removerse. No era insólito en su caso despertar y encontrarse con que se le había otorgado el papel de musa, sobre todo en los meses recientes. Bettina siempre se abismaba en el trabajo cuando el mundo amenazaba con abrumarla. La premura de su marcha de Dessau y su posterior reubicación en Berlín habían desencadenado una racha de productividad. Su mentor, el pintor ruso Vasili Kandinski, alentaba sus incursiones en el expresionismo; ella había florecido al calor de su atención. Max la envidiaba; mientras que su propio talento se derivaba del oficio y de la aplicación, el de ella parecía brotar de un manantial de creatividad.

Max la miró desde la comodidad de sus sábanas revueltas, los párpados de sus ojos castaño oscuro entornados. Bostezó y se desperezó, se frotó la cara y se pasó la mano por la mata de pelo rebelde. Una sonrisa fue marcando poco a poco los hoyuelos de sus mejillas.

—*Mein kleines Kaninchen…*; vuelve a la cama, conejilla.

Su voz sonó impregnada de sueño, tan tentadora como las sábanas cálidas.

Ella levantó la vista y rehusó con un gesto de la mano, empeñada en captar el ángulo de su brazo, pero aun así el hechizo se había roto. A regañadientes, dejó el carboncillo y le sonrió, luego se puso en pie y se estiró. Tenía las piernas rígidas; no había reparado en que el entumecimiento se adueñaba de ella.

Rio por efecto de la sensación extraña y se frotó las pantorrillas para estimular la circulación al tiempo que iba cojeando un poco hasta la pequeña estufa.

—Me estoy haciendo vieja.

Cogió la *Kaffeepresse* y sirvió dos tazas que llevó de regreso a la cama. Se tumbó a su lado, pegándose de espaldas a su figura en forma de luna creciente. Max alargó la mano por encima de su cadera para meterla debajo del kimono y acariciar lo más íntimo de su piel suave como un melocotón, pero ella se la inmovilizó con firmeza entre los muslos.

—Venga, tengo que prepararme; todavía queda mucho por hacer antes de esta noche. Se supone que he quedado con Richard en la galería dentro de una hora y ya voy con retraso —dijo Bettina.

Pero, a pesar de la urgencia de su tono, no hizo ademán de levantarse. Los dedos de Max no reanudaron su viaje de exploración, pero tampoco se retiraron. Su mano siguió en el mismo sitio, ejerciendo una presión que no era todavía lo bastante intensa como para que la ahuyentara, pero sí lo suficiente para que el hilo de sus pensamientos descarrilase. Bettina se relajó, su respiración profunda y lenta.

—Venga, dime qué tienes que hacer —le susurró él a la nuca.

—¡No me distraigas!

—No te distraigo, te ayudo.

Ella rio.

—Eso te parece a ti. Bueno, tengo que cerciorarme de que hayan colgado el nuevo lienzo en el lado derecho según se entra. Lo habían colocado al fondo, ¿te imaginas? Ahí la iluminación es horrenda.

Él aspiró su aroma.

—Y nos hace falta más vino. Lo último que quiero es que sea una fiesta aburrida y reseca, porque entonces ¿qué diría la gente?

Mientras ella hablaba, las manos de él, sus dedos de maquetista lo bastante diestros para crear todo un mundo de la nada, ejercieron una presión tan suave como implacable hasta que toda la ansiedad, todas las nociones en torno a lo que Bettina debía hacer y ser empezaron a fragmentarse y esfumarse. Así pues, se hundió, su ser entero arrastrado hacia las profundidades de su deseo, donde todo lo demás quedaba extinto.

Una hora después, Bettina todavía atinaba a sentir las secuelas del tacto de Max sustentándola mientras se lavaba y se vestía. Fue de aquí para allá por el apartamento recogiendo lo que necesitaba. Aunque sabía que era motivo de distracción para Max, de algún modo ella repartía sus pertenencias por todas y cada una de las superficies, y por mucho que él la regañase con dulzura, era incapaz de enmendar sus costumbres. Encontró una media enseguida, pero la otra siguió tercamente en paradero desconocido hasta que entrevió su brillo detrás de un cojín. Se la puso, desenrollando el fino tejido por encima de la rodilla y sujetándoselo al muslo antes de alisarse la falda.

Bajo el tragaluz, Max trabajaba en su maqueta de una nueva *Autobahn*. A ella le preocupaba que esforzara demasiado la vista con tan poca luz; su estudio de Dessau había sido todo blanco con una amplia cristalera. Parte de ella todavía anhelaba esa simplicidad, pese al atractivo de estar en Berlín; allí había energía de sobra, pero la estimulación tenía su precio.

—¿Lo tienes todo? —preguntó Max. No levantó la vista, intensamente concentrado en lo que tenía entre manos, pero ella no dudó ni un instante de que se preocupaba de verdad.

—Casi. ¿Has visto mi carpeta?

Max hizo un gesto hacia el sofá.

—La dejaste ahí debajo cuando llegaste anoche.

—¡Es verdad! Qué detalle que te acuerdes.

Se arrodilló en el suelo y la sacó; dos láminas de madera de pino atadas, una tosca asa de cuero sujeta a la parte superior, su nombre escrito con tiza y letra escorada en el lateral. Introdujo el boceto que había empezado esa mañana entre otras ideas menos elaboradas de figuras y formas, cada una de ellas una etapa diferente en el ciclo de abstracción en el que estaba trabajando.

Cogió una boina de un delicado color rojizo y se la caló sobre el pelo moreno, la ladeó un poquito ante el espejo y después se aplicó un toque de color en sus labios y apretó uno con otro.

—Más vale que te vayas o Richard te va a echar una buena bronca.

Richard, su mejor amigo y paladín durante más de una década, se había convertido en su representante pese a que no ostentaba ese título y parecía encantado de abandonar sus propias ambiciones artísticas para hacer tratos y nuevos contactos. Junto con Max, la fe que él tenía en el talento de Bettina le infundía el valor que necesitaba.

—Está cada vez más severo, aunque no puedo quejarme. Tiene todo el instinto del que yo carezco a la hora de mostrar mi obra.

—Es tu defensor más entusiasta. Bueno, el segundo más entusiasta…

Bettina se acercó a él y apoyó la barbilla en el pliegue de su cuello al tiempo que le pasaba un brazo por encima del hombro.

—¿Cómo va?

—Lenta.

—Envidio tu precisión.

—A ti no te falta, precisamente. —Sonrió.

—No, pero no poseo tu concentración ni tu control; tengo una mente dispersa y no puedo refrenarla.

La sentó en su regazo.

—Esa imaginación tuya no se puede dominar, conque no pierdas el tiempo intentándolo. —La abrazó con fuerza, aunque ambos sabían que no iba a durar.

—¿A qué hora llega la familia?

—Dios bendito, no van a venir aquí, ¿te imaginas? Por el bien de todos, es mejor que mantengamos las apariencias. He quedado con ellos en la galería.

A salvo en la calidez del abrazo de Max, ella no hizo ademán de marcharse. A decir verdad, a Bettina la inquietaba la reacción que pudieran mostrar ante su obra. Su hermano no disimulaba el desprecio por el arte moderno y ella sabía que su madre no la entendería. Se sentía totalmente ajena al lugar de mala muerte donde habían crecido; ahora era suelo extranjero para ella.

Max le alzó la barbilla para que lo mirara a los ojos.

—Escúchame bien; no te pongas nerviosa por lo de esta noche. Vasili no te habría animado a hacerlo si no creyera que estás preparada. Tienes algo que decir y el mundo está preparado para oírlo.

—¿De verdad lo crees?

—Siempre lo he sabido.

—Sinceramente, no imagino de dónde voy a sacar la energía para sonreír toda la velada.

—Seguro que Richard te ofrece su «frasquito de la abundancia».

Ella alzó una ceja perfectamente arqueada.

—No es más que para animarse, ya lo sabes. Lo toma todo el mundo.

—Y todo el mundo se pone pesado a más no poder, especialmente Richard. Tienes que reconocerlo; Berlín lo ha cambiado.

—En el fondo, sigue siendo el mismo Richard.

Dejó escapar un gruñido y se levantó a regañadientes de entre sus brazos.

—Venga, deséame suerte y despídete de mí.

—Tu suerte depende de ti, conejilla.

Ella frunció la nariz y se marchó sonriendo mientras bajaba de dos en dos las estrechas escaleras.

A pesar de los nervios, cuando se inauguró la exposición unas horas después, la artista estaba en su salsa. Max la observaba desde la otra punta de la sala; los ojos le chispeaban y hacía gestos expansivos, como si intentara ocupar el espacio y estar a la altura de la magnitud del momento. Richard se encontraba a su lado, rebosante de orgullo paterno, aunque era un año escaso mayor que ella.

Se habían reunido para la exhibición docenas de espectadores que hablaban sin cesar, pese a la llovizna persistente. De la aglomeración de cuerpos cálidos con faldas y trajes de lana húmeda emanaba un aroma animal. La galería estaba en la primera planta de una fábrica de teléfonos abandonada en la Birkbushstraße. Los enormes ventanales se habían diseñado para que los obreros estuvieran anegados en luz mientras hacían su trabajo, pero esa misma ventaja era igualmente aplicable al arte y a los artistas.

En las paredes encaladas colgaban quince cuadros, todos con un marco de madera sólidamente sencillo. El color y la textura de sus superficies invitaban a palparlos. El lienzo preferido de Max era casi por completo de color añil, oscuro como la noche de noviembre y profundo como el río Spree. Parecían ascender a la superficie cometas de color medio sumergidas: destellos de amarillo limón, rojo páprika y rosa carne pálido, que como bien sabía él representaban a Bettina. Lo hacía remontarse a Dessau y las noches de verano cuando escapaban del calor sofocante del estudio para nadar desnudos en el lago.

Todo el mundo coincidía en que la exposición era un debut rotundo. Sobre todo en el caso de alguien tan joven. Sobre todo para una mujer. Aun así, cuando llegó el anochecer, el arte en sí empezó a pasar en buena medida inadvertido, porque lo que deseaba el gentío cada vez más nutrido era ver y ser visto.

Max se acercó a Bettina y al grupo que la rodeaba, pero permaneció al margen. Richard estaba ocupado haciendo proclamas, siempre en el papel de veterano estadista desde que se mudara a Berlín solo un año antes que ellos.

—Me preguntaba si habría alguna protesta, aunque por el momento hemos logrado pasar desapercibidos.

No contentos con obligar al ayuntamiento a dejar de financiar la Bauhaus en Dessau, los nazis estaban sirviéndose de su influencia cada vez mayor para promover la denominada «Lucha por el Arte». Habían decidido que casi todo el arte moderno era un acto de violencia estética: una trama de judíos y comunistas contra el pueblo alemán. Muchos artistas, galerías y exposiciones habían sido objeto de ataques por parte de matones de camisa parda empeñados en causar problemas.

—La idea misma de que algún fanático chiflado decida mi obra es un ejemplo de la decadencia burguesa de la Bauhaus. —Bettina rio con solo imaginarlo—. ¡Lo consideraría una insignia de honor!

Estaba arrebolada y un poco mareada de resultas del champán y de la atención que le corrían por las venas. ¿Y quizá algo más? A Max no le sorprendería que Richard le hubiera prescrito un tónico más potente para calmarle los nervios. Se puso a su lado y, al cogerle la mano, notó el temblor de la inquietud que se esforzaba en disimular.

—Max, querido, déjame que te presente a Libertas. Publicó esas litografías que te enseñé, las que tenían una tipografía exquisita.

Una mujer joven le estrechó la mano. Llevaba un esmoquin confeccionado a medida y el pelo muy corto le relucía con la brillantina.

—Encantado de conocerte.

Sus ojos de párpados entornados le sostuvieron la mirada con intensidad un momento antes de volverse hacia Bettina.

—Betti, querida, sé que parecen ridículos, pero no hay que restarle importancia a esa gente. Son ignorantes y crueles y se consideran víctimas eternas. Es una mezcla peligrosa e incendiaria.

Richard asintió fervientemente.

—Ahora están por todas partes. Vosotros dos no habéis estado el tiempo suficiente para verlo, pero esto ha cambiado. No presagia nada bueno.

Max suspiró.

—Los nazis nos obligaron a marcharnos de Dessau, Richard. No son un problema solo en Berlín.

—Bueno, la escala de la ciudad magnifica estas cosas, ya lo descubriréis.

Bettina le apretó la mano a Max. Sabía percibir cuando el aire sabelotodo de Richard empezaba a ponerle de los nervios.

—Bueno, al menos esta noche hemos eludido su atención. Y ahora me temo que esta artista residente tiene que circular un poco por la sala. Max, ¿me acompañas? Discúlpanos, Libertas.

Bettina lo alejó de allí y le susurró:

—No te enfades con Richard, tiene buena intención.

—Se lo puede permitir. Nos trata como si fuéramos sus primos del pueblo, pero no tiene ni idea de lo que está pasando fuera de Berlín. Es mal momento para ser forastero.

Su compañera lo atajó con un beso. Incluso después de siete años seguían teniendo el poder de atenuar sus diatribas. Lo miró con seriedad.

—Tienes razón; sigue siendo un chaval que afecta ser un radical hastiado, pero sabes que nos tiene aprecio a los dos, mucho aprecio.

El poder tranquilizador de su tacto, su voz, su sensatez, le permitió recobrar la serenidad.

—A ti te adora todo el mundo, Bet. Fíjate en el éxito que has logrado.

Él sabía el sacrificio requerido, los años dedicados a dominar el oficio. A pocas mujeres se les concedía semejante oportunidad. Se había ganado su lugar a fuerza de dedicación.

—Bueno, gracias a Dios que ha terminado la huelga; no habría venido nadie de haber tenido que hacerlo en bicicleta con esta lluvia.

Max pasó su brazo por el de ella.

—Venga, vamos a por otra copa para brindar por tu éxito.

Empezaba a conducirla a través de la concurrencia cuando

notó que se ponía rígida. A la entrada de la galería, una mujer de avanzada edad accedía arrastrando los pies, mustia y décadas mayor que los animados jóvenes que llenaban la sala a rebosar. La encorvada mujer lucía con ostentación el luto. Iba cogida del brazo de un hombre mucho más joven que se mostraba muy solícito y se ocupaba de que el gentío no estorbara su lento avance. Había sido guapo, pero era su rígida camisa parda lo que le hacía resaltar entre el grupo de bohemios berlineses.

—¡Mamá! ¡Albrecht! —trinó Bettina con un deje en la voz que solo Max habría sabido discernir.

No había coincidido con ninguno de los dos, pero los reconoció al instante por las descripciones de ella. La sombría madre echó un desdeñoso vistazo alrededor mientras su hijo permanecía hosco a su lado.

Bettina susurró:

—Dios santo, qué decrépita está…

Hacía tres años de la última vez que había viajado al sur. Fue a verlos ella sola, preocupada ante la posibilidad de que la condenaran por vivir en pecado con un hombre cualquiera, y no digamos un judío austriaco. Su hermano nunca había disimulado su desprecio por aquel a quien considerara distinto, pero Bettina aún tenía la esperanza de que advertir su felicidad con sus propios ojos los llevara a mostrarse menos estrictos.

—¿Cómo estás, mamá? ¿Qué tal el viaje?

Albrecht respondió por ella:

—Ha sido terriblemente lento, como cabría esperar. Los trenes apenas funcionan. No tendríamos que haber venido.

Max los observó a ambos, fascinado por las similitudes y diferencias que representaban. La madre, apagada y adusta, era un portento del aspecto que podría llegar a tener Bettina en la vejez si le sustrajeran toda la luz que la caracterizaba. Su hermano Albrecht era ahora la versión masculina de ella, su atractivo rostro anguloso contrastaba con las curvas pronunciadas del de ella. Max alcanzó a percibir el temperamento vivo que tan bien conocía justo debajo de la superficie, pero a diferencia de su hermana, el de Albrecht era gélido y mal disimulado.

Se dio cuenta de que la pareja lo miraba fijamente.

—Albrecht, *Mutti*, os presento a mi buen amigo Max. Es arquitecto y acaba de ganar un galardón muy prestigioso para diseñar una nueva autopista.

—Frau Vogel... —Max tendió la mano a guisa de saludo formal y la mujer mayor la aceptó con languidez guardando silencio. El hermano sencillamente hizo caso omiso cuando se la ofreció y paseó la mirada en torno a él con displicencia.

—En tu carta decías que esto era una galería.

—Lo es —terció Max—. Era una fábrica, pero ahora forma parte de la escuela de arte. El profesor Kandinski lo arregló para que Bettina exhibiera su obra aquí... Es un honor, aunque muy merecido. Pasen, tienen que ver los cuadros.

Se encargó de abriles paso a través de la aglomeración de personas, muchas de las cuales miraron sin disimulo a la incongruente pareja. Max se detuvo delante de la pintura más cercana, un cuadro reciente de una madre y su hijo, las caras plasmadas en el lienzo en una gama de rosas y verdes. Lleno de orgullo, se volvió hacia ellos, pero se quedó de piedra al contemplar sus caras, una amarga mezcla de confusión y asco.

Albrecht le espetó a Bettina:

—No lo entiendo. ¿Qué se supone que representa? Pensaba que el objetivo de ir a la escuela de bellas artes era que te enseñaran a pintar y te permitieran aprender un oficio, quizá el de fabricante de porcelana.

Era cierto que la mayoría de los profesores de la Bauhaus encauzaban a sus alumnas hacia disciplinas más domésticas: el trabajo textil y la cerámica. Solo el entusiasmo de Kandinski le había dado a Bettina licencia para pintar.

—He tenido mucha suerte, Albrecht. Al profesor Kandinski le parezco prometedora.

Frau Vogel, que había estado mirando los cuadros de su hija con aire de confusión, abrió la fina boca por primera vez.

—Ay, Bettina, ¿qué ha pasado? Las cosas que pintabas parecían tan… reales, como si pudieras alargar la mano y cogerlas.

Bettina enrojeció de vergüenza. Intentó forzar una sonrisa, pero sus ojos traslucieron un pánico del que Max lamentó ser testigo.

—Yo no trabajo así, mamá. Se trata de captar la esencia de algo, no de hacer un facsímil exacto. Para eso ya está la fotografía.

Albrecht se mofó:

—¿Por qué siempre estás tan desesperada por ser distinta? —Se volvió hacia su madre—. Ya te dije que no tendríamos que haber venido. Es la inconformista de siempre; intenta impresionar porque sí. —La fulminó con la mirada—. De haber sabido que ibas a dilapidar mi dinero en este… Difícilmente se puede llamar arte. ¿Dónde está la belleza? Es una chapuza detestable.

El grupo irradiaba tensión y los que estaban más cerca percibieron el tono de la situación, aunque no los detalles específicos. El murmullo se propagó y Max vio que Richard y su camarilla echaban a andar en dirección a ellos.

—¡Frau Vogel! Qué maravilla verla de nuevo, aunque seguro que está agotada, ¿no? —Richard se inclinó sobre las manos de la madre de Bettina haciendo alarde de galantería—. Qué detalle por su parte haber venido. ¿Puedo ofrecerles algo de beber?

Albrecht respondió bruscamente:

—Para mí, una cerveza.

—Claro. A ver qué encontramos por ahí.

Richard fue a por una cerveza y se la dejó en la mano a Albrecht.

—¿Qué tal va todo por Allach?

—Igual que siempre.

—¿Y has visto al rebelde de mi hermano últimamente?

—No. Ya no frecuentamos los mismos círculos. No tengo mucho que ver con simpatizantes comunistas.

—Ya veo. —Richard se quedó mirando el uniforme de camisa parda de Albrecht—. No me dijiste que tu hermano se había unido a los nacionalsocialistas, Betti.

—No lo sabía. —Bajó la vista.

Albrecht lanzó una mirada de soslayo a su hermana.

—Lo sabrías si alguna vez fueras a casa a ayudar en la granja en vez de quedarte de juerga en Berlín despilfarrando mi dinero.

Bettina escudriñó la cara de su hermano con ansiedad.

—¿Qué te ha pasado, Albrecht? Esperaba que tú al menos lo entendieras.

—Estaba dispuesto a mantenerte cuando pensaba que hacías algo útil, pero nadie en su sano juicio necesita algo como esto… —Señaló los cuadros que los rodeaban.

—¿No crees que los obreros se merecen tener acceso al arte igual que cualquier otra persona? —interpuso Richard.

—Necesitan comida en la barriga y dinero en el bolsillo.

Libertas, que había estado escuchando la conversación, lanzó un fuerte bufido asqueado.

—Ese es el error que siempre cometéis vosotros. La vida no es solo comida y dinero. El arte otorga sentido, el diseño da forma a la función. Si tan poco valor tiene la estética, ¿por qué perdéis el tiempo vistiéndoos de punta en blanco y desfilando por ahí de uniforme?

Richard le lanzó una mirada de advertencia.

—Libertas…

—Sencillamente, no tiene sentido intentar razonar con ellos, Richard. Son todos incultos y vulgares a más no poder.

A Albrecht se le demudó el gesto. La joven sonrió triunfal cuando echó a andar hacia ella, el puño en alto, las venas y los tendones del cuello un estudio sobre la tensión. Bettina y Frau Vogel reaccionaron enseguida, familiarizadas con su vivo temperamento; lo retuvieron por las muñecas y aunaron esfuerzos para llevarlo por entre la muchedumbre, escaleras abajo y hasta el exterior bajo la noche. Richard y Max los siguieron cruzando miradas de preocupación.

—Ya he pasado por esto —masculló Richard entre dientes—. Mi hermano y él eran amigos en otros tiempos, pero siempre ha tenido mucho genio. Deja que me ocupe yo.

Fuera, Albrecht caminaba por la acera de aquí para allá con el cuerpo rebosante de adrenalina.

—Son las mujeres así, si es que se le puede llamar mujer, las que han puesto de rodillas a este país. ¡Puta asquerosa!

Miró con furia a Bettina y le clavó un dedo tembloroso en el pecho.

—Estos son tus amigos: desviados y comunistas, extranjeros y sucios *Juden*.

Le lanzó una mirada cargada de odio a Max. Richard intentó aplacarlo, pero Albrecht se lo sacudió de encima.

—No me dirijas la palabra, traidor. Eres igual de malo que tu hermano. Un subversivo y un radical. Bueno, ya le llegará su merecido. Me dijo que cuidarías de mi hermana menor, pero ¿qué has hecho en cambio? Le has presentado a agitadores burgueses y semitas. ¡*Abschaum*, la escoria del mundo todos ellos!

Bettina estaba temblando, pálida y sin aliento. Max la rodeó con un brazo protector mientras Frau Vogel se acercó a su hijo y empezó a verterle susurros al oído. Le suplicó que fuera con ella, que la llevara a sus alojamientos cerca de la estación, que abandonara semejante cueva de réprobos. Albrecht frenó los ruegos de su madre y se volvió hacia su hermana:

—Me das asco. No vas a ver más dinero mío.

—No lo necesita. —La voz de Max sonó ronca de furia—. Yo cuidaré de ella.

Albrecht escupió al suelo a sus pies.

—*Entartete Kunst*; pandilla de depravados.

Salió como un huracán hacia la noche. Frau Vogel lo siguió

arrastrando los pies sin volver la vista hacia su hija, encorvada bajo la lluvia. Bettina permaneció muda y los vio marchar.

Decidido a infundirle nuevos ánimos a Bettina y huir de los cotilleos de la galería, Richard los guio a todos hasta un ajetreado club nocturno. Ella iba cogida con fuerza a la mano de Max cuando cruzaron la pista monocroma y se sentaron a una mesa con mantel blanco almidonado. Richard dejó un puñado de billetes en la palma del camarero y pidió champán, que llegó poco después, helado. Bettina alzó la copa, echó la cabeza hacia atrás y la apuró en un movimiento elegante.

—¿Cómo estamos? —preguntó Richard.

—Me declaro una mujer libre.

—Brindo por ello.

—Es más, he decidido que tú y Max sois mi única familia por elección mía.

—Excelente. *Prost?*

—*Prost!*

Levantaron los tres las copas al unísono. La cacofonía de la sala les concedió a todos un respiro.

Dentro y fuera, las luces deslumbrantes de Berlín brillaban como si la ciudad nocturna fuera distinta por completo de las calles grises del día: un espejismo de neón. Chicas de atractivo masculino y chicos preciosos bailaban y bebían hasta ahogar cualquier noción del mañana y quedarse solo con el momento presente.

Los tres habían perdido al resto del grupo por el camino de algún modo. A Vasili primero, luego a Libertas, seguidos de los amigos íntimos y al final los pegotes. Todos se habían esfumado hacia la noche hasta que solo quedaron ellos tres. Estaban sentados, cada cual absorto en sus pensamientos, burbujas de quietud que flotaban en la corriente estruendosa.

Max observaba a Bettina, que tenía la cabeza ligeramente

apoyada en el hombro de Richard. Seguía siendo su amigo más íntimo y parecía sentirse como en su propia casa en Berlín, pese a que era completamente distinto de Weimar y Dessau. Cada uno de esos lugares había tenido su momento en sus vidas, pero Berlín era donde Richard por fin se había encontrado a sí mismo, donde sus caprichosos apetitos eran fácilmente saciados.

Max agradecía su presencia protectora. Había desempeñado un papel vital en la vida de Bettina desde que la conoció de muy joven en Múnich; su prodigioso talento era evidente incluso entonces. Richard la había tomado bajo su protección y allí la cobijó hasta que aprendió a volar. Max sabía que Richard siempre la había querido, a su manera indolente, y no le importaba que así fuera. Ella los necesitaba a ambos, razonaba, pues nadie en el mundo se preocupaba ni remotamente tanto como ellos por su bienestar.

—Y ahora, ¿qué? —Richard estaba decidido a reconducir la noche hacia el triunfo de Bettina.

—¡Cócteles americanos en la Ku'damm!

Este se levantó y entrechocó los tacones. Se dio una leve palmada en el bolsillo superior para cerciorarse de que tenía el frasquito de vidrio del combustible que necesitaba para seguir adelante.

—Ahora vuelvo.

Un tropel de bailarines discurría como de común acuerdo por la pista. Max bostezó, casi derrotado ante la perspectiva de las horas que quedaban por delante. Bettina se dio cuenta y le apretó la mano suspirando en tono conspirativo:

—Si quieres irte a casa, te doy mi bendición.

—Ah, ¿sí?

—Claro. Si estoy con Richard, seguro que encontramos compañía provisional para esta noche. La verdad es que me apetece perder la cabeza, aunque me gustaría que alguien me vigile mientras lo hago.

—Él siempre lo hace, eso hay que reconocerlo.

Max la observó mientras ella paseaba la mirada por la sala atestada. Estaba animada, rebosante de energía; todas las bonitas abejas recolectando su néctar. Él vaciló un instante y dijo:

—Estaba pensando…, quizá deberíamos escapar. ¿Tú qué dices, conejilla?

Bettina lo miró con el ceño fruncido, confusa.

—Esta noche no —se apresuró a aclarar—. Tú tienes que quedarte, pasarlo bien: te lo has ganado. Me refiero a que igual deberíamos irnos de Berlín… Los dos. —Siguió adelante, empezando a entusiasmarse con el asunto—: Podemos ir a París, o Londres, Nueva York. ¡A cualquier parte! Vasili ha hablado de irse e incluso Richard bromeó acerca de trasladarse a Moscú, aunque sé que no lo dice en serio.

—¿Por qué ahora?

—Porque podemos; no hay nada que nos retenga aquí y… No me gusta el cariz que han tomado las cosas. Sé que tú sientes lo mismo.

—Así es, pero ¿qué hay de tu autopista? No puedes abandonarla. Va a hacerte famoso, no me cabe duda.

—¿De qué me sirve si ni siquiera puedo casarme contigo? Aunque ya te imaginas lo que diría tu hermano, ¿verdad? —Continuó con horror fingido—: Una chica de una buena familia campesina alemana echada a perder con un judío austriaco.

—Eso no tiene gracia, Max. Sabes que me casaría contigo sin pensarlo si pudiéramos. No hay nada que desee más que pasar el resto de mi vida contigo.

—Lo sé —la tranquilizó.

—Pero esta también es nuestra casa. Si huimos todos, ¿qué quedaría? —Le apretó la mano—. Las cosas no tardarán en cambiar, ya verás. El péndulo oscilará hacia el otro lado. Toda generación cree atravesar tiempos excepcionalmente terribles.

—Alguna debe de tener razón.

—No quiero que lo eches todo por la borda solo para que nos podamos casar. ¿Qué diferencia supone un anillo? Construye tu autopista, hazte un nombre, para que ninguno de los dos tenga-mos que depender nunca de nadie más. Luego ya huiremos jun-tos. Pero a algún sitio cálido, ¿me lo prometes?

—Me gusta cómo suena —reconoció.

Bettina se apoyó en Max y este la rodeó con un brazo. Con-templaron juntos el enjambre de juerguistas; todas las abejas despreocupadas, enfrascadas en su incesante labor en perpetuo movimiento, volando de flor en flor, describiendo círculos unas en torno a otras, haciendo miel, deambulando.

5

Eran casi las seis de la tarde para cuando Clara regresó a la habitación de su hotel en el aeropuerto, pero no tenía prisa; disponía de más de un día de asueto antes de coger un vuelo de enlace e iniciar el viaje de regreso a casa.

Cerró la puerta del dormitorio a su espalda, pasó la cadenita y dejó la caja de figuras de porcelana en el escritorio en el rincón. La anticuada decoración de la habitación, gris pálido y melocotón, dejaba claro que hacía años que nadie prestaba atención a la estética del establecimiento. Aun así, tenía todo lo que necesitaba.

Clara fue a la cama, se tendió sobre la colcha deslizante y se desprendió de los zapatos de tacón de sendas patadas. Se quedó mirando el techo y elaboró un plan: pedir comida, ducharse y comer, todo en rápida sucesión, para poder sucumbir por fin al sueño. Todavía se notaba paralizada y sabía que necesitaría horas, cuando no días, para procesar algo de lo que había averiguado. Temía que nada de aquello la hubiera acercado siquiera un poco más a la verdad.

Hizo el esfuerzo de levantarse y descolgó el auricular del teléfono de la mesilla a la vez que pulsaba el botón del servicio de habitaciones. Pidió un sándwich vegetal y fue al cuarto de baño.

Para cuando llegó la comida se había duchado y se había puesto un grueso albornoz de felpa. El sándwich se veía sudoroso bajo una campana de plástico. Lo devoró en cuestión de segundos, desesperada por llenar el vacío.

Saciada por fin, dejó a un lado la bandeja y abrió la caja de figuritas. La primera pieza que cogió fue el cordero, envuelto de cualquier manera en una página atrasada del *Cincinnati Enquirer*. Tenía las extremidades tan largas que parecía un pequeño feto; un espécimen estéril flotando en formol.

La segunda pieza que sacó fue el conejo; le habría encantado de niña, pero a sus ojos hastiados de adulta le resultaba demasiado empalagosa y sentimental. La dejó aparte y abrió el tercer paquetito; por fin, el premio. Un hombre con el pecho desnudo, de unos doce o trece centímetros de alto, plantado sobre una peana rocosa, la mandíbula cuadrada tensa de determinación. Era una imagen con la que ya estaba perfectamente familiarizada, basada como estaba en la obra más famosa de su madre. La había pintado antes incluso de nacer Clara. Aunque nunca había visto el original, tenía la sensación de que la figurita había sido una constante en su vida. Todavía se encontraban reproducciones de la pieza, conocida únicamente como *El vikingo*, en tiendas de antigüedades y en las paredes de antiguas posadas por toda Alemania. Se había topado con su imagen en lugares incongruentes a lo largo de toda la vida.

Clara cayó en la cuenta de que hacía años que había dejado de mirarlo como era debido: era un hombre en la flor de la vida, con los brazos, el torso y las piernas musculosos, todos flexionados. Tenía una expresión inescrutable; miraba hacia el mar, como preparándose para afrontar una tormenta en ciernes. Su perfil era de una belleza clásica y al mismo tiempo totalmente de su época. Clara no le dio la vuelta a la figurita para ver la marca del fabricante debajo. No necesitaba ni quería confirmación de los dos relámpagos idénticos, esa mácula de nazismo que tanto tiempo había matizado su reacción a la figura.

Aunque no recordaba que se lo dijeran nunca directamente, Clara siempre había entendido que ciertos temas estaban prohibidos con su madre. Ante todo, cualquier evocación de su padre y la guerra. Ambos estaban relacionados de algún modo e igualmente *verboten*.

Durante la infancia y la adolescencia de Clara, Bettina sufrió depresión, una tristeza tan profunda que ejercía una fuerza gravitatoria sobre ambas. Cuando amenazaba con abrumarla, Bettina se retiraba del mundo casi por completo y su ama de llaves alemana, Heida, hacía las veces de sustituta. Heida había ido con ellas a Inglaterra y le era ferozmente leal a Bettina, aunque a veces se le escapaban ciertas cosas.

Durante un acceso en el que Bettina pasó varios días seguidos incapaz de reunir fuerzas para levantarse de la cama, el ama de llaves le dijo a Clara que su madre estuvo casada con un hombre muy malo; un nazi de nombre Karl Holz. Había aflorado el tenue recuerdo de un hombre de uniforme que la columpiaba hacia lo alto. Heida tuvo que susurrarle a la niña con los ojos como platos que él había sido horrorosamente cruel con su madre y que era culpa suya que siguiera sufriendo en la actualidad.

Consternada e intrigada, Clara empezó a escuchar detrás de las puertas. Oyó casualmente a su madre decirle a Heida lo duro que era que su hija se pareciera tanto al padre y cómo a veces no soportaba mirarla por miedo a verlo a él. Clara se había alejado con sigilo entonces, avergonzada y consumida por el terror secreto de que el hombre malo debía de ser su padre y era por eso que su madre nunca hablaba de él.

Esa noche despertó llorando por una pesadilla. Heida fue a consolarla y Clara sollozó entre hipidos durante casi una hora antes de revelar a regañadientes el motivo de su terror mientras intentaba tomar aliento, presa de convulsiones.

—Calla, *Liebchen*, no te preocupes. Te prometo que el cobarde de Holz no era tu padre. —Una breve sonrisa le torció la boca a Heida.

—Pensaba que sí. Como nadie me cuenta nunca nada…

—Bueno, no queremos que tu madre sufra. Bastante mal lo ha pasado ya.

Heida se volvió mientras hablaba, su voz de alguna forma más densa.

—Ella solo quiere protegerte, Clara. No puedo decirte más, pero de eso, que no te quepa la menor duda.

A Heida pareció apenarla profundamente que Clara hubiera decidido en ese preciso instante no herir a su madre, ni a su querida sustituta, exigiendo más respuestas.

Décadas después, en las semanas posteriores a la muerte de Bettina, Clara se encontró una carta de Karl Holz entre los efectos personales de su madre. Ojalá hubiera podido recurrir a Heida para que la ayudase a descifrar la letra desconocida, pero para entonces ya había fallecido.

Provista de un diccionario, Clara se las ingenió por fin para encontrarle sentido a la carta. Aunque no era una nota de suicidio en toda regla, sin duda era una despedida de Holz, que alternativamente rogaba a Bettina que lo perdonara e intentaba justificar sus actos. A Clara le pareció que rebosaba autocompasión sensiblera. No hacía nada por abjurar de sus perniciosas convicciones, y la presencia del emblema de las SS tanto en el membrete como en la colección de figuras de porcelana lo enlazaba todo de alguna manera, junto con la cuestión de la identidad de su padre. Confiaba fervientemente en que Heida le hubiera dicho la verdad.

En la cama del hotel, al arrullo del zumbido constante de los aviones por encima de su cabeza, Clara dejó la figura del vikingo en la mesilla y por fin apagó la lámpara. Volvió a mirar de soslayo la estatuilla, que parecía relucir de un tono azul espectral. Alargó el brazo para tocarla como un talismán antes de sumirse en una somnolencia agradecida.

Permaneció durante horas en un estado de conciencia profundo y sin sueños, pero al cabo el reloj que llevaba dentro empezó a reafirmarse, obligándola a iniciar el largo ascenso a nado hasta la superficie. Pasaban flotando sueñecillos febriles; se encontraba en el apartamento de su madre en Putney, rodeada de su colección de porcelana, un relicario de santos seculares. Su madre yacía allí agonizante, respirando a duras penas. Entonces la cama se convertía en un barco funerario vikingo, a la espera de que Clara le prendiera fuego y lo sacara a navegar, flotando en llamas, hasta que ambas se hundieran bajo las olas.

Clara siguió durmiendo, pero el sueño se negaba a esfumarse. Se sintió atrapada entre las sábanas almidonadas, que le amarraban los pies cual algas y la dejaban flotando en una profunda oscuridad, escuchando, recordando...

La llave giró en la cerradura, se retiraron los pestillos y Clara accedió al interior. El aire en el apartamento de su madre era denso, colmado de la calidez de un día de finales de primavera.

Fuera, los plátanos de sombra filtraban la luz del sol. Dentro, el olor a sustanciosa cera de abejas para pulir mezclado con el aroma a sal marina de Bettina. Y... ¿algo más? El ligero escozor del amoniaco. Clara arrugó la nariz y fue a la ventana para abrirla y dejar que entraran en tropel los ruidos del brezal y de la calle más abajo.

Delante de la ventana había un piano de cola con un antiguo tapiz vienés para atenuar el sonido encima de la tapa barnizada con laca. Clara se irguió sin pensarlo al mirar a su alrededor evaluando la situación. Hacía semanas que no iba de visita, pero nada parecía haber cambiado.

—¿Mamá?

Lo dijo en voz queda. No hubo respuesta. Clara se quitó los zapatos y fue por el pasillo hacia el cuarto de su madre. Tenía la sensación de que la textura del edificio formaba parte de su ADN, pero en cuanto cruzaba el umbral su identidad empezaba a mermar. Se remontaba sin darse cuenta a la Clara adolescente; turbulenta, problemática, impetuosa.

Se acercó a la puerta del dormitorio y escuchó un momento. Al no oír nada, la abrió y asomó la cabeza; Bettina estaba dormida, su cuerpo liviano apenas visible bajo las gruesas mantas. Clara atinó a oír su respiración trabajosa, prueba de que seguía viva al menos. Durante años su madre había dado la sensación de estar retirándose del mundo exterior. Ahora, cerca del final, se contentaba con permanecer entre las paredes del dormitorio y, más aún, los confines de su robusta cama de roble.

Clara retrocedió hacia el pasillo y ajustó la puerta con cuidado. Fue de puntillas a la cocina, donde los cambios desde su última visita eran mucho más evidentes. Se había contratado a un pequeño pelotón de personal de enfermería para que su madre continuara en casa y disfrutara de cierta comodidad. Los indicios de su existencia ocupaban todas las superficies: junto al fregadero, había una bandeja veneciana laqueada llena de frascos de pastillas, medicamentos y pañuelos de papel. En la mesa de la cocina, un montón de cajas contenían guantes de silicona y delantales de plástico de un azul turquesa brillante. Unos tubos de goma de color carne remitían a procedimientos más invasivos y todas las pequeñas indignidades que acechaban hacia el final de la vida. Clara los rodeó y llenó un hervidor de pesado fondo para ponerlo a calentar. Encendió el fuego y mientras esperaba a que hirviera fue al teléfono fijado en la pared, levantó el auricular y marcó su propio número. Empezó a sonar una y otra vez. Se imaginó su casa, curiosamente vacía, hasta que por fin saltó el buzón de voz. Esperó la señal y habló en voz baja: «Cariño, estoy en casa de mi madre. Creo que iré a cenar, pero no me esperes. Hay un filete en el frigorífico. No… estoy segura de dónde estás. —Dejó esa cuestión en el aire—. Pero no llames; mamá duerme y no quiero despertarla. Nos vemos esta noche. Te quiero…».

Colgó con el ceño fruncido; ¿por qué no había contestado? Su cerebro le ofreció varios escenarios a cada cual más alarmante hasta que el silbido del hervidor la sacó de golpe de su ensimismamiento. Se apresuró a levantarlo del fuego y acallar su aullido. Cogió una taza de té del escurridor, vertió agua hirviendo sobre el pipermín seco e inhaló su aroma a hierba. La llevó con cuidado hasta la puerta del cuarto de su madre y volvió a entrar sin hacer ruido.

La habitación estaba sumida en sombras, las ventanas cubiertas con gruesas cortinas de seda de damasco rosa concha. Caían hasta el suelo, donde se abullonaban sobre el parqué, sumergiendo la habitación en una penumbra moteada. Era un ambiente, como siempre había sido, elegante y discreto, aunque salpicado con los detalles más excéntricos de su madre: una silla tapizada en terciopelo de color verde cartujo, un jarrón de vidrio de mercurio lleno de plumas de avestruz, un kimono antiguo colgado en la pared estampada con peonías color teja contra un fondo rojo tomate. Había algunos indicios de los objetos efímeros propios de la mala salud: una silla de ruedas, fea, gris y funcional, y una cuña de acero inoxidable, discretamente guardada.

Clara se sentó con suavidad en la cama y observó a su madre, que seguía durmiendo, por lo visto ajena a su presencia. Bettina siempre había ejercido un rígido control sobre su cuerpo esbelto. El cuidado de su aspecto había seguido intacto mucho después de que a otras madres hubiera dejado de importarles, pero ahora se la veía al borde de la demacración.

Clara tomó el té a sorbos disfrutando del silencio mientras inspeccionaba la habitación. Se sorprendió mirando la pared encima de la cama, donde tres nichos albergaban la colección de su madre de lustrosas piezas de porcelana blanca. Unos pequeños focos dirigidos los bañaban en un suave fulgor; dos docenas de objetos distintos expuestos, todos hiperrealistas y sumamente detallados. Siempre le habían parecido de lo más incongruentes, reñidos con los gustos sencillos de su madre y las pocas obras suyas que elegía exhibir. Bettina no había guardado ninguna muestra de su «obra tardía», como la describía ella. Sus cuadros más famosos se habían vendido o donado todos a distintos museos de Europa. Clara tenía entendido que, durante una época, le habían otorgado cierto caché en el mundo del arte alemán, pero la fama fue efímera. No era de extrañar; a juzgar por las reproducciones que ella había visto; sus obras estaban ejecutadas a la perfección, pero eran demasiado románticas. Esa clase de realismo había tenido su momento.

Antes de eso, Bettina había pasado por un periodo expresionista. Aunque breve, el brío de la obra le recordaba a Clara a los grandes: Kirchner, Kandinski, Klee, todos los que habían servido de inspiración a su madre. Los colores vibrantes, la energía de las pinceladas, los rasgos hundidos, a menudo una suerte de resplandor enfermizo en tonos neón y luz de calcio: eran esas las obras que Bettina había escogido para colgarlas en su propia casa. Y eran esas las que adoraba Clara.

Se levantó y cruzó con sigilo hasta la pared donde las lustrosas figuritas blancas velaban a su madre dormida. Había galgos y tordos cantores, lecheras y atletas, todos fielmente reproducidos y aun así curiosamente exangües. Clara cogió con cuidado la figura central, un hombre de rizos despeinados y torso desnudo, las piernas musculosas en tensión sobre un suelo rocoso, la espada al costado, un diminuto conejo agazapado a sus pies y un grueso manto de piel sobre los hombros. Pasó la yema de un dedo por su cara; noble pero impasible.

—Ten cuidado.

Clara dio un respingo y se llevó por instinto la figura al pecho por miedo a que se le cayera. Bettina, al parecer medio dormida, la miraba, silueteada por la tenue luz.

—Lo siento —se disculpó con voz ronca—. No quería asustarte.

Clara depositó la figurita en la mesilla y Bettina se volvió lentamente hacia ella haciendo un gesto de dolor por efecto del esfuerzo.

—Mi vikingo.

Alargó una mano delicadamente huesuda, como de pájaro, para acariciar la porcelana. Dejó escapar una risilla.

—Recuerdas quién la hizo, ¿verdad que sí? —Tenía la voz seca como el grano en el interior del cascabillo.

—No, me parece que no —repuso Clara.

—Qué tonta, seguro que sí: ¡el fabricante de porcelana de Dachau, claro! *Meine wahre Liebe.* La hizo solo para mí.

En los últimos meses su madre había empezado a divagar, el flujo de los recuerdos que discurrían corriente abajo le resultaba más real que cualquier cosa presente.

—¿Te refieres a Karl? —preguntó Clara con la mayor suavidad posible—. Creía que era marchante, no artista.

—¡Karl no! —Bettina lanzó un bufido de desdén—. Dios sabe que las únicas cualidades artísticas que poseía eran el buen gusto y un billetero bien abultado. No, Karl me lo regaló, pero él no lo esculpió.

—Entonces ¿quién?

—El padre de Clara, es evidente.

En el interior de su pecho la marea se retiró como agua que corriese sobre guijarros. El tictac del reloj de caja en la repisa le pareció de súbito tremendamente fuerte, como si la sangre marcara el compás, un metrónomo en sus oídos.

—¿A quién te refieres?

—Lo sabes muy bien, Heida. ¡No seas tonta!

Heida, el ama de llaves, compañera y confidente de su madre, que había muerto el año anterior. Ambas seguían sintiendo profundamente su pérdida.

Bettina se estremeció.

—Qué fresco hace. ¿Tienes frío?

Clara alargó las manos para levantar la manta. Los dedos helados de su madre rodearon los suyos y los apretaron.

—Gracias, querida. Qué consuelo has sido siempre. No sé qué habría hecho sin ti.

—Mamá, no soy Heida; soy yo…, Clara.

Bettina le soltó la mano.

—¿Clara?

—Sí.

Levantó la vista, sus ojos veloces y ansiosos.

—¿Qué haces aquí?

—La enfermera de día ha llamado para decir que no podía venir, está enferma. Mamá, ¿a qué te referías con lo de mi padre?

Bettina se quedó muy quieta.

—Mamá, ¿me has oído?

—Lo siento, *Liebchen*. Tengo un dolor de cabeza terrible.

La voz de su madre tenía cierto tono, una profunda melancolía que Clara percibió mejor que bien. Aun así, insistió:

—¿Quién era el fabricante de porcelana de Dachau? Has dicho que era mi padre.

Bettina intentó incorporarse; Clara vio que le temblaban los brazos de tanto esfuerzo como hacía.

—Dímelo, mamá.

Volvió a recostarse y cerró los ojos con fuerza ante la mirada insistente de su hija. Giró la cabeza con un gesto de dolor.

—Clara, por favor… No puedo. No tengo fuerzas.

Le resbalaron por la mejilla unas lágrimas que cayeron en silencio sobre la colcha. Clara contuvo la respiración. Unos instantes después, acarició la piel fina como el papel de la mano de su madre, que temblaba aferrada a la sábana.

—No quería disgustarte, mamá. No pasa nada, ahora descansa. Voy a prepararte un té.

Clara volvió a la cocina como aturdida. Puso el hervidor al fuego de nuevo y se agarró con fuerza a la encimera de mármol tensando la mandíbula y apretándola tanto que le dolió. Al rato, el hervidor empezó a silbar, pero vio que no lograba soltarse, de manera que el silbido ascendió hasta convertirse en un chillido y luego en un grito que inundó la habitación.

El alarido metálico de un 747 que pasaba volando despertó a Clara con un sobresalto. Sudorosa y enredada en las sábanas, volvió la cabeza y sus ojos buscaron los tenues dígitos rojos del radio-reloj despertador. Eran las dos y media de la madrugada. Permaneció inmóvil un momento, bañada por una película de sudoración, antes de aceptar que ahora el sueño de verdad iba a eludirla; estaba muy cansada para leer, muy tensa para descansar. Incapaz de arriesgarse a emprender un viaje de regreso al mausoleo que le aguardaba en sus recuerdos, retiró la ropa de cama y fue al cuarto de baño a beber un vaso de agua.

Despierta del todo ahora, Clara regresó a la cama. La luz del baño iluminaba el guerrero de cerámica en la mesilla. Levantó el auricular y marcó un número exterior de larga distancia y esperó mientras sonaba y por fin se establecía la conexión.

—¿Lotte, cariño?

—¿Mamá?

—*Liebchen*, ¿cómo estás? —La línea crepitó y flaqueó un poco.

—Estoy bien. Es muy temprano.

—Aquí es más pronto aún.

—¿Dónde estás?

—En Cincinnati.

—¿Va todo bien? Debe de estar costándote una fortuna.

—No pasa nada. Escucha, vuelvo a casa mañana. ¿Puedes venir a pasar este fin de semana? Me vendría bien que me aconsejes.

6

Berlín se estaba cociendo, el aire denso por causa de un calor reluciente que surgía de las aceras y se adueñaba de todo. Los edificios estaban ahogados en el aroma rancio de alientos y cuerpos, de comida presta a pudrirse y leche ya cortada dentro del vidrio.

En la calle, las tensiones hervían a fuego lento y los desconocidos pasaban tan cerca que resultaba incómodo. Viandantes, mareados de calor, a menudo viraban hacia la calzada como avispas medio borrachas de fruta podrida. Max volvía a casa en bicicleta por la Wilhelmstraße esquivando tranvías que amenazaban con arrollarlo. Bastante difícil era ya andar en una bicicleta con la que podía perder el equilibrio en cualquier momento debido a la docena de rollos de borradores y esquemas que llevaba para seguir trabajando en casa. El peso de los proyectos alteraba su centro de gravedad, pero había reservado la cesta delantera para una carga muy especial. Era un obsequio tan precioso, tan exótico, que sin lugar a dudas su destinataria no cabría en sí de gozo.

Cuando se había fijado en el carro de plátanos en el arcén, le había sorprendido ver las alegres joyas de color amarillo cetrino que colgaban oscilantes al sol. Eran tan asombrosas que se había parado y había reído en voz alta. No sabía si gastar sus preciados

Pfennings en algo tan frívolo, pero se vio hurgando en los bolsillos para rescatarlos. Había dejado el tesoro sonriente en la cesta a buen recaudo y empezado a pedalear hacia casa mirándolo de vez en cuando también con una sonrisa.

Max había pasado la mañana bocetando diseños para Herr Neumann, el socio mayoritario de su nuevo despacho de arquitectura. El hombre, entrado en años, ya se acercaba a la edad de la jubilación y había estado esforzándose por mantenerse al día. Contrató a Max por desesperación y enseguida empezó a confiar en él. Rara vez se requerían auténtica innovación e ingenio, pero aportaba un barniz de modernidad a sus propuestas por lo demás anticuadas.

Max seguía procurando mirar hacia el futuro, no perder tiempo con arrepentimientos y recriminaciones, pero incluso a él le resultaba difícil no lamentar ciertas pérdidas. Durante un tiempo, Bettina y él habían tenido la impresión de que iban a conquistar el mundo. Al principio, ambos parecían destinados a llegar juntos a lo más alto. Tenían un futuro prometedor, por mucho que su presente pareciera a veces comprometido. Les estaba prohibido por ley casarse, pero en realidad, ¿a quién le importaban los convencionalismos? Sin embargo, poco a poco, de manera imperceptible, habían notado que Berlín empezaba a cambiar. Las constricciones que regían sus vidas se angostaban semana tras semana. Las inconveniencias se convertían en impedimentos, luego en castigos legales con consecuencias cada vez más graves.

Por toda la ciudad, el pasado comenzaba a derribarse para dejar paso al futuro. En este nuevo mundo, la arquitectura estaba adquiriendo protagonismo, aunque no para alguien con un apellido del viejo mundo. Max no habría sabido decir con exactitud cuándo el título de Herr Ehrlich pasó a ser un lastre que revelaba indicios de su linaje en lugar de anunciar su talento. El declive fue gradual: lo pasaron por alto para un ascenso aquí, no le renovaron un contrato allá, antiguos amigos ahora renegaban de él. Sus antaño grandes sueños se vieron reducidos a reelaborar planos para fábricas de las afueras y tener que sentirse agradecido incluso por eso.

Max no era el único en situación tan comprometida. Bettina se había ganado el burdo calificativo de «degenerada». Obras como las suyas llevaban ahora una diana pintada. Se las apañaban para salir adelante, pero el dinero que le enviaban a él sus padres ya no daba para tanto y enseguida tuvieron que vender la radio y el gramófono para llegar a fin mes.

Aun así, incluso en los momentos más oscuros, se tenían el uno al otro. Max había ardido de rabia al leer las noticias sobre la Feria Universal de París, envidioso de sus antiguos colegas, pero Bettina se había reído de su postureo diciendo que eran como «niños jugando a duelos de espadachines con sus *Schwänze*».

Se esmeró por animarlo cuando el dolor de su lenta caída pasó a ser excesivo, preguntándole: «¿Cómo es que lo que más les gusta a los arquitectos es construir objetos fálicos? ¡Lo único que queréis es desflorar los cielos, como esas ciudades del Renacimiento en las montañas de Italia y sus enormes y hercúleos campanarios!».

Descubrir que Bettina estaba por fin embarazada después de tanto tiempo les brindó a ambos cierta alegría y alivio. Durante un intervalo, su futuro en común volvió a parecerles brillante, hasta que las náuseas de ella y el calor sofocante comenzaron a pasar factura. Dormía mal y tenía unas constantes sombras de color negro azulado bajo los ojos. Empezó a arraigar todo un catálogo de ansiedades reales e imaginarias: ¿y si alguien ponía al tanto a las autoridades de que vivían juntos, una alemana y un judío austriaco? ¿Y si se quedaban sin dinero, si lo despedían a él, si ella no conseguía vender ningún cuadro más, si detenían a Max? Él siempre intentaba alentarla, pero había días en que no conseguía dar con las palabras adecuadas para impedir que se hundiera.

A fin de ahorrar dinero, dejaron el ático de su residencia urbana y se mudaron a unas habitaciones en la planta superior de una *Mietskaserne*. Estas imponentes calles de casas adosadas albergaban a miles de berlineses de clase obrera: pisos pequeños apilados a lo alto y a lo ancho, unos encima de otros. Los sonidos se transmitían sin obstáculo por los suelos y las paredes; una bofetada, un suspiro, pequeños fragmentos de frustración, sofocados y tragados muchas más veces de la cuenta.

Mientras Max atravesaba en bicicleta las largas sombras que proyectaban, pensaba en la casa que esperaba construir en tiempos mejores. Había empezado a bosquejar proyectos de cara a su futuro. Un lugar seguro para criar a sus hijos, su sueño de forma y función hecho realidad. Hablaban de dónde se establecerían y los materiales que usaría, imaginando la luz que entraría a raudales.

Cuando Max llegó por fin a su edificio en Kottbusser, el sol seguía alto y estaba sudando con las mangas remangadas hasta los codos. Atravesó en bici el pasaje abovedado y entró en la plaza detrás de la fachada para aparcarla y guardarse los rollos de proyectos bajo un brazo, de modo que le quedara la otra mano libre para llevar su preciada carga amarilla, perfecta y sin mácula. A pesar del calor, subió a la carrera el estrecho tramo de escaleras, ansioso por compartir la maravilla exótica con Bettina.

Al otro lado del río, Bettina iba camino de casa más lentamente, con la pesada carpeta de láminas de madera de pino golpeteándole la pierna y los pies hinchados en los zapatos demasiado prietos. Había dedicado la mañana a presentar su obra en una galería prometedora. El propietario le había hecho la vaga promesa de incluirla en una pequeña exposición colectiva, pero al llegar, se encontró con que el ofrecimiento había quedado rescindido.

—Sé de varias galerías que se han visto obligadas a cerrar,

sus propietarios perseguidos e incluso procesados por exponer arte «degenerado».

De nada servía que no hubiera un criterio estricto para considerar degenerada una obra de arte; la intención del artista rara vez tenía nada que ver. Los pintores judíos, liberales y radicales eran todos degenerados por defecto. Si mostrabas el mundo tal como era, en toda su turbulenta belleza, entonces eras un degenerado. Si intentabas dar voz a un concepto o idea, te tomabas libertades con formas, figuras y colores, entonces eras un degenerado.

El propietario de la galería se deshizo en disculpas, lamentando la estrechez de miras de las autoridades, aunque no se atrevía a desafiarlas.

—Adoro su obra, Fräulein, pero no puedo arriesgarme a poner en peligro mi reputación. Intente quizá atenuar ciertos detalles, hacer algo más… accesible. No es nada personal, ya me entiende.

—Pues no —respondió ella sonriendo pese a que tenía los dientes apretados—. Dígame, ¿en qué sentido es esto degenerado? —Tendió una pintura pequeña de una luna siena tostado que salía sobre Berlín, un ruiseñor en un árbol, las ramas marcadamente geométricas.

El galerista se mostró inflexible.

—Los nacionalsocialistas están decididos a purgar todo aquello que no aprueban y, me temo, a usted no la ven con buenos ojos. No quiero hacerle perder el tiempo ni darle falsas esperanzas.

Bettina había salido de la galería y deambulado sin rumbo durante un rato con los ojos anegados en lágrimas. Mientras tanto, se había perdido y había comenzado a notar un asomo de pánico cuando, por fin, dobló una esquina y se encontró en el Thielenbrücke, que cruzaba al ancho canal Landwehr. La superficie del agua estaba recubierta de una película vaporosa y aderezada de espuma mugrienta, pero aun así le alegró verlo. Al menos ahora se había orientado.

El puente estaba atestado de gente que paseaba al calor de

media tarde. Se había reunido una multitud de personas en las orillas del canal que paseaban ociosas cruzándose con las barcazas, iban cogidas de la mano y comían helados, como si estuvieran de excursión. Bettina buscó una sombra donde detenerse y dar un descanso a los pies hinchados. Se sentó bajo el puente a la orilla del agua y se quitó los zapatos para examinar los sitios donde le habían hecho rozaduras. Pese a sus reservas acerca de los horrores invisibles que podían flotar por allí, metió los pies y dejó que el agua de color marrón lechoso del canal se los refrescara. Las rozaduras le escocieron, pero al menos el frescor evitaría que se le siguieran hinchando. Ya los notaba como globos de agua que le lastraban los tobillos.

Quizá sus circunstancias no fueran las que habían planeado, pero aun así eran todo lo que deseaban. Decidida a superar el desánimo, volvió a ponerse los zapatos con un gesto de dolor. Optó por ir hacia el oeste, donde podría coger un tranvía. Era un lujo que rara vez se permitía de un tiempo a esta parte, aunque excusable teniendo en cuenta las circunstancias. Estaría en casa en menos de una hora.

A estas alturas, las calles estaban llenas de trabajadores que habían terminado la jornada. Cuando llegó a una intersección concurrida, Bettina se vio arrastrada hacia el gentío que se había concentrado allí. Acababan de dejar en una vitrina la última edición de *Der Stürmer*, de manera que los viandantes pudieran detenerse a leer los titulares, cosa que hacían por docenas. Intentó abrirse paso entre ellos, pero se vio atrapada en un remanso de cuerpos que rivalizaban por ocupar el mejor sitio. Incluso a cierta distancia, le saltó a la vista el titular principal:

Se inaugura en Múnich una
exposición de arte degenerado

Bettina empujó hacia delante; ahora ya no quería pasar, sino ver mejor el periódico. Al final consiguió situarse delante de la vitrina y contempló la fotografía de la primera plana. Reconoció al instante el cuadro que salía: *Drei Klänge* de Kandinski, una obra a la que ella había vuelto una y otra vez en Dessau. Por entonces, ansiaba ver los vivos colores con sus propios ojos; el azul profundo y resonante, una henchida luna magenta, y el bermellón intenso, nítido como el tañido de una campana. Se lo había imaginado a menudo, pero no así. La imagen reproducida aquí era fea, la fotografía con grano y el papel barato, saturado de tinta. En la fotografía vio las palabras «Entartete Kunst» pintarrajeadas en la pared encima del cuadro; arte degenerado: la acusación definitiva que su propio hermano le había lanzado desde la oscuridad. Por lo visto, no podía escapar del encasillamiento.

El calor y la presión de los cuerpos empezó a abrumarla. Al notar que la sangre no le llegaba a la cabeza y una constelación de estrellitas blancas surgía ante sus ojos, temió desmayarse. Alguien le dio un puntapié por accidente en la rozadura del talón y se oyó gritar al cederle la pierna bajo el cuerpo. Se precipitó de bruces contra la vitrina y notó el plexo solar magullado y dolorido por efecto del golpe. La multitud basculó hacia delante aplastándola, impacientes por ver cómo al fin estaban pidiendo cuentas a esos supuestos artistas. Bettina se agarró con desesperación el vientre abultado para protegerlo. Una mujer mayor alargó un brazo e intentó sacarla de allí, ladrándoles a los hombres que pese a todo seguían arremetiendo.

—¡Por el amor de Dios, dejadla respirar!

Los hizo retroceder a empujones hasta que alcanzaron el refugio de un pórtico a la sombra, donde Bettina se hundió agradecida, porque tenía las piernas tan débiles que ya no la sostenían. La mujer se quedó con ella hasta que hubo pasado lo peor y amainado el fragor que le saturaba los oídos. La ayudó a ir cojeando hasta la parada del tranvía y aguardó allí con ella para acompañarla a subir y gruñirle a un joven hasta que le cedió su asiento.

Al ponerse el tranvía en marcha, Bettina alzó una mano a modo de agradecimiento y luego cerró los ojos y apoyó la cabeza en la ventanilla. Se tocó el vientre con cuidado para palparse la magulladura, que seguía muy sensible al tacto. Intentó volverse lo más pequeña y discreta posible y rezó para estar pronto en casa.

Cuando por fin llegó, se encontró el ático vacío y sintió una punzada de inquietud: ¿habrían detenido a Max? ¿Habrían venido a por él como siempre había temido ella que harían?

Y entonces lo vio.

En la mesa de la cocina había una hoja arrancada de un cuaderno de dibujo en la que le decía que había ido a buscarla. En la parte inferior había dibujado unos ojos, cejas y una nariz: torcidos, dulces e infantiles. En vez de boca, había dejado el plátano curvo de intenso color. Era perfecto, no tenía ni una sola mancha en la risueña piel amarilla. Debajo había escrito: «Para que sonrías».

Rio, y entonces sintió que empezaban a brotarle las lágrimas. Contenidas durante tantas horas, por fin se imponían cayendo calientes y rápidas sobre el papel. Sin nadie presente que las viera, igual que un chubasco de verano, cesaron tan rápido como habían llegado.

Respiró hondo y decidió darse un baño para desprenderse del hedor de la calle y la inmundicia de su propio terror. Cogió el albornoz teja y rojo, una toalla raída y el último trozo de jabón antes de iniciar el lento descenso hasta el cuarto de baño compartido. Era subterráneo, las paredes de un azul verdoso mate, el color del mar un día nublado. El cuarto no estaba nunca seco, ni siquiera con el calor estival; el moho se había adueñado de él colándose por los rincones y dejando el techo negro como el hollín. Encima de la bañera había hileras de medias que colgaban cual estalactitas. Bettina abrió el grifo y empezó a manar un borboteo de agua que fue llenando poco a poco el recipiente y ahogando el ruido de los niños que jugaban en la calle.

Cuando el agua hubo alcanzado nivel suficiente, se desvistió, pasó por encima del borde y se metió con un estremecimiento. El agua le llegó hasta las caderas, recibió el frío con una grata sacudida, que le cubrió la piel blanca de carne de gallina. Sumergió lentamente las piernas y se recostó inspeccionando el paisaje de su cuerpo: el pequeño abultamiento del vientre, una isla cuyas orillas lamía el agua.

Se adormiló y despertó sobresaltada unos minutos después. Se despabiló lo suficiente para coger el jabón y frotárselo en el cuero cabelludo con el pelo desplegado en abanico alrededor. Volvió a incorporarse un poco y se restregó los pies donde no los tenía muy rozados, luego debajo de los brazos y de los pechos, donde la vitrina de *Der Stürmer* le había dejado un verdugón tirando a ocre.

Apoyó la frente en las rodillas dejando que el pelo mojado goteara sobre el agua al unísono con las medias. Bajó la mirada y algo le llamó la atención: había un hilillo escarlata suspendido entre sus piernas como una voluta de humo que brotara en espiral de una llama recién apagada.

El mundo se detuvo entonces y se alejó. Bettina permaneció perfectamente inmóvil, consciente de que hacer cualquier cosa en absoluto convertiría esa posibilidad en un hecho y a partir de entonces no habría vuelta atrás. Se quedó allí, temblorosa, hasta que se fue echando la noche y, al final, el agua se volvió demasiado oscura para verla.

Abandonaron la ciudad un luminoso día de finales de agosto. Cogieron los dos el tren a través de Steglitz y luego hacia el sur. Las casas de vecinos surgían amenazantes a medida que iban avanzando entre sus fachadas. Había ropa tendida en todos los patios y las ventanas abiertas pese a la carbonilla que ascendía en espiral como un torbellino a su paso.

Mientras Max leía un libro, Bettina miraba por la ventanilla a las mujeres ocupadas en sus quehaceres. Las veía tender las sábanas como si fueran velas, docenas de niños a sus pies, correteando y colándose entre sus piernas. Mundos enteros pasaban por su lado y seguían adelante, ajenos a todo. «Qué extraño —pensó— que, en medio del dolor, la normalidad parezca lo más anómalo de todo».

El ritmo del tren inducía entre susurros al sueño, pero había dormido más que suficiente. Se miró los dedos de la mano derecha. Le dio la impresión de que temblaban y se preguntó si alguien más se daría cuenta.

—¿Qué tal estás, *Kaninchen*?

Levantó la vista al oír su voz; detrás de la máscara de su sonrisa relajada, Max era la viva imagen de la ansiedad.

—Bien —contestó—. Bueno, casi bien, por lo menos. No te preocupes.

Él retomó la lectura y ella volvió a centrarse en su mano. Tenía un padrastro en el lateral del pulgar, un trocito de piel duro y blanco. Se lo hurgó con la uña redondeada del índice y dejó a la vista un resquicio de carne rosa intenso debajo. Notó la presión de las lágrimas omnipresentes; ahora tenía todo un embalse en su interior, tan lleno que amenazaba con desbordarse si añadía una sola gota más. El tren seguía traqueteando.

«No pienses. No pienses. No pienses en eso».

Intentó concentrarse en otra cosa y tiró del padrastro a pesar del intenso pinchazo de dolor. Afloró un brote de sangre y se quedó mirándolo.

«No pienses».

Un súbito chirriar de frenos le hizo levantar la vista y le asombró ver que los altos muros de la ciudad habían dejado paso a vistas más extensas. El tren los había llevado a las áreas residenciales de las afueras, del gris y del marrón a un verde tan intenso que le avivó todos los sentidos. Cayó en la cuenta de que hacía meses que no veía un horizonte que no estuviera atestado de edificios y le alivió descubrir que aún tenía capacidad de dejarse distraer por el mundo. Cautivada, miró por la ventanilla embebiéndose de todo.

Cuando por fin llegó el tren a Wannsee, los dos se levantaron de un brinco. Ella empezó a recoger los paquetes que habían dejado en el portaequipajes: una hogaza de pan de centeno, una libra de tocino envuelto en papel encerado y una tarta de manzana de la que emanó un dulce aroma cuando ella la bajó. Max se lo cogió todo y lo cargó contra su pecho antes de cerrar la ventanilla y abrir la puerta. Le tendió la mano y ella descendió al andén. Había un ambiente vivificante y limpio. Aquí, a las afueras de la ciudad, Bettina alcanzó a sentir la promesa del cambio.

Le apretó la mano cuando iban juntos hacia la entrada. Miraron en ambas direcciones con la esperanza de que Richard hubiera cumplido su palabra.

—¡Bienvenidos, ratones de ciudad!

Allí estaba, bronceado y con una sonrisa despreocupada, sentado al volante de un Adler Trumpf descapotable, con una bonita rubia a su lado que saludaba entusiasmada.

—Os presento a Imre —gritó.

«Qué chica tan joven —pensó Bettina—. Y se alegra tanto de vernos que está meneando la cola como un spaniel ilusionado». Levantó una mano y los saludó a los dos al tiempo que se plantaba su sonrisa más valiente y una pamela de ala ancha.

Richard siempre había tenido una propensión hacia la velocidad; una avenida bordeada de árboles un radiante día de verano era una invitación que no podía dejar pasar. Y aunque ella habría sido incapaz de reconocerlo, a Bettina el trayecto en coche le resultó de lo más estimulante. Mientras iba agarrada al tirador de la puerta para sujetarse en las curvas, notó que volvía a despertar algo en ella, un pedacito de hielo que se fundía. Intentó tantearlo con la lengua para ver si había algún nervio a flor de piel y, al no encontrarlo, sonrió un poco para sí.

Imre se volvió con el pelo rubio azotándole el rostro y gritó para hacerse oír entre el fuerte ruido del motor.

—Ya no falta mucho. Vamos directos al lago. ¿Habéis estado?

—Nunca —contestó Bettina a voz en cuello.

—¿Has traído traje de baño?

Negó con la cabeza.

—Da igual, puedes ponerte uno mío; he traído uno de muda. Richard me ha dicho que tenemos más o menos la misma talla.

«Parece simpática —pensó Bettina—. Richard está madurando, igual que todos». Antes había sido a menudo fríamente pragmático con sus conquistas de verano: las valoraba tanto por sus bienes inmuebles como por su carácter.

Cuando llegaron al final de la carretera, derrapó hasta detener el vehículo levantando una nube de polvo en forma de abanico. Había asomado a su cara una sonrisa lobuna.

—¿Todos bien?

Max lanzó un gruñido:

—En cuanto mis órganos internos nos den alcance.

—Sustento líquido, seguro que eso lo arregla.

Richard se apeó de un salto y cogió una caja de cerveza del maletero mientras Imre sacaba una cesta y mantas. Los dos se encaminaron hacia el lago, donde asomaba de la orilla un pequeño embarcadero de madera.

El cielo estaba despejado salvo por un banco de nubes en el horizonte. Una brisa ocasional rizaba el agua, pero por lo demás estaba bastante lisa y reflejaba el cielo extenso y cerúleo. Imre tendió las mantas en el muelle y, una vez se hubieron acomodado, empezó a servir comida en platos de porcelana: ensalada de patata, chucrut y salchichas junto con tomates pequeñitos y duros. Se esmeró con Richard y Max cerciorándose de que tuvieran todo lo que necesitaban.

Bettina se quitó la rebeca y se recostó en un amarradero descolgando las piernas por el borde. Con los ojos cerrados levantó la cara hacia el sol para desconectar de la charla y disfrutar de la sensación de calor sobre los hombros desnudos. Respiró hondo y suspiró. Una sombra tapó brevemente la luz, así que levantó la vista haciendo visera con una mano.

—¿Quieres algo? —Imre estaba a su lado, vacilante.

—Una cerveza estaría bien.

Richard abrió un botellín y se lo alargó a Imre, que se lo pasó y se sentó cerca mirándola.

—Richard habla de ti todo el rato. Dice que eres una pintora brillante.

—Ah, ¿sí? —Echó un trago de cerveza y le dirigió a la chica una mirada especulativa—. Y tú, ¿a qué te dedicas?

—A nada tan emocionante. Soy maestra de jardín de infancia.

—Pues a mí me parece bastante emocionante. Pero, dime, tengo curiosidad, ¿cómo es que una maestra de jardín de infancia puede permitirse pasar aquí todo el verano?

Imre dejó escapar una risa nerviosa y se sonrojó enseguida, lo que llevó a Bettina a lamentar de inmediato su tono burlón.

—Perdona. Qué grosera he sido.

—Qué va. Mis padres tienen una casa aquí. Soy maestra porque quiero, no por obligación, si te parece que tiene sentido.

—Desde luego.

Decidida a compensar el desliz, Bettina le preguntó por el traje de baño que iba a dejarle. Imre se animó de inmediato y se puso en pie indicándole que la siguiera. Fueron juntas al coche. Procurando no mirarse, se agazaparon detrás del vehículo para quitarse la ropa y ponerse el traje de baño. Rieron al unísono, nerviosas pero confabuladas en la aventura conjunta. Bettina se volvió hacia Imre movida por un súbito sentimiento de audacia.

—¿Qué te parece si les damos una sorpresa?

Se levantó de un salto y echó a correr como loca por la tierra sembrada de guijarros. Notó los pies ardiendo hasta que alcanzó el embarcadero donde la madera curada era lisa. Rio y luego gritó mientras galopaba muelle abajo por delante de los hombres, que la miraban con los ojos abiertos de par en par de asombro. Llegó al final y contuvo la respiración a la vez que saltaba aferrándose las rodillas con los brazos y se dejaba caer como una piedra, rodeada de pronto de un torrente de burbujas que le besaban la piel y la acunaban. Ahí abajo hacía frío y estaba oscuro como la noche, y reinaba el silencio, salvo por el sonido lejano del grito de Imre cuando saltó también. Bettina se impulsó hacia el sol en la superficie, emergió y tomó aire a grandes bocanadas, cegada por la luz que relucía sobre las olas.

En el embarcadero, Max las contempló a las dos, riendo al verlas resurgir temblando entre chillidos. Sacudieron las cabezas mojadas y una gran rociada de gotitas llenó el aire.

—Vaya, vaya —comentó Richard—. Ha hecho una amiga.

Max se recostó sobre los codos.

—Me alegro. Dios sabe que necesita desahogarse.

—¿Cómo lo lleva?

—No muy bien. Ha sido todo terrible, a decir verdad. Pero creo que esto le vendrá bien. Era urgente salir de la ciudad.

—Encantado de ayudaros. —Richard echó un buen trago del botellín y miró a Max—. Y tú, ¿qué tal estás?

—Muerto de preocupación.

—¿Por Betti? No lo estés. Sabe cuidar de sí misma.

—No es tan dura como te pueda parecer.

—Pero quizá tampoco tan frágil como temes tú.

La observaron mientras volvía a encaramarse al embarcadero y los saludaba con la cara radiante. Se volvió y extendió los brazos para volver a zambullirse. A Max le vino a la cabeza un recuerdo nítido de la noche en que se conocieron, cuando estaba justo así, como a punto de alzar el vuelo delante del fuego. Se le había quedado marcado en la memoria como una mancha solar.

Apuró la cerveza.

—Necesito que me aconsejes.

—Para lo que te va a servir…

—Creo que ha llegado la hora de que Bet y yo nos vayamos de este país. Sé que tú estás decidido a aguantar aquí y ella siempre había sido del mismo parecer, pero esto se ha vuelto insoportable. Cuando descubrimos que estaba embarazada, nos pareció más conveniente quedarnos, más seguro de alguna manera. Pero ahora…, bueno, ya ves cómo están las cosas.

Richard hizo una breve pausa y luego preguntó en tono vacilante:

—¿Habéis pensado adónde iríais? Quizá no es tan sencillo como imagináis.

—¿Crees que es mejor que nos quedemos?

Richard negó con la cabeza.

—No es eso, lo que pasa es que… me temo que igual habéis esperado demasiado. Es casi imposible conseguir los documentos adecuados y, por lo que tengo entendido, la mayoría de los países de Europa prácticamente han cerrado las puertas: dicen que ya han cubierto sus cuotas. Ahí está la trampa: quieren que resulte intolerable vivir aquí, pero más difícil aún marcharse.

—¿Y qué me dices de América?

—Están convencidos de que los refugiados les disputarían los trabajos y agotarían sus recursos. Tendríais que buscar alguien que os avalara. Además, el pasaje cuesta una fortuna. ¿Habéis reservado billetes?

Max se mostró alicaído.

—Andamos escasos de dinero ahora mismo. Yo gano muy poco. Mis padres nos ayudan cuando pueden. Han estado hablando de irse de Austria, están buscando a alguien que les compre el negocio y la casa, aunque mi padre sigue diciendo que quizá todo esto acabe por pasar.

—Bueno, si podéis reunir el dinero suficiente para los pasajes y los documentos adecuados, yo diría que tenéis una buena posibilidad. Aunque ya os podéis preparar para una larga espera. No tengo ni que decirte que Alemania no es el único país que ve con malos ojos a los emigrantes de cualquier tipo y a los emigrantes judíos en particular. Esa clase de veneno en concreto no atiende fronteras.

—Ya veo. —Max se hundió los dedos en el pelo.

—Creía que ya lo sabíais —repuso Richard—. Creía que estabais decididos a aguantar, pese a todo.

—Supongo que los dos esperábamos ingenuamente que la situación mejorara, que el mundo recuperase la cordura. Yo no quería creer que todo llegaría a estar tan mal.

Richard dejó escapar un profundo suspiro.

—No hay una manada de grandes caballos blancos que nos advierta cuándo dejamos atrás el punto sin retorno. Solo la paulatina muerte de la democracia. Al parecer, la gente es capaz de tragárselo todo si se lo embuchas poco a poco.

Max rio sin mucho entusiasmo.

—Tienes una opinión muy poco halagüeña de la humanidad.

—Eso me temo. El pozo del egoísmo humano no tiene fondo. En tanto que especie, solo somos capaces de escandalizarnos durante un tiempo y luego… simplemente nos aburrimos del asunto, pasamos página y nos olvidamos de que hubo un momento en que algo nos dio que pensar.

Al final del embarcadero, las dos mujeres salieron del agua y se tumbaron a secarse al sol con las caras vueltas y las cabezas con el pelo alisado por el agua muy juntas. Tenían los pálidos cuellos y los hombros al aire, un lienzo en blanco; la piel jaspeada por gotas de agua. Susurraban en tono conspirador y reían juntas. Max se alegró de ver a Bettina de mejor ánimo, aunque había tenido esperanzas de ser él quien se lo infundiera.

Richard sacó a golpecitos un cigarrillo del paquete de papel y se lo ofreció. Max negó con la cabeza.

—¿Qué te llevó a decidir quedarte?

—Para mí es mucho más fácil —dijo Richard—. Yo no despierto ni remotamente tantas sospechas como vosotros y puedo plantar cara hasta cierto punto, desde dentro; hay ciertos focos de resistencia... —Se interrumpió y se quitó una hebra de tabaco de la lengua—: Recuerdas a Libertas, ¿verdad?, la agitadora; la conociste en la exposición de Betti hace años. Tiene buenos contactos en Berlín, amigos que igual pueden echaros una mano con los visados, por un precio.

—Eso es lo malo.

—Claro. Y me temo que Betti no será de gran ayuda, su obra sencillamente no se vende. Las tendencias han cambiado en contra de cualquier clase de expresionismo. Lo que está en boga es el arte figurativo, insisten. Heroico y «puro», todo a mayor gloria del Reich...

—Lo sabe. Le rompe el corazón. Casi tanto como haber perdido el bebé.

Richard desvió la mirada; no tenía palabras para su reciente desgracia. Max se pasó una mano por la boca.

—Bueno, pues aquí estamos. No hay nada que hacer al respecto.

—No te des por vencido. Veré qué puedo conseguir...

—Gracias.

—Pero no te prometo ningún milagro.

Richard alargó la mano y le apretó el hombro a Max, luego se levantó y se desperezó a la vez que les gritaba a las dos mujeres:

—Os echo una carrera hasta el pontón.

Se quitó la camisa y los zapatos y volvió la mirada hacia Max.

—¿Vienes?

—Enseguida.

Las chicas echaron a correr antes de tiempo entre risillas. Richard enfiló el muelle advirtiéndoles a voz en grito que iba en camino y se zambulló tras ellas.

Max permaneció en silencio viendo cómo se alejaban los tres a nado. Una fuerte brisa sacudió la superficie del lago antes en calma e hizo que se le pusiera la carne de gallina en los brazos.

Bettina llegó la primera al pontón y salió del agua. Aunque estaba bastante lejos, él alcanzó a oír su grito de alegría; se la veía exultante. El viento lo llevó hasta él por encima del agua.

Siempre se había considerado un ancla que la mantenía a salvo, pero ¿de qué servía un ancla en mitad de una tormenta? «Bien puede retenerte en el sitio —pensó—. Hasta que las olas te lancen contra los arrecifes».

7

Al ponerse el sol sobre Putney Heath, los últimos rayos infundieron un fulgor aterciopelado a la sala de estar. Mientras esperaba a su hija, Clara contemplaba la calle más abajo. Desde la infancia había disfrutado de esa vista y de la sensación de encontrarse por encima de la lucha cotidiana, capaz de ver el ajetreo de la humanidad, pero guardando las distancias. Su madre decía a menudo que escogió la manzana de mansiones *art déco* de fachada blanca porque le recordaba al apartamento en el que vivía en su Alemania natal. De adolescente, Clara miraba con desdén sus curvas de hormigón y detestaba el viento frío que azotaba el brezal y hacía traquetear las ventanas de marco metálico. Anhelaba la modernidad y se moría de ganas de escapar.

Había vuelto aquí a regañadientes después de su divorcio, abandonada en la tierra extraña de su nueva vida. La sorprendió sentirse como si volviera a casa. Más que nada, la ayudó a apreciar lo sumamente ajeno que debió de haberle parecido Londres a su madre nada más llegar.

Clara identificó a su hija de lejos: las largas piernas que avanzaban a zancadas decididas, la maraña de pelo moreno que la seguía. Aunque Lotte nunca había vivido en el piso a tiempo completo, había pasado buena parte de la infancia con su querida Oma; era un segundo hogar para ella.

Al oír el clamor del portero automático que tanto rato había esperado, Clara se apresuró a pulsar el botón para franquearle el paso. Abrió la puerta de arriba y esperó hasta que por fin apareció su hija única con los auriculares al cuello enredados en las ondas de su cabello, las mejillas arreboladas por el esfuerzo de subir. Llevaba una mochila colgada del hombro y vestía un polo de cuello alto y una bufanda que engullían su cuerpo delgado.

—Hola, mamá.

Lotte se inclinó hacia delante y le dio un beso mientras se desprendía de la mochila, ladeándose para dejarla caer pesadamente al suelo. Clara la abrazó como si todavía fuera más alta, aunque Lotte ya la había superado con creces. La apretó con fuerza y no la soltó, haciendo caso omiso de las palmaditas que le daba su hija para indicar que ya estaba lista para que aflojase. Al final, Lotte se zafó del abrazo entre sonrisas y suspiros.

—¡Ya vale!

—Cómo te echaba de menos, pequeña *Bärchen*.

—Solo han sido unas semanas —rezongó Lotte de buen ánimo—. Pero yo también te he echado de menos.

—Bueno, ¿qué tal los estudios?

—Bien. Caótico. Ya te puedes imaginar.

—Quiero que me lo cuentes todo.

Cuando iba ya a la cocina, Clara se volvió brevemente:

—¿Café?

—Por favor.

Vio que su hija se agachaba para recoger la mochila. Tenía la elegancia de una bailarina de ballet, aunque apenas había bailado un solo paso, ni siquiera de niña. Tanta gracia natural y sin embargo siempre estaba absorta en sus pensamientos, ajena casi por completo a su cuerpo; no era más que un cerebro que pilotaba la mano y la mirada de una artista.

Clara empezó a llenar el hervidor mientras Lotte la seguía a la cocina.

—Es increíble que sea tu último año.

—Lo sé. Estoy reventada.

—Bueno, este fin de semana puedes tomártelo con calma.

—¿Te conté que ya he empezado a trabajar en mi propuesta artística? Por fin he decidido en qué centrar mi exposición…

—¿Y bien? ¡No me tengas en ascuas!

—Va a ser mi reacción a los cuadros de Oma.

Clara la miró asombrada y luego pasó a abrazarla de nuevo.

—¡Ay, cariño, qué maravilla! Le habría encantado. ¿Cuáles?

Lotte arrugó el entrecejo.

—Aún no lo sé. Seguramente los primeros, me parece.

—Bueno, tienes que echarles un vistazo como es debido mientras estés aquí, aunque los que tengo no son precisamente representativos. Vendió muchos cuando yo era joven y se dejó otros tantos allá en Alemania. Ya sabes, vinimos aquí sin nada…

—… nada más que un par de maletas de cartón y la ropa que llevábamos puesta —entonó Lotte entre risas—. El caso es que creo que igual ya me lo habías contado.

Clara sirvió el café mientras Lotte curioseaba por ahí.

—Me encantan las vitrinas nuevas.

—Ay, gracias, cielo. Reconozco que estoy muy contenta.

El padre de Lotte le dijo a Clara que quería el divorcio escasos meses después de que falleciera Bettina. En plena recuperación de los dos reveses, ella se mudó al apartamento vacío de su madre como medida provisional. De eso hacía ya tres años.

—Tuve la sensación de que era el momento de hacerlo más mío, de ponerle mi sello. Tal vez redecore la sala de estar más adelante.

—¿No te estarás refiriendo a *der Salon*? —preguntó Lotte con los ojos chispeantes al recordar el título tirando a grandioso que le había conferido su abuela a la sala.

—Para ser una chica de campo, tu Oma era de lo más afectada. —Clara sonrió—. No sé si habría visto con buenos ojos mis cambios, aunque han sido curiosamente terapéuticos. He podido despedirme de ella como era debido.

Clara alargó la mano debajo de la encimera y sacó una gruesa tabla de cortar de madera.

—Pensaba preparar un guiso *stroganoff*, si me das el visto bueno.

Lotte entornó los ojos.

—De champiñones, supongo. ¿O has olvidado que ahora soy vegetariana, mamá?

—¡Claro que no! —respondió, aunque por supuesto que lo había olvidado. Los huesos de las viejas disputas no acababan de enterrarse nunca.

—¿Te importa si pongo música?

Lotte sacó del fondo de la mochila un estuche con CD y un manoseado cuaderno de dibujo.

—Adelante, cariño.

Salió de la habitación y Clara le advirtió:

—¡Pero que no sea muy deprimente!

Se había convertido en una rutina establecida que Lotte pusiera música y dibujara mientras Clara cocinaba.

Unos instantes después, resonó por el piso una austera frase de percusión. Lotte volvió y se sentó en la isleta con encimera de mármol para empezar a bocetar. Estaba añadiendo detalles meticulosos al estudio de un abedul plateado. Procedente del cuarto de al lado, un piano resonante se unió al bucle de la percusión, y luego una voz pura y apasionada se alzó por encima de todo.

—¿Qué es? —preguntó Clara—. La verdad es que me gusta. Es menos sensiblero de lo habitual.

Lotte pasó por alto la provocación y le tendió a su madre la funda.

—Talk Talk. *Colour of Spring*. Es bastante viejo.

La cubierta era un cuadro intrincadamente detallado de mariposas y polillas, todas ellas por lo visto imbuidas de simbolismo y sentido en clave.

—A Oma le habría gustado el grafismo.

Lotte arrugó la nariz.

—Qué va, le gustaba el desorden. Esto es muy limpio para ella. Aunque a mí me gusta mucho.

Clara picaba una cebolla en trocitos más o menos iguales, rápida y metódicamente. Para cuando tenía la edad de Lotte, había aprendido por sí misma a ser una cocinera competente, definiéndose por oposición a su madre, que evitaba cualquier cosa que tuviese que ver con algo tan prosaico como cocinar.

—Ya que hablamos de Oma… —dijo Clara—, creo que igual estoy un poco más cerca de resolver el misterio.

Mantuvo la vista fija en su hija para ver cómo encajaba el anuncio. Lotte levantó la cabeza de inmediato; el enigma de la paternidad de Clara era una de las pocas cosas que le parecían más apasionantes que el cuaderno de dibujo.

—¿Encontraste la figurita?

—Sí, aunque siguiendo un camino bastante tortuoso.

—Por el amor de Dios, mamá, ¿cómo te lo has guardado tanto rato? ¡Cuéntamelo todo!

Lotte había contribuido de manera fundamental a la decisión de Clara de iniciar la búsqueda. Después de su divorcio y de la muerte de Bettina, frente a la perspectiva de la edad mediana y de la menopausia en soledad, Clara se encontró a la deriva. Llevaba años sin trabajar fuera de casa y no tenía claro cómo llenar los días.

Lotte estaba planeando matricularse en un curso de iniciación al arte y animó a su madre a que emprendiera también algo nuevo: la búsqueda de la identidad de su padre.

A Clara, descubrir la carta a Bettina de su marido Karl no había hecho sino plantearle más preguntas. Empezó a compartirlas con su hija en busca de algún punto en común en el campo de batalla bombardeado de su familia. Le habló a Lotte de la breve conversación que había tenido con su madre agonizante en torno a la figurita del vikingo y el desconocido al que Bettina se había referido como «el fabricante de porcelana de Dachau». Fue Lotte la que llevó la figurita del vikingo a la universidad y se la enseñó al profesor de cerámica; Lotte la que volvió con la noticia de que el vikingo era un magnífico ejemplo de la porcelana Allach que se fabricaba a las afueras de Múnich, cerca de la población de Dachau. Una fábrica propiedad de los nazis y dirigida por estos.

A Clara la conmocionó descubrirlo y, sin embargo, reconoció que era perfectamente lógico.

—Oma nació justo a las afueras de Allach, conque igual ese ceramista vivía cerca, en la ciudad de Dachau, ¿no? Quizá era un vecino o alguien con quien creció.

Con entusiasmo renovado, comenzó a dedicar sus jornadas vacías a viajes de investigación. Empezó por el Museo Soane y pasó a otras notables colecciones de porcelana en Londres, hablando con especialistas en casas de subastas y otros lugares. A algunos les preocupó el vínculo con el Tercer Reich, pero con el tiempo encontró a alguno que otro que accedió a seguirles la pista a esas piezas en su radar. Le informaron de que el vikingo era una rareza, pero Lotte no permitió que la noticia la desanimara.

—Ahora deberías centrarte en eso. Era la pieza más importante para Oma, en cualquier caso. Basada en su cuadro, hecha para ella, comprada como regalo por Karl Holz. Si puedes encontrar otra, seguro que merece la pena ir tras ella.

Pasaron los meses y Clara prácticamente perdió la esperanza, hasta que por fin recibió la llamada que le anunció que iba a subastarse en Cincinnati un pequeño surtido de porcelana Allach. Entre esas piezas, por fin, el segundo vikingo.

Mientras removía el guiso, Clara le describió a Lotte con más detalle su odisea norteamericana, desde el descubrimiento de la destartalada casa de subastas hasta la emoción de pujar por las figuritas. Le contó cómo se había topado con la fotografía de Bettina en la habitación de Ezra Adler. Se la enseñó a su hija, que quedó cautivada al instante y escudriñó la inscripción analizando minuciosamente todos los detalles.

—Aquí pone Porzellanmanufaktur Allach, Dachau… No creo que se refiera a la ciudad de Dachau sin más, mamá.

—Yo tampoco. Mira los uniformes debajo de las batas blancas —señaló su madre con gesto sombrío—. De verdad, Lotte, no sé por dónde seguir. O si debo hacerlo siquiera.

Después de comer, fueron a la sala de estar y se acurrucaron las dos en sendos sillones. Clara se sirvió una tercera copa de vino; no pudo por menos de fijarse en que su hija apenas había probado la primera.

—Ahora me toca a mí elegir la música —anunció a la vez que ponía *Harvest Moon*.

Lotte se levantó y fue a la amplia repisa de mármol de la chimenea para escudriñar el cuadro que colgaba encima: vasto y de un profundo negro azulado, con destellos de rosa viscoso, rojo intenso y amarillo ácido que parecían flotar bajo la superficie.

—¿Cómo se titula este?

Clara frunció el ceño al apuntar una respuesta que había sabido toda la vida:

—Creo que *El Mulde desbordado*, de 1931. Son más que nada lugares y fechas de ese periodo. Las obras tardías son las que tienen títulos más grandiosos.

Lotte permaneció allí mirándolo con atención. Al final, dijo:

—Me parece increíble que fuera capaz de pintar así y luego lo dejara de repente. Yo no podría. Me sentiría obligada a seguir adelante, aunque fuera solo para mí. ¿Te dijo alguna vez por qué decidió dejarlo? —Volvió para sentarse.

Clara meneó la cabeza.

—No, es otro misterio más. Uno de tantos asuntos que yo sabía prohibidos. Era indomable, una fuerza de la naturaleza. Si se empeñaba en algo, nada la hacía cambiar de opinión. Tú eres como ella en muchos aspectos, aunque mucho, pero que mucho más optimista, gracias a Dios. —Le cogió la mano a su hija—. Cambió cuando tú naciste; fue la primera vez que puedo decir con sinceridad que la vi total y absolutamente feliz y contenta. Tener una segunda oportunidad fue muy importante para ella.

Lotte le besó la mano a su madre y recogió las rodillas bajo el holgado jersey negro. Clara tomó otro sorbo de vino.

—Hace unas noches soñé con ella. Me hizo recordar toda esa época horrible: descubrir esto, perderla, y luego la marcha de tu padre... —Se estremeció—. Ojalá hubiera vivido un poco más, pero no tuvimos esa suerte. En cambio, me quedé con una extraña sensación de... desconcierto. Yo tenía una peculiar ausencia de curiosidad antes de aquella conversación. La verdad es que nunca tuve la sensación de que me faltara algo, pero al recibir esas pocas pistas... todo se volvió de lo más inquietante. Lo cierto es que no sé qué viene ahora.

—Vas a seguir investigando, ¿verdad? La fotografía abre un montón de caminos que explorar.

—Pero ¿qué hay al final de esos caminos? Fíjate en lo que ya sabemos. Estuvo casada con un hombre objetivamente horrible que le hizo algo tan malo que casi la destruyó. Era un nazi declarado, y ahora tenemos esta fotografía de ella con prisioneros de un campo de concentración. Quizá hubiera una razón buena de narices para que me ocultara la verdad tanto tiempo.

Notó un súbito acceso de cansancio y cogió la botella para servirse el vino que quedaba.

—¿Y si descubro algo realmente horrible, algo que fuese incapaz de perdonarle? No sé si puedo enfrentarme a la idea de perder nada más.

La mañana siguiente, Clara despertó al oír el trajín en la cocina. Lotte ya estaba despierta preparando tortitas para las dos.

—Buenos días, mamá. ¿Qué tal la cabeza? —Le tendió un frasco de paracetamol—. Ahora viene el café.

Clara se sentó en el sitio que solía ocupar su hija, encantada con la inversión de sus papeles habituales.

—Bueno, primero tortitas con limón y azúcar, luego ¿qué te parece si salimos a pasear y a que nos dé el aire fresco? Todavía tengo unas horas antes de volver y no recuerdo la última vez que fuimos a dar un paseo juntas por el brezal.

La extensión de naturaleza, tan cerca de la ciudad, estaba sembrada de recuerdos para ambas, superpuestos como estratos sedimentarios a la espera de su excavación. Veranos de infancia con Oma; las primeras muestras de libertad adolescente; paseos invernales al inicio de la edad adulta. Clara recordaba haber llevado allí al padre de Lotte una noche de verano de 1969. Había pasado horas viendo cómo los astronautas del Apollo 11 se asomaban a los confines mismos de la existencia. Una vez terminó la retransmisión, los dos sintieron la necesidad de rastrear el cielo nocturno por sí mismos. Tendieron una manta bajo las estrellas y él se le declaró iniciando su trayectoria hacia Lotte y toda una vida juntos. O eso había pensado ella.

Cuando, unos veinticuatro años después, Clara salió esa mañana de otoño con su hija no pudo por menos de pensar en ello. «Qué imprudente era con mi felicidad por entonces, imaginaba que la vida consistiría siempre en esa clase de aventuras compartidas».

Pasó el brazo por el de su hija y alargó la otra mano para acariciarle el pelo rizado.

—A Oma le encantaba este lugar. Yo esperaba llevarla a pasear la última vez que la vi, pero no le gustaba tener que ir en silla de ruedas. De haberlo sabido, me habría empeñado más en convencerla. Murió muy poco después. —Suspiró—. Ojalá hubiera algún modo de saber cuándo algo está tocando a su fin, para poder saborearlo. No guardo recuerdo de la última vez que te cogí en brazos. Daría prácticamente cualquier cosa por que fueras tan pequeña, para sentir de nuevo tu peso entre los brazos.

Su hija gruñó:

—¡Qué sensiblera eres! Lo sabes, ¿verdad?

—Lo sé. —Apoyó la cabeza en el hombro de su hija para continuar andando.

—Pero le habría gustado hacer un pequeño pícnic. —Lotte sonrió al imaginarse la escena—. Una porción de *Sachertorte* y un termo de chocolate caliente.

Siguieron adelante escuchando el rumor del tráfico lejano aderezado de trinos. Al final, Lotte rompió el silencio.

—Estaba pensando en lo que dijiste anoche…, eso de que si sigues adelante te da miedo qué podrías descubrir. —Se detuvo y miró a su madre con determinación—. Lo entiendo, pero creo que te equivocas. No saberlo sería peor. Ahí es donde estás ahora, te rondan la cabeza un montón de posibilidades nefastas.

Clara miró perpleja a su hija. «Es mucho más madura que yo a su edad —comprendió—. Es así ahora; está plenamente formada».

Lotte continuó:

—Yo también la quería. En muchos aspectos, hizo de mí quien soy. Y quiero intentar entenderla, como abuela y también como artista. Creo que todo está relacionado, ¿no te parece?

Clara le apretó el brazo a su hija a la vez que asentía agradecida.

—Sí. Claro que sí.

—Tuviste que lidiar con muchas cosas cuando estabas creciendo y lo hiciste sola. Lo mismo desde que Oma murió y papá se fue. Pero ahora no estás sola, me tienes a mí. Quiero ayudarte, mamá. Puedo ser Watson si tú eres Holmes, Cagney si tú eres Lacey. A partir de ahora, vamos a encarar esto juntas.

Las hojas caídas formaban un denso lecho bajo sus pies. En el estanque, una golondrina solitaria describía círculos contra el azul brillante con las alas abiertas de par en par. Se pararon y la observaron surcar el aire en calma zambulléndose hasta rozar el agua.

Clara notó que le venían lágrimas a los ojos y le nublaban la vista, abrumada de nuevo por los sentimientos. Se cogió con fuerza al brazo de Lotte. «Algún día —reflexionó— será el último que pasemos aquí juntas. Quizá, pensándolo mejor, sea preferible no saberlo en ese momento».

8

Berlín despertó cubierto de una tenue calima. Los sonidos de la ciudad quedaban amortiguados y brotaba vapor de las partes de la calzada hasta donde se abría paso el sol. Desde los aleros atenuados contemplaban la calle hileras de estatuas, aparentemente benignas. Debajo pendían estandartes de color negro, blanco y rojo sangre, la tela húmeda y apagada.

Para las nueve y cinco, la mayor parte de la ciudad trabajaba a destajo. Solo algún que otro rezagado se apresuraba hacia su puesto adelantando a lentas *Hausfraus* camino de la compra. Los vendedores de periódicos tenían ocasión por fin de sentarse en sus sillas de una sola pata cual aves zancudas en fila. Los titulares aclamaban al anterior rey de Inglaterra y a su novia, dos veces divorciada, que iban a hacer un recorrido por la ciudad ese mismo día.

La calle estaba casi en silencio salvo por el trinar de los estorninos hasta que llegó a zancada firme una pandilla de hombres jóvenes de camisa parda. Fueron dejando un reguero de irritación a su paso: empujaron a un vendedor y lo hicieron caer de su silla junto con su sombrero y los periódicos como si fueran los platos de un malabarista de circo. Un grupo de mujeres con aire de matronas los reprendieron y luego siguieron su camino parloteando como pájaros.

Das Romanische Café estaba lleno de sombras sesgadas que cruzaban el suelo cual tajos. Las sillas y las mesas estaban dispuestas en pulcras líneas rectas de modo que la clientela tuviera vistas a la calle. Miraban con ojos entornados el sol brumoso y tomaban sus *Milchkaffee* acompañados de *Franzbrötchen* templados que impregnaban el ambiente de un aroma a canela y mantequilla.

Richard estaba en la terraza sentado a una mesa apartada desde la que se veía estupendamente el amplio bulevar. Tenía el periódico abierto encima de la mesa, pero seguía con la mirada a los chicos de camisa parda que iban a la carga calle abajo en busca de otra víctima. Sacó una moneda del bolsillo y la lanzó de un capirotazo de modo que fuera rodando hasta cruzarse con su camino y los vio salir corriendo detrás como una jauría de hienas pendencieras. El muchacho más rápido la detuvo de un pisotón, la cogió de un zarpazo y se fue a la carrera seguido por sus compañeros.

Richard vio de lejos que se aproximaban Max y Bettina; hacían una pareja atractiva, él con el traje de lana azul marino y ella con el sombrerito de ala corta y un abrigo color borgoña con cuello de terciopelo, las mejillas teñidas de rosa. Cruzaron la Hardenbergstraße juntos, firmemente cogidos de la mano, con aire de no tener la menor preocupación en el mundo. Richard se levantó cuando se aproximaban y rodeó con brazos firmes a Bettina, luego le dio un fuerte apretón de manos a Max.

—Dios mío, cómo me alegro de veros.

—Hacía una eternidad que no veníamos aquí —comentó Bettina—. Me encanta este sitio.

Apareció un camarero afanoso.

—Chocolate caliente, por favor.

—Y otra cafetera. Gracias.

Richard sonrió cuando se sentaban.

—Siempre se me olvida lo golosa que eres.

—Pasé privaciones en la infancia. Sigo compensando el tiempo perdido.

Él dobló el periódico para hacer más sitio en la mesa. Max se lo cogió al fijarse en la fotografía del duque y de la duquesa.

—Esto explica toda la escandalera de los Camisas Pardas. Hoy han salido a por todas.

—Ya lo he visto, más vale que os andéis con cuidado. Bueno, contadme, ¿qué tal estáis?

—Bien. —Bettina alargó el brazo bajo la mesa y le apretó la mano a Max—. Por lo menos, mejor que cuando te vimos en Wannsee en verano. Mucho mucho mejor, gracias.

—Bien, me alegro de que la excursión surtiera efecto.

—¿Qué tal está Imre? —se interesó Bettina—. Prometió que vendría a la ciudad.

—Empieza a trabajar en un jardín de infancia en Charlottenburg el mes que viene. Seguro que estará encantada de veros.

El camarero les trajo las consumiciones y las dejó en la mesa. Richard esperó a que se hubiera ido y después se les arrimó bajando el tono de voz:

—Bueno, más vale que vayamos al grano antes de que se llene el establecimiento.

Bettina lanzó una inquieta mirada de soslayo a la mesa de al lado. Una mujer de pecho abultado tenía un perro salchicha en el regazo y le daba trocitos de pastel. Vio que la miraba y se volvió chasqueando la lengua en señal de desaprobación a la vez que apartaba al perro de la vista.

Richard rio.

—Me parece que todavía no tenemos que preocuparnos de perros salchicha corruptos. Aunque nos conviene a todos ir con un poco de cuidado.

Encendió un pitillo y le dio una fuerte calada entornando los ojos para protegerlos del humo y del sol que caía al sesgo.

—He hablado con algunas personas, amigos con buenos contactos, y coinciden en que es mejor que os vayáis de Berlín. En particular, tú, Max. Como mínimo, habéis estado viviendo juntos a la vista de todos durante años, lo que os deja en una situación delicada. Cualquier día podría denunciaros un vecino.

Max suspiró.

—Ya se veía venir en el trabajo, por lo menos. Tengo la sensación de que es cuestión de tiempo que prescindan de mí.

Richard tiró la ceniza al suelo de baldosas.

—Me alegro de no tener que convenceros.

—De todos modos, si Max no trabaja, no podemos permitirnos seguir aquí. Apenas llegamos a fin de mes tal como están las cosas.

—Pero ¿adónde vamos a ir? —preguntó Max—. En Wannsee dijiste que no hay muchas opciones.

—Lo mantengo. Lo ideal es que os marchéis de inmediato: a Estados Unidos, Canadá, Sudáfrica… Pero no están recibiendo precisamente con los brazos abiertos a los refugiados. Y vais a necesitar dinero para el pasaje, que no debe de sobraros, ¿me equivoco?

Max bajó la vista a la mesa e hizo un gesto de asentimiento leve y avergonzado. Richard siguió adelante:

—Pues parece que nuestra prioridad es buscaros un lugar relativamente seguro donde trabajar y empezar a ahorrar algo de dinero, pedir los visados y averiguar dónde os acogerían.

Hizo una pausa para ver cómo les habían sentado sus palabras. Bettina parecía tensa y agitada, Max más resignado a todo. Richard se dirigió a él primero:

—Mi hermano Peter se ha ofrecido a ayudar. Te ha buscado un empleo, Max, y una casita de alquiler cerca. Es una fábrica de porcelana propiedad de las SS, conque vamos a tener que buscarte una nueva identidad: no te darán trabajo si se enteran de que eres judío. ¿Puedes hacerte una fotografía?

Max asintió.

—Así me gusta. Es más que nada trabajo poco especializado y pesado, me temo.

—No me importa —dijo Max—. Siempre y cuando estemos juntos.

Richard frunció el ceño.

—Bueno, ahí está el problema. Sencillamente, no es buena idea que sigáis viviendo en flagrante delito. Pero Peter y yo hemos pensado en una posible solución…

Lanzó una nerviosa mirada de reojo a Bettina.

—La fábrica está en la ciudad de Allach, donde vive mi hermano, al oeste de Múnich. La familia de Betti vive allí al lado…

Bettina se le quedó mirando y palideció. Él se apresuró a intervenir para ahuyentar sus miedos.

—Bien, Betti, ya sé que no es una solución perfecta ni de lejos, pero no tenemos muchas opciones. Son familia. Tienen que acogerte y, además, es solo temporal.

—Los odio, Richard. Y ellos me odian a mí. Ya lo sabes.

—Lo sé.

—Albrecht es nazi y antisemita, que no se te olvide.

—Y no te lo sugeriría si se me ocurriese alguna otra solución práctica, pero al menos de esta manera estaréis cerca. Y lo que es más importante, estaréis los dos a salvo, podréis trabajar y empezar a ahorrar todo el dinero posible. Eso tiene que ser vuestra prioridad.

Max notó que Bettina temblaba, pero ella se irguió e intentó echarle valor.

—Veo que tiene sentido, por supuesto. No quiero parecer desagradecida. —Le puso una mano en el brazo a Max—. Si tú puedes soportar el trabajo duro, lo menos que puedo hacer yo es pasar unos meses bajo el mismo techo que mi propia sangre, al margen de la opinión que me merezcan.

—Así me gusta —exclamó Richard—. Bueno, entonces, decidido. A mi modo de ver, Allach es la mejor opción que tenéis ahora mismo.

Max tendió la mano, aunque era consciente de que le sudaban las palmas, y Richard se la estrechó con fuerza.

—Es un buen plan y te lo agradecemos.

—Muy bien. Hablaré con Peter y haré todos los preparativos. Conoce gente que os puede conseguir una identidad nueva y los documentos necesarios: con una *Österreich Kennkarte* bajo un nombre falso debería bastar. Tendréis que marcharos lo antes posible y viajar ligeros de equipaje, o sea que a ver qué podéis vender. Tomaré prestado el coche de Imre y os llevaré yo mismo.

Dos semanas después Richard llegaba en el Adler Trumpf a la vivienda de Kottbusser. Una vez hubo oscurecido, metieron en el coche dos maletas pequeñas, así como cazuelas y vajilla, cuadros, pinceles, sus portafolios y ropa de cama. Todo lo demás lo habían vendido o regalado precipitadamente para irse de Berlín.

Desde aquella mañana en Das Romanische Café, Bettina había percibido cómo las esporas del recelo impregnaban todas las interacciones con sus vecinos. A decir verdad, nunca se había sentido plenamente comprendida en su compañía, pero, aunque no compartían los mismos intereses, cruzaban los comentarios de rigor a diario. Siempre había tenido la impresión de que formaba parte de su domesticidad común; sin embargo, ahora solo se notaba angustiada cuando se cruzaba con ellos por el pasillo, no solo en el caso de los adultos, sino también de los niños. Se apuraba durante horas por un gesto ceñudo, temerosa de que la ojeriza, el aburrimiento o algún otro agravio menor en el que no había reparado estuvieran enconándose. Una palabra equivocada podía llevar el desastre a su puerta.

Para cuando llegó el día de marcharse, Bettina ya estaba medio convencida de que corrían peligro inminente. El sigilo sería la mejor manera de proceder, así que cargaron el coche y se fueron sin despedirse.

Cuando llevaban menos de una hora de viaje, el miedo que la había atenazado comenzó a disiparse y le resbalaron por las mejillas lágrimas silenciosas. Ya echaba de menos su vida y se avergonzaba de haber dudado de sus vecinos.

Richard condujo durante la noche para ir adelantando el viaje, que se prolongaría durante varios días. Tenía previsto parar en Dessau por el camino, «para ver si ha cambiado la vieja ciudad».

—Nosotros tres sí que hemos cambiado, Dios santo… —murmuró Bettina.

Las primeras horas del trayecto fueron bastante tediosas. La suspensión del coche era rígida y la lluvia azotaba las carreteras. Solo un buen tramo de *Autobahn* les supuso cierto alivio. Ella observó encantada cómo Max, que había dedicado meses a diseñar esas mismas autopistas, disfrutaba de lo lindo viéndolas hechas realidad. Se asomó por la ventana dando alaridos mientras Richard aceleraba. Únicamente los gritos ansiosos de Bettina le hicieron volver a sentarse. Los ojos le estuvieron brillando durante una hora, lo que hizo que todo valiera la pena.

Aun así, después empezaron a notarse hartos de la carretera con la única perspectiva de una escala en Dessau como consuelo. Tenían planeado visitar sus rincones predilectos de antaño, pero al llegar, les resultó evidente de inmediato que la ciudad que dejaron atrás se había transformado en otra. Delante del ayuntamiento estaban haciendo instrucción varios pelotones de las Juventudes Nazis, por lo que el lugar resultaba casi irreconocible. La llovizna y el peso de los años transcurridos se posaron sobre ellos como un pesado manto que enfrió su entusiasmo. Bettina tuvo la sensación de que sus veranos dorados debían de haber transcurrido en algún sitio totalmente distinto. Incluso los edificios modernistas se veían desvencijados en la penumbra, desprovistos del heterodoxo esplendor que les confiriera su mirada juvenil. A la mañana siguiente, se marcharon en silencio pensando los tres que ojalá no hubieran ido.

El tercer día por la tarde llegaron por fin a Allach, cansados y doloridos del viaje. Richard los llevó directos a la casa de su hermano, un edificio alto en la carretera de Múnich, rodeado de viviendas, fábricas y granjas. Hacía años que Bettina no veía a Peter Amsel, pero apenas había cambiado. Tenía la cara esculpida de acuerdo con las mismas líneas que la de su hermano menor, aunque mucho más seria. No poseía el encanto despreocupado y el ingenio de Richard, aunque ambos compartían el talento de ofrecer a los demás su plena atención. Era evidente que Peter se había entregado a la tarea de arreglar la situación de Max, lo que la alivió en cierto modo. Además de buscarle trabajo, le había alquilado una casita y sugirió que hicieran el recorrido juntos.

—Puedo enseñarte la fábrica; queda de camino.

El plan era que Max empezara a trabajar en el número 8 de la Lindenstraße el lunes siguiente por la mañana. Peter señaló el edificio de aguilones blancos con su tejado a dos aguas detrás de una cerca mellada. Una chimenea blanca cuadrada descollaba sobre la fábrica vomitando humo. Fuera, en el patio, había furgonetas y palés de madera cargados con sacos de minerales y carbón.

—Hacen porcelana de calidad superior —explicó Peter—. Estatuillas decorativas, vasijas y demás. Gozan de una popularidad tremenda entre los miembros del alto mando nazi, que las coleccionan. Himmler está obsesionado con ellas, a decir de todos, y las usa con fines propagandísticos. Tiene acciones de la empresa.

Richard dijo:

—¿Ves, Betti?, ahí es donde te equivocabas. Nada de cuadros; tendrías que fabricar en cambio muñequitas de porcelana para los nazis.

—No tiene nada de gracioso —respondió Peter—. Planean inaugurar otra fábrica carretera adelante en Dachau, en el campo de adiestramiento de las SS. Lo bueno es que eso supone que necesitan más mano de obra para alimentar los hornos y trasladar la materia prima. Hay trabajo de sobra, conque no deberías tener ningún problema si te conduces con discreción.

Bettina le cogió la mano con fuerza a Max. Se imaginó sus largos dedos de artesano cubiertos de ampollas de tanto darle a la pala, levantar y acarrear, los nudillos agrietados y ensangrentados. Hizo el esfuerzo consciente de ahuyentar la imagen de su mente.

Max inspeccionó el edificio y sus perspectivas.

—Lo de la porcelana no suena tan mal, teniendo en cuenta las circunstancias. Me recuerda a nuestras clases de cerámica.

Richard dejó escapar una carcajada hueca.

—Aunque a una escala ligeramente mayor.

Los cuatro siguieron adelante en silencio, cada cual absorto en sus pensamientos. Al final, llegaron a la casa que había alquilado Peter para Max. Cuando subieron las escaleras de piedra, se la encontraron limpia y sorprendentemente cómoda, lo que le quitó otro enorme peso de encima a Bettina, horrorizada ante la perspectiva de dejar a Max en algún cuchitril miserable. No había más que unas pocas habitaciones pequeñas y el mobiliario era escaso y feo, pero resultaba funcional y acogedor: un sillón, una mesa sencilla, una pequeña estantería pintada y un lavabo. Las paredes de madera se veían desgastadas y en el rincón de la cocina había una estufita de carbón de la que emanaba calor.

—La dejaremos igual que nuestra casa —le prometió Bettina a Max con alegría forzada—. Y por las noches, vendré a pintar y tú trabajarás en tus proyectos. Ahora tenemos más cosas que nunca que planear.

Peter había dejado algunas provisiones en los pocos armarios. Los tres hombres se acomodaron donde pudieron, bebiendo cerveza mientras Bettina preparaba un guiso de pollo con patatas en la cocina. Planeaba sobre la velada la realidad de su separación inminente. Bettina se esforzó por centrarse en las pocas horas que les quedaban juntos, ahuyentando la idea del tiempo que dentro de tan poco se verían obligados a pasar separados.

—¿Tienes esa fotografía? —le preguntó Richard a Max.

Hurgó en el billetero y le tendió el pequeño retrato en blanco y negro que Richard pasó entonces a pegar con cuidado en un documento manoseado, la *Österreich Kennkarte*.

—Hemos hecho unas pequeñas alteraciones y el hermano de Imre accedió a dejarte usar su nombre: ahora eres Friedrich Marchen, así que no busques problemas, ¿eh?

—Me encuentran de todas formas.

Cuando se hizo tarde, Richard y Peter se despidieron de ellos. Max y Bettina sacaron la ropa de cama e hicieron un nido de edredones que olía a su hogar. Se metieron debajo, tan tristes y cansados que no pudieron sino quedarse dormidos.

A la mañana siguiente, Richard regresó a por Bettina.

—¿Estás lista? —preguntó.

—Ni remotamente.

Hizo el esfuerzo de sonreír y besó a Max, luego cogió su pequeña maleta y bajó con brío las escaleras de piedra hasta el sol, que a duras penas lucía entre los bancos de densa niebla.

El lunes por la mañana, Max despertó temprano y a solas. Se encontró con que las primeras heladas los habían seguido hasta el sur, así que cuando salió de la casita y espiró, le salió de la boca una neblina espectral. Iba envuelto en un pesado gabán, guantes y una abrigada bufanda de lana, aunque la fábrica Allach quedaba cerca. Para cuando llegó a la entrada, tenía los dedos entumecidos y la punta de la nariz se le estaba poniendo rosa.

La perspectiva de empezar a trabajar le había dado pavor, de manera que le sorprendió entrar en el edificio y encontrarse una atmósfera de sosegada creatividad imbuida de una sensación de orden. Le indicaron el despacho del administrador y le pidieron que esperase. El edificio estaba inundado de actividad y ruido: máquinas de escribir que traqueteaban y teléfonos sonando, el parloteo de la laboriosidad por dentro y por fuera. A pesar del frío, el calor de los hornos en el sótano mantenía el edificio a buena temperatura, así que Max se quitó la bufanda y los guantes y esperó con nerviosismo. Pasaban hombres con batas cubiertas de polvo transportando vasijas de loza alineadas en tablones que sostenían sobre los hombros en perfecto equilibrio, serenos cual cisnes surcando el agua.

—Haga el favor de perdonar el caos.

Max se volvió al oír la voz grave para ver a un hombre de cerca de cuarenta años. Era alto, esbelto y rígido, e iba ataviado con un traje bien planchado de cuello de camisa alto y un reloj de bolsillo pulcramente guardado.

—Holger Ostendorff —dijo a la vez que tendía una mano de largos dedos. Sonrió con cordialidad; las gafas con montura de alambre encaramadas a la nariz aguileña le conferían un aspecto solemne.

—Friedrich Marchen —repuso Max. Pese a que había ensayado a decirlo en voz alta, seguía resultándole raro pronunciar el nombre prestado del hermano de Imre.

—Me alegra que esté aquí, Friedrich. Como decía, disculpe el caos. Estamos trabajando a pleno rendimiento y andamos escasos de sitio. Demasiado éxito, si tal cosa es posible. Aunque no voy a quejarme. —Le relucieron los ojos penetrantes—. Eso evita que tengamos problemas. Bueno, permítame que le enseñe la fábrica.

Holger lo llevó a paso ligero por el edificio explicándole el proceso sala por sala y luego las tareas que realizaban casi todos los trabajadores. La fábrica estaba dividida en diferentes áreas, cada una de las cuales tenía un carácter distinto definido por las labores que se llevaban a cabo allí. Unos espacios eran, por necesidad, polvorientos o sucios, otros estaban recubiertos de una película a medio secar de pegotes de arcilla cremosa. Otros se veían inmaculados, limpios y pulidos igual que una mesa de operaciones, y en estos se blandían con la misma precisión herramientas afiladas como navajas.

En una sala se alzaban hileras de tornos donde los artesanos moldeaban cuencos labrados y vasijas, sus fuertes manos chorreantes de humedad, sonsacando formas a pedazos de arcilla inertes. En la siguiente relucían enormes tinas de esmalte a la espera de las piezas que manos expertas sumergirían y harían girar recubriendo su superficie de una fina capa brillante.

Había una sala de dibujo donde los nuevos diseños pasaban de la imaginación al papel, mientras que en el estudio los escultores tallaban la arcilla desnuda, rebajándola hasta darle forma y afinando todos los detalles. Las piezas terminadas se examinaban en la sala de inspección y se destruían en el caso de considerarse defectuosas. La última parada era la sala de empaquetado, donde había un anciano sentado como Rumpelstiltskin, encorvado sobre un montón de paja. Cogía las impecables piezas acabadas y las envolvía en puñados de fragante hierba dorada antes de guardarlas unas encima de otras en barriles de madera.

Mientras recorrían las salas, Max lo vio todo con ojos de arquitecto: desde el tejado a dos aguas con la chimenea alta y cuadrada hasta el horno, que despedía un calor infernal y estaba sofocado de hollín. El edificio se abrió como una casita de muñecas en su imaginación y todo adquirió sentido. Cada parte del proceso requería precisión y habilidad a partes iguales y todos entendían su papel. Los procedimientos eran metódicos, la fabricación de cada pieza fluida y al mismo tiempo repetitiva; la aparente simplicidad de cada elemento contradecía la pericia necesaria.

Al final del recorrido, Herr Ostendorff abrió una puerta que daba a una salita revestida de tapete azul donde se exponían en estantes abiertos ejemplos de la porcelana Allach más exquisita. En toda la fábrica reinaba un mar de ruido; el golpeteo sordo de la maquinaria mezclado con los gruñidos de los hombres trabajando, pero cuando la pesada puerta se cerró lentamente, todo el estrépito externo menguó y se adueñó de Max una sensación de muda veneración.

Se encontró ante una vitrina alta donde, por primera vez, fue capaz de examinar de cerca las fabulosas figuritas de porcelana con sus propios ojos. Había formas humanas y animales, todas elaboradas con detalle exquisito. Un busto miraba con ojos ciegos. Una pálida cabalgata de soldados liliputienses ocupaba medio estante, junto con vasijas, platos y candelabros. El caolín frío era de un blanco puro y, en algunos puntos, translúcido como un pétalo.

Max había estudiado cerámica en la Bauhaus, donde la simplicidad, las líneas depuradas y la estética funcional estaban al orden del día. Por comparación, la porcelana Allach parecía casi kitsch y sentimental; demasiado bonita para su gusto, aunque era evidente que Holger apreciaba todas y cada una de las piezas. Las cogía con gesto de adoración y señalaba sus detalles más delicados.

—La porcelana es una sustancia maravillosa. Los componentes empiezan siendo sumamente maleables y, sin embargo, al final resultan ser del todo compactos. Encarna de manera simultánea la fuerza y la fragilidad: resistente al calor, al agua y al óxido, existe desde hace miles de años, aunque el método preciso para fabricarla eludía a los occidentales hasta hace relativamente poco. El producto final es de un blanco puro, inmaculado, pero para alcanzarlo debe pasar por el bautismo del fuego vitrificador. Para mí, no hay medio que la iguale. La porcelana es arte y alquimia a partes iguales.

Mientras hablaba, a Holger le brillaban los ojos con tal entusiasmo que Max se vio contemplando de nuevo las figuritas que cubrían la pared. Todavía le parecían pálidas y un tanto pomposas, pero la emoción del hombre mayor le había hecho cambiar el enfoque; ahora comprendía la habilidad y el oficio que requerían.

Cuando hubieron concluido, Holger llevó a Max de regreso a su despacho. Daba al patio principal y Max vio por la ventana a media docena de hombres de anchas espaldas enfrascados en la ardua tarea de acarrear la pesada carga de un camión. Teniendo en cuenta lo refinado que era el producto final, a Max le llamó la atención el contraste con las materias primas que requería: palés amontonados de caolín, arcilla blanca y petunse; de sílice, cuarzo y feldespato. Había toneladas de carbón al servicio del horno, apiladas junto a rotundos barriles de pino de tea para el engobe, el esmalte y también para el embalaje. Era un proceso sucio y exigente que consumía tanto sudor y trabajo humano como los minerales. Max se miró las palmas de las manos sin callos hasta que se fijó en que Herr Ostendorff lo observaba. Las hundió entonces en los bolsillos.

—¿Había hecho alguna vez esta clase de trabajo?

Max negó con la cabeza.

—No exactamente, pero aprendo rápido, se lo aseguro.

—¿Qué hacía antes?

—Cursé estudios de arquitectura, pero aprendí nociones básicas de cerámica cuando estudiaba en la Bauhaus.

—¡Dios mío! ¿De verdad? Es una pena desperdiciar semejantes conocimientos, aunque me temo que solo tenemos vacantes de trabajador manual en estos momentos.

—No me da miedo el trabajo duro —se apresuró a decir Max.

—No lo dudo.

La leve sonrisa del otro lo tranquilizó.

—¿Tiene sus documentos a mano?

Max sacó la *Österreich Kennkarte* que le había facilitado Richard, haciendo un esfuerzo por mantener el pulso firme. Herr Ostendorff cogió los documentos y los estudió con detenimiento. Luego los dejó en la mesa.

—Veo que es de Viena, una ciudad preciosa.

Abrió un libro mayor que tenía delante y anotó la fecha y el nombre «Friedrich Marchen» con letra fluida y florida. Deslizó los documentos por encima de la mesa para devolvérselos a Max, que al ir a cogerlos vio que no los había soltado.

—Antes de que se vaya, Friedrich… Entiende que la atención al detalle es de suma importancia en lo que hacemos, ¿verdad?

Max asintió y murmuró que sí.

—Bien. Entonces, seguro que no es más que un descuido que el sello de estos papeles no se corresponda con la fotografía.

Max notó que palidecía. Holger soltó los documentos y levantó las manos.

—¿Quizá sufrió algún desperfecto y tuvo que sustituirlo?

Max asintió con rigidez.

—Muy bien.

Max volvió a guardarse la *Kennkarte* en el bolsillo.

—Gracias, Herr Ostendorff.

—Llámeme Holger, por favor —sonrió con absoluta sinceridad.

Max hizo una inclinación con la cabeza y salió del despacho. Fue al patio, donde el capataz le indicó que se uniera a la fila de hombres detrás del camión del que seguían descargando sacos de sílice. Cuando le llegó el turno se preparó, pero aun así profirió un grito ahogado al caerle encima el peso, que lo dejó sin aliento y le hizo doblar las rodillas.

Cuando Bettina le pidió a su madre permiso para volver a casa, Marielein contestó a regañadientes que era bienvenida, suponía, siempre y cuando le mostrara a su hermano el respeto que merecía. Bettina le había respondido por carta haciendo alarde de remordimiento y explicándole que era consciente de que había frecuentado malas compañías en Berlín. Se puso a merced de su madre. Cuánto le gustaría, dijo, regresar a la sencillez familiar de la granja.

Bettina se esmeró por encajar. Se mostraba obediente, ayudaba en la cocina y escuchaba a Albrecht cuando se abandonaba a sus interminables relatos de aflicción, desprecios imaginarios y rivalidades mezquinas. Desde su perspectiva, el mundo entero estaba en su contra: trabajaba duro donde otros fracasaban, poseía una visión clara mientras que todos los demás estaban ciegos. Parecía ver frustrados todos sus propósitos mientras que otros tenían una suerte que no habían hecho nada para merecer. El despreciable tirano de sus años de infancia se había convertido en un adulto furioso, amargado y resentido.

Todas las noches discurrían de la misma manera. Albrecht volvía a casa malhumorado, listo para airear las afrentas de la jornada a la hora de cenar: historias sobre algún subordinado de las SS que había obtenido un reconocimiento que, en buena ley, debería haber recibido él. O el carnicero bolchevique que lo había timado y, al hacerlo, se había ganado una paliza. Después de la cena, Albrecht ponía las botas encima de la mesa y seguía bebiendo mientras las mujeres lo limpiaban todo. Él se ponía más sensiblero a medida que avanzaba la velada, mientras que Marielein guardaba silencio y lo observaba con mirada vigilante, supervisando su estado de ebriedad hasta que llegaba el momento en que consideraba que no entrañaba riesgo llevarlo a la cama acallando sus quejas escaleras arriba.

Bettina sentía la necesidad de estar vigilante en grado sumo en todo momento por si Albrecht decidía desfogar su ira con ella. Le resultaba totalmente agotador y ansiaba escapar para ver a Max, pero temía despertar sospechas. Permaneció en la granja dos semanas seguidas antes de decidir que no había peligro en aventurarse a salir. Incluso entonces, solo se atrevió a hacerlo después de oscurecer, cuando la casa entera dormía. Salió por la puerta de atrás y fue empujando la bicicleta hasta que llegó a la carretera llena de baches antes de montarse y empezar a pedalear con un pequeño faro a pilas para iluminar el camino.

Max solía estar tan cansado que no podía más que dormitar mientras ella le leía, o dibujaba o le acariciaba el pelo. Él intentaba tranquilizarla diciéndole que el trabajo en sí no estaba tan mal, aunque lo agotaba por completo el aguante que requería. Al menos, según decía, le dejaba tiempo para pensar y planear con detalle la casa que construiría para ellos algún día. La veía cada vez con más claridad: un espacio diáfano, desprovisto de todo lo superfluo, donde la luz y la naturaleza accedieran libremente, donde ella pudiera pintar mientras sus hijos jugaban.

Se empeñó en mantener el buen ánimo frente a toda adversidad, en trabajar duro para Holger y hacerse indispensable. Bettina lo adoraba por ello, aunque le partía el corazón tocarle las palmas de las manos agrietadas y endurecidas. Los sacos pesados ya le habían dejado cicatrices y se le había formado una sólida corteza de piel, el intento de su cuerpo de autoprotegerse.

—Igual me estoy convirtiendo en gólem —bromeaba cuando ella le pasaba los dedos por los callos.

Decidió comprarle pomada para las manos y artículos de dibujo para que plasmara en papel el hogar que construía para ambos en su imaginación. Les contó a Albrecht y Marielein que tenía que viajar a Múnich a comprar materiales de dibujo y Albrecht accedió de mal talante a llevarla a la estación. Hasta le dio un poco de dinero para sus gastos, que Bettina le agradeció y se guardó rápidamente. Max y ella podrían haber vivido durante semanas en Berlín con esa cantidad. La mayor parte iría a parar a su fondo para la huida, aunque pensó que podía permitirse emplear un poquito en gratificaciones más inmediatas.

Cuando llegó el día, la despertó el ruido de la lluvia que martilleaba el tejado, acribillándolo como si remacharan una plancha de hojalata con clavos bien duros. Albrecht la acompañó a la estación y la dejó allí esperando en el andén mientras caían cortinas de lluvia. Se estremeció aferrada al paraguas casi en paralelo contra un muro de viento y agua. Cuando por fin vino el tren, subió y sacudió el abrigo empapado. Se secó un poco los zapatos y las medias con un pañuelo y se dedicó a ver pasar velozmente las granjas y las fábricas por las ventanillas cubiertas de vaho y azotadas por la lluvia.

Había anhelado durante semanas escapar de los sofocantes confines de su nuevo mundo. Unos cuantos breves desplazamientos a Allach le habían hecho entender el riesgo que corría volviendo. La conocía muchísima gente que se alegraba de su reaparición: la hija pródiga que regresaba al redil. Echaba de menos el anonimato y ansiaba perderse entre el gentío de una gran ciudad.

Mientras el tren surcaba con estrépito las afueras de Múnich, pensó en cómo pasar el día. Hacía años que no iba a esa ciudad, a pesar de haber estudiado allí de joven. Richard y ella habían forjado allí el inicio de su amistad, tramando en común su escapada hacia un futuro más prometedor: Weimar y la Bauhaus. Múnich les había ofrecido una muestra de lo que era la libertad y les había hecho ansiarla mucho más. Ahora, después de pasar semanas en un sitio de mala muerte como Allach, la promesa de un día en Múnich era como un banquete después de largo tiempo pasando hambre.

Bettina sabía que comprar lo de Max no le llevaría mucho rato, lo que le dejaría tiempo libre de sobra antes de regresar. Almorzaría en un café y luego, si tenía ocasión, alimentaría el espíritu yendo a ver una galería.

La perspectiva despertó un recuerdo; su mente se remontó a aquel día de bochorno en Berlín cuando se perdió y se vio arrastrada por la muchedumbre. Cayó en la cuenta de que la exposición de «arte degenerado» a la que se había referido *Der Stürmer* todavía debía de seguir abierta y no quedaba muy lejos de la estación.

Desde su punto de vista, prometía ser una muestra del arte más emocionante del siglo xx, la obra de sus contemporáneos y héroes, muchos artistas judíos, homosexuales o comunistas; todos expresionistas, cubistas y surrealistas.

En cuanto llegó el tren a la *München Hauptbahnhof* notó cómo la escala de la ciudad volvía a imponerse. Allí no le importaba a nadie quién era ella al pasar bajo el reloj de la estación, solo otra cara en la afluencia de gente en movimiento.

Fue primero a la Neuhauserstraße, que estaba atestada pese a la lluvia persistente. Acurrucados bajo los paraguas, los viandantes iban de aquí para allá a la carrera entre los edificios brillantes que albergaban camiserías, tiendas de comestibles y librerías.

Bettina iba pasando del refugio de un toldo al de otro, esquivando tranvías al cruzar la calle. Miró todos y cada uno de los escaparates, sedienta de novedades, antes de bajar por fin a un estrecho sótano que había frecuentado desde la adolescencia. El aroma que reinaba allí siempre la estremecía: virutas de madera cálidas, papel acre, pegamento y trementina punzante. El techo era bajo y teñido de humo de tabaco; apoyadas en las paredes había pilas de lienzos tensos en sus marcos. Cajas llenas de quebradizos carboncillos y la infinita posibilidad de los pigmentos: guache, tinta y óleo.

Se centró primero en Max: un cuaderno de dibujo, un rollo de láminas pautadas para esquemas y una escuadra de madera. Un transportador y un escalímetro nuevos, así como una caja de acuarelas y un suave pincel de marta. No era gran cosa, pero sí lo suficiente para que abocetara su futuro y pudiera abstraerse. Sabía que Max disfrutaría igual que ella con el lomo aún por agrietarse de un cuaderno de dibujo nuevecito.

Bettina se compró unos lienzos nuevos de diferentes tamaños, pinturas al óleo, un cuaderno de dibujo sencillo y una caja de carboncillos, aunque todavía no estaba segura de cómo sortear la valoración crítica de su arte que hacía su hermano. Dejó los artículos para que se los envolvieran y prometió regresar a por ellos antes de la hora de cerrar.

Cuando volvió a salir a la calle barrida por la lluvia, se dio cuenta de que por primera vez en varias semanas no tenía que responder ante nadie. Se encontró caminando hacia el norte, inmersa en el tira y afloja del miedo y la curiosidad. Sin anticiparse a sus propias motivaciones, siguió adelante por entre las torres gemelas de la Frauenkirche, a través del Hofgarten, junto a las fuentes y los arriates simétricos, y así hasta que llegó a los muros altos y firmes que recorrían toda la Galeriestraße.

Atinó a ver la pancarta desde el final de la calle. Las palabras

Entartete Kunst en letras dentadas. Entrada libre, vengan todos. Había estado analizando durante meses el sentido del título: la «Exposición de arte degenerado». Pasaba largos ratos pensando en ella y ahora, por fin, estaba allí, delante del edificio mismo que la albergaba. Sabía que, supuestamente, debía demostrar lo peligroso y repugnante que era el arte moderno. Cómo la «élite» —los judíos, comunistas e intelectuales— se había apoderado del mundo del arte y lo había rehecho a su propia imagen: feo y carente de pericia. Sabía que en teoría era propaganda, pero no entendía cómo podía funcionar en la práctica. Sin duda, a cualquiera que tuviese ojos las piezas seguirían hablándoles por sí mismas.

El cielo gris acero continuaba arrojando lluvia, pero aun así Bettina se demoró por miedo a cruzar el umbral. Entonces, al fin, reunió la valentía para entrar. Le salió al encuentro de inmediato un telón de ruido y calor. Le cubrió la cara y el pecho una película de sudor. Docenas de personas se arremolinaban en el vestíbulo y la rozaban mientras se quitaba el abrigo y se lo doblaba sobre el brazo a modo de escudo. Fue a la primera sala con cautela, abriéndose paso entre la multitud que creaba un embudo en la entrada. La mayoría de la gente parecía haber ido con uno o dos acompañantes y todos tenían mucho que decir; había un murmullo constante, como el zumbido de un motor, mientras las personas circulaban por aquel espacio.

La exposición llevaba ya muchos meses abierta, de manera que esperaba encontrársela tranquila y casi vacía. En cambio, la galería estaba llena a rebosar. El ruido y el gentío la aturdieron y la llevaron a preguntarse por qué habrían ido. El arte como un relato aleccionador no parecía ser un panorama atrayente y, sin embargo, allí estaban todos, pululando por el laberinto de salas.

Mientras observaba el ir y venir de la muchedumbre, cayó en la cuenta de repente de que era una forma de voyerismo. Seres humanos que anhelaban la vergüenza ajena; acudían en bandada boquiabiertos a presenciar ejecuciones, olisquear la decadencia y juzgarse unos a otros. A estas multitudes las atraía la promesa salaz de la inmoralidad, y al parecer no les estaba decepcionando.

Aunque todo eso lo entendía objetivamente, la realidad le causó justo el efecto contrario. Llena de grabados y cuadros que había ansiado ver desde hacía años, la galería era la meca del modernista; imágenes que solo había contemplado en reproducciones estaban allí a todo color. La materialidad era abrumadora.

Si las obras hubieran estado expuestas en un espacio limpio y tranquilo, habría sido magnífico. En cambio, las habían colocado en las paredes de manera descuidada y caótica. Docenas de esculturas, cada una de ellas creada para contemplarse de forma aislada, estaban amontonadas disputándose el espacio. Se suponía que debían provocar una respuesta primaria en el espectador, pero con tantas reclamando su atención, suscitaban más bien rechazo.

En la primera sala vio que la figura angulosa del *Kruzifixus* de Gies —Cristo en la cruz, cubierto de espinas y demacrado— dominaba el espacio de techo bajo y lo hacía claustrofóbico. En la siguiente sala estaba colgado al azar un lienzo de su querido Vasili, al lado de Klee, Chagall y luego Dix y Dada. Muchos cuadros tenían garabateadas encima calumnias. Colgaban sin enmarcar, torcidos; le habría gustado enderezarlos y redistribuirlos de modo que resultaran gratos a la vista. Y entonces cayó en la cuenta de que se trataba de eso: no solo exhibir las obras, sino exhibirlas aquí de esa manera. Hacer que su belleza resultara fea y discorde, como un cilicio que picaba y escocía y crispaba cada vez más. Estas salas no habían sido supervisadas por nadie; era una muestra del arte como alboroto que no buscaba sino provocar indignación.

A cada paso, se señalaba el coste de la colección. Ella sabía lo suficiente sobre el negocio del arte como para ver que los precios estaban falsificados e inflados para que se pudiera acusar a toda aquella institución de que hubiera cedido el dinero del pueblo alemán. No solo se ha permitido que esta inmundicia se encone, proclamaban, sino que a usted también le ha costado un ojo de la cara.

Bettina pasó por la zona central de las tres pequeñas salas atestadas de gente y llenas a reventar de obras de arte. En la primera, representaciones de Cristo; en la segunda, artistas judíos, como si el hecho mismo de su ascendencia infundiera a su arte una finalidad perversa. La tercera estaba dedicada a la escultura y al surrealismo: el cuerpo y el cerebro, en especial la mujer alemana representada como puta o histérica, o eso pregonaba la galería.

Avanzó a paso lento entre la masa sintiéndose expuesta, como si la expresión de su cara fuese a delatarla y evidenciar que estaba allí por amor al arte, no por odio. ¿Sabría alguien distinguirlo? Miró los rostros alrededor. Algunos, como el suyo propio, parecían neutros e inescrutables, pero muchos más se reían sin disimulo o tenían una mueca de desprecio en los labios.

Había supuesto que se quedaría allí y dedicaría una hora a la exposición, pero en cambio vio que tenía ganas de marcharse. Entrevió retazos de obras que siempre había querido contemplar. Estaba *Drei Klänge* de Kandinski, con sus colores vivos y reales en lugar de la reproducción granulada en la primera plana de *Der Stürmer*. Lo vio de pasada, sin detenerse siquiera. El enorme apiñamiento de humanidad la arrastró y la obligó a salir, depositándola en la calle. Levantó la cara hacia el cielo y notó el frescor de la llovizna de noviembre. Siguió caminando atolondrada y mareada. Pensó en Stendhal el esteta y su sufrimiento en Florencia: cómo el exceso de belleza le había provocado una suerte de vértigo. A ella no la había afectado nada de carácter celestial, sino que se sentía más bien como si hubiera sido poseída; la cháchara desdeñosa de la turba seguía resonándole en los oídos.

Deambuló aturdida hasta que se encontró en la Prinzregentenstraße, empequeñecida por las inmensas y pálidas columnas de la Haus der Deutschen Kunst. Decidió entrar y escapar de la lluvia, sin saber muy bien qué encontraría. Era la sede de la respuesta oficial del Reich al arte degenerado, pero por lo visto la propuesta del arte nazi autorizado no despertaba el mismo interés. Solo un puñado de personas recorrían las salas de mármol, incluso con un tiempo tan intempestivo.

Bettina tomó asiento en el ángulo de un banco. Se vio delante de *Los cuatro elementos*, un tríptico de Ziegler. Un cuarteto de mujeres de piel blanca en pálido contraste con un fondo azul y un suelo ajedrezado; Fuego, Agua, Tierra y Aire. Cuatro pares idénticos de senos separados y como alzados con respecto al esternón. Bettina no pudo evitar preguntarse si Ziegler habría visto alguna vez una mujer desnuda.

De joven intentaba decodificar los cuadros, desentrañar sus claves secretas, como si fueran un enigma. Ahora lo hacía de manera inconsciente, procuraba descifrar las auténticas intenciones del artista. ¿Qué quería decir Ziegler?, ¿que todas las mujeres debían ser pálidas e ir desnudas? No. Más aún: debían ser apacibles, pasivas y sumisas. Recatadas, su fuego contenido y constreñido. Fértiles como la tierra, puras como el agua; el idilio pastoral.

No era que fuese malo, pensó, simplemente resultaba aburrido, técnicamente hábil y, sin embargo, soso a más no poder. La paleta de colores resultaba desvaída y débil, tan carente de imaginación que el personaje del Aire sostenía… literalmente nada. Era insulso y vacuo, insustancial. Lo que veía en él era una ausencia; no era que no debiera hacerse así, sino que sencillamente no era necesario. La mera semejanza no es la verdad, ni siquiera la mejor manera de expresarla.

Un momento después se levantó y regresó por donde había venido, pues ya había visto suficiente. El ruido de sus pasos cada vez más rápidos resonó en las paredes de mármol; cayó en la cuenta de que no había comido y sintió una debilidad vacía en su interior. Salió por las puertas a la columnata barrida por la lluvia que se prolongaba en ambas direcciones. Se refugió entre dos inmensos monolitos blancos y aspiró el aire húmedo a la vez que levantaba la vista hacia un mosaico de esvásticas que formaban una arcada en el techo, repitiéndose una y otra vez.

Ya era consciente de que la jornada la había cambiado en cierta medida, le había permitido entender con más claridad a qué se enfrentaban. Esta gente que despreciaba todo lo que ella adoraba, que vilipendiaba al mejor profesor que había conocido y miraba a Max, tan cariñoso y amable, como si no fuera más que una sabandija.

«No soportan el mundo tal y como es —pensó—. Los asusta su verdad fea y desnuda. Prefieren alegrarse la vista con creaciones empalagosas y patear y humillar y hacer que el mundo se adapte a su voluntad. Son petulantes, como niños: yo creo que tendrías que ser así y no quien eres».

Se dio cuenta de que algo de esa índole era insaciable. El hueco en su mismo centro, ese estómago hambriento y abierto de par en par. Un miedo a la muerte y la fragilidad tan inmenso que bien podría consumirnos a todos.

Transcurrieron varios días antes de que Bettina tuviera la sensación de que podía volver a visitar a Max sin peligro. Decidió ir el viernes siguiente, suponiendo que Albrecht pasaría la velada en la taberna de la ciudad con su cohorte de las *Schutzstaffel*.

Había estado en lo cierto; regresó tarde y tan borracho que le resultó difícil quitarse las botas y mantener el equilibrio. Subió la escalera dando tumbos y golpeándose contra las paredes y estuvo tropezando con estrépito por su habitación hasta que, por fin, lo oyó desplomarse sobre el colchón. En cuanto comenzó el zumbido entrecortado de los ronquidos beodos, ella supo que ya no había nada que temer.

El cielo estaba despejado cuando salió sigilosamente por la puerta de atrás después de pasar de puntillas entre los viejísimos perros, que ahora solo estaban alerta en sueños. Ató el paquete de artículos de dibujo al cuadro de la bici y luego la empujó por el camino embarrado y sembrado de baches por si el ruido de la cadena los alertaba de su ausencia. La noche era viscosa como el interior de un tintero y ya estaba cristalizando una capa de escarcha sobre el suelo. Empezó a pedalear y no vio ni un alma en todo el trayecto, salvo por una liebre de piel leonada que se detuvo en seco y se le quedó mirando cuando la vio acercarse, y luego salió disparada al pasar por su lado, volviendo los ojos con la mirada aterrorizada, la cola un destello de color ante.

Llegó a la casa de Allach y desató la carga para subir las escaleras de piedra con las mejillas arreboladas debido al aire helado y el esfuerzo físico. Miró por la ventana y vio a Max dormido en la silla. Lo contempló alargando la mano para aprehender el instante hasta tocar con las yemas de los dedos el cristal frío. Aunque Max estaba erguido, su cuerpo parecía perfectamente relajado; tenía las mangas de la camisa que alguna vez había sido blanca remangadas, los pantalones y las botas cubiertos de una fina película de polvo de arcilla gris, los tirantes colgando por la cintura. Había perdido parte de su blandura en las últimas semanas y adquirido una estructura fibrosa de ligamentos bajo la piel. El pelo también le había crecido; lo llevaba revuelto, caído sobre los ojos, rizado y suave y castaño.

Vaciló en despertarlo, pero enseguida dio unos toques ligeros en el cristal. Max se movió y se puso rígido, los ojos ansiosos y alerta, y entonces la vio del otro lado del vidrio. Fue a la puerta de tres largas zancadas y la abrazó con fuerza. Ella hundió la cara en su pecho, sólido y acogedor como el fogón de la cocina cuando volvía de los campos de niña. Inhaló su cálido aroma a arcilla en polvo, a pan y sal, a ceniza.

—Cómo me alegro de verte —dijo él besándole la coronilla, su voz amortiguada por el cabello de Bettina.

La apretó contra su cuerpo y luego la apartó un poco para evaluar todos los cambios. Ella le agarró el bíceps con una amplia sonrisa.

—¡Fíjate, estás hecho todo un Atlas!

Él sacó músculo como un forzudo de circo.

—¿Te gusta?

Bettina rio en voz alta.

—Me gustabas como eras y me gustas ahora, me da igual. ¿Pongo agua a hervir?

—Ya lo hago yo. Tú pasa y entra en calor.

—Todavía no, que traigo regalos. Espera un poco…

Salió un momento para coger el paquete envuelto en papel de estraza, que le entregó a Max con gesto triunfal.

—Venga, venga, ábrelo.

Él sacó del bolsillo una navajita con cachas de hueso y rasgó el cordel y la cinta adhesiva que lo mantenía cerrado. Ella mientras tanto estaba junto al fuego, calentándose los dedos helados.

—Albrecht me dio un poco de dinero para gastos, bendito sea su corazón frío, oscuro y fétido.

Dentro del paquete había cuadernos y otros materiales de dibujo, todos los artículos rebosantes de posibilidades. Max lanzó una exclamación al verlos y se le acercó.

—¿Cómo se porta ese?

Bettina hizo una mueca de dolor, pero dijo:

—No voy a quejarme, cariño.

—Bueno, no pienso darle las gracias, pero a ti sí te lo agradezco. —Abrió la cubierta del cuaderno de dibujo nuevo y pasó los dedos por las páginas limpias—. Tengo grandes planes para esto.

—¿Nuestra casa de ensueño? —Sonrió. Le encantaba oírle describir las mejoras—. Me muero de ganas de verla.

—A decir verdad, es lo que me anima a seguir adelante.

Dejó el cuaderno y sirvió dos tazas de té negro bien cargado de la tetera. Se sentaron a la mesa juntos, los dedos entrelazados, como si tuvieran que estar en contacto mientras pudiesen, aunque no fuera más que el leve roce de sus pieles. Empezaron a contarse los detalles minuciosos de los días que habían pasado separados: lo que habían comido, las cosillas que habían oído o leído o guardado para compartirlas. Más que nada, Bettina dejó que Max se descargara del peso del trabajo.

—No es que sea duro, es la monotonía lo que me fatiga. Si metes la pata, corres el riesgo de lesionarte, conque te tienes que concentrar y eso supone que no puedes abstraerte nunca por completo. Y aunque me sabe mal reconocerlo, soy más débil que los otros, y no se muestran especialmente compasivos.

Bettina le acarició el brazo.

—No son todos tan malos —la tranquilizó—. El director artístico es bueno y amable. Le encanta la Bauhaus, aunque por lo general se lo calla. Ha prometido echar un vistazo a mis proyectos, y si me sale trabajo de dibujante, cobraría más que con el trabajo pesado y correría menos peligro de lesionarme de manera irreparable. —Levantó una caja de madera que estaba bajo la mesa y la abrió—. He ido guardándolas para enseñártelas.

La caja estaba llena de una colección arbitraria de piezas de porcelana, unas con finas grietas, otras con detalles fracturados o alguna extremidad de menos. Había un bonito cervato, sus largas patas combadas y fundidas formando un charco vidrioso bajo el cuerpo; una pastora con la mitad de los rasgos ennegrecidos; un brazo de querubín que, de resultas de una explosión de vapor, parecía una reliquia de mármol digna de exhibirse sobre una almohada de terciopelo.

Bettina cogió un pequeño lebrel con el vientre descolorido por efecto de la cobertura craquelada.

—Pobrecillo.

Max remedó su expresión apenada y la hizo reír.

—¡Dios mío, qué cursis son!

—¿Verdad que sí? —convino él—. Están elaboradas con meticulosidad, qué duda cabe, pero los motivos suelen ser estériles e insípidos.

—¿Son todas así?

—La mayoría. Algunas están pintadas, pero la mayor parte

son de porcelana blanca sin más. Hay platillos y bustos, toda clase de figuritas. Son trabajos propios de expertos, pero hay algo en ellos que resulta… gélido. Desalmado, incluso.

Bettina asintió.

—Como todo el arte que por lo visto les gusta a los fascistas. Cuando estuve en Múnich, fui a ver la exposición del denominado «Gran Arte Alemán» y es lo mismo: todo resulta terriblemente empalagoso.

—Es tan absurdo que casi se vuelve irreal.

Bettina sonrió.

—¡Justo lo que yo pensé!

Comenzó a disiparse una tensión de la que ella no había sido consciente. Esa sensación de volver a conectar llevaba su tiempo, pero siempre regresaba.

—Es curioso que lo menciones, pero lo cierto es que he dedicado los últimos días a pensar cómo ganar dinero para poder salir de este puñetero embrollo antes de que acabe contigo.

Se interrumpió por miedo a parecerle boba.

—Adelante —la instó.

—Bueno, no te rías, pero ¿qué te parece si intento convertirme en una Gran Artista Alemana?

La miró perplejo, así que ella se apresuró a explicarse:

—Parece una locura, ya lo sé, pero espera, tiene su lógica. Vasili solía alabar mis obras figurativas. Siempre decía que hace falta tener unos cimentos sólidos antes de abandonarse de verdad a la abstracción. A menudo, ese era mi punto de partida, pero ¿y si en cambio fuera la obra definitiva?

—Sigue.

Max se retrepó en la silla escuchando con atención. Ella continuó:

—Hemos establecido que este régimen quiere que su arte sea hermoso en el sentido clásico, y banal por completo; bueno, eso puedo hacerlo yo. De hecho, sé que puedo hacer más incluso. Desde luego, soy capaz de superar a la mitad de los charlatanes que llenan las salas de la Haus der Deutschen Kunst con sus bobadas pueriles. Puedo pintar sus bonitos cachorrillos y héroes monumentales; paisajes terrestres y marinos, lo que sea. ¡Podría hacerlo todo, y mucho mejor, incluso dormida!

—¿Como un cazador furtivo convertido en guardabosques?

—¡Exacto! O quizá un lobo expresionista con piel de cordero representativo.

—Pero ¿con qué fin?

—Para venderlo, claro. Mis obras recientes no las quieren ni regaladas, pero seguro que hay un mercado decente para el realismo romántico. Sigo conociendo gente en el mundillo del arte de Múnich; estoy convencida de que mis antiguos tutores me ayudarían. Igual puedo reinventarme. —Le brillaban los ojos—. Me siento impotente a rabiar viendo cómo te sacrificas, pero si pudiera vender alguna obra, imagina los meses que ahorraríamos. Si tenemos suerte y conseguimos visados, hasta podríamos costearnos los pasajes al extranjero. Escapar a cualquier sitio donde nos acojan.

—Y tu familia, ¿qué?

—Por mí, que se pudran. No pienso decírselo. Pero ¿y la tuya?

—Tuve noticias de mi madre la semana pasada. Está intentando desesperadamente convencer a mi padre de que vendan y se vayan de Viena, pero no es tarea fácil. Él teme perderlo todo y tener que empezar de nuevo. No quiere abandonar el trabajo de su vida, y la verdad es que no se lo reprocho, pero tengo miedo por ellos, Bet. Lo tengo de verdad.

—Quizá si nos vamos nosotros se animen a acompañarnos, ¿no crees? Pintaré día y noche para ganar tanto como pueda, tan rápido como sea posible. Ay, ¿tú qué crees, Max? ¿Te parece una absoluta locura?

Él alargó el brazo y le apretó la mano.

—Creo que es brillante; subversivo, incluso.

—¿Verdad que sí? Creo que Vasili daría su aprobación.

—Pero ¿lo soportarás?

—¡Claro! Me sentiré mucho mejor si puedo aportar lo mío. —Le aferró la mano, sus ojos grises relucientes bajo la luz tenue—. Bueno, ¿qué dices, Max Ehrlich…?, ¿volverás a ser mi musa?

—Siempre. Con gran placer.

Rio y entonces reparó en la expectación en el rostro de Bettina.

—Cómo, ¿ahora?

—¿Por qué no?

Ella se puso en pie de un brinco, chispeante de energía mientras sacaba un lienzo del paquete. Se plantó delante de él y lo desnudó de cintura para arriba colocándole las extremidades en posición y ladeándole la cabeza.

—¡Eres un héroe mitológico que contempla el mar a punto de afrontar una tormenta rugiente!

Empezó a bosquejarlo de inmediato con una intensidad que no sentía desde hacía meses. Max siempre había sido su tema preferido, sus largos y flexibles miembros y las líneas afiladas de su rostro. Mientras dibujaba, le venían a la cabeza espontáneamente una y otra vez los eslóganes garabateados en las paredes de la galería. Ahí estaba Max, la «revelación del alma racial judía», menos que nada para ellos y más que cualquier otra cosa para ella.

Trabajó aprisa y se dio cuenta de que no podía excluir por completo del trazo su propia naturaleza. Se sentía empujada a ser expresionista, a captar su esencia y sus fragilidades, las imperfecciones que lo hacían más hermoso incluso a sus ojos. Decidió que se permitiría hacerlo una última vez. El cuadro seguiría su enfoque habitual a la inversa, primero expresionista, luego representativo. El hombre antes que lo mítico.

Transcurrieron horas mientras trabajaba con ferocidad. Al cabo, se retiró un poco y vio ante sí al hombre que amaba; con sus defectos y perfecto en su imperfección, a un tiempo real e imaginario. Y ahí, junto a su talón, se dibujó de ocho rápidas pinceladas en forma de conejilla; estaba agazapada a su lado, afrontando juntos la tormenta.

Todavía absorto en un estado meditativo, Max se acercó a ella y le puso los brazos por encima de los hombros sin apretar. Bettina se volvió y le pasó los dedos hacia abajo por la columna vertebral como el carboncillo sobre el lienzo, insinuando su intención. Su pulgar resiguió el novedoso cordón de músculo en esa zona, y se transmitió un estremecimiento entre ellos, eléctrico, como una descarga. Ambos estaban otra vez plenamente despiertos, la sangre viva y vibrante en sus venas. Fueron sin decir palabra hacia las escaleras y llegaron dando tumbos a la cama, donde se precipitaron juntos ya medio desnudos. Sus bocas se encontraron y se fusionaron deshaciéndose en un calor blanco que, en buena ley, debería haberlos consumido a los dos por completo. La piel vidriada; los dedos fundidos.

Después, permanecieron sobre las sábanas dejando refrescar la piel. A Bettina le dolían los hombros y tenía ganas de dormir, pero no le quedaba más remedio que levantarse. Debía estar de regreso en la granja mucho antes de que saliera el sol y con este su madre y Albrecht, sin duda irritable y presa de una resaca de aúpa. Pensó en el lienzo que se estaba secando abajo y la perspectiva de pintar encima le resultó insoportable. Pero por duro que fuese, sabía que tendría que hacerlo de todas maneras. Lo sacrificaría todo por él.

9

El otoño se cernió rápidamente sobre Londres y el brezal no tardó en estar cubierto de un correoso mantillo de hojas caídas de tonos canela y bermejo. La ciudad entera reverberaba en una suerte de réplica de los atentados con bomba a ambos lados del mar de Irlanda y Clara se vio caminando todo lo posible, reacia a quedar acorralada en espacios públicos atestados.

Mientras su hija indagaba en los libros de historia del arte de su biblioteca universitaria, Clara se pasaba por las librerías de viejo de Charing Cross Road. Escudriñaba microfichas en la Biblioteca Británica en busca de artículos sobre antigüedades militares y el arte de la Alemania nazi intentando localizar alguna referencia a Porzellanmanufaktur Allach, Dachau, aunque una y otra vez se iba de vacío.

Una tarde lluviosa, Clara y Lotte examinaron todo lo que había dejado Bettina; los cuadros enmarcados de formato más grande, algunas acuarelas, cuatro pinturas al óleo pequeñas en tablas de aglomerado y media docena de blocs de dibujo. No había quedado mucho más de su época alemana: unos esquemas arquitectónicos raídos y casi hechos trizas y unos pocos libros antiguos con profusas anotaciones en los márgenes.

Lotte optó por centrarse en el cuadro de la sala de estar: *El Mulde desbordado*, 1931. Descubrió que Bettina lo había pintado en Dessau, la segunda de las escuelas de la Bauhaus en las que había estudiado. Tenía veinticinco años a la sazón. Ambas aunaron esfuerzos para elaborar una cronología de la vida de Bettina hasta ese momento: nació en Allach, Alemania, el 23 de enero de 1906, la benjamina de Marielein y Kurt Vogel. Bettina ingresó en la escuela de bellas artes de Múnich a los diecisiete años y luego pasó a la Bauhaus, primero en Weimar, después en Dessau y, finalmente, en Berlín. Lotte pasó horas en la biblioteca de su facultad e incluso encontró breves notas a pie de página sobre su Oma en una voluminosa publicación en torno a la vida y la obra de Vasili Kandinski.

Mientras que Lotte tenía como objeto de estudio el arte, Clara decidió concentrarse en la procedencia tanto de la porcelana como de la fotografía. En una incursión solitaria en el Museo Imperial de la Guerra, dedicó horas a leer testimonios espeluznantes de prisioneros del campo de concentración de Dachau. Acabó tan angustiada que buscó la tranquilidad del servicio de señoras para sonarse la nariz y recomponerse. Allí trabó conversación con una mujer que reparó en su malestar y Clara se sorprendió contándole toda la historia. La mujer la escuchó compasiva y le tendió un paquetito de clínex. Se presentó como Catherine, bibliotecaria del museo. Según dijo, estaba familiarizada por completo con esa sensación de impotencia desesperada.

—Me preocuparía más cualquiera que no lo considerase abrumador.

Catherine le preguntó si había ido alguna vez a la Biblioteca Wiener en el Londres central; un amigo suyo trabajaba allí de archivista. Jacob Cohen llevaba casi una década cribando los registros sobre el Holocausto.

—Si hay alguien capaz de encontrar algún indicio de los hombres de tu fotografía, o de esa fábrica de porcelana, yo apostaría por Jacob.

Clara le explicó que no quería abusar de la amabilidad de

nadie. Había muy pocos datos sobre los que trabajar y no tenía modo de saber cómo estaban relacionados, pero Catherine insistió en que Clara le facilitase su número de teléfono y todos los detalles de los que disponía hasta la fecha.

—Por qué no intentarlo. Si hay algo que descubrir, seguro que él es la persona más indicada.

Dos semanas después, Clara recorrió las calles de Marylebone en bicicleta y la aparcó asegurándola con una cadena a la verja delante del n.º 4 de la calle Devonshire, sede de la Biblioteca Wiener. Jacob Cohen había telefoneado la víspera y la había citado allí a las cuatro de la tarde. Hacía un día radiante y despejado, así que prefirió ir en bici, pasando por delante de las altas casas adosadas de la época eduardiana, a través de las largas sombras y por encima de las hojas caídas. Sentía emoción y un poco de inquietud; debía de haber descubierto algo o, si no, ¿para qué iba a querer verla?

Subió los peldaños de la entrada y pulsó el portero automático. El recepcionista le dijo que fuera a la primera planta y le abrió la puerta.

En el interior, el vestíbulo de entrada se veía deteriorado, con linóleo desgastado bajo los pies y armarios de madera llenos a rebosar de carpetas de recortes de prensa. El tictac de un solitario reloj de pie colmaba el espacio silencioso. Clara entró en el ascensor pasado de moda y permaneció inmóvil mientras subía traqueteando.

La sala de lectura estaba más ajetreada de lo que había imaginado; esperaba una solemnidad tranquila, pero reinaba un ambiente curiosamente activo. En la mesa de información, una joven hablaba por teléfono y simultáneamente le entregaba un montón de folletos a un alumno. Las paredes de la sala estaban recubiertas desde el suelo hasta el techo estucado de estanterías en las que daba toda la impresión de que debía de haber miles de libros. Se había aprovechado hasta el último rincón; incluso en la chimenea habían instalado un catálogo de fichas. Un puñado de personas sentadas a las mesas leían documentos y tomaban notas con el diccionario alemán-inglés a la vista. Un bibliotecario subía a toda prisa por una escalera de mano.

Clara notó que le tocaban el brazo y se volvió para encontrarse a un hombre con el pelo corto y entrecano y una carpeta color salmón firmemente cogida contra el pecho. Hubo un breve instante de incomodidad y luego los dos empezaron a hablar a la vez.

Fue Jacob quien cedió:

—No, por favor, adelante. —Hablaba un inglés impecable con un leve y suave acento alemán.

—En realidad, solo quería darle las gracias por acceder a ayudarme.

—No hay de qué.

La llevó a la otra punta de la sala, donde podrían sentarse y hablar en voz baja sin que nadie los molestase. Clara miró alrededor, asombrada ante el mero peso del papel que había allí.

—Sufrimos una carencia crónica de espacio —explicó Jacob—. Quizá no sea muy sorprendente, teniendo en cuenta que poseemos casi un millón de artículos con relación a la Shoah y la guerra.

Captó la mirada interrogante de Clara:

—Los países angloparlantes tienden a usar la palabra «holocausto», que viene de 'consumido por el fuego' en griego, pero «shoah» es el término hebreo. Significa 'catástrofe'.

—No tenía ni idea de que esta biblioteca existiera.

—Este año celebramos nuestro sesenta aniversario, aunque, como cada año, es un milagro que logremos pagar las facturas. —Le ofreció una triste sonrisa—. Bueno, sobre su pregunta. ¿Ha traído la fotografía?

Clara la sacó del bolso.

—Catherine me envió un fax, pero no se apreciaban los detalles. —Él le dio la vuelta y leyó la inscripción—: *Porzellanmanufaktur Allach*, Dachau, 1941…

Clara señaló a Bettina en el centro de la fotografía.

—Esta es mi madre. Nació a las afueras de la ciudad de Allach.

—Bien, desde luego había una fábrica de porcelana en Allach, inaugurada en 1935, pero no creo que esta foto se hiciera allí. —Jacob abrió la fina carpeta—. La fábrica Allach la fundaron tres artistas, todos miembros de las SS. Su objetivo expreso era fabricar porcelana «a mayor gloria del partido» que rivalizara con la de Meissen. No es de extrañar que las SS invirtieran en ella desde muy pronto y acabaran asumiendo la dirección de toda la operación.

Sacó una segunda fotografía en la que se veía a Adolf Hitler inclinado sobre una colección de figuritas barrocas, el semblante iluminado de dicha y embeleso. A su lado había un hombre con gafas, con entradas en el pelo y barbilla enclenque.

—Heinrich Himmler, líder de las SS y uno de los primeros inversores en porcelana Allach —informó Jacob—. Era consciente del impacto cultural que tenían los artefactos; quería servirse del arte para crear una mitología en torno a la identidad nacional alemana. La fábrica de porcelana era un medio para conseguir un fin. Mientras que ciertos artículos estaban destinados a cimentar nuevas tradiciones, como los faroles de porcelana para el solsticio, otros celebraban la expansión del Reich. Después de la *Anschluss* de Austria, por ejemplo, Himmler prometió que Allach «pondría en marcha un millón de soldados de porcelana» y los colocaría en todas las casas.

—¿Y lo hicieron? —preguntó Clara.

—Desde luego que sí. Un obsequio de porcelana Allach pasó a ser el máximo honor para los fieles del partido. Los ciudadanos alemanes también los compraban; era una manera de demostrar lealtad, sobre todo una vez iniciada la guerra —continuó Jacob—. La marca tenía tanto éxito que expandió las operaciones y construyó otra fábrica más grande en los terrenos del campo de adiestramiento de las SS en Dachau. Pero la guerra empezó a suponer un problema: estaban enviando al frente a muchos trabajadores especializados. Tuvieron que buscar nueva mano de obra.

Otra fotografía, que ella reconoció de sus incursiones en el Museo Imperial de la Guerra. Era una instantánea aérea en blanco y negro tomada desde un avión militar. Debajo había docenas y docenas de edificios, como las líneas ordenadas de una explotación agrícola.

—El *Konzentrationslager*, o KZ, Dachau fue el primer campo de concentración alemán, inaugurado en 1933. Era una especie de zona de pruebas; Himmler ensayó aquí muchas formas de tratamiento inhumanas, incluida la práctica de usar prisioneros como mano de obra para trabajos forzados. Durante la guerra, más de catorce millones de personas fueron obligadas a prestar servicio en los *Arbeitslager*, los campos de trabajo.

Clara vaciló en interrumpirlo, pero sentía una necesidad desesperada de hacerlo.

—Bueno, entonces ¿cree que esta fotografía de mi madre se hizo en el campo de concentración de Dachau?

—El KZ Dachau engendró cerca de un centenar de subcampos, muchos de ellos *Arbeitslager*. Se especializaban en armamento, motores y demás tipos de fabricación pesada. —Le dio unos golpecitos a la fotografía con el dedo—. Estoy seguro de que se trata de uno de esos. Porzellanmanufaktur Allach se construyó en Dachau en los campos de adiestramiento de las SS, lo bastante cerca para el traslado de los prisioneros del campo principal. Con el paso del tiempo, las instalaciones se expandieron y construyeron alojamientos *in situ* para los obreros reconvirtiendo establos contaminados en barracones.

Clara frunció el ceño.

—Sabía que BMW usó prisioneros para construir motores, pero no tenía ni idea de la escala del asunto.

—No es la única. A título personal, creo que los campos de trabajo legitimaron todo el proceso de cara a la galería. Le dieron un barniz de predeterminación, haciendo que fuera más fácil pasarlo por alto. Cuando culpas a una parte de la sociedad de todos los males y a continuación condenas a esos individuos a una situación de servidumbre, creas una estructura de validación del proceso en su conjunto: su siguiente paso fue encarcelar a todos aquellos que habían declarado subhumanos, los *Untermensch*, e intentar erradicarlos por completo.

En el calor y la seguridad de la Biblioteca de Londres, Clara se sentía muy alejada de una realidad tan espeluznante y, sin embargo, entendía que estaban rodeados de ella. En todos los estantes y nichos, en los detalles áridos y anodinos, en las palabras escritas; bien clara en blanco y negro. Esas paredes albergaban las vidas y las muertes de millones de personas, quizá incluso las de su propio padre. Sintió que la recorría un escalofrío. «¿Qué hacía allí mi madre?». Sabía que esa pregunta no podía responderla Jacob.

—¿Averiguó algo sobre Ezra Adler y los otros hombres de la fotografía, Max y Holger?

—Creo que la figura alta de traje a medida podría ser Holger Ostendorff, uno de los directores artísticos de Allach. O sea que Ezra Adler sería este hombre de aquí, el de la izquierda, al menos según la inscripción…

Miró con más atención a los dos individuos que estaban junto a Bettina. Ezra Adler era corpulento y tenía las cejas muy pobladas. El hombre a su lado, que por eliminación debía de ser Max, era ancho de hombros y atlético. Los dos llevaban el pelo al rape y tenían polvo de arcilla en las manos. Ambos vestían bata blanca: guardapolvos de escultor con lápices en los bolsillos, pero aun así resultaba claramente visible debajo el uniforme a rayas del campo de concentración de Dachau.

Jacob sacó una hoja de papel de fax, escurridizo al tacto, en la que había impresa otra imagen granulada. La figura central de la fotografía era a todas luces Ezra Adler en una época más juvenil y satisfecha.

—Parece ser que Herr Adler era todo un erudito, profesor de historia del arte en Cracovia. Uno de los más de ciento ochenta académicos de toda Polonia deportados a Alemania en 1939. Estuve hablando con un contacto de la Universidad Jaguelónica y tuvo la amabilidad de enviarme esta copia de su retrato de facultad de 1935.

La pose del hombre tenía un aire de formalidad, era la viva imagen de un intelectual.

—Después de la invasión, las fuerzas de ocupación alemanas se dedicaron a destruir cualquier noción de identidad nacional polaca. A los disidentes culturales, como Herr Professor, los despacharon a toda prisa a los campos. A él lo enviaron junto con su esposa Zofia y sus hijas… —El archivista consultó sus notas—: Amelie, de dos años, y Hanna, que tenía tres meses.

Clara escudriñó el retrato del profesor Adler en busca de alguna pista. Parecía poseer cierta jovialidad: tenía patas de gallo en el rabillo de los ojos, sin duda por efecto de la risa. Recordó la otra fotografía en la pared de su apartamento. Hacía el caballito sobre su rodilla a una niña que más parecía una muñeca. ¿Sería Amelie o Hanna? Parecía perfectamente posible. Imaginó a la familia reunida en torno a él como espectros. Si Ezra Adler era su padre, quizá Hanna y Amelie fueran sus hermanas. Había estado tan absorta en descubrir la identidad de su padre que nunca se le había pasado por la cabeza la posibilidad de que tuviera más familia en algún lugar del mundo.

—¿Sabe qué fue de ellos?

—Solo que internaron a toda la familia en el campo de Sachsenhausen, a las afueras de Berlín. Llegaron allí juntos en 1940.

—¿Y luego? —indagó Clara.

—Hay varios documentos que hacen referencia al traslado del profesor Adler menos de un año después. Las autoridades de Porzellanmanufaktur Allach hicieron un llamamiento a otros campos en busca de prisioneros que cumplieran los requisitos necesarios para trabajar en la fábrica. No le habrían dado elección; lo habrían obligado a dejar atrás a Zofia, Amelie y Hanna. Me temo que no hay ningún registro sobre ellas tres tras eso.

Clara intentó imaginarse a Lotte a los dos años: las mejillas pegajosas y las piernas gordezuelas, todavía torpe e insegura, repitiendo como un loro todo lo que oía. ¿Qué habría sido de ella si la hubieran sacado de su casa y depositado en las profundidades del mismísimo infierno?

—A Ezra Adler lo liberaron de Dachau en 1945, el mismo día que Hitler se quitó la vida en un búnker en Berlín. Herr Professor emigró a América no mucho después, pero esa parte de la historia ya la conoce. —Miró el reloj—. La biblioteca va a cerrar enseguida, pero puedo contarle algo más sobre estos subcampos, si tiene tiempo.

—Gracias. Por mí, encantada. —Rio pese a que no tenía gracia—. Lo siento, «encantada» no es precisamente la palabra más adecuada.

—Nunca soy más consciente de las deficiencias del lenguaje que cuando abordo este asunto —dijo Jacob—. Debo dejarle bien claro de entrada que, incluso con tantos recursos como tengo a mi alcance, no soy en absoluto un especialista, pero puedo ofrecerle una visión de conjunto, en términos generales.

Clara asintió.

—Bien, pues aunque inicialmente se construyeron para seis mil prisioneros, los subcampos acabaron albergando a más de veintidós mil presos en diversos sitios: prisioneros judíos, homosexuales, disidentes. Había veintitrés nacionalidades distintas representadas, incluidas la romaní y la sinti, y luego muchos soldados rusos.

Le tendió una larga lista de cifras que hacían referencia a las distintas categorías y nacionalidades de los prisioneros. Clara lo miró todo sin llegar a entenderlo: un sufrimiento inimaginable reducido al lenguaje de un libro mayor.

—Este era un campo de trabajo, pero como puede suponer, hasta los trabajadores más especializados seguían considerándose completamente prescindibles. El Comité Internacional de Dachau señala que había dos cadalsos en el campo: uno fijo y otro ambulante. Desde esa óptica, como creo que debería juzgarse, el objetivo de Porzellanmanufaktur Allach no fue nunca la producción de porcelana sin más: se instauró para adoctrinar a las masas y formaba parte de un esfuerzo concertado para tratar de manera brutal a sus ocupantes.

Volvió a guardar las hojas en la carpeta de color salmón. Clara se frotó las sienes para ahuyentar el dolor de cabeza que comenzaba a notar.

—Quizá es mejor que lo dejemos por ahora. Le he dado mucha información que digerir.

Clara suspiró.

—Intento decidir qué hacer ahora, cuál puede ser mi papel en todo esto, si es que me corresponde alguno. ¿Qué derecho tengo a dar por sentado que merezco alguna respuesta?

—En la posguerra, muchísimos supervivientes de la Shoah optaron por vivir el resto de sus vidas y olvidar. ¿Quién se lo puede reprochar? Pero eso significa que nosotros, sus hijos y nietos, debemos llevar a cabo la difícil tarea de averiguar sus historias, de preservarlas vivas. Yo diría que es esencial. Si no logramos entender y compartir estos conocimientos, estamos condenando a generaciones futuras a repetir los mismos errores.

—Supongo que por eso estoy aquí. Por el bien de mi hija, tanto como por el mío.

Le estrechó la mano.

—Gracias, Jacob. Estoy segura de que no habría sido capaz de abrirme camino entre tanta información yo sola. Tengo el alemán muy olvidado, eso para empezar.

—Me alegra ser de ayuda. —Se interrumpió—. Mi abuelo

materno murió en Mauthausen y le prometí a mi madre que me esforzaría por mantener vivo su recuerdo. Esto es más que un trabajo para mí; lo considero mi deber, mi *achrayut*.

Fuera, el aire helado era de un azul profundo y sonoro.

—¿Qué piensa hacer ahora? —preguntó Jacob.

Clara dejó escapar una risilla insegura.

—Eso mismo estaba preguntándome yo. Creo que igual debería ir a verlo con mis propios ojos.

Jacob asintió.

—Entiendo ese impulso. El campo principal de Dachau se puede visitar y quizá los archivistas la ayuden a avanzar en su investigación, aunque me temo que Porzellanmanufaktur Allach ya no existe. A todos los efectos, fue borrada de la faz de la tierra.

10

Llevaba una semana nevando de manera constante sobre la ciudad de Allach. Un almidonado manto blanco redefinía el paisaje y atenuaba sus márgenes amortiguando los sonidos. Este mundo sofocado parecía amplificar el alcance de los sentidos: el terso cielo gris era muy luminoso y el crujir de los pasos sobre el lecho de nieve sonaba desproporcionadamente fuerte.

Durante unas horas, la fábrica misma había parecido de porcelana —un farol de cerámica con tejado a dos aguas por cuyas ventanas brotaba una luz suave—, pero habían atizado los hornos y el hollín de la chimenea cuadrada se había esparcido por la nieve tiñéndola de un granuloso gris negruzco. Una fina lluvia empezó a empañar el aire y en unas breves horas el blanco plumón de cisne del tejado se había agrietado y fundido. Había empezado a formarse barro y las carreteras y las aceras no tardaron en quedar cubiertas de una capa de aguanieve mugrienta que te calaba hasta los huesos y luego te helaba hasta el tuétano.

El trabajo de Max consistía en ayudar a limpiar el patio central todas las mañanas junto con tres jóvenes de la zona que habían entrado a trabajar la semana anterior. Era una tarea tan sisífica que la imponente fachada de nieve ennegrecida que habían levantado contra la verja del perímetro amenazaba con deslizarse y engullirlos igual que un vertedero de lodo líquido.

Al principio, Max había tenido dificultades para seguirles el ritmo a los hombres más jóvenes, pero el cuerpo se le había ido adaptando poco a poco y había desarrollado una fuerza que no creía poseer. El frío era lo peor: el esfuerzo físico de palear les hacía sudar, pero si paraban, los pies y los dedos no tardaban en entumecérseles. Los otros se metían las manos bajo las axilas y por dentro de los pantalones para tenerlas calientes. Durante los descansos fumaban y bromeaban dándose empujones, pero guardaban las distancias con Max; su voz tenue y su acento vienés lo delataban como forastero.

Por tanto, Max se sintió agradecido cuando le dijeron que Holger quería que lo ayudase a cargar el siguiente envío. Había que empaquetar en barriles acolchados con paja una enorme remesa de platos conmemorativos. Recibió con alegría la oportunidad de trabajar bajo techo, aunque los otros encajaron la noticia con indignación mal disimulada. El más joven, un chico cochino y airado de nombre Uwe, se quejó al capataz de que el *Österreicher* Friedrich Marchen aún no había hecho su parte del trabajo. El capataz se mostró indiferente. Se encogió de hombros y le gritó al chaval que volviese al tajo: si era lo que quería Herr Direktor, que así fuese.

En el refugio seco de la sala de empaquetado, el anciano que trabajaba allí le explicó que Ostendorff le había dicho que era arquitecto de carrera, conque se le debería dar bien maximizar el espacio. Max descubrió que le gustaba el nuevo reto, así como el calor. El tercer día pasó por allí Herr Direktor en persona.

—¿Qué tal se está adaptando? —preguntó.

—Bien, gracias.

El caballero estaba apoyado en la jamba de la puerta limpiándose las gafas.

—Pues no se acomode demasiado; creo que igual vamos a necesitar sus aptitudes de dibujo técnico. Andamos un poco escasos en ese departamento. ¿Cree que podría hacerlo?

Max sonrió encantado.

—Claro que sí. Gracias, Herr Direktor.

—Haga el favor de llamarme Holger.

Así pues, Max se vio ante la mesa de dibujo midiendo y reproduciendo sobre el papel los detalles más minúsculos y las dimensiones precisas del trabajo del escultor. Holger visitaba con frecuencia la sala para supervisar todas las etapas del proceso de diseño. Acostumbraba a pararse junto a la mesa de dibujo de Max y charlar con él haciéndole preguntas sobre la vida en Viena o su experiencia en la Bauhaus. Holger se mostró fascinado al averiguar que habían preparado a los alumnos en tantas disciplinas.

—Me encanta la idea de que se dé rienda suelta de esa manera a la creatividad. Música, escultura, arquitectura; en el fondo, son diferentes variedades del juego. Los mejores resultados se obtienen si se abordan con una sensación de posibilidad infantil.

Aunque había dedicado su vida a la porcelana, el amor confeso de Holger era la ópera, sobre la que hablaba largo y tendido con entusiasmo. Parecía encantado de haber encontrado en Max a otro esteta como él:

—Pase luego por mi despacho, si quiere. Tengo una grabación maravillosa de Toscanini en el Festival de Salzburgo.

Una vez terminado el trabajo, Max llamó con cautela a la puerta del despacho y el director le franqueó el paso cordialmente. Pasaron una hora escuchando a Mozart mientras la luz iba menguando fuera. Holger tenía la barbilla apoyada en los dedos que formaban un campanario, los ojos iluminados. Al parecer, Max había encontrado por fin un amigo y un amparo.

—Mozart me hace echar de menos mi hogar —reconoció—. Por motivos que ahora no vienen al caso, tenía una necesidad desesperada de escapar cuando era joven. Weimar ofrecía un sinfín de posibilidades. Ahora siento mucha nostalgia de Viena, de mi casa, de mis padres que siguen allí; espero poder volver algún día.

—Ya sé lo que es eso. Es un viaje que hacemos todos. Con

la perspectiva de una o dos décadas, todos los lugares se ven distintos.

Tras la fachada de digna respetabilidad, Max descubrió que Holger tenía un tremendo sentido de la diversión, aunque pocos amigos en la pequeña ciudad. En privado, se mostraba reacio a los cambios que se estaban produciendo a su alrededor y era admirador ardiente del expresionismo y de la experimentación: «No entiendo esta celebración de lo clásico. Los griegos hacían lo imposible por que el mundo entero avanzase. Si quieres construir un imperio, ¿por qué hacerlo a la imagen de otro anterior? Acepta la innovación, no intentes aplastarla bajo el tacón de la bota».

Con el paso de las semanas, los dos tomaron la costumbre de quedarse al final de la jornada hablando o jugando al ajedrez mientras la oscuridad engullía el mundo exterior. Se sentaban juntos, Holger fumando y poniendo discos de ópera en el gramófono mientras Max escuchaba la música y tomaba una dulce infusión de hierbas bien caliente. Luego regresaba paseando a su casa de alquiler, dolorido y cansado después de todo el día, sin nada que iluminara su camino salvo las estrellas.

Bettina iba tan a menudo como le era posible, se sentaba con él y le masajeaba las contracturas en la espalda que padecía de resultas de haber estado inclinado sobre una mesa de dibujo tantas horas seguidas. Contaban juntos sus ahorros cada vez más copiosos planeando su viaje a alguna parte, donde fuera, lejos. Ella le contó a Max con entusiasmo que esperaba tener pronto algo tangible que aportar.

—Casi he terminado *El vikingo* y he de decir que es de lo más apuesto. He empezado algunos lienzos más pequeños, dibujos de la vida rural. Los gansos en el patio, los campos en invierno, cosas así. Todo perfectamente soso y agradable. Dentro de unas semanas debería tener un portafolio decente, así que le he escrito a un antiguo tutor para preguntarle si puede presentarme a algún contacto en Múnich. Mi madre y Albrecht están fascinados con mi cambio de parecer. Albrecht prácticamente me elogia; nunca lo había visto tan amable. Igual le parece que le hace honor, que reafirma su posición.

—Imagina que supiera que tu intención es reunir el dinero suficiente para huir con tu amante —comentó Max en son de broma.

Bettina palideció.

—No bromees. Mi hermano es todo puro rencor, Max. Siempre lo ha sido. Si se enterara… —Se estremeció y dejó la frase sin acabar.

Después de hablar hasta que se les agotaron las palabras, se sumieron en un sueño intranquilo durante unas horas, ovillados en la cama estrecha para protegerse del frío. Al final, consciente de que si se quedaba más se arriesgaba a que la descubrieran, Bettina se levantó y le dio un beso antes de escabullirse hacia la negrura previa al amanecer.

Para finales de febrero, los últimos restos de nieve se habían fundido y habían ido a parar al arroyo. Bettina tenía la sensación de seguir atascada en el largo invierno, pero por lo menos los días más cortos y oscuros habían quedado atrás y, mejor aún, el contenido de su hucha seguía aumentando. Guardaba hasta el último *Mark* que le daba Albrecht y trabajaba desde el amanecer hasta que empezaba a oscurecer, apilando los lienzos terminados contra la pared.

Había empezado a ver esta nueva vida como una prueba de resistencia. Todas las noches, Albrecht bebía y alardeaba de los actos represivos que acometían las SS. Hablaba de los mapas que hacían y los listados que elaboraban de los domicilios de judíos y bolcheviques, homosexuales y disidentes, cómo seguían la pista a aquellos a quienes consideraban moralmente dudosos y deficientes mentales. Todas las crueldades fortuitas que había ejercido contra su hermana cuando crecían se habían extendido ahora a la población en general. Por fin estaba sacándole partido al rencor que albergaba desde hacía tanto tiempo.

Marielein era esclava de su hijo. Dedicaba horas todos los días a dejar su uniforme impecable. Siempre había algún artículo nuevo que cuidar como un fetiche: gorras que cepillar, botas que lustrar y latón que pulir. Había enormes banderas de seda en pesados mástiles que debían pender en un ángulo preciso mientras se marchaba en formación. Luego estaban las interminables ceremonias y los discursos siempre trufados de invectivas dirigidas a soliviantarlos y hacerles salir a la ciudad, borrachos y rebosantes de una furia incondicional e insaciable.

Albrecht y sus amigos vagaban por las calles de noche en busca de una excusa para vapulear a alguien o dar con algún otro motivo para la destrucción ciega. A menudo regresaba a casa ahíto de cerveza y azufre, todavía con ganas de bronca, lo que situaba a Bettina en su línea de fuego. Ella intentaba eludirlo todo lo posible y pasaba las noches encerrada en su habitación del ático.

Se centró en cambio en dominar ese nuevo estilo romántico y realista con dedicación, hasta que por fin tuvo la impresión de que había logrado obras lo bastante buenas como para llevarlas a Múnich. Su antiguo tutor le escribió y le dijo que había acordado que una pequeña galería de la Lenbachplatz aceptase seis de sus cuadros para estimar el interés de su clientela. El propietario, un hombre corpulento con las manos enormes cubiertas de manchas de vejez y los ojos legañosos, se había mostrado cautamente optimista.

—Vamos a inaugurar una exposición sobre el nuevo arte pastoral alemán. Estos pueden tener aceptación. No se pierde nada por intentarlo.

Después de la reunión, había regresado rápidamente a Allach para ver a Max con una nueva ligereza en sus andares.

—Tengo la impresión de que se avecina un cambio, ¿no crees? Todo debe ir a mejor.

—Qué lista eres. Tienes razón, yo también lo noto.

Bajo la tutela de Holger, Max vio que sus horizontes también se expandían rápidamente. El hombre mayor lo animó a que comenzara a trabajar en sus propios diseños y, poco después, tenía los bocetos de una docena de figuritas y vasijas. Holger le dio permiso para reproducir algunas en arcilla y los resultados le parecieron más que satisfactorios. Era ducho tanto en los diseños clásicos, sencillos y atemporales como en las formas esculturales más complejas; una habilidad natural poco común, le aseguró Holger. Para sorpresa suya, Max descubrió que lo entusiasmaba de verdad el desfogue creativo, así como el mejor sueldo que llevaba a casa.

Una tarde de principios de primavera, llamaron a Max al despacho de Holger. El director sirvió sendos vasos grandes de whisky de una reserva especial que guardaba en el cajón inferior del escritorio para las visitas ocasionales de Heinrich Himmler.

—Es una botella muy buena, como puedes imaginar. Himmler detesta a los borrachos, pero le gusta tomarse un whisky de vez en cuando, sobre todo cuando está furioso, como lo estaba hoy…

El Reichsführer-SS fue uno de los primeros inversores en la fábrica y su interés había ido creciendo a la vez que esta. Tenía grandes planes para implantar su visión: un nuevo nivel de gusto artístico alemán.

Holger levantó el vaso con los ojos chispeantes a causa de un placer apenas contenido.

—Creo que hay que brindar por Himmler. Quiere que empecemos a trabajar en una nueva serie considerable de soldados de porcelana en actitud de marcha. Estoy convencido de que podemos estar a la altura, pero eso significa que nos hace falta en el estudio de artistas un escultor nuevo que se encargue del trabajo pesado. ¿Qué dices, Friedrich?

Max se estremeció para sus adentros al pensar en el subterfugio necesario en el que incurriría, pero le agarró la mano y se la estrechó con determinación.

—Gracias, Holger... Solo espero no ser motivo de desavenencias. No querría que alguien pensara que no me he ganado mi buena fortuna.

Su rápido ascenso entre las filas de Allach no había pasado inadvertido, sobre todo para aquellos a los que había rebasado.

—¡Bobadas! Es evidente que tienes un talento que sería absurdo ignorar. No podemos desperdiciarlo por culpa de alguna noción sin fundamento del sentido de la justicia. Naciste para esto, Friedrich. Lo que me extraña es no haberme dado cuenta antes.

Aunque sabía que tenía los días contados en Allach, Max empezó a disfrutar perfeccionando su oficio como escultor y a enorgullecerse de veras de la nueva disciplina. Su futuro estaba con Bettina, tan lejos de allí como fuera posible, pero hasta entonces se entregaba de buena gana al trabajo.

Una mañana a principios de primavera cruzaba el patio cuando se fijó en los tres jóvenes con los que había trabajado al principio. Seguían en su sitio de costumbre, repantigados detrás de un montón de barriles panzudos fumando y escaqueándose del capataz del patio.

Max sabía que sus diversos ascensos habían provocado rencor. Los había visto fusilarlo con la mirada y hacer comentarios a su paso. Uwe, con la cara redonda y rubicunda y el pelo rubio casi blanco al rape, parecía ser el cabecilla. Axel y Dieter eran hermanos y mayores que Uwe, pero aun así parecían amedrentados por él. Fue este quien le gritó cuando atravesaba el patio:

—¡Eh, *Österreich*!

Max levantó una mano a modo de saludo y apretó un poco el paso desviando la mirada.

El chico repitió el grito, empeñado en llamar su atención. Le dirigió a Max una sonrisa de dientecillos afilados y amarillentos.

—Buenas noticias, ¿eh?

Uwe taconeaba el suelo con las botas de cuero marrones. Max lo miró perplejo.

—¿No te has enterado? —preguntó Uwe en tono desdeñoso—. Ahora eres uno de los nuestros.

—¿De qué hablas?

El chico de nariz chata dio sendos codazos a sus compatriotas y los tres fueron hacia él.

—Tu gobierno se ha rendido.

Max se le quedó mirando sin acabar de entender. Uwe habló en tono lento y deliberado:

—Ahora Austria forma parte del Reich. ¡A ver si te enteras!

Max notó el sabor fuerte y picante del miedo en la boca.

—Bobadas. No sabes lo que dices.

Se volvió y empezó a alejarse. Los tres chicos aceleraron el paso para darle alcance.

—Hemos tenido que ir a salvaros de los comunistas. Deberías darnos las gracias —dijo Axel.

Max siguió caminando y masculló entre dientes:

—Asquerosos... *Ungustl.*

Una mano carnosa y rosada le aferró el hombro. Era la de Uwe.

—¿Qué has dicho? Habla alemán como es debido, *Österreicher,* ahora eres uno de los nuestros.

Max intentó zafarse encogiéndose de hombros, pero Uwe le hincó los gruesos dedos pinzándole el nervio.

—Axel tiene razón, deberías darnos las gracias. Tu país necesitaba una buena fumigación: está infestado de judíos.

Max se volvió hacia el chico con los puños ya en alto, los nudillos blancos como la tiza. De pronto, la voz de Holger resonó como el restallar de un látigo desde la otra punta del patio.

—¡Friedrich! ¿Puedes venir a mi despacho ahora mismo?

A Max le llevó un momento captar el nombre. Holger estaba asomado a la ventana, pálido de furia.

—Y vosotros, chavales, volved al trabajo ahora mismo. Como

os vuelva a pillar ganduleando, vais a acabar de patitas en la calle.

Uwe miró con ferocidad a Max y luego reculó, el cuello y la cara moteados de rosa. Max fue directo al despacho de Holger y llamó a la puerta.

—Adelante.

Holger estaba todavía delante de la ventana observando atentamente cómo el capataz lanzaba órdenes a Uwe y los hermanos. Se volvió hacia Max y le indicó que se sentara.

—No lo he oído todo, pero he captado lo esencial. ¿Estás bien?

Aliviado de que Holger no estuviera enfadado con él como había temido, Max notó que su propia ira se empezaba a disipar. Se hundió en una silla y Holger le dio unas tímidas palmadas en el hombro.

—Entonces, no te habías enterado de la noticia, ¿verdad?

Max negó con la cabeza.

—El Führer ordenó a las tropas cruzar la frontera de Austria. Hoy marchan sobre Linz.

—Mis padres... —dijo Max con voz ronca.

Holger se mostró horrorizado.

—¡Claro, tendría que haberlo imaginado! Lo siento, Friedrich. ¿Siguen en Viena?

Asintió.

—Bueno, no creo que tengas que preocuparte. Por lo visto, ha habido escasa resistencia, así que todo debería transcurrir de manera relativamente pacífica. He escuchado por la radio que tus compatriotas reciben a los soldados en la frontera con flores.

Max notó que se le demudaba el gesto al oír algo en apariencia tan insulso. Holger se acuclilló junto a su silla, alarmado.

—Querido muchacho, ¿qué ha pasado?

Frunció el ceño.

—¿Tienes algún motivo para estar preocupado?

Max volvió a asentir y recuperó por fin el ánimo para hablar.

—Llevan meses intentando venderlo todo y marcharse de

Viena, pero mi padre ha rechazado todas las ofertas. Le gente intentaba... aprovecharse. Les dije que no esperaran, pero al parecer ya es demasiado tarde...

Max se planteó si contarle algo más. Para sorpresa suya, no sentía ningún miedo ya.

—Somos judíos, Holger.

Después de meses de secretismo, comprobó que las palabras la salían de los labios con una facilidad desconcertante. Esperaba recriminaciones, pero no hubo ninguna.

Holger se limitó a decir en voz queda:

—Ya veo. ¿Y tus documentos?

—Una identidad falsa. —No era capaz de mirarlo—. En realidad, me llamo Max Ehrlich. Lo siento mucho.

Holger dejó escapar un profundo suspiro y regresó a su mesa. Abrió el cajón de abajo, sacó el whisky de Himmler y sirvió uno doble por barba.

—No tienes de qué disculparte. Entiendo la necesidad de andarse con subterfugios, quizá mejor de lo que crees.

Holger apuró el vaso y se sirvió otro de inmediato.

—Yo soy..., ¿cómo exponerlo con delicadeza? Digamos, un soltero impenitente.

La idea de que Holger tuviera secretos propios ya se le había pasado por la cabeza a Max, pero difícilmente sabía cómo responder. Permaneció sentado en silencio un instante y luego hizo un gesto de asentimiento.

Holger respondió en tono sardónico:

—Sí, bueno, estaba razonablemente seguro de que tenías tus sospechas.

—Pero ¿no te arriesgas a que te descubran?

—No intimo con mucha gente. Vivo solo, doy la impresión de que estoy casado con mi trabajo. Y soy muy circunspecto. Huelga decir que no debes temer nada por mi parte.

—Ni tú por la mía.

Max meneó despacio la cabeza, todavía incrédulo.

—¿Cómo hemos podido llegar a esta situación?

—Paulatinamente, querido muchacho. Hasta que ya era tarde. Me temo que hace tiempo que dejamos atrás el punto de no retorno.

Max tuvo que esperar otra semana antes de que le llegara por fin una carta de sus padres dirigida a Friedrich Marchen. Se abalanzó sobre ella como alguien medio muerto de hambre sobre una hogaza de pan. Leyó en diagonal la primera hoja y enseguida lo tranquilizó ver que nadie había resultado muerto o herido: se conocía la suerte de todos. Notó que se esfumaba de sus hombros un poco de tensión y empezó la carta de nuevo desde el principio.

La mañana del 11 de mayo, su madre había abierto las cortinas del salón para descubrir que los niños de su vecino escupían contra la ventana. Los padres habían vivido toda su vida de casados allí, pero ahora, cuando miraban a la calle, veían esvásticas colgadas en todas las farolas.

Después de meses de evasivas, el padre de Max anunció por fin que no iba a esperar más. Llamó a su secretario y unas horas después salió a los escalones de entrada para entregarle las llaves de la casa y del negocio. Sus padres se fueron en coche con lo que podían acarrear, abandonando los muebles, casi toda la ropa y los cuadros más grandes que poseían. Dejaron incluso un retrato de su madre pintado por Gustav Klimt que llevaba colgado encima de la repisa de la chimenea por lo menos veinte años. Retiraron los cuadros más pequeños de los marcos y los enrollaron para meterlos en baúles con algo de ropa, fotografías y la menorá de la familia, envuelta en las mejores pieles de su madre.

Junto con muchos otros, habían ido a toda prisa a la estación y dejado el coche en la calle para llevar todo lo que podían al andén. Allí esperaron durante horas y se vieron obligados a dejar pasar varios trenes hasta que tuvieron ocasión de montarse y subir el equipaje luchando a brazo partido.

En la frontera suiza subió una patrulla de soldados alemanes a revisar sus documentos. Sus padres temían que intentaran hacerlos volver, pero los soldados simplemente los obligaron a abrir los baúles y se quedaron todo lo de valor. Al final, cruzaron la frontera con diez *Reichsmark* en los bolsillos.

A lo largo de los días siguientes, Max leyó y releyó la carta de forma obsesiva, despertando en plena noche para escudriñar las hojas una y otra vez. Seguían teniendo el aroma a Eau de Lavande de su madre. Percibía su ansiedad escrita con tinta en cada frase. Sus pensamientos evolucionaban de manera errática de párrafo en párrafo relumbrando apenas el tiempo suficiente para constituir una narración coherente.

Aun así, Max se las ingenió para reconstruir buena parte de lo que habían sido sus últimas semanas en Viena y la horrible realidad que habían comprendido. Pasaron por la casa unos cuantos amigos y colegas para ofrecerles su «ayuda»: tenían entendido que planeaban marcharse y se brindaban a comprarles obras de arte o ciertos muebles para contribuir al viaje. Pero, aunque conocían su auténtico valor, todos intentaban regatear hasta obtenerlos casi regalados. Mientras que su padre sencillamente había rehusado descartándolo como una propuesta absurda, su madre había razonado que por lo menos algo era mejor que nada, y luego lloraba en la cama hasta dormirse. La pasmó ver que, pese a décadas de amistad, a muchos no les importaba lo más mínimo despojarlos como si fueran una presa muerta.

Incluso ahora, cómodamente instalados y a salvo en Suiza gracias a la caridad de un antiguo compañero de estudios, su padre se negaba a aceptar que el mundo había cambiado. Todavía albergaba la esperanza de regresar cuando todo se hubiera calmado y así confirmar la venta de la casa y el negocio, que tan cicatera le había parecido.

En Allach, conforme la fría luz de la mañana avanzaba por el alféizar e iluminaba las hojas escritas en letra apretada, Max alcanzó a ver que era una esperanza fútil. Les escribió: «No esperéis, seguid camino. Id bien lejos y nos reuniremos con vosotros cuando podamos. Buscaremos un país que nos acoja. Tiene que haber algún lugar».

Bettina acudió a él en cuanto pudo montando en la bicicleta a través de la noche fría y despejada. Se reunieron en la oscuridad de la cocina, iluminada solo por el resplandor de la estufa, y ella lo abrazó durante un larguísimo rato porque no sabía qué palabras podían ofrecerle el menor consuelo.

—Lo siento, amor mío. Lo siento muchísimo.

Se apartó un poco para examinarle la cara. La ansiedad que todavía le pesaba le había dejado oscuros cardenales bajo los ojos. Max se ablandó un tanto al ver su preocupación y alargó la mano para acariciarle el rostro. Ella volvió a rodearlo con los brazos.

Los dos permanecieron así un momento, contentos sencillamente con estar abrazados, y luego Bettina se apartó con dulzura.

—Voy a preparar el té.

Vertió el contenido del hervidor en una pequeña tetera vidriada de color marrón y se apoyó en la cocina calentándose las manos en torno a la taza.

—Las fotografías de Viena en la prensa son desgarradoras. Aparecen esvásticas y águilas por todas partes. —Meneó la cabeza—. Gracias a Dios que se fueron cuando lo hicieron.

—Ojalá no hubieran esperado tanto. Tendríamos que haberlo visto venir. Yo sabía que era posible, claro. Simplemente, no creía que ocurriría tan rápido ni que encontrarían tan poca resistencia.

—Tiene que haber mucha gente demasiado asustada para manifestarse.

—Lo más escandaloso es su audacia: así se salen con la suya.

A Bettina se le nubló el gesto.

—Albrecht no ha dejado de jactarse, como puedes imaginar. He tenido que contenerme para no borrarle de una bofetada la sonrisa de satisfacción. En cambio, le he dicho que se callara.

Max frunció el ceño.

—¿Y cómo se lo ha tomado?

—Tan bien como cabía esperar.

Max le lanzó una mirada severa y ella volvió el rostro.

—Mi padre siempre decía que si me quedaba alguna marca, llevaba mis propias huellas dactilares.

Con buen ánimo forzado, Bettina cambió de tema.

—Más vale que no le demos vueltas a lo que no podemos evitar. ¿Cómo va en la fábrica? ¿Te dejan hacer algo o te limitas a mirar y aprender?

—Me he puesto manos a la obra desde el primer día, y no sabes lo agradecido que estoy. Me ha dado tiempo para pensar. Para decidir qué hacer a continuación.

—¿Y?

—Y… creo que no podemos permitirnos seguir aguardando, ¿no crees? Esto me ha demostrado que lo peor puede ocurrir en cualquier momento.

Ella lo había temido y al mismo tiempo lo esperaba, aunque la perspectiva de llevarlo a cabo pareciera irreal por completo.

—Estoy conforme, pero no tenemos visados ni sabemos adónde ir. Seríamos refugiados sin nada a nuestro nombre y ningún sitio dispuesto a acogernos.

—Estos últimos meses nos las hemos apañado para ahorrar una buena suma. Lo mejor es que nos vayamos tan lejos y tan rápido como sea posible, hasta que se agote el dinero.

—Pues de acuerdo. —Estaba pálida pero decidida—. No tuve ocasión de decírtelo: me llegaron noticias de la galería de Múnich. Han vendido algunas de mis obras. No tengo ni idea de cuánto cobraré, pero menos da una piedra.

Max frunció el entrecejo.

—Hablamos de esto como si estuviera todo predeterminado,

pero no es así. Igual es más seguro que tú esperes aquí a que se te conceda un visado...

Ella negó con vehemencia.

—Ni pensarlo, Max; no digas ni una palabra más. Hemos probado a hacer las cosas siguiendo las normas y ¿qué hemos conseguido? No hay un camino trazado para la gente como nosotros, tenemos que hacerlo por nuestros propios medios. No pienso separarme de ti. Lo único que está por ver es cuándo y cómo nos marchamos.

Él se hundió en la silla de la cocina y enterró los dedos en el pelo.

—Por lo que respecta a cómo, yo voto por ponernos en marcha sin más. Vamos a la frontera y cruzamos a Suiza a pie. Luego, si no nos detienen, nos dirigimos a Zúrich por los medios que sean necesarios e intentamos dar con mis padres. No quiero correr el riesgo de que nos atrapen, pero es mejor que quedarse aquí, ¿no te parece?

Bettina guardó silencio un momento. En la penumbra de la cocina, Max no atinaba a interpretar su expresión. Cuando por fin habló, su voz sonó firme:

—Les diré a mamá y Albrecht que voy a ir a Múnich a visitar la galería, lo que es verdad hasta cierto punto. Tú recoges la paga y luego te reúnes conmigo en la estación. Iremos tan cerca de la frontera como sea posible. Albrecht sale con su cuadrilla el viernes por la noche, así que mi madre se acostará temprano. Con un poco de suerte, ni siquiera se darán cuenta de que me he ido hasta el día siguiente.

—¿Estás segura del todo?

Bettina levantó la barbilla.

—Tú no puedes quedarte, así que tenemos que irnos. Prefiero acabar muerta en una zanja a tu lado que vivir en cautividad sola.

Con el paso de los días la primavera prosperó, su fresca belleza desconcertante frente a toda la angustia que ahora sentía Bettina. Aunque estaba contando los días que quedaban para irse, la perspectiva le producía cierta melancolía inesperada. La idea de que quizá no volviera a ver su hogar de nuevo le dolía más de lo que había imaginado. Era una casa pequeña y más bien desvencijada, fría incluso en los días más cálidos. Su madre y Albrecht eran iguales, duros y a menudo rigurosos, incluso cuando tenías esperanzas de que fueran amables. Pero también era cierto, razonó Bettina, que su padre los había maltratado a todos y había intentado que salieran a su imagen y semejanza.

Iba a pasear por el campo cada vez que tenía ocasión; la calidez del sol en la cara, las alondras describiendo arcos sobre su cabeza. Las liebres habían abandonado sus combates propios de la época de celo, pero ella seguía buscándolas con la mirada. Al regresar a casa una tarde, vio a una hembra y su lebrato agazapados bajo un seto rebosante de umbelíferas en flor. Se demoró un instante viendo cómo la madre se aventuraba a alejarse con cautela; la cría vaciló un momento y luego se apresuró hacia la seguridad de su madre. Mordisquearon unos brotes verdes recién salidos hasta que las asustó un ruido y se fueron juntas campo a través alzando sus largas patas traseras.

Permaneció allí hasta mucho después de que hubieran desaparecido, maravillada del vínculo entre madre y cría y de lo enternecedor que era. Al emprender el camino a casa, pensó en la criatura que había perdido ella cuando vivía en Berlín. De alguna forma había aprendido a adaptarse al hecho, aunque el dolor nunca había desparecido.

Se le pasó por la cabeza que hacía tiempo que no sentía la típica aceleración que anunciaba el final de su ciclo. ¿Un mes? No, quizá más. Las semanas se le habían pasado sin darse cuenta, absorta en todo momento en la idea de su huida. Levantó las manos y se llevó las palmas a los pechos. ¿Los notaba sensibles o solo eran imaginaciones suyas?

Para cuando entró en la cocina, el cielo había empezado a oscurecerse. Tenía las mejillas arreboladas y se sentía un poco mareada: la mera posibilidad había hecho que se le disparara la imaginación. Una voz entre las sombras la sobresaltó.

—¿Dónde te habías metido?

Su hermano estaba sentado delante de la chimenea fumando en la penumbra.

—Lo mismo podría preguntarte yo.

Bettina se arrodilló para atizar las brasas y luego encendió sobre la mesa de pino rayada la lámpara, que alumbró la cara de su hermano, con barba incipiente, cansada e irritable.

—Llevo trabajando desde primera hora de la mañana. Por fin vuelvo a casa y ¿qué me encuentro? Todo está en silencio y no hay nada que comer en la mesa.

Ella cogió un delantal y se lo ató de cualquier manera a la cintura, sonriéndole a Albrecht con una sensación mucho más indulgente de lo habitual.

—Voy a hacer unas patatas con repollo y a calentar el resto del *Schweinshaxe*.

Sacó el plato que había preparado su madre la víspera. Albrecht respondió con un gruñido, lo más parecido a un gesto de gratitud que era capaz de ofrecer.

Su hermana dejó una cabeza de repollo verde intenso en la tabla de cortar cubierta de tajos. Él la observó mientras le salía lentamente humo de la boca.

—¿Qué haces por ahí durante horas? —preguntó.

—Los días se van alargando. Eso me inspira para trabajar.

Albrecht dejó escapar un bufido de desdén.

—¿Oyes lo que dices?

Ella hizo caso omiso y siguió cortando, pero se le había encendido una llamita de malicia.

—Qué pretenciosa suenas siempre, maldita sea. Dime, *meine liebe Schwester*, ¿qué clase de inspiración has estado buscando cuando vuelves a casa de puntillas al amanecer?

Sus palabras la alcanzaron como una bofetada. Procurando mantener el tono de voz, repuso con serenidad:

—¿De qué hablas?

—¿Crees que no te oigo salir y entrar a las tantas? —Rio—. No te preocupes. Tu secreto está a salvo conmigo.

—No hay ningún secreto, Albrecht. Soy artista. No son pretensiones, es sencillamente a lo que me dedico. El trabajo de la observación, y es un trabajo, no se puede hacer solo en condiciones ideales. Tengo que ver el mundo en momentos distintos y con toda clase de tiempo. —De pronto, se envalentonó—. A ver, ¿creías que me habías pillado? —Le llamearon en las mejillas unas intensas motas de color—. Igual tengo un amante secreto escondido por ahí, ¿no es eso?

Él pasó por alto el comentario y, apoyándose en las botas, se repantigó en la silla y le dio una fuerte calada al cigarrillo. Parecía absorto en sus pensamientos, pero ella sabía que no lo estaba. Mantuvo la vista deliberadamente apartada mientras troceaba el resto de la verdura. Lo echó todo a una cazuela y tiró los restos al cubo para los cerdos antes de atreverse a mirarlo de soslayo. Seguía observándola. Bettina se maldijo por dejarse pescar.

—¿Sabes a quién vi el otro día? —preguntó él.

Su tono era desdeñoso.

—No tengo ni idea, Albrecht. ¿Por qué no me lo aclaras?

Bettina paseó la mirada por la cocina en busca de algo más en lo que ocuparse. Vio un cesto de ropa recién lavada y se agachó para coger una sábana. La sacudió y empezó a doblarla.

Albrecht sonrió sin inmutarse.

—A Peter Amsel. Ya lo recuerdas, *antes* eras amiga de su hermano Richard. Hubo un tiempo en que erais muy íntimos.

Ella hizo caso omiso de la provocación.

—Creía que le habías dado la espalda a toda esa gente, pero Peter me dio recuerdos para ti. Bien, dime, ¿por qué crees que lo hizo?

Albrecht echó hacia atrás la silla y la meció sobre dos patas mientras la escudriñaba calibrando con aire astuto su expresión. Ella abrió el cajón de los cubiertos y empezó a poner la mesa procurando que no le temblasen las manos. Le habría gustado mandarlo a paseo, pero la respuesta indicada parecía eludirla.

—Te he hecho una pregunta, querida *Schwester*.

La tenía atrapada y los dos lo sabían. Sonrojada y tartamudeando, comenzaba a buscar a tientas una respuesta cuando estalló una andanada de ladridos en el exterior. Los dos viejos perros habían interrumpido su paseo al anochecer atraídos por el aroma de la comida. Bettina se apresuró a ir a la puerta y la abrió de par en par.

—Callaos ya. *Bärchen*, vais a despertar a los muertos.

Respiró hondo el fresco aire nocturno y decidió que ese día no iba a dejarse amedrentar. Se volvió para encararse con Albrecht.

—Los Amsel siempre fueron muy simpáticos. No como otros.

Cogió el cesto de ropa doblada.

—La comida estará lista en cinco minutos. Sírvete tú mismo.

Pasó decidida por detrás de su hermano y tocó el respaldo de la silla con la cadera al pasar. Aunque oyó cómo sus pies volvían a posarse bien fuerte sobre el suelo de piedra, salió de la cocina sin volver la vista atrás ni una sola vez.

El resto de la semana transcurrió lentamente con una gelidez notable entre Bettina y su hermano, lo que no hizo sino reafirmarla en su plan de acción.

Había decidido viajar ligera de equipaje y no llevarse nada que pudiera delatarla. Hizo propósito de dejarse de sentimentalismos —todo lo que de verdad valoraba estaría a su lado—, pero aun así le dolió despedirse de los pequeños recuerdos de su vida. Se permitió seleccionar unas cuantas fotografías y cartas valiosas que guardó en el fondo del bolso de mano más grande que encontró. Cogió un libro y lo esencial para asearse y maquillarse, junto con una muda de ropa liviana; por suerte, habían llegado por fin los días más largos y las noches más cálidas. Cuando el bolso estuvo preparado, percibió los primeros destellos de libertad. A la hora de la verdad, los objetos eran de escasa importancia y el acto del abandono resultaba liberador.

La mañana del viernes amaneció radiante y despejada. Bajó con sigilo y pasó un momento sentada con los dos veteranos perros acariciándoles el pelaje endurecido y rascándoles las orejas hasta hacerles mover la pata trasera. Cuando el resto de la casa empezó a despertar, se retiró a su cuarto y se vistió con tanta ropa como pudo. En el desayuno se demoró en la cocina, donde untó con mantequilla y devoró una rebanada tras otra de pan, lo que le ganó un chasquido de desaprobación por parte de Marielein.

—Déjanos algo a los demás. Por cierto, ¿sigues pensando en irte de picos pardos por la ciudad? Me vendría bien que echaras una mano aquí.

Bettina adoptó un aire de despreocupación.

—No me voy de excursión. Herr Leopold, de la galería, escribió para decirme que han vendido mis obras. Quieres que sea autosuficiente, ¿no?

Sin levantar la vista del periódico, Albrecht murmuró en tono grosero:

—Sería la primera vez. Confío en que no esperes que vaya a recogerte a la estación. Hoy juran bandera nuevos reclutas, así que tendrás que ir en bici.

Después del desayuno, Marielein se empeñó en tener a Bettina ocupada por pura inquina. Le encargó más eternas coladas y le hizo tenderlas todas para que las secara la vaporosa brisa primaveral. Luego le pidió que la ayudara a dar de comer a los cerdos, recoger los huevos y traer leña del montón. Eran todas tareas domésticas y sin importancia; Bettina sabía por instinto que su único fin era retrasarla.

El sol estaba cada vez más alto en el cielo y Bettina seguía mirando el reloj y lamentando en silencio todo el tiempo que estaba pasando. A media tarde se apoderó de ella un miedo repentino a no llegar a tiempo para recoger sus ganancias y decidió escabullirse sin más. Razonó que era lo que debería haber hecho de todos modos si hubiese tenido intención de regresar.

Fue corriendo a su cuarto y cogió el bolso rehusando incluso cerciorarse de que no se hubiera dejado nada. Quería irse y dejar atrás todo aquello, alejarse y llegar al otro lado.

Llevó la bicicleta detrás del granero y la cargó, luego enfiló el camino deteniéndose antes un momento en la cancela para contemplar la enorme extensión de campo que había conocido desde la niñez. Se preguntó cuánto tiempo tardaría en regresar, si es que alguna vez lo hacía. Solo después cayó en la cuenta de que le había resultado mucho más duro despedirse del paisaje que de su familia.

Fue hacia la estación impulsada por una emoción estremecedora. Los colores del campo parecían más brillantes y nítidos a medida que la carretera se acercaba a la ciudad.

Ya en la estación de ferrocarril, se le planteó la duda de qué hacer con la bicicleta. Decidió dejarla apoyada en una pared. Ahora casi sin estorbo alguno, aguardó en la plataforma caminando de aquí para allá, presa de la ansiedad. Cuando llegó el tren, se hundió en su asiento con alivio: por fin habían iniciado la huida.

Para cuando entró en la ciudad, las sombras eran cada vez más largas. Prácticamente salió corriendo de la estación para acceder a la galería de la Lenbachplatz antes de que cerrara.

A su llegada, le asombró ver que el cuadro del escaparate era suyo. *El vikingo* ocupaba el lugar de honor. La obra terminada era tan tremendamente distinta de su boceto expresionista que se le antojó estridente. Había adaptado el conjunto al nuevo estilo romántico en boga, el semblante aceitunado de Max transformado en el ideal teutón: ojos azules, rubio, todo pretenciosamente heroico. A Himmler le gustaba servirse del simbolismo neopagano para apuntalar su fantasía de un linaje europeo puro. A ella le hacía gracia la idea de que comprase la pieza algún nazi de línea dura que no sospecharía ni por asomo que era el retrato de su atractivo amante judío, con ella a su lado, dibujada en forma de conejilla, los dos eternamente juntos, ocultos únicamente por una capa de pintura.

Abrió la puerta sin aliento, jadeando ya una disculpa:

—¡Herr Leopold, lamento mucho llegar tarde!

El gigante rollizo salió a su encuentro casi de inmediato.

—¡No se preocupe, no se preocupe!

Alargó los brazos para cogerle las manos y aplastarlas entre sus grandes zarpas.

—Estoy absolutamente encantado de volver a verla, Fräulein Vogel. ¿Ha visto *El vikingo* en el escaparate? ¡Hay días que atrae a una muchedumbre!

—Pero ¿aún no hay ninguna oferta de compra? Esperaba que la hubiera habido.

—Al contrario, sencillamente pensé que no debíamos separarnos del buen hombre. Se han interesado varios directores de museos prominentes. Algunos han expresado interés en su procedencia…

Bettina frunció el ceño.

—¿Hubo duda en algún momento?

—Solo la curiosidad natural que despierta una pieza tan arrebatadora de una artista todavía desconocida. —Susurró en tono conspirativo—: Y me pareció que el valor del cuadro aumentaría exhibiéndolo un poco más.

En circunstancias normales, habría sido una noticia emocionante, pero precisaba algo más tangible.

—¿Ha vendido alguna de las otras?

—Tranquila, querida, los otros lienzos se vendieron rápidamente y se vendieron bien. Sencillamente, creí que *El vikingo* valía más. Su auténtico valor todavía está por determinar y no me gusta salir perdiendo dinero. —Debía de haber visto su cara de congoja, porque se apresuró a tranquilizarla—. Si necesita fondos, puedo ofrecerle un adelanto sin problema.

Cuando salió de la galería unos veinte minutos después, lo hizo con la cabeza alta y el monedero bien lleno. Los cinco lienzos le habían hecho ganar más en un día de lo que había reunido en los dos años anteriores. La mortificaba un poco que se tratara de un estilo artístico por el que no sentía apenas afinidad, pero estaba contenta de poder desempeñar ahora su propio papel económico en la huida. Apretó el bolso contra el pecho, aterrada ante la posibilidad de que alguien intentara arrebatárselo.

Un tanto aturdida, echó a andar de nuevo y pasó por delante de la Gran Sinagoga y las columnas de la Haus der Deutschen Kunst, altas y de un blanco cegador. Pensó en las últimas palabras que le había dirigido Herr Leopold.

«Antes de la siguiente Gran Exposición de Arte Alemán, le recomiendo encarecidamente que presentemos *El vikingo* para que lo tengan en consideración, Fräulein Vogel. Merece de sobra un lugar en la misma y, si lo escogieran, cimentaría su estatus como prometedora artista del Reich e incrementaría el valor de este cuadro en particular».

Ella le dio las gracias por su amabilidad y le dijo que tendría en cuenta su propuesta, luego se fue, convencida de que seguramente no volvería a verlos ni a él ni al cuadro. *El vikingo* formaba parte de ella, como Albrecht y Marielein, como la granja y los campos, pero fue capaz de alejarse de él sin volver a mirarlo. No era más que su pasado; su futuro la estaría esperando en el tren a Zúrich.

A las siete menos cuarto de la tarde, la estación seguía presidida por el ajetreo de trabajadores que volvían a casa y viajeros de fin de semana por igual. Mareas de personas empujaban en una u otra dirección como corrientes que pasaran por entre el gentío.

El alboroto de voces resonaba en las inmensas costillas de metal del edificio, que se proyectaban hacia lo alto formando una celosía de vidrio y acero. En el centro de todo ello, las agujas del reloj de la estación marcaban la hora.

Bettina se sentó en un banco estrecho y se quedó mirando la muchedumbre que iba y venía afanosa. Tenía el libro en el regazo, abierto pero desatendido: un ejemplar de las cartas de Rilke que Max le había regalado hacía años, durante uno de sus eternos veranos en Dessau. Se había separado de muchísimas cosas, pero el libro era un talismán demasiado valioso para dejarlo atrás. Los márgenes estaban llenos a rebosar de notas con letra de cuando era joven, algunos pasajes apenas legibles, la caligrafía tan desmañada como los sentimientos que expresaba. Le vino a la cabeza una cita en particular, subrayada y anotada: «El porvenir permanece fijo», había escrito Rilke. «Nos movemos nosotros en el espacio infinito».

Sintió que se aproximaba ahora a ese punto previo donde los caminos divergían y se prolongaban en todas direcciones. Iba a su encuentro con gusto.

Se llevó una mano al vientre de manera instintiva. Seguía liso por completo. Había decidido guardarse la posibilidad para sí misma, quería estar segura antes de decírselo a él porque tenía claro que el viaje era ya lo bastante duro. Los ojos se le iban al reloj de la estación, las agujas como finas astas de flecha: eran las siete menos cinco. El tren debía llegar en veinte minutos, tiempo más que suficiente para ocupar un buen sitio en el andén cuando llegara Max.

En la explanada había un grupo de soldados, jóvenes de aspecto matonesco en busca de diversión con el rifle colgado del hombro. Parecían aburridos y decididos a sembrar el caos. Bettina llevaba una hora observando sus payasadas y viendo cómo se ensañaban con todo aquel que tuviera aspecto «foráneo». En concreto, iban a la caza de judíos practicantes entre el gentío y les daban el alto para revisar su equipaje y desparramar el contenido de sus maletas en el suelo sucio. Nadie que pasara por allí hacía comentario alguno ni intentaba impedírselo; la mayoría apartaba la mirada y hacía la vista gorda.

A Bettina se le iban los ojos hacia esos hombres por miedo a lo que pudieran hacer a continuación. Max ya tendría que haber llegado. Querían coger dos buenos asientos en el último vagón a fin de tener tiempo para eludir a las autoridades en caso de que subieran a bordo antes de que llegaran a Singen.

Habían intentado pensar en el futuro, aunque muchos detalles seguían en el aire. Peter Amsel había vuelto a portarse como un buen amigo y les había facilitado la dirección de un hombre que quizá pudiera ayudarlos a pasar a Suiza cruzando el Rin cerca del lago Constanza. Tenían planeado tomar el tren tan lejos hacia el oeste como les fuera posible sin correr demasiado peligro y luego estudiar de nuevo la situación. Peter les había advertido que había patrullas a ambos lados de la frontera.

«Son los suizos los que intentan detener el éxodo —había dicho—. En realidad, los de las SS quizá os ayudarían si os pillan. Os desplumarían primero, claro, pero es un riesgo que hay que correr».

Las agujas marcaron las siete en punto. Cuando Bettina escudriñaba el gentío en busca de Max le llamó la atención una joven elegantemente vestida con pelo moreno a lo *garçon* como ella. Llevaba un ramo de boda en una mano y una maleta en la otra. La acompañaba un joven, el novio, supuso Bettina a juzgar por el traje negro y el sombrero elegante. Cruzaron la explanada concurrida rodeados de un grupo de amigos y parientes, todos de ánimo excelente, a todas luces para despedirlos. Estaban felices y atraían miradas desde todas partes de la estación.

Uno de los soldados que estaban cerca de Bettina los vio y llamó la atención de sus compatriotas. Ella oyó la palabra «Juden» susurrada cuando dos de los militares se apartaron del grupo y comenzaron a abrirse paso entre el gentío.

A las siete y tres llegó el tren a Zúrich y empezó a derramar todo su contenido humano, que discurrió en tropel por el andén y se dispersó hacia la plaza de la estación tapándole la vista a Bettina. Se puso de puntillas para atisbar en busca de Max las pocas caras que venían hacia ella nadando a contracorriente, aunque no él aparecía por ninguna parte.

Cuando los pasajeros hubieron desembarcado, los que esperaban en el andén empezaron a montarse: familias lastradas con el equipaje y viajeros solitarios sin nada más que una maleta. Se instalaron en sus asientos acomodándose para emprender su viaje. Bettina se levantó y fue hacia el vagón más cercano caminando de aquí para allá, cada vez más ansiosa. Alzó la mirada hacia el reloj: las siete y cinco.

Volvió a rebuscar entre el gentío. Los soldados seguían allí, ahora el grupo entero apiñado en torno a la pareja mientras revisaban sus documentos. Un militar se arrodilló en el suelo y, pese a las protestas de los amigos de la pareja, vertió el contenido de su maleta y empezó a hurgar entre la ropa. Para repugnancia de Bettina, cogió la ropa interior de la mujer y se la llevó a la entrepierna dirigiendo una mueca lasciva a sus amigos. Ahora estaban fijas en ellos las miradas de todos los presentes en la estación.

Bettina seguía yendo de un lado para otro, ojeando primero la entrada, luego la esfera del reloj y por último a los soldados antes de iniciar el ciclo de nuevo. La joven novia estaba llorando a estas alturas mientras intentaba volver a meter sus pertenencias en la maleta. Su flamante marido, sonrojado y belicoso, intentaba vérselas con el soldado más cercano, pero los compañeros de este lo refrenaban con dureza.

Las siete y ocho. Bañada en una fina capa reluciente de sudoración, Bettina recorrió a paso ligero toda la longitud del tren buscando a través de las ventanillas a Max, por si acaso se había subido sin que ella lo viera. Se alzó un grito en la explanada y volvió la cabeza para ver cómo los militares se llevaban a rastras al hombre, que se resistía intentando clavar los talones en el resbaladizo suelo de baldosas. La joven lo seguía con la maleta a rastras, implorando a los soldados. Tenía el rostro veteado de lágrimas, el ramo estropeado en la mano.

El sonido de unos pasos a la carrera hizo volverse a Bettina, pero no era más que un último pasajero rezagado que se apresuraba a coger el tren. Se le empezó a engrosar un sollozo en la garganta; Max era siempre puntual, siempre cuidadoso y considerado. Las puertas se cerraron de golpe como disparos. Algunos pasajeros se asomaron por las ventanillas cruzando despedidas.

A las siete y cuarto un chirrido metálico se fundió con el estridente silbido del tren al ponerse por fin en marcha. Bettina lo siguió con la mirada, segura de que se desgarraba algo en su interior.

Notó una mano en el hombro y sintió que el corazón le aleteaba ciegamente latiendo contra los barrotes de sus costillas.

—Perdone, Fräulein. ¿Es suyo?

Un hombre joven con gabardina marrón le tendió el libro de las cartas de Rilke. Ella le dio las gracias tartamudeando y lo cogió para llevárselo con firmeza al pecho.

El andén se vació, aunque la explanada seguía atestada de gente. No había ni rastro de los recién casados ni de los soldados. No había ni rastro de Max.

Él sabía que llegaba tarde. Max siempre era meticuloso, pero a medida que el reloj de la fábrica iba señalando las últimas horas de la semana laboral, estaba más decidido de lo habitual a dejarlo todo en perfecto orden. Imaginó a Holger yendo a inspeccionar su mesa en algún momento de la semana siguiente, cuando ya fuera evidente que no regresaría. Esperaba que la minuciosidad con la que lo había dispuesto todo indicara que se había ido por voluntad propia y, en consecuencia, su amigo no se preocupara por él.

Había acariciado muchas veces la idea de llamar a la puerta

del despacho de Holger y contarle la verdad. Le habría gustado darle las gracias como era debido, decirle cuánto había llegado a valorar su amistad, pero decidió que no podía justificar el riesgo: en el caso de que alguien fuera en su busca, quería que Holger pudiera negar de manera verosímil que estuviese al tanto de nada.

En cambio, se quedó hasta tarde la semana entera para terminar todas las piezas que había estado esculpiendo: un ratoncito diminuto con las orejas atentas a cualquier peligro, y una golondrina, las alas desplegadas, la cola hendida en alto. Ambas eran aportaciones al catálogo de Allach delicadas y minuciosamente talladas. Max confiaba en que su amigo lo entendiese y viera que se enorgullecía de todos sus esfuerzos.

A las cinco menos cuarto los trabajadores del patio empezaron a hacer cola para recoger el sobre del sueldo de manos del capataz. Muchos volverían a casa esa noche a las tantas con los bolsillos medio vacíos después de haberse bebido buena parte del dinero. Max no podía sino especular acerca de cómo gastaría su salario a lo largo de las semanas siguientes: quizá comprando o sobornando a alguien a fin de sortear algún problema, lubricando las ruedas de su huida.

Al salir de su casa alquilada esa mañana, había dejado lista encima de la cama la maletita preparada con esmero. Dentro iban su auténtico pasaporte y su carné de identidad, junto con el dinero que Bettina y él habían estado ahorrando durante meses seguidos, todo cosido en el interior de un cinturón de tela. Pensaba ponérselo debajo de la camisa. Tendría a mano el sobre con su último sueldo, listo para los costes inmediatos del viaje que iban a emprender. Por fortuna, sería con mucho el más elevado que había cobrado hasta la fecha.

Cuando el reloj dio la hora, se levantó y metió el taburete bajo la mesa al tiempo que limpiaba las últimas migajas de arcilla. A pesar de los meses que había vivido como Friedrich Marchen, todavía tenía que permanecer alerta por si lo llamaban por ese nombre. Cuando llegó su turno, el administrador contó un grueso fajo de billetes y lo metió en un sobre abultado. Max se apresuró a guardárselo en el bolsillo de la chaqueta junto con los documentos falsos. Esperaba que fuera suficiente para llegar a las inmediaciones de Zúrich y localizar a sus padres. Quizá suficiente incluso para los pasajes a Inglaterra, si tenían suerte y los acogían.

Andaba abstraído en esos pensamientos cuando se fijó en que Holger estaba en la puerta de su despacho y le hacía señas de que se acercara.

—¿Tienes un momento, querido muchacho? Tengo que contarte algo maravilloso...

Holger estaba de un humor excelente. Se las había ingeniado para agenciarse una grabación de contrabando de una ópera de Korngold, *Das Wunder Der Heliane*, que había ocultado en una funda de papel liso. El gramófono empezó a crepitar cuando Holger le susurró a Max con excitación:

—Lo han prohibido, claro, lo que es sencillamente absurdo. Tienes que escucharlo con tus propios oídos.

Max pensó en Bettina esperando en la estación. Quedaban dos horas para que saliera el tren a Zúrich.

—Solo un momento, luego tengo que irme, de verdad —dijo.

Escucharon los susurros de la aguja y las notas iniciales, triunfales y exultantes. Holger estaba recto como un ariete detrás de su mesa, enaltecido por la levedad del aria; un hilo invisible le erguía la columna.

—Es terriblemente trágica —suspiró encantado—. Caótica y aun así serena por completo. ¿Conoces la historia?

Max negó con la cabeza.

—Heliane es juzgada por infidelidad. Le confiesa a un juez que se desnudó ante un desconocido, un joven destinado a morir, porque se sentía obligada a impregnarse de su dolor, a sobrellevarlo con él. ¿Verdad que es desgarradoramente exquisita?

A medida que la voz de la soprano ascendía y desplegaba sus

alas, Holger cerró los ojos, sumido en un ensueño. Colmó la habitación en un *crescendo* exuberante que conmovió a los dos amigos más allá de lo que podían expresar. En el remanso de silencio después de que sonaran las notas finales, Max se enjugó los ojos.

—Gracias, Holger. No la había oído nunca, pero es sumamente hermosa.

—Sabía que te encantaría. Nunca entenderé por qué habría de rechazar nadie algo con semejante poder de transformación. —Holger sonrió satisfecho—. Aun así, supongo que más vale que volvamos a meter al pajarito en su escondite. Es una condena que supera con creces sus crímenes. —Levantó la aguja—. Gracias por darme el gusto.

—Qué va, debería darte yo las gracias. Por todo lo que has hecho, no solo la ópera; lo generoso que has sido conmigo.

Holger le restó importancia.

—Venga, venga. Ya te he retenido lo suficiente. Vete a lo tuyo y disfruta del descanso.

Max notó el lastre del remordimiento cuando se alejaba. «Tendría que habérselo dicho —pensó—. Tendría que haberlo hecho hace días, pero ahora ya es tarde». Decidió que, una vez estuvieran a salvo, le escribiría para intentar explicarle todo. Esperaba que lo perdonase.

Al salir, vio que el sol estaba bajo en el horizonte y su sombra era prolongada. Max se dio cuenta de que debía apresurarse; todavía tenía que pasar por casa y recoger la maleta y el cinturón con el dinero antes de ir a coger el tren a Zúrich.

Iba a buen paso cuando reparó en que alguien corría detrás de él y empezó a volverse hacia el sonido. Cuando le alcanzó el primer golpe, lo hizo fuerte y rápido. Se encontró boca abajo en la acera antes de darse cuenta de qué ocurría. No sintió dolor aún, solo confusión. Lo rodearon tres pares de botas. Una de ellas, marrón y cubierta de rozaduras, cogió impulso con lentitud y luego le asestó una fuerte patada que se le clavó en las costillas inferiores, obligándolo a expulsar el aire de los pulmones.

Su mente solo alcanzaba a asimilar fragmentos. Quizá, si se quedaba quieto por completo… Estaba yendo a casa para coger la maleta y ahora… Debería levantarse. Tenía que hacerlo.

Alargó una mano y levantó la cabeza. Cayó en la cuenta de que le sangraba la nariz: le brotaron tres goterones como rotundas monedas rojas. Oyó que una voz de hombre siseaba «Hurensohn». Hijo de puta.

Alguien le cogió bruscamente por el hombro y le levantó el torso tirando de su chaqueta y desgarrándosela. Le soltaron y al caer hacia atrás le rebotó la sien en la calzada. El salivazo de flema que salpicó el suelo a escasos centímetros de su cara se mezcló con las gotas de sangre.

Calle abajo, alguien que venía en dirección opuesta dio la alarma: los habían visto. Max intentó alzar la cabeza otra vez, pero le sobrevino un acceso de vértigo, una fuerza invisible que lo dejó pegado al suelo. Dos pares de botas salieron huyendo de pronto, el ruido de sus pasos a la carrera cada vez más lejano. El tercero se demoró un poco.

—¡Venga, Uwe!

Entonces las botas marrones arañadas dieron la vuelta y echaron a correr. Transcurrieron unos segundos en silencio salvo por la respiración entrecortada de Max. Y luego más pasos que resonaban desde la dirección opuesta.

Max se volvió con cuidado y metió una mano bajo el pecho para intentar incorporarse y ponerse de rodillas. En los márgenes de su visión apareció flotando una nubecilla de puntos blancos que se fusionaron y luego se esfumaron. Notó que unas manos fuertes lo cogían por las axilas y lo aupaban para ayudarlo a regresar al lateral de la calzada. Lo dejaron con suavidad en el bordillo de piedra fría. Le pusieron entre las manos una petaca de algo bien fuerte; la empinó, agradecido de quitarse de la boca el regusto acre de la sangre. Cuando se le empezó a pasar el susto, notó que el dolor y el agotamiento comenzaban a llenar ese vacío.

—Bueno, ¿quieres contarnos de qué iba todo eso?

Max levantó la vista y se estremeció por efecto del dolor punzante que inducía el movimiento. Lo rodeaban tres hombres de uniforme. Max agachó la cabeza entre las piernas para contener las náuseas.

—Yo los he visto, señor. —Esa voz era más joven, respetuosa—. Tres chicos locales: conozco bien a sus padres.

La primera voz le volvió a hablar directamente a Max.

—¿Qué tienen contra ti esos tres?

Max se encogió de hombros débilmente. Y aun así... se palmeó la chaqueta y vio que tenía el bolsillo rasgado, los documentos estaban rotos y el sobre del dinero había desaparecido.

—Me han robado el sueldo.

Las sienes le palpitaban al ritmo del pulso.

—¿De dónde vienes?

Max hizo un gesto impreciso en dirección a la fábrica a su espalda.

—De Porcelana Allach. Ahora volvía a casa.

—No, me refiero a de dónde eres. —Había un deje de irritación en la voz del hombre mayor—. No eres de aquí, ¿verdad?

Levantó la vista, pero sus rostros estaban ensombrecidos por las gorras de visera.

—Soy austriaco. De Viena.

—¿Dónde están tus documentos?

Max sacó los papeles destrozados del bolsillo y se los cogieron. Intentó ponerse en pie, pero las piernas no lo sostenían. El militar le puso una pesada mano en el hombro.

—Quédate donde estás.

Llamó por encima del hombro al tercer compañero, que se había apartado y estaba apoyado en una pared, oscilando mientras se aliviaba.

—¡Oye, Albrecht! Ven a ver esto.

Albrecht.

Max contuvo el impulso inmediato de ponerse en pie y echar a correr. Mantuvo la cabeza gacha y vio por el rabillo del ojo cómo Albrecht se abrochaba la bragueta y se les acercaba. El hombre mayor le tendió la *Kennkarte* rasgada.

—¿Te parece en regla?

—Está tan rota que es difícil saberlo. Igual más vale que nos lo llevemos para comprobarlo.

Arrastraba un poco las palabras.

—Qué va, mejor que se largue.

El hombre mayor hizo un desdeñoso gesto de despedida con la mano pensando ya en otra cosa.

—Quiero volver antes de que esos dejen la bodega seca.

Albrecht le devolvió los documentos y Max se los guardó en el abrigo sin levantar la cabeza. Se puso en pie con gestos vacilantes.

—Un momento.

Albrecht miró a Max con los ojos entornados.

—¿Cómo te llamas?

—Friedrich. —Se le quebró la voz y carraspeó—: Friedrich Marchen.

Mantuvo la mirada baja.

Albrecht se volvió triunfante hacia el hombre mayor.

—¡No se llama así!

Aferró a Max por los hombros como un cepo de acero y lo zarandeó sin miramientos a la vez que le ladraba al oficial más joven:

—Es un *Juden* ladrón y embustero y puedo demostrarlo. Ayúdame a llevarlo al callejón para desnudarlo.

Cuando Bettina volvió a la casita de la Lindenstraße, justo después de las diez de la noche, el cielo estaba oscuro y sin estrellas.

Se había quedado en el banco de la estación hasta mucho

después de que partiera el tren a Zúrich, esperando contra toda esperanza que apareciese Max, sin duda ansioso y deshaciéndose en disculpas. Pero poco a poco la hora punta del viernes había ido amainando y se vio obligada a reconocerlo: no llegaba simplemente tarde, tenía que haberle ocurrido algo. Había empezado a tener la impresión de que todo el mundo la miraba, pues llevaba allí varias horas. Cruzó con pies de plomo la estación hasta el andén del que salía el tren a Allach, presa de un nudo de miedo que la estrangulaba.

Cuando llegó el tren, se montó a su pesar. Al comenzar el traqueteo vía adelante, se quedó contemplando su propio reflejo de mirada perdida. Su cabeza estuvo oscilando ansiosamente entre el optimismo y el desaliento hasta el momento en que llegaron a la estación de Allach y vio que Max no estaba esperándola allí tampoco y por fin cedió al miedo de verdad. Tenía las piernas rígidas cuando se dirigió hacia la bicicleta que había abandonado antes pensando que no regresaría nunca. Se montó pese a las protestas de sus extremidades y comenzó a pedalear bajo la oscuridad.

Se acercó a la casa alquilada de Max y vio que la puerta estaba entornada y había luz en la ventana. Se bajó de un salto de la bicicleta y la dejó caer al suelo para subir a la carrera los peldaños de entrada y atravesar la puerta. En el interior, le salió al encuentro una escena de desorden. Solo el sonido de sus propios pasos interrumpió el silencio al caminar entre añicos de porcelana rota. Habían registrado de arriba abajo todos los cajones de la habitación y desparramado lo poco que contenían; el armario de la cocina estaba vacío y habían apartado de cualquier manera las sillas de la mesa.

Bettina subió con lentitud la escalera al dormitorio, donde se encontró una escena parecida: una maraña de sábanas y almohadas destripadas tiradas por ahí. En la cama estaba la maleta de Max abierta, lo que había dentro desparramado y el forro de seda rasgado.

Con manos trémulas, hurgó entre una pila de edredones y mantas en busca de algún indicio de los documentos de Max o del cinturón con el dinero, que ella misma había cosido con tanto esmero. Rebuscó bajo la cama entre un montón de plumas denso como un manto de nieve. Con el brazo extendido, alcanzó con las yemas de los dedos el extremo de una tira de tela de algodón. Recuperó los restos descartados del cinturón, que tenía las costuras abiertas y ahora estaba completamente vacío. Todo lo que esperaba encontrar había desaparecido, y con ello, la esperanza.

SEGUNDO LIBRO

Hay un lienzo de gran tamaño tan alto como ancho apoyado en la pared blanca y limpia. La mayor parte la ocupa la textura de un campo árido, un jirón de nube encima, enrollado en espirales, surcado por una falange de cuervos. Una luz tenue atraviesa la penumbra, pero no calienta, sino que proyecta un siniestro resplandor amarillo a través de la superficie irregular de la tierra cubierta de surcos.

En el centro están una liebre madre y su lebrato, expuestos a los elementos. Aquella tiene los ojos alerta, la cabeza vuelta hacia la tormenta en ciernes, mientras que la criatura más pequeña permanece agazapada a su costado. Las rodea un remolino de hojas, inmovilizado en el instante, levantado por una súbita ráfaga de viento. La madre sabe que no hay lugar seguro donde esconderse; no se puede hacer otra cosa que capear el temporal.

11

En el corazón de Múnich, los amplios céspedes del Englische Garten estaban atestados de visitantes dispuestos a pasear y escuchar a los músicos que tocaban allí. Los ruiseñores trinaban sus llamadas y respuestas mientras las familias se reunían para contemplar el horizonte desde el templo de Monópteros, sus columnas clásicas acordes con el ambiente. Estaban orgullosos de formar parte de una ciudad que se había comprometido a reformar el mundo a su imagen y semejanza.

En Neuhausen, en el norte de la ciudad, dos ventanas inmensas llenaban de luz el nuevo estudio de Bettina incluso en los días más oscuros. El traslado a Múnich había sido traumático por muchas razones, pero encontrar un estudio le había supuesto cierto alivio. Herr Leopold la ayudó a localizar el espacio y le prestó la fianza. Construido al estilo de la Bauhaus, las curvas y proporciones le resultaban familiares, un consuelo cuando tantas cosas en su vida suponían todo lo contrario.

Aun así, no hacía gran cosa por que el espacio tuviese un aire hogareño. En un rincón de la sala había un montón de cajas sin abrir que contenían todas las posesiones terrenales de Max, sus libros y los planos que había ido haciendo de su casa. A ella le consolaba saber que estaban allí, aunque la idea de revisarlos le provocaba náuseas de miedo. Podía engañarse pensando que aguardaban su regreso, listos para que los retomara y acabase. En realidad, su mera presencia era un doloroso recordatorio de todo lo que perdió aquel día espantoso.

Tras la desaparición de Max, había permanecido en su casa de alquiler varias horas deambulando consternada de una habitación a otra. Al cabo, sintió que la nube de pánico inmediato se despejaba lo suficiente para permitirle volver a montarse en la bicicleta. Pedaleó por las calles oscuras hasta la casa del hermano de Richard. Peter se mostró infinitamente amable y paciente, aunque ella había llegado tan fuera de sí que apenas era capaz de recordar nada.

La convenció de que tomara un somnífero y descansara, aunque estaba tan frenética que casi no le hizo efecto. Peter fue a hacer indagaciones y descubrió que a Max lo habían detenido y su hermano Albrecht era el oficial responsable. Cuando le contó lo que había averiguado, ella hizo promesa de regresar a la granja y vengarse. Solo la advertencia de que con eso quizá pusiera a Max en mayor peligro consiguió disuadirla. En cambio, Peter la ayudó a cribar los restos que habían quedado y salvar todo lo que pudiera. En unos días, Richard llegó de Berlín y los dos hermanos juraron que se servirían de toda la influencia que tuvieran para averiguar qué sucedía.

A Bettina le sobrevino una suerte de fuga catatónica y se pasaba los días amadrigada en la habitación de invitados de Peter. Los hermanos sencillamente la dejaban estar, convencidos de que debía procesar a su propio ritmo el dolor que sentía. Cuando por fin empezó a resurgir, Richard intentó convencerla de que huyera del país o al menos regresara a Berlín con él, pero ella se negó.

—No quiero vivir en un país que me acoja a mí, pero que no lo habría acogido a él.

Estaba decidida a permanecer cerca y esperar a Max, empecinada en que no podía ni quería marcharse sin él. Quedarse en Allach era imposible, así que accedió a mudarse a Múnich como una concesión; la población estaba cerca, pero era lo bastante grande para garantizar su anonimato. Herr Leopold le ofreció su ayuda y ella aceptó de buena gana porque sabía que trabajar era lo único que podía hacer para salvarse. Él empezó a gestionar la venta de *El vikingo* y le prestó dinero a cuenta de sus futuras ganancias.

Bettina y Peter volvieron a la granja durante las fiestas del solsticio de verano, cuando estaban seguros de que tanto Marielein como Albrecht estarían ausentes. Peter la ayudó a recoger los vestigios de una vida que había dejado atrás por voluntad propia. Podría habérselo llevado todo, pero al final, lo único que quería eran sus útiles de dibujo, los cuadros, los cuadernos y unas pocas prendas.

La vida sin Max, con su dolorosa ausencia en carne viva, era casi intolerable. Así pues, pintaba para llenar el vacío con un lienzo tras otro, día y noche. Los temas humanos le resultaban imposibles, pues se sentía empujada a pintar a Max una y otra vez, de modo que se retiró a la neutralidad sin riesgo de la naturaleza, a los campos y los bosques, las granjas y los paisajes. En todos ellos, se retrataba a sí misma, un animal o pájaro como avatar, para recordarse que seguía existiendo en el mundo, por mucho que se sintiera al borde de la desintegración.

Y mientras se aferró a su secreto: la certeza de que la criatura de Max crecía en su interior, aunque todavía no fuera evidente. Le daba un propósito sencillo a su vida, el de preservarlos a los tres, como fuera.

Herr Leopold decidió que había llegado el momento de orquestar la presentación de Bettina en la escena artística de Múnich. Para ella fue una opción casi por completo práctica: necesitaba dinero con urgencia para esperar a Max y recuperar el que habían perdido, de manera que, en el momento de su excarcelación, pudieran por fin acometer la huida. No sabía cuándo llegaría ese día, pero sí que debía estar preparada cuando ocurriese.

Se pintó los labios y se puso su mejor vestido de tarde, aunque ya tenía varios años y se veía un tanto ajado. Se cogió con fuerza del brazo de Herr Leopold y juntos entraron en el salón más imponente que había visto, con paredes de color azul pálido y techos altísimos. Rodeaba la estancia un friso de yeso moldeado a modo de cornisa y en el centro había un rosetón de fruta guarnecido con volantes; extravagante, recargado.

Herr Leopold permaneció a su lado la primera hora entera, presentándosela a todo aquel que conocía, pero al final se confundió entre el gentío y dejó que se las arreglara sola. Bettina observó este nuevo mundo desde los márgenes. El tintineo de las copas se fundía con el parloteo de la sala, una cacofonía resonante que estaba a la altura de la araña de cristal. Todas las fiestas del mundillo del arte a las que había asistido en el pasado estaban llenas de radicales y rebeldes que hablaban de echarlo todo abajo y reconstruir el mundo como debería ser. Ahora la conversación era muy distinta; estaban conquistando el mundo y las vistas desde aquí eran espectaculares.

Bettina reparó en que las mujeres bebían a sorbitos, decididas a que sus vestidos de seda siguieran inmaculados y ellas bajo control, pero la mayoría de los hombres llevaban una buena cogorza antes de que hubiera oscurecido. Aunque casi todos estaban casados, se quejaban a voz en cuello del aspecto de las solteras en la sala: ¿qué le pasaba a la chica alemana moderna? No tenía suficiente carne para agarrarse. ¿Cómo se suponía que iban a repoblar el Reich cuando todas las mujeres parecían un maniquí de escaparate en una *Kaufhause*?

En su mayor parte, las mujeres pasaban por alto sus toqueteos. Charlaban, encantadas de que Praga fuera a convertirse pronto en otra perla del collar cada vez más largo de ciudades que les pertenecían, sumándose a Viena, Múnich y Berlín. Bettina recorría el circuito de la sala escuchando las intrigas, entre las que destacaba el rumor de que a Hitler le habían servido una tortilla envenenada y desde entonces se hacía pasar por él un doble.

—Seguro que la gente se habría dado cuenta —rio una vividora con aspecto de vampiresa—. Hay todo un pelotón de cineastas acechándolo a cada paso. Hoy en día no se puede cruzar un salón sin aparecer en la película de alguien.

Bettina tenía una copa de champán en la mano, pero solo se humedecía los labios. Aunque se hablaba mucho de abstinencia, todos los vasos del salón estaban llenos. Los invitados menospreciaban la idea de renunciar a sus vicios; eso que lo hiciera el hombre de a pie que no tenía luces suficientes para tomar decisiones por sí mismo. Ellos eran los fieles del Partido que representaban el espíritu de los tiempos, incluso cuando preferían pasar por alto sus decretos más molestos.

Bettina reconoció algunas caras de sus tiempos de juventud antes de la Bauhaus, antes de Max. La saludó efusivamente un grupo de mujeres que había conocido a los diecisiete años. Como habían renunciado a sus pinceles y sus ambiciones hacía mucho tiempo, Bettina pensó que envidiarían su libertad, pero en cambio parecían compadecerla y lamentaban que no luciera una alianza. Le recomendaron simplemente que persistiera; pronto encontraría un marido y protector.

Luego pasaron a hablar del estado de la nación y Bettina se vio haciendo una pregunta que nunca se había atrevido a plantear en compañía de hombres. Todos habían tenido amigos judíos en la universidad, ¿no tenían dudas acerca de la manera en que se les estaba tratando? La mayoría puso reparos, pero una mujer mayor llamada Frieda, a la que Bettina admiraba mucho en otros tiempos, comentó lo tristes que se habían puesto sus hijos cuando sus amiguitos judíos dejaron de ir al colegio.

—Los que peor lo pasan son los *kleine Kinder*. Es trágico, la verdad, en muchos aspectos. Llevé a mis hijos a la sinagoga la primera vez que nevó para repartir abrigos y zapatos. Quería que lo vieran con sus propios ojos.

Bettina se sintió aliviada al encontrar un alma compasiva en ese mar de aparente indiferencia. Frieda continuó:

—Le dije a mi hijo mayor: «Fíjate en estos astutos diablos. Piden ayuda cuando no cabe la menor duda de que la mayoría tiene más pieles y joyas en casa que yo. Es toda una lección vital». Les advertí: «Tened los ojos bien abiertos, os robarán el reloj si les dais la mano».

Bettina tartamudeó una excusa y se fue al pasillo donde se acercó a una ventana abierta para recuperar el aliento; rara vez se había sentido tan totalmente sola. Las risas del salón principal parecían más rebuznos a sus oídos, rebosantes de ojeriza y malicia. Pensó en escapar, en escabullirse y regresar a su estudio, donde podría quitarse los zapatos y las medias. Había llegado todo demasiado pronto. No estaba preparada para esto; ni siquiera sabía si llegaría a estarlo alguna vez.

Una voz masculina pinchó la burbuja de sus pensamientos:

—Fräulein Vogel, ¿verdad? Esperaba verla dominando el salón, no pasando el rato aquí a solas.

Era un hombre alto de cara alargada y ojos hundidos. Llevaba uniforme de oficial de las SS y la miraba con intensidad. Bettina balbució un saludo. Él sonrió ante su incomodidad evidente.

—No se preocupe. Lo único que la precede es su reputación artística.

Intentó recuperar la compostura y repuso con rigidez:

—Es un alivio. He de reconocer que me sorprende que me conozca nadie aquí, y mucho menos un miembro de las *Schutzstaffel*.

Él arqueó una ceja, a todas luces divertido.

—No somos un monolito, ya sabe. El uniforme crea esa impresión, de forma deliberada, pero debajo somos todos individuos distintos. Hombres falibles, aquejados de manías. —Le lanzó una mirada franca y apreciativa—. Así que es usted la chica que pintó *El vikingo*, ¿eh? Tengo entendido que Leopold ha decidido convertirse en su padrino.

—Herr Leopold ha sido muy amable.

Él dejó escapar un bufido.

—Sabe cuándo alguien le puede granjear una buena comisión. De hecho, he estado oyendo mucho su nombre últimamente. Otro artista, Adolf Ziegler, hablaba de usted la semana pasada.

—Cosas buenas, espero.

—Muy buenas. Bien, dígame: ¿en qué está trabajando?

—Paisajes rurales, más que nada.

—¿Conoce al marchante e historiador Hildebrand Gurlitt? Ha estado colaborando con la Cámara de Cultura del Reich en la identificación de pintores prometedores. Nos gusta promocionar nuevos talentos. Quizá podría presentarles.

—Pero me tiene usted en desventaja: parece saberlo todo sobre mí y yo no sé nada de usted.

Él le tendió la mano:

—Karl Holz.

Sus dedos secos agarraron los de ella con fuerza un instante y luego la soltaron.

—Lo cierto es que también soy coleccionista, aunque de una manera más bien modesta. Incluso le compré uno de sus paisajes a Leopold. Tiene usted auténtico dominio del tema.

—Muy amable por su parte.

—No es amabilidad; posee talento. Es fascinante verlo y, sin embargo, se aparta mucho de su obra anterior…

Bettina se notó palidecer. Él ladeó la cabeza como si le intrigase su reacción.

—Berlín no es otro mundo, ya sabe. Muchos recuerdan a una joven tan prometedora. Me empeñé en ver su progresión como artista. Saqué a la luz algunas de sus primeras composiciones. —Se miró el inmaculado uniforme de gala y movió los largos dedos como limpiando un poco de ceniza imaginaria que le hubiera caído—. Eran… competentes.

La palabra quedó suspendida en el aire y la dejó sumida en el silencio.

—No quiero ofenderla. Pero se apreciaba la mano de Kandinski sobre su hombro y, en los tiempos que corren, eso es de lo más imprudente.

Él miró en torno como si alguien hubiera podido oírlos por casualidad y luego sonrió de nuevo.

—Pero no se confunda conmigo. No todos le tenemos aversión al expresionismo abstracto. A mí me gusta mucho y todavía tengo en mi poder algunas de mis piezas predilectas, de las que no pienso separarme. Prefiero no divulgar esas preferencias a mis compatriotas, pero seguro que puedo confiar en su discreción.

Ella inclinó la cabeza, asombrada de la firmeza de su propia voz cuando por fin sonó:

—¿Y yo en la suya?

—Por supuesto. La aliviará saber que esas antiguas composiciones suyas se quemaron, junto con muchísimas otras obras consideradas inapropiadas. Por lo que a todos los demás respecta, su carrera comenzó con *El vikingo.*

La comisura de la boca se le curvó hacia arriba en una sonrisa casi tranquilizadora, aunque a Bettina no le pareció que alcanzara sus ojos.

—Por si acaso le interesa, creo que tomó la decisión adecuada —continuó él—. En el clima actual, el realismo romántico es una opción mucho más pragmática. Será el medio que defina el siglo. ¿No le parece?

Sin tener todavía muy claros sus motivos, asintió levemente en conformidad.

—A mi modo de ver, la diferencia entre un artista competente y uno de los grandes a menudo no es más que la elección del momento oportuno. En el viejo mundo, uno estaba destinado a seguir a los predecesores, pero en este se ha hecho borrón y cuenta nueva. Pocos han dejado su huella todavía. Imagine el lugar que tendrá en la historia el arte creado en esta ciudad. Todo el mundo se fijará.

Sin saber apenas cómo responder, Bettina intentó restarle importancia riendo.

—No me mueve el deseo de ser reconocida.

—¿Por qué no? Es un indicador de talento y hará que se la valore más. Usted es bastante sensata: ya debe de saber que el arte es un mercado como cualquier otro. Usted, joven, está bien situada para montar su puesto de venta. —Señaló el salón con la mano dejando una estela de humo—. Esas son las personas que deciden qué constituye gran arte, pagando espléndidamente por él. Si la consideran digna de algo así, ¿por qué habría de rehusarlo? —Sus ojillos parecieron clavarse en ella—. Yo mismo le presentaré a Gurlitt; su patrocinio solo puede reportarle beneficios. Facilitaremos juntos su transición de alguien de quien se habla a la persona que controla la conversación.

Sin saber muy bien qué contestar, Bettina consideró sus palabras. Le arredraba la perspectiva, pero si conseguía dinero y protectores influyentes, el futuro para ella y Max sería muy distinto.

—Gracias. —Asintió—. Se lo agradecería mucho.

Su actitud se tornó de inmediato más cálida, menos imponente.

—¿Ha estado alguna vez en el lago de Starnberg, en la Isla de las Rosas?

Bettina negó con la cabeza.

—Tengo allí una casa de verano con un pequeño estudio. ¿Por qué no viene este fin de semana como invitada mía? Organizaré una visita privada para Gurlitt y algunas otras personas influyentes. Es el entorno más inspirador que pueda imaginar: hay una luz maravillosa. En un día despejado, se ven los Alpes.

Parecía estar esperando una respuesta, así que Bettina le ofreció otro leve cabeceo y una sonrisa tensa sin tener muy claro al hacerlo a qué estaba accediendo. Su fuerte mano la agarró por el brazo y la llevó de regreso hacia el gentío.

—Venga, vamos a cerciorarnos de que Múnich sepa que ha llegado usted.

Pasaron lentamente semanas sin noticias. Bettina procuró adaptarse a la vida a solas y a los ritmos de la ciudad. Al fin, llegó un telegrama de Richard que anunciaba su intención de visitarla.

A su llegada, salió corriendo a su encuentro y lo abrazó con fuerza. Cuando por fin lo soltó, vio que estaba agotado y le hizo pasar.

—Voy a preparar café, me parece que lo necesitas.

Mientras esperaba a que hirviera el agua, Richard paseó por el pequeño espacio examinando los bosquejos que ocupaban todas las superficies. Tenía varios caballetes dispuestos, cada uno de ellos con una obra en proceso, y una docena o así de lienzos terminados apoyados en las paredes, incluidas algunas pequeñas escenas agrícolas y varios paisajes de gran formato que representaban tempestuosas tormentas. Richard fue de un lienzo a otro, inclinándose para verlos mejor y retrocediendo luego para contemplarlos en su totalidad. Bettina, que lo seguía de cerca, intentó interpretar su expresión.

—¿Y bien? —exigió saber por fin cuando él siguió en silencio.

—Es increíble lo prolífica que te has vuelto.

—Prolífica es una palabra equívoca como pocas, Richard Amsel —rezongó a la vez que le alargaba la taza de café.

—Las escenas agrícolas están bastante bien, aunque son un tanto demasiado románticas para mi gusto. Estos, en cambio… —volvió a agacharse un poco para quedar al nivel de los dramáticos paisajes—, estos son magníficos.

—¿De verdad te gustan?

—Sí, lo juro solemnemente. Tienen un aire a Munch en las proporciones y el encuadre. Pero ¿no es más bien arriesgado cualquier tipo de abstracción si intentas seducir a una clientela conservadora?

—Bueno, yo diría que ya he alcanzado ese objetivo… *El vi-*

kingo va a formar parte de la Exposición de Verano en la Haus der Kunst.

Richard le puso la mano en el hombro.

—¡Es increíble, Betti! Qué astuta eres: lo has conseguido.

Bettina se permitió una sonrisa tímida.

—Me produce cierta alegría teñida de *Schadenfreude*, de regodeo, saber que todos se pirran por mi retrato de Max y dicen que es todo un ejemplo de masculinidad germana. Solo que ojalá no tuviera que hacer algo así para sobrevivir.

—No tiene nada de vergonzoso ganarse la vida. —Richard la miró de reojo y respiró hondo—. Ya que hablamos de eso, quería decirte lo mucho que lamento haberte mandado a vivir otra vez con Albrecht y tu madre. No me di cuenta en su momento de la amenaza que suponía para ti.

—La decisión de volver fue mía.

—Esperaba que Max y tú siguierais juntos.

Cualquier mención de su nombre era como si un corsé se le ciñera en torno al pecho. Richard le cogió la mano.

—No puedo sino imaginar lo difíciles que deben de haberte resultado estas últimas semanas, Betti. Te prometí que averiguaría lo que pudiera.

Ella notó que se le aceleraba el corazón.

—No hay manera fácil de decirlo… Anoche estuve con una persona…, no puedo revelarte su identidad, sería peligroso para cualquiera de los dos, pero baste decir que tiene acceso a los archivos de la judicatura del distrito. Accedió a consultar el expediente de Max.

Ella sintió cómo toda su atención se centraba en esas palabras.

—Parece ser que lo han acusado de trabajar con una identidad falsa. Desde la *Anschluss*, las autoridades han detenido a miles de judíos bajo cargos falsos. Registraron la casa de Allach y encontraron cartas de sus padres que han usado como justificación para confiscar los bienes que les quedaban en Viena. —La miró de hito en hito—. Ahora tienes que ser valiente. Han condenado a Max a trabajos forzados y lo han enviado al campo de Dachau. No hay fecha de excarcelación. Parece ser que tienen intención de dar ejemplo con él.

Bettina se apoyó en la pared detrás de ella y se hundió lentamente hasta el suelo.

—¿Estás seguro?

—No tengo motivos para dudarlo. —Richard se sentó a su lado—. Esos lugares no son cárceles, Bettina. He oído cosas espeluznantes… No lo digo para disgustarte, pero creo que tienes que saberlo.

La abandonó el estoicismo y se apoyó en el hombro de Richard a la vez que escapaba de ella un grito entrecortado y sin palabras que la sacudió hasta que se quedó ronca.

Le habían llegado rumores sobre los campos, claro. Todo el mundo los había escuchado; Dachau estaba cerca. Había pasado en bicicleta por delante unos meses antes y se había estremecido al preguntarse qué ocurriría detrás de las alambradas. La prensa mencionaba a menudo los campos de internamiento, aunque los detalles eran imprecisos. Oía a gente hablar entre susurros de los criminales y prisioneros, esos identificados como «subhumanos» allí retenidos, pero nadie hacía preguntas. No querían saber.

Richard la abrazó durante los largos minutos que tardó en cesar su llanto. Su respiración estremecida era indicio de que ya no le quedaban fuerzas. Permaneció sentada con la cabeza gacha, respirando profundamente. Al cabo, se levantó y fue al fregadero a paso vacilante para echarse agua a la cara.

—Lo siento mucho. Estoy tremendamente cansada. —Su voz sonó forzada—. ¿Te importa mucho si voy a tumbarme un poco?

—Claro que no.

Bettina se retiró a su cama y procuró sofocar los lloros mientras intentaba conciliar un sueño que resultó ser poco profundo.

Cuando despertó, el cielo había empezado a declinar hacia el crepúsculo. Como siempre, se llevó una mano al vientre y notó la dureza cada vez más tensa que anidaba allí, aunque estaba convencida de que nadie más atinaba a verla. Día tras día aguardaba la mancha delatora de sangre que le indicara que todo había terminado, o no había llegado a empezar. Le daba pavor, pero no soportaba avivar el menor rescoldo de esperanza por miedo a que se extinguiera del todo. Elevó una plegaria, un mantra dirigido a cualquiera o cualquier cosa que pudiera ayudarla..., a Gaia y Tor, Jesús, María, Jehová, Krishna, la Madre Naturaleza, la ciencia, y luego se enjugó los ojos.

Richard estaba apoyado en la amplia repisa de la ventana mirando la calle.

—¿Por qué no me has despertado? —preguntó.

—Me ha parecido que necesitabas descansar. Espero que no te importe: he abierto una botella de vino.

Ella tomó asiento a su lado apoyándose en el yeso frío. Vieron juntos cómo el cielo pasaba del azul marino al negro, cada cual absorto en sus pensamientos. Desde el estudio de abajo, una sonata de piano de Beethoven escalaba el cielo nocturno.

—*La tempestad* —señaló Richard—. Qué apropiado.

Las notas resonaban con urgencia. Bettina observó a Richard, ahora abstraído en la música, sus rasgos únicamente iluminados por la farola. Ella cogió de manera automática un cuaderno, un carboncillo y se puso a dibujar. El lápiz era frágil y no pesaba nada; tenía que sostenerlo con la mayor delicadeza posible para que no se desintegrase, como las escamas de una polilla de alas oscuras. Se deslizaba por la superficie del papel con una intensidad que alcanzaba a notar en las yemas de los dedos.

Volvió a fijarse en los círculos oscuros bajo sus ojos y las patas de gallo más marcadas en los rabillos. Le habría gustado preguntarle directamente qué había provocado semejante fatiga, pero en cambio empezó a hablar distraídamente de amigos comunes en Berlín, de la escena del arte aquí y de las personas que había dejado atrás.

—¿Todavía frecuentas a Imre?

Richard la miró de soslayo conservando la postura.

—Cuando puedo, que no es muy a menudo. —Se interrumpió—. Es una chica encantadora, pero no creo que yo pueda ofrecerle lo que quiere.

—¿Y eso es…? —preguntó Bettina con malicia.

—Seguro que ya te lo imaginas.

—Supongo que sí —convino—. Aunque por mucho que me esfuerce, no puedo imaginar por qué no querrías algo así con ella.

A Richard se le tensó la mandíbula.

—La vida es muy complicada ahora mismo.

No lo había visto nunca tan hastiado. Aguardó un poco antes de decidir que había llegado el momento.

—Mal está que yo lo diga, pero pareces muerto de cansancio.

Él se pasó las manos por la cara hacia el mentón.

—He estado trabajando sin descanso.

—Ya me parecía a mí… ¿Quieres contármelo?

Richard se quedó mirando las motas de pintura en el alféizar mientras las hacía saltar con la uña.

—¿Te acuerdas de Libertas, la mujer que tanto hizo enfurecer a tu hermano en tu exposición individual? En realidad, tiene muy buenos contactos. Forma parte de un grupo que quiere oponer resistencia a este puñetero régimen y lo que tienen intención de hacer con nuestro país. He estado haciéndole algunos recados, para echar una mano.

—Eso de «recados» suena de lo más siniestro.

—No especialmente, pero hay gente en Múnich cuya amistad me encargó… cultivar. Incluida la persona que me contó lo de Max.

No levantó la vista; sus ojos y sus dedos seguían centrados en las relucientes gotitas de pintura seca. Sacaba cada una metódicamente antes de pasar a la siguiente.

—¿Recuerdas esas fiestas a las que solía llevarte en Berlín, tan locas y llenas de gente creativa? Empezaron de forma más bien indulgente: no eran más que un foro para poner ideas en común. Eran veladas gratamente ebrias y libertinas. Para unos eso suponía libertad de expresión, a otros les daba licencia para ser ellos mismos de alguna manera que en otras partes se vería con malos ojos. Seguro que estás al tanto, no eres ingenua.

Bettina había pasado muchas noches en compañía de los amigos de Richard y sabía de sitios en Berlín que toleraban prácticamente cualquier vicio que se te ocurriera, que lo alentaban incluso. Ella siempre había disfrutado como turista en ese mundo, con Richard a su lado para mantenerla a salvo, adentrándose en aguas oscuras de las que estaba segura que podría salir.

Richard continuó:

—Comenzó a ser evidente que había personas poderosas en el régimen que tenían… apetitos no precisamente respetables, digamos, y que querían darles salida.

—Entonces ¿cuál es tu papel en el asunto? ¿Suministrar estimulantes?

—Empezó así. Todavía tengo contactos farmacéuticos, como bien sabes. Pero ahora… estoy un poco más involucrado.

—¿Y qué conlleva eso, exactamente?

Bettina hizo el mayor esfuerzo por mostrarse optimista.

—Fiestas privadas para gente de alto rango en las que puedan dar rienda suelta a sus pecadillos, tanto químicos como carnales. Les presentamos a actores, actrices, directores… Se puede sacar mucha información de un maletín mientras alguien está sumido en el estupor o incapacitado de alguna otra manera.

El piano de Beethoven seguía sonando, envolviéndolo todo, girando como un tiovivo.

—Hay quienes tienen apetitos que no les gustaría que llegaran a oídos del alto mando. Eso nos otorga cierto nivel de influencia. Se vuelven susceptibles a la persuasión. Y las pruebas fotográficas pueden suponer una medida de seguridad más adelante. Estas personas con las que estoy implicado están plenamente dispuestas a hacer lo que haga falta. —Ahora la miró de frente—. Algunos de nosotros, muchos, a decir verdad, estamos convencidos de que no podemos agachar la cabeza y dejarlos que hagan lo que les venga en gana. Tenemos que ofrecer resistencia. A veces es sorprendentemente fácil, pero conlleva sus riesgos. Solo te lo digo porque sé que no armarás un escándalo.

—Puedes confiar en mí.

—Confío, implícitamente.

Richard desvió la mirada de nuevo y volvió a ocuparse en hacer saltar las manchitas de pintura del alféizar.

—Tenemos todo Berlín cubierto, pero todavía estamos por infiltrarnos en Múnich. Aunque el contacto que me ayudó con Max resulta útil, es una persona más bien modesta. Necesito acceso a las altas esferas si quiero hacer algo importante. —Se frotó la mandíbula haciendo que su barba incipiente emitiera un fino susurro—. No había planeado involucrarme tanto, pero así están las cosas. Mi hermano lleva un tiempo haciendo algo similar; supongo que creí vital arrimar el hombro yo también. No tardaremos en estar en guerra, parece inevitable. Debemos hacer todo lo posible por recuperar nuestra Alemania, por salvar lo que quede.

Su voz era apasionada, pero parecía a punto de quebrarse. Ella conocía mejor que bien la tensión de vivir con engaños: el miedo a que llamaran a la puerta. Una existencia dual siempre pasa factura.

Richard levantó la vista por fin y le ofreció una sonrisa cansada.

—Lo siento. No quería amargarte la vida. Lo que pasa es que en realidad no puedo hablar con nadie del asunto. No quiero arriesgarme a poner en peligro a Imre, y los demás de mi círculo tienen sus propias preocupaciones. Espero que no te importe.

—Claro que no. Ojalá te hubieras sincerado conmigo antes. ¿Cuánto hace que estás metido en eso?

—Desde poco después de que detuvieran a Max. Reactivó algo en mi interior.

Incluso a la suave luz de la farola, tenía un semblante de adusta determinación. Apuró el vino e inclinó la cabeza mirando fijamente el vaso vacío.

—Igual ya he bebido bastante.

—¿No tienes miedo?

—Un poco. Pero ni loco pienso rendirme sin pelear. Me sorprende ver lo intenso que es el amor que siento por mi país. Quién iba pensarlo de un cínico como yo, ¿eh?

Cuando Richard volvió a la mañana siguiente para despedirse, encontró a Bettina pintando.

—No podía dormir, así que he madrugado para ponerme a trabajar.

Estaba abocetando otro paisaje: una golondrina solitaria que sobrevolaba un prado cubierto de agua. Las columnas de un templo clásico destacaban de un blanco austero en contraste con el lienzo. Richard reconoció la escena de sus tiempos de Dessau.

—¿Es el Georgium Gartenreich?

—Bien visto. Tendrías que coger un pincel alguna vez. Te vendría bien; me parece que precisas algún sitio adonde escapar.

Se sentaron a la mesa de la cocina, Bettina momentáneamente absorta en sus pensamientos.

—Lo que me contaste anoche me causó una gran impresión.

—¿En qué sentido?

—He pasado semanas preocupándome por Max, aterrada por él y por mí. Ha habido ocasiones en que apenas funcionaba; me ha estado reconcomiendo, pero he sido incapaz de hacer nada en absoluto para ayudarlo.

—Debe de ser horrible.

—Lo es, pero estoy harta de compadecerme de mí misma, sobre todo teniendo en cuenta que tú has estado arriesgándote para cumplir con tu deber.

—No creas.

—Te conozco, Richard. No me cabe duda de que restaste importancia a los riesgos que conlleva lo que haces. Te admiro por tu postura y tengo intención de imitarla.

Un destello de preocupación.

—¿Y cómo te propones hacerlo?

Ella le sostuvo la mirada.

—Hace poco conocí a alguien y creo que es una de esas personas que habría que…, ¿cómo lo dijiste?, cultivar. Ocupa un cargo bastante importante en las SS, es el enlace con la Cámara de Cultura del Reich.

Richard frunció el ceño.

—No sé si es buena idea.

—Fue él quien me presentó a Hildebrand Gurlitt y otras personas. Justo el tipo de gente que requieres.

—No quiero implicarte en esto, Betti. Es un asunto turbulento. Peligroso.

Bettina apretó la mandíbula con determinación.

—No puedo hacer gran cosa por Max, aparte de esperar, pero ¿prefieres que no haga nada en absoluto? Tengo que ser útil. No te propongo hacer nada más arriesgado que tener los ojos abiertos y los oídos atentos, pero dijiste que intentabas acceder a las altas esferas de Múnich. Bueno, yo tengo acceso y sería una pena desperdiciarlo.

Le chispearon los ojos.

—Necesito hacerlo, Richard. Tengo que hacerlo, por Max y por mí.

12

En sueños, Max oía de nuevo las fuertes pisadas. Nunca sabía muy bien si venían hacia él o huían. Estaba paralizado, como siempre, incapaz de moverse o levantar la cabeza, las extremidades rígidas como un árbol caído en el bosque, las raíces todavía medio ancladas a la tierra. Esperaba a que cayera la mano, lo alcanzara el golpe, descendiera la bota. Se preparaba para el contacto y el brote de dolor, que tan rápido florecía...

Max despertó. El hombre que ocupaba el catre de encima se removió a escasos centímetros de su cara, haciendo caer una nubecilla de polvo que se quedó flotando en el aire y le entró en los ojos entreabiertos. Volvió a cerrarlos con fuerza y salió como mejor pudo del cajón de madera para poner los pies en el suelo. No había tiempo que perder. Los camastros de los barracones de Dachau eran estrechos y estaban tan hacinados que si eras el último en bajar bien podías verte al final de la cola para usar la apestosa *Scheißhaus*. Bastante desagradable era ya cuando habían pasado la manguera, pero a primera hora de la mañana el hedor era tan intenso que se te quedaba pegado a la ropa y al vello de las fosas nasales durante horas.

Tocaron diana a las cuatro de la madrugada, justo antes de amanecer. Con poco tiempo para prepararse de cara a la jornada, Max había aprendido a aprovechar hasta el último minuto. Dos hombres llevaban un balde enorme de metal de las cocinas a los *Stuben*, los barracones en los que vivían. Comías las míseras raciones en una lata, un objeto de gran valor. Estabas obligado a usarla si necesitabas mear por la noche y pobre de ti como la perdieras; quería decir que no podías comer.

Cuando el sol se elevaba sobre el patio pasaron revista. Un vientecillo fresco le sacudía el uniforme cuando se situó a solas en un mar de hombres y muchachos, unos entrados en años y frágiles, otros jóvenes y aterrorizados. Todos guardaban silencio y se encogían de miedo, y quienes no lo hacían, pronto aprendían; les enseñaban las lecciones a palos.

Aunque Max era joven, fuerte y sano, acostumbraba a recorrerle los huesos un escalofrío de fatiga. No se permitía sucumbir a él y hundirse. Sabía que un tropezón o un desmayo podía conllevar una brutal paliza o algo peor, de modo que aguantaba como mejor podía hasta que salía el sol y le caldeaba la cara con su luz displicente.

Al menos el pase de revista matutino solía ser corto, pues tenían la jornada de trabajo por delante. La asamblea vespertina podía prolongarse de manera indefinida. Igual se veían obligados a estar ahí plantados durante horas seguidas como castigo, bajo la lluvia y la luz menguante, hasta que el cielo se oscurecía del todo y los focos de las torres los cegaban con su fulgor.

En las semanas transcurridas desde su llegada, el número de hombres había aumentado de manera exponencial. Alemanes «asociales», judíos y gitanos con antecedentes delictivos, todos detenidos y encerrados en Dachau. Con miles de presos apiñados, dormir era casi imposible, incluso cuando no se lo impedían los traqueteos y chirridos del tren, que ahora estaba en funcionamiento día y noche. Llegaban trenes de todas partes del imperio, culebras de hierro que serpeaban por los barrios periféricos con su cargamento humano bien oculto.

Después de pasar revista iban a trabajar, aunque a menudo el único objetivo parecía ser doblegar su espíritu. A un destacamento se le encargaba cavar en los pozos de grava y a otro acarrear vagonetas cargadas de piedra o drenar los pantanales cercanos. Algunos destacamentos de trabajo salían del campo bajo la atenta mirada de los guardias del *Außenkommando* y se trasladaban a poblaciones cercanas. Max ansiaba ir con ellos para ver el mundo fuera de Dachau, por mucho que no pudiera entrar en contacto con él.

Las primeras semanas las había visto a través de la bruma del trabajo duro como integrante de una cuadrilla de diez hombres obligados a arrastrar un rodillo inmenso para triturar la grava que recubría las carreteras circundantes. Sabía que habría de escapar si quería sobrevivir, pero antes tendría que ganarse mejores destinos de trabajo.

Provisto de un trozo de madera y un fragmento de cristal envuelto en un trozo de tela, se puso a tallar. Empezó con un tosco peine que luego cambió por algo mejor. Con el tiempo, se fue labrando una reputación. Le dejaron una navajita a cambio de que tallara piezas de ajedrez, y aunque no tenían una forma perfecta, le granjearon otros encargos.

Una tarde, Max regresaba del pase de revista cuando el sonido de alguien que se le acercaba corriendo por detrás le hizo volverse con los puños ya en alto. Su perseguidor era un hombre joven, alto y desgarbado con la piel más oscura que había visto desde que abandonó Berlín. El chico levantó las manos a la defensiva.

—Solo quiero hablar.

Le siguió el paso a Max cuando este echó a andar a toda prisa.

—¿Eres tú el que talla con navaja?

Max lo miró por el rabillo del ojo.

—Depende de qué quieras. Y tendrás que conseguir la madera tú mismo.

El hombre sonrió.

—Puedo hacer todo lo que necesite yo mismo. Solo quería ver qué clase de hombre es capaz de esculpir una pieza de ajedrez así…

Sacó del bolsillo un caballo que Max reconoció: las patas y el torso alzados, una tosca crin cayéndole sobre el lomo. Lo había labrado para un hombre que trabajaba en las cocinas y le había dado una rama de limonero. La madera había respondido tan bien al filo de su navaja que Max no pudo evitar añadir algunos detalles. El de las cocinas había quedado impresionado y desde entonces a menudo le echaba un poco más de engrudo en la lata.

—¿Dónde aprendiste a hacer algo así? —preguntó el joven, que intentaba seguir el paso acelerado de Max.

—Era escultor antes de que me metieran aquí.

—¿Has oído hablar de Porcelana Allach?

Max se paró en seco.

—Yo trabajaba allí…

—El mundo es un pañuelo, amigo mío.

Tendió una mano, que Max le estrechó asombrado.

—Stefan.

—Max. —Meneó la cabeza con incredulidad—. ¿Trabajabas en Allach? ¿Qué hacías?

—Era aprendiz de cantero, pero los guardias decidieron que solo soy apto para palear carbón.

—¿Crees que puedes buscarme un sitio en tu cuadrilla?

Se encogió de hombros.

—Eso no es cosa mía.

Max le agarró el codo.

—Allí hay un hombre: Holger Ostendorff, el director artístico…

—¿Uno alto con gafas? —preguntó Stefan.

Max asintió.

—¿Puedes decirle que estoy aquí? Soy Max Ehrlich. Seguro que me recuerda.

Stefan no parecía muy convencido.

—No lo sé. Puedo intentarlo, pero los guardias del *Außenkommando* nos vigilan como halcones…

Aunque Max estuvo pendiente de Stefan a partir de ese día,

no volvió a verlo hasta varias semanas después. Entonces, una mañana después del pase de revista, lo mandaron a la entrada del campo. Stefan estaba allí junto con media docena de hombres más que esperaban para montarse en un furgón. Le dio una palmada en la espalda a modo de saludo.

—Ya sabía que volvería a verte. —Se cercioró de que los guardias no estuvieran escuchando—. Tu amigo no pasa por los hornos a menudo, pero al final lo vi. Hay un guardia que es el mismísimo demonio y amenazó con darme una paliza, pero Herr Ostendorff se puso de mi parte y me escuchó cuando le conté que te había conocido.

—No estaba seguro de que quisiera volver a verme.

—Pues debe de querer. Supongo que por eso estás aquí.

El trayecto de Dachau a la Lindenstraβe era breve. Enseguida accedieron al patio delantero que Max había estado despejando el invierno anterior. Se levantó con ademán inseguro y miró hacia donde cayó, ensangrentado y apaleado, unos cuantos meses antes. Un poco más allá estaba la entrada al callejón donde Albrecht lo había humillado. Elevó una plegaria por Bettina esperando que hubiera escapado de su hermano y la maldad de este. Se aferró a su recuerdo y fantaseó con su imagen.

Obligaron a marchar a Max y al resto de la cuadrilla través de las puertas de la fábrica. Un guardia le puso la mano en el hombro y dio un respingo; sus nervios eran un cable conectado que zumbaba por efecto de la tensión. Llevó a Max a la oficina de administración, donde tiempo atrás hiciera cola con el nombre de Friedrich Marchen para recoger su sueldo.

La secretaria de Holger se levantó al verlo, le pidió al guardia que esperase y asomó la cabeza un momento por la puerta del despacho. Le hizo un gesto con la cabeza al guardia a la vez que volvía a sentarse a su mesa y este empujó a Max para hacerlo avanzar nada más oír la voz de Holger.

—Adelante.

Max se quitó la gorra al entrar. La retorció entre las manos mientras le afloraba al labio superior una película de sudor. La secretaria cerró la puerta.

—Querido muchacho.

Holger se acercó y le dio un abrazo. El tacto amable de otra persona le resultó tan extraño a Max que no supo qué decir. Le devolvió el abrazo sin darse cuenta de que empezaban a caerle copiosas lágrimas.

—No pasa nada —dijo Holger—. Ahora todo va a ir bien.

Hizo todo lo posible por disimularlo, pero a Holger le chocó el aspecto de Max: la cabeza rapada de cualquier manera, la ausencia de los rizos castaños, sustituidos por el cabello incipiente. Y estaba demacrado, los pómulos ahora afilados como cuchillas en su rostro. Llevaba el uniforme rígido de mugre y le colgaba como una lona.

La conversación fue necesariamente breve. El guardia estaba fuera esperando a Max, pero Holger prometió ir a buscarlo después. Cuando salían del despacho, le dijo al guardia que llevara a Max al estudio, para evidente frustración de aquel.

—Pero, Herr Direktor, debería estar acarreando carbón con ese malnacido negro de Renania.

Holger insistió: andaban escasos de mano de obra y necesitaba alguien con experiencia. A regañadientes, el guardia accedió.

La fábrica funcionaba a pleno rendimiento produciendo figuritas militares por docenas, pero Holger sabía de manera instintiva lo que quería el público en tiempos turbulentos: no soldados, sino animales. El estilo sentimental característico de Allach era un consuelo en momentos así.

Max recibió el encargo de modelar un galgo de ojos saltones basándose en la querida Marthe de Holger. Le asignaron una mesita de trabajo en una ajetreada sala de empleados a sueldo y se metió de lleno en la tarea de tallar la figura retozona de Marthe, mirando por la ventana cómo corría describiendo furiosos bucles en el descampado detrás de la fábrica.

Max disfrutó volviendo a trabajar con las manos y abstrayéndose en la ocupación. Hacía más horas y les ponía más intensidad que nunca, pero, sin embargo, no tenía que transportar una tonelada de hierro y piedra, por lo que era consciente de su buena fortuna.

Transcurrieron unas semanas y fue adaptándose lentamente a su jornada laboral en Allach. A menudo se sentía exhausto y notaba la vista cansada, pero la familiaridad del entorno suponía un consuelo.

Holger también tenía la sensación de haberse quitado de encima un peso, pues solo al volver la vista atrás se había dado cuenta de lo mucho que le había afectado la súbita e inexplicable marcha de su amigo. La vigilancia constante de los guardias prácticamente les impedía hablar, pero se aseguraba de que Max lo viera a diario. Aunque tenía la tradición anual de peregrinar a la exposición de verano en la Haus der Deutschen Kunst, lo pospuso varias semanas para poder echarle un ojo a su camarada. Al final, se dio cuenta de que ya no podía demorarlo más: tenía que mantenerse al día de las novedades. A menudo el Reichsführer Heinrich Himmler se sentía inspirado por alguna escultura o cuadro que veía allí expuesto y Holger no quería que lo cogiera desprevenido.

Por fin se montó en un tren a la *Bahnhof München* y traspuso las columnas clásicas del pórtico. Su pasión eran las obras tridimensionales; le interesaban mucho menos los grabados y los cuadros, que a menudo lo dejaban frío, pero ese día destacaba una pieza. Intensamente poderosa y llamativa, representaba una solitaria figura masculina de aspecto imponente, bien proporcionada y de algún modo extrañamente familiar. Se sintió atraído y la contempló más de cerca. El extraordinario parecido con Max era innegable, aunque el personaje era sin lugar a dudas ario, con el pelo color miel y los ojos azules, mientras que Max era moreno.

Holger volvió a la fábrica al día siguiente y le pidió a su secretaria, Fräulein Schaffer, que llamara a Max a su despacho.

Cuando el guardia se apostó del otro lado de la puerta firmemente cerrada, Holger sacó el catálogo de la exposición y lo abrió por la página de *El vikingo*. Vio cómo a Max se le dilataban los ojos de asombro.

—Supongo que conoces a la artista, ¿no?

Max lo confesó a regañadientes.

—Sí. Pero, por favor, Holger, promete que no dirás ni una palabra más, ¿de acuerdo? Confío en ti sin reservas, pero no puedo hablar del asunto y nadie más debe saberlo.

Los días de verano empezaron a menguar y Max se vio presa de una obsesión. En la mesa de madera tenía la tosca figura de arcilla de un hombre con una rodilla alzada y firmemente plantada en un afloramiento de roca bajo el pie. El cuerpo tardaría muchos días en terminarlo, pero de momento estaba absorto por completo en el rostro. Era ahí donde la escultura cobraría vida o moriría y tenía fija toda su atención como si mirara a través de un túnel el movimiento del filo del buril.

Max descubrió que conseguía mejores resultados entre una respiración y la siguiente. Había puesto empeño en dilatar esa separación, incrementando la capacidad pulmonar hasta que, como un submarinista, se vio capaz de descender a grandes profundidades y permanecer allí más tiempo. Cuando logró sumergir la conciencia hasta ese extremo, siguió afilando el método más aún hasta casi ser capaz de trabajar entre un latido y el siguiente. El lento y sordo bombear de la sangre le indicaba cuándo retirar la afiladísima punta del buril y cuándo volver a ejercer presión. Al ir surgiendo por fin, los rasgos de la cara eran un reflejo de los suyos. Le resultó desconcertante tallar su propia imagen en miniatura.

Tenía la referencia delante: una fotografía grande en blanco y negro de *El vikingo* expuesto en la galería. La había colocado contra la pared junto a la ventana de modo que le quedara justo en el margen de la visión. La consultaba a menudo, pues quería captar con precisión la intención que había tenido la artista sin imponer la suya. Sería como si la pintura se hubiera traspuesto en arcilla. Cada vez que la miraba, despertaba un recuerdo en sus músculos y le hacía remontarse a las horas en que había estado posando en esa misma postura. Sus pensamientos iban a parar a cómo había terminado la noche: los dos juntos, unidos como una sola persona.

Cuando hubo concluido, se dio cuenta de que, en esta versión del cuadro, la conejilla junto al talón del vikingo había quedado oculta. Bettina había hecho de ella su avatar en el original, un autorretrato metamorfoseado. Él la llamaba a menudo su conejilla, su *kleines Kaninchen*.

Decidió alzar de nuevo el filo del buril para reinsertar a la conejilla que recordaba. Cuando ella la viera, lo entendería. Sería una señal que le hacía llegar de la única manera segura que tenía a su alcance.

—¿Me ayudas?

Bettina volvió la vista hacia Richard, que le abrochó la gargantilla por detrás.

—Gracias.

Richard regreso al sillón de terciopelo y se dejó caer mientras ella cogía un pequeño pendiente de color granate y se lo ponía.

—No sabes cómo me alegro de que vengas conmigo.

—Tengo curiosidad por conocer a ese tal Karl finalmente. ¿Cómo es?

—Culto y muy rico. Me obsequió este vestido, seguramente por miedo a que me presentara con el mismo vestido de tarde andrajoso que llevaba una de cada dos veces que lo he visto.

Se alisó la falda, que le sentaba a la perfección pese a que había notado que tenía un poquito más de vientre.

El vestido había llegado a su puerta unos días antes, junto con una invitación a una velada privada en la residencia de Holz en Múnich. Bettina había retirado la larga columna de seda rosa pálido que venía dentro de una caja y envuelta en papel de seda. Su primer impulso fue devolverlo, hasta que consideró todo lo que Richard le había contado acerca de sus actividades de apoyo a la resistencia. En cambio, le envió a este un telegrama a Berlín para hacerle saber que por fin había surgido una oportunidad.

Bettina se ajustó el vestido una última vez; llegaba hasta el suelo y lo rozaba un poco al caminar. Volvió el hombro para mirar la celosía de finas tiras de seda que se entrecruzaban por detrás formando un intrincado diseño geométrico.

—Karl es pragmático, creo yo. Me confesó una predilección íntima por el expresionismo. Está al tanto de mi trayectoria artística, pero no parece preocuparle.

Richard la miró con visible escepticismo.

—Cualquiera que acceda a esto con fines de promoción social es tan aterrador o más que un ideólogo. Al menos esos tienen convicciones.

Bettina se sentó al tocador para cepillarse el pelo. Richard observó su reflejo.

—Bueno, dime, lo sé todo acerca de su carrera y contactos, pero nada acerca de su vida privada. ¿Está casado?

—Lo estuvo; su esposa murió joven, por lo visto.

Richard dejó escapar un bufido desdeñoso.

—Entonces, eso explica por qué te manda obsequios caros e invitaciones a fiestas…

—No tengo la sensación de que yo lo atraiga, aunque es difícil saber sus intenciones. Pasé unos días en su casa del lago, antes de enseñarle mis cuadros a Gurlitt. Fue entonces cuando me dijo que *El vikingo* se expondría en la Haus der Deutschen Kunst. Se portó como un caballero. De hecho, se muestra más bien tranquilo y distante.

Se pintó los labios de rojo oscuro mientras Richard seguía repantigado en el sillón.

—Bueno, Libertas se llevó una gran alegría —dijo Richard—. Parece ser que Holz tiene mucha influencia allí donde las SS se entrecruzan con el arte. Quizá no sea mala cosa que te haya tomado simpatía. Pero ¿no lo molestará que me lleves como invitado?

Bettina cogió un grueso pincel de pelo de marta y se empolvó la cara.

—Todas las chicas de Múnich han dedicado los últimos años a intentar echarle el lazo, según parece. Seguro que estaría casado si quisiera.

—Ten cuidado, Betti, igual crees que lo tienes calado, pero no llegó a vestir ese uniforme siendo pragmático. Ya he visto cómo se las gastan. Son capaces de detectar a cualquiera que no tenga empuje ideológico y sencillamente no lo ascienden. ¿Hasta qué punto lo conoces en realidad?

Ella se encogió de hombros.

—Lo único que sé es que estamos de acuerdo en que merece la pena correr el riesgo.

—Bueno, no bajes la guardia. Es fácil dejarse seducir por esa gente. Lo he visto, yo mismo he sentido atracción. Puede parecer que tienes la situación bajo control, pero no debes perder la cabeza. Una cosa es que arriesgue mi propio cuello y otra muy distinta arriesgar el tuyo.

A su llegada al vestíbulo del edificio de apartamentos, un portero los acompañó hasta un ascensor y subieron varias plantas. Salieron directamente a un apartamento privado donde aguardaba una doncella lista para cogerles los abrigos.

Nerviosa, Bettina miró su reflejo en un espejo de marco dorado.

—¿Qué tal estoy?

—Pálida como la porcelana —masculló Richard—. Pellízcate las mejillas y sonríe.

Cuando regresó la doncella, los condujo a un espacioso salón con paredes de color azul pastel. Tras días y noches en el minúsculo estudio de Neuhausen, semejante espacio le parecía inmenso a Bettina, pero a medida que avanzaban cayó en la cuenta de que una sala se comunicaba con otra. Había corrillos dispersos que charlaban en voz queda sentados o de pie; las mujeres iban todas con vestido largo de seda o tafetán, la mayoría de los hombres de uniforme, erguidos con ese porte rígido de los soldados.

Consciente de que atraían muchas miradas, Bettina caminó con la máxima elegancia posible, aunque la moqueta era tan tupida y profunda que le dio miedo perder el equilibrio o torcerse un tobillo. Se vio obligada a avanzar deslizándose de una manera que le parecía muy poco natural, como si estuviera en un escenario. Siempre se había considerado adaptable, capaz de adoptar nuevos gestos y expresiones, de convertirse en reflejo de la compañía en que estaba, pero aquí se sentía expuesta: una impostora convertida en el centro de atención. Richard hizo que se dirigiesen hasta un par de butacas donde ella se sentó con rigidez y se alisó la falda.

—Arriba ese ánimo, Betti —susurró su compañero, que paseó la mirada por el opulento entorno—. No te equivocabas en lo de su riqueza.

Ella tenía entendido que Karl Holz era de familia rica y que había amasado más dinero aún. Su casa del lago de Starnberg era elegante en extremo, pero era la primera vez que entraba en su residencia muniquesa. Él le había suplicado previamente que lo perdonase por no haber podido invitarla antes.

—Viven conmigo mi hermana, mi sobrino y mi sobrinita —se había disculpado—. Su esposo murió el año pasado en un accidente de caza. Trágico, por supuesto, pero… era un hombre más bien débil, me temo. No estaba a la altura de mi hermana.

En un rincón de la sala había un piano de media cola sobre cuyo teclado se inclinaba un joven de aire intenso interpretando a Schubert. Pasó una doncella con una bandeja de cócteles de champán en copas Pompadour; las burbujas parpadeaban a través de estrellitas estarcidas en el fino vidrio. Richard cogió dos y le tendió una a Bettina, que la alzó y se la acercó a los labios. Comprobó que en las últimas semanas había dejado de gustarle. Junto con las leves náuseas esporádicas, le servía como recordatorio de que el tiempo iba transcurriendo. Su vida no tardaría en quedar alterada de manera irreconocible. Richard apuró la copa de un trago y le ofreció una sonrisa más bien tensa y forzada.

—Voy a por otra. Un poco de valentía en forma líquida nunca viene mal. ¿Tú quieres?

Ella negó con la cabeza y Richard se levantó para ir en busca de la doncella.

Bettina miró alrededor. Le parecía tan insólito que alguien viviera así de verdad. Karl Holz no se rodeaba de nada salvo lo mejor: nada roto, nada fuera de lugar. Parecía increíble que organizara su casa como si fuera una exposición: todas y cada una de las piezas seleccionadas con cuidado.

En la otra punta de la sala, al lado de una chimenea de mármol, había una niña pequeña con labios de botón de rosa y grandes ojos azules. Se chupaba el pulgar y sostenía por la oreja un manoseado conejito de terciopelo. A su lado estaba un niño de aspecto más bien serio, unos años mayor, con una mata de pelo que se negaba a permanecer lisa. Vestía el uniforme de las Juventudes Hitlerianas.

Bettina notó un suave roce en la piel del hombro desnudo.

—Lamento mucho no haber estado para recibirla en persona.

Karl le tomó la mano y se la besó con formalidad, luego acercó su copa a la de ella y las entrechocó.

—Bienvenida a mi casa. Es maravilloso que haya podido venir por fin.

Bettina hizo un gesto hacia los dos niños al pie del árbol.

—¿Son sus sobrinos? Lo siento mucho, he olvidado cómo se llaman.

—Julia y Christophe. Les he dejado que hoy se acuesten un poco más tarde de lo normal para que los conozca. Permítame que se los presente; a Julia le encantará su aspecto. Ayudó a elegir el vestido.

Cuando se acercaban, la niña la miró fijamente con los ojos abiertos de par en par.

—Julia, *Liebchen*, te presento a mi amiga Fräulein Vogel. Levántate y muéstrale tus bonitos modales.

Julia se levantó un poquito la falda de tafetán antes de hacer una pequeña reverencia con una expresión tan mortalmente seria que hizo reír a Bettina.

—Encantada de conocerte, Julia —saludó al tiempo que hacía una reverencia también para reflejar su formalidad.

—Y este es Christophe. —Karl señaló al niño.

Ella tendió la mano para estrechar la suya, pero él levantó el brazo y la hizo recular.

—¡Heil Hitler!

Karl respondió de la misma manera y luego bajó la mano para revolverle el pelo con afecto a su sobrino. Bettina sonrió débilmente. El niño le sostuvo la mirada en silencio.

—Bien, niños… —Karl alargó la mano hacia la repisa de la chimenea y cogió un farol de vela—. Esto me lo dio una persona muy importante, un caballero llamado Heinrich Himmler.

Al niño se le pusieron los ojos como platos.

—Veo que reconoces el nombre, Christophe; muy bien. No solo es el Reichsführer-SS, sino que tiene una maravillosa fábrica de porcelana no muy lejos de aquí, y los habilidosos artistas que trabajan en ella hicieron esto. Es algo muy preciado, así que sé que tendréis buen cuidado de que no le pase nada.

Bettina sintió que la recorría un escalofrío ante la mera mención de la fábrica de porcelana. Buscó a Richard por el salón y vio que los observaba a distancia. Alzó la copa de champán con ademán furtivo.

Karl le tendió el farol a Christophe. Con mucho cuidado, el niño encendió una cerilla y la acercó a la mecha, que cobró vida con un resplandor. Se apresuró a agitar la cerilla para apagarla y que no le quemara los deditos, y le devolvió el farol a Karl, que lo volvió a dejar en su lugar de honor.

—Bien, ¿quién quiere un poco de Scho-Ka-Kola? Una chuchería antes de ir a la cama.

Cogió una cajita de hojalata y se agachó para quedar a la altura de los niños, que tenían los ojos iluminados. Karl sonrió con indulgencia, por lo visto transformado en su presencia, y le hizo un gesto con la mano a la niñera, que estaba cerca.

—Ya puede acostarlos, Heida.

Una vez se hubieron ido los niños, Karl acompañó a Bettina hasta un grupito de hombres de uniforme cuyos rostros sudorosos y pelo desarreglado indicaban un nivel de ebriedad que ella no esperaba. Aunque su hermano acostumbraba a beber en exceso yendo de uniforme, Karl y sus amigos le habían parecido más reservados. Esa noche, no obstante, parecían todos decididos a dejarse de formalidades. Le tomaron el pelo a Karl con locuacidad por presentarles a una mujer quince años menor que él.

A medida que transcurría la velada, Bettina fue viendo fugazmente desde la otra punta del salón a Richard, que hacía gala de su encanto con distintos grupos, gregario como siempre, pero apenas tuvo ocasión de hablar con él. Karl parecía empeñado en pasearla y presentarle a los demás invitados, la mayor parte desconocidos. Hildebrand Gurlitt estaba presente y vio pasar a Ziegler, el artista.

En algún momento impreciso, la fiesta declinó de la sofisticación a la juerga de borrachos. Se alzaron voces al unísono para cantar a pleno pulmón *Die Fahne Hoch*, el himno del Partido Nazi, que pareció transformar a ancianos por lo demás adustos en piltrafas sentimentales. Durante un rato, Bettina se vio acorralada por uno de esos caballeros, que la retuvo contra la pared con su aliento a whisky.

—No estoy en contra del cristianismo, pero se puede llevar demasiado lejos, y entonces empieza a apestar a judería. Deberíamos ser mejores que todo eso: sangre alemana y tierra alemana, ¿verdad?

Ella estaba intentando en vano escapar cuando apareció una mujer algo mayor y angulosa y le rogó al individuo que le permitiera acaparar a Fräulein Vogel. Cuando se llevaba a Bettina de allí, se presentó como Liesl Braemer, la hermana de Karl. Al igual que él, parecía más bien seca. Llevaba el pelo rubio rojizo ondulado y acartonado, como tallado en madera de cerezo. Tenía un aspecto demacrado y un cuerpo delgado del que sobresalían los codos, los pómulos y las clavículas. Los hermanos tenían en común la misma cara alargada y los ojillos inescrutables, aunque los de ella eran más bien mates. Quizá fuera de resultas de haber enviudado joven, conjeturó Bettina.

—He pensado que debíamos conocernos, teniendo en cuenta cómo habla mi hermano de usted. Bien, dígame, ¿cómo es que no se ha casado?

Bettina se quedó momentáneamente sin palabras.

—No sé muy bien cómo contestar… Nadie ha tenido a bien proponérmelo, supongo.

—Qué chasco. Esperaba que animara el asunto con algún pequeño escándalo. Aun así, una mujer madura y soltera ya supone un escándalo. —Frunció la boca en una sonrisa y Bettina se encontró fijándose en las arrugas en torno a los labios finos por las que se le diluía el pintalabios.

Liesl la acribilló a preguntas, unas inocuas, otras, trampas disimuladas: ¿dónde estudió? ¿Conoce a tal o cual familia? ¿Quién es el Kommandant de su hermano? Al cabo, su curiosidad por lo visto saciada, le agarró los dedos a Bettina y se los apretó.

—Cómo me alegro de que el vestido le siente bien. Le comenté a Karl que igual no tenía usted nada apropiado. —No esperó a que Bettina respondiera—. Ahora, tengo que seguir alternando. ¡Me ha monopolizado usted mucho más rato de la cuenta!

Se alejó a la vez que hacía un gesto a los camareros de que circulasen y siguieran llenando las copas. Bettina la vio sumarse a una camarilla de elegantes mujeres mayores. De vez en cuando, Liesl volvía la vista hacia ella y le dirigía un saludo con la mano y una sonrisa, sus carcajadas estridentes entre el barullo.

Bettina registró los salones en busca de Richard y al final lo localizó en un pequeño estudio jugando a las cartas con una mesa llena de oficiales de alto rango. Estaban más bien enrojecidos y tan borrachos que despotricaban. Richard arqueó las cejas como para preguntarle si le necesitaba. Ella negó con la cabeza antes de regresar al jaleo.

Se fijó en que, si bien había muchas mujeres presentes, todas parecían depender de alguien. Eran las esposas o novias de los oficiales de las SS, los miembros de la Cámara de Cultura del Reich o los amigos de Karl del mundo del arte. Él, sin embargo, parecía no ir acompañado. De hecho, a medida que transcurría la velada, lo veía más que nunca a su lado, atento y solícito. La llevó a conocer a un rotundo coleccionista de arte. Mientras este elogiaba su obra y le hacía sugerencias, los botones del chaleco estaban a punto de saltársele:

—Desarrolle el motivo de los vikingos —le aconsejó—. Pinte algo de cara a las celebraciones del solsticio de este año: Odín a lomos de su caballo, con larga barba y un saco lleno de regalos. ¿Qué le parece, Karl? ¡Sería un triunfo!

—Desde luego que sí. Seguro que Himmler lo secundaría. Los dioses nórdicos son de vital importancia; representan el ideal ario, la pureza y la longevidad de nuestra estirpe. Los buenos ciudadanos de este país tienen que volver a enorgullecerse de su linaje. —Se volvió hacia Bettina—: Eso es lo que logra su trabajo: toma esas escenas tan típicamente germanas y las hace cobrar vida con nitidez.

El coleccionista le lanzó un guiño:

—Yo no lo dejaría escapar, joven. Parece que usted le gusta.

Bettina notó que le subía un sofoco por el pecho.

—¿Nos disculpa? —dijo Karl—. Tengo que enseñarle una cosa a Fräulein Vogel en la otra habitación.

Le indicó que lo siguiera por un pasillo oscuro con la misma moqueta mullida que parecía engullir el ruido de la fiesta. Ella vaciló y luego fue tras él.

Al final del pasillo había una puerta grande de nogal barnizado. Karl la abrió y la hizo pasar. La estancia era masculina, opulenta y de un lujo velado. Contra una pared destacaba una enorme cama de trineo con ropa de cama blanca y almidonada. A los lados había dos discretas lámparas de cristal cromado que daban una luz cálida. Todo estaba inmaculado, no había ni un solo objeto fuera de lugar. Olía fresco y limpio, a cera de abejas y gomina francesa cara.

Karl fue a paso decidido a un tocador donde había una caja negra y alargada con detalles dorados adornada con un lazo ocre de gruesa seda. Se la tendió a Bettina.

—Perdone que la haya traído hasta aquí, pero quería un poco de tranquilidad para darle esto.

Le indicó con un gesto una silla baja en la que ella tomó asiento, la caja pesada en sus manos. Titubeó y luego tiró con cuidado del lazo, que se deshizo y le cayó sobre las rodillas. Levantó la tapa, que ascendió lentamente produciendo un efecto de succión.

Dejó la tapa a un lado y miró dentro. Le llevó un momento reconocer lo que había en su interior: le resultaba totalmente familiar y, aun así, tan inesperado que lo que estaban viendo sus ojos no tenía sentido.

Anidado en un sarcófago forrado de terciopelo estaba *El vikingo*, su vikingo, espada en mano, en tres dimensiones de reluciente porcelana blanca.

Casi de la largura de su antebrazo, era frío y preciso en todos y cada uno de los detalles, desde el afloramiento rocoso sobre el que estaba hasta la capa de densa piel que le cubría los hombros anchos. Con manos trémulas, lo sacó de sus confines de suave terciopelo y lo sostuvo delante de sí. Alargó un dedo para tocar la punta de la hoja de la espada y acariciar las severas líneas de la mandíbula: los rasgos de Max reflejados en miniatura. Era una imagen de perfección.

Notó que se le llenaban los ojos de lágrimas, pero no podía formular lo que quería decir. Karl la rondaba ansioso.

—Me enteré por un amigo en la oficina de Himmler. Lo recibieron hace solo unos días. —Rio con nerviosismo—. Sé que la artista es usted, conque en buena ley debería ser suyo, pero se lo aseguro, tuve que pedir que me devolvieran unos cuantos favores. Hay poquísimas piezas.

Se interrumpió como si no supiera por dónde seguir. A Bettina le resbaló una lágrima por la mejilla.

—No tenía ni idea… ¿Cómo podría llegar a agradecérselo?

Ella se enjugó la lágrima. Karl desvió la mirada.

—El mérito artístico no me corresponde a mí. Es enteramente suyo y del gran talento de los artesanos de Allach.

Claro, tenía que ser de Allach, qué tontería no haberlo pensado, ¿de dónde si no iba a ser? Presa de la emoción, tuvo durante un momento la sensación de que no podía respirar.

—Lo siento. ¿No he hecho bien?

—No, qué va. Lo que ocurre es que… no me lo esperaba.

Volvió a contemplar la porcelana de color hueso entre sus manos, ansiosa por asimilarla toda al mismo tiempo. Los ojos se le iban de la cabeza a los pies mientras la movía de aquí para allá y le daba la vuelta. Y entonces la vio: acurrucada junto a su talón, la fiel conejilla, su avatar *Kaninchen*. Al concluir la transformación de *El vikingo*, había decidido cubrirla con pintura. Nadie más había llegado a saber que estaba allí. Nadie, salvo Max.

Bettina volvió sola a su estudio de Neuhausen mucho después de medianoche. Había buscado a Richard en la fiesta, pero no había ni rastro de él. Karl insistió en despertar a su chófer para que la llevara a casa y Bettina había ido en el amplio asiento de cuero aferrada con fuerza al vikingo de porcelana mientras las calles de la ciudad en silencio iban pasando del otro lado de la ventanilla.

Se desplomó en la cama con la cabeza demasiado alterada para dormirse. Entonces llamaron a la puerta sin mucho convencimiento. Richard estaba apoyado en la pared con el pelo y la camisa de etiqueta desarreglados. Se disculpó con la lengua pastosa:

—Lo siento, lo siento… He visto que el chófer se iba y he pensado que igual no dormías.

—Estaba inquieta. Adelante.

Cruzó el umbral dando tumbos y se disculpó otra vez.

—¿Dónde te habías metido?

—Apenas si lo sé yo mismo. Ha sido una larga noche.

—¿Café?

Asintió agradecido y fue al antepecho de la ventana, donde prendió un cigarrillo. Bettina encendió el quemador y llenó el hervidor de agua.

—La última vez que te he visto, estabas desplumando a varios Kommandants.

—Todo lo contrario. *Nota bene*: no juegues a las cartas con viejos soldados, porque pueden dejarte sin blanca.

—Ay, Dios.

—La verdad es que ha surtido buen efecto, les ha hecho sentirse superiores.

Bettina arqueó una ceja.

—Entonces, esta noche ha sido fructífera, ¿no?

—Un comienzo en firme, gracias a ti. De no ser por tus presentaciones, algo así me habría llevado meses.

Le tendió una taza de café solo bien cargado y se sentó junto a él.

—Me alegra haber sido útil.

—¿Qué tal lo has pasado tú? Parecías la reina del baile.

—Ha sido bastante raro. A veces tenía la sensación de estar pasando un examen.

—¿Para ver si tienes madera de esposa de un nazi?

Frunció el ceño, consternada.

—Quizá. Desde luego, me preguntó por ti.

Richard levantó las cejas de golpe.

—¿En qué sentido?

—Me parece que creía que éramos pareja. Le dije que no era así, pero no sé si me ha creído. Sea como sea, me previno contra ti.

Richard dejó escapar una risa más bien huera.

—Ya me lo imagino.

—¿Crees que igual te tienen vigilado?

Richard le dio una larga calada al cigarrillo y se quitó una hebra de tabaco de la lengua.

—Creo que es muy probable.

—Entonces, tienes que ir con cautela.

—Bah, no te preocupes, sé cuidar de mí mismo. Eres tú la que me inquieta. ¿Cómo piensas mantener a raya a Herr Holz?

Fuera, la noche oscura había empezado a clarear.

—No sé si debería…

Vaciló.

—Hay una cosa que no te he dicho, Richard. Ni a nadie, si a eso vamos… —Expresarlo en voz alta le produjo una sensación de irrealidad—. Creo que hay muchas posibilidades de que esté embarazada.

Se esforzó por esbozar una sonrisa, pero se desvaneció enseguida. La expresión de asombro en el semblante de Richard se atenuó y se transformó en pena. A ella le resultó casi insoportable.

—Venga, nada de eso. Tú mismo dijiste que tengo una cabeza sensata sobre los hombros, así que no te pongas así. Sabes que Max y yo lo deseábamos, con desesperación.

—Dios santo, Betti, ¿por qué no me lo has contado antes?

—No estaba segura, ni sabía si seguiría su curso. Además, a pesar de lo mucho que lo había deseado, ahora no es como para ponerse a saltar de alegría, ¿no crees? Si alguien se enterara... Albrecht, por ejemplo.

No tuvo que decir más. Él estaba al tanto de los riesgos para las madres solteras en los tiempos que corrían; de la perspectiva de que le quitaran por la fuerza al recién nacido y lo dieran en adopción, o algo peor incluso en el caso de que hubiera la menor sospecha de paternidad judía. Todavía no tenían idea de lo que Albrecht podía haber supuesto o denunciado.

—Y hay otra cosa...

Bettina se acercó a la mesa de la cocina para coger la caja negra y dorada, que luego le tendió. Richard sostuvo el cigarrillo entre los dientes y se sirvió de ambas manos para levantar la tapa, revelando el vikingo de porcelana allí tendido. A él le llevó un momento comprender lo que estaba viendo, luego se echó a reír, incrédulo.

—¿De dónde demonios lo has sacado?

—Me lo ha dado Karl. Son sumamente difíciles de conseguir, por lo visto. Lo que me lleva a preguntarme: ¿por qué iba a hacer nadie una figurita de porcelana basada en un cuadro relativamente desconocido? Fue fabricada en Allach, por si no lo habías adivinado.

Richard fue entendiéndolo lentamente.

—¿Max?

—Tú no llegaste a ver las piezas que esculpía, pero a mí desde luego me parece obra suya. ¿Y has visto la conejilla? —Señaló la figura, medio enterrada entre la maleza—. Estaba en mi retrato original, pero luego pinté encima. Es imposible que nadie más estuviera al tanto. Es una señal dirigida a mí, estoy segura.

—Hay fábricas que usan prisioneros de Dachau como mano de obra forzada... Supongo que es posible, sobre todo teniendo en cuenta los contactos de Himmler. Pero, aun así…, no debes hacerte ilusiones, Betti.

Ella adoptó un semblante resuelto.

—Lo sé. Tienes razón, pero no puedo pasarlo por alto sin más… Creo que Karl Holz puede ser la llave para llegar hasta Max.

Pasaron los meses y el verano empezó a esfumarse, los céspedes lozanos convertidos en polvo. Bettina estaba en un estrado cubierto por una alfombra blanca afelpada. Llevaba un vestido color marfil con amplias hombreras y mangas de tul superpuestas cual pétalos. El diseño imperio del vestido era sencillo: caía hasta el suelo y se arremansaba a sus pies. Detrás de ella, una joven ataviada con guantes de algodón blancos le arregló la cola y se retiró un poco para admirar su trabajo.

Bettina escudriñaba su propio reflejo en un espejo triple. Irguió los hombros, agradecida de que el corte la favoreciera y disimulara el abdomen cada vez más redondeado. Se observó sin emoción. De joven, habría llorado al imaginar que elegiría su vestido de boda con tanta despreocupación, pero puesto que la ocasión no era en absoluto como la había imaginado, eso tenía muy poca importancia. Ya estaba bien, pensó. La cubrían desde el cuello hasta el pecho hileras de minúsculas perlas cosidas a mano en ondas festoneadas, y su peso la constreñía. Pasó un dedo por dentro para aliviar el ahogo que notaba en la garganta.

—No hagas eso —le espetó Liesl—. El cuello va a darse de sí.

Recostada en un sillón, la futura cuñada de Bettina contemplaba con mirada crítica el conjunto.

—Me alegro de que estés engordando un poco. Estabas delgadísima, no resulta favorecedor con una cara madura. Quizá seas más joven que Karl, pero no eres precisamente una chiquilla.

Bettina tragó saliva con dificultad e intentó meter estómago.

Era en momentos así cuando se preguntaba hasta dónde estaba dispuesta a llegar por ese camino.

Después de contarle la noticia a Richard, él había tenido la galantería de pedirle que se casase con él. Ella lloró, claro, y le dio las gracias, pero rehusó. Quería proteger al hijo todavía por nacer de Max, pero no podía hacerle eso a Imre, pues sabía que habría destrozado a su amiga.

No tenía más planes que apechugar con cada día, hasta que una mañana radiante en el lago, Karl le hizo una proposición de matrimonio.

Le había ofrecido el uso de su casa de verano para que escapara unos días, cosa que ella había aceptado agradecida. El segundo día, él apareció de repente y le pidió matrimonio. Había sido todo tan inesperado que se quedó estupefacta un rato, hasta que por fin se sintió obligada a llenar el silencio. Se sorprendió diciendo que lo pensaría, a sabiendas de que apenas conocía a ese hombre y no albergaba sentimientos amorosos hacia él. No era su amiga, ni tampoco su amante todavía, no era más que algo que, por lo visto, él quería poseer.

A lo largo de los días siguientes, ella consideró la propuesta y al final llegó a la conclusión de que ambos obtendrían algo que necesitaban; había una extraña suerte de equidad a falta de sentimiento por ambas partes. Él quería una hermosa mujer artista, ella precisaba protección para la criatura que crecía en su interior y un camino de regreso a Max, si de alguna manera lograba ingeniárselas.

Pero, pese a lo convencida que había estado en ese momento, llevarlo a cabo era harina de otro costal. En una serie de temblores secundarios, fue cayendo en la cuenta de la realidad de su situación.

Ofrecieron a Karl un destino de seis meses en Viena, que debía empezar casi de inmediato, y Liesl declaró que un noviazgo largo a su edad sería indecoroso, así que se adelantó la fecha de la boda. Al principio, Bettina aceptó la noticia con agradecimiento, pues quería tener una coartada verosímil para el embarazo cada vez más difícil de ocultar, pero conforme se acercaba la ocasión empezó a asquearle la perspectiva de entregarse a él. Se había dicho que era un precio pequeño que pagar por estar a salvo; que era su propia decisión, pero en realidad tenía la sensación de que la estaban despojando lentamente de toda capacidad de actuación.

Oyó un suave carraspeo y de pronto se dio cuenta de que la joven costurera esperaba su respuesta. Asintió con la cabeza.

—Está bien, gracias, Gretl.

Liesl soltó un bufido:

—Venga, guapa, date prisa y ayuda a mi hermana a quitarse el vestido. Tenemos que mirar conjuntos de despedida.

—No los voy a necesitar, Liesl —afirmó Bettina—. Karl tiene que ir a Viena justo después de la boda, conque no es necesario que nos tomemos la molestia.

—Al contrario, razón de más para que sea algo memorable. Tienes que insistir en el viaje de novios, por lo menos.

Detrás de ella, Gretl acometió la complicada tarea de desabrocharle las docenas de botones de seda que le recorrían de arriba abajo la columna vertebral a Bettina. Sintió un curioso distanciamiento mientras la desvestía alguien que era casi una desconocida mientras otra estaba sentada siguiendo el proceso. Aunque había pasado muy poco tiempo con Liesl, se veía obligada a estar en la intimidad con ella cada vez más a menudo.

—Te hará falta un vestido nuevo para ir a la escuela de novias. ¿Cuándo irás?

—No sé si lo haré. Sería por lo menos una década mayor que todas las demás novias.

No le apetecía en absoluto pelearse, pero tampoco tenía intención de que le dieran lecciones acerca de cómo ser una buena esposa nazi.

—Ay, sencillamente tienes que hacerlo, Bettina. Dejarías en mal lugar a Karl si no vas.

Liesl siempre se regía por cómo podían afectar los actos de Bettina a la reputación de su hermano. O a la suya propia.

—Tienes una suerte inmensa —continuó Liesl—. En mis tiempos, no había nada parecido. Imagino que debe de haber una camaradería tremenda entre las chicas. Cuántas cosas me gustaría haber sabido cuando era una novia joven. Y, a diferencia de ti, no tuve la buena fortuna de contar con una hermana que me enseñara.

Desde que se anunció el compromiso, le había dado por referirse a Bettina como su «hermana», aunque su idea de hermandad entre mujeres no parecía ir más allá de estar al mando y menospreciarla. Bettina había decidido morderse la lengua y no perder los estribos. Que Liesl fuera incapaz de hacerlo estaba resultando ser útil.

Acceder al círculo íntimo de Karl había sido más valioso para la resistencia de lo que nunca había esperado. Richard extendió la operación de Berlín a Múnich sirviéndose de Bettina como intermediaria. Ella tenía los ojos y los oídos atentos y le escribía un informe semanal de todo lo que averiguaba: los chistes y rumores que corrían por ahí. Dejaba sus informes en la editorial de una revista católica, los sobres dirigidos al hermano de Richard, Peter, que se encargaba de coordinar sus esfuerzos. Richard se negó a decirle qué hacían con la información que reunía ella; le parecía más seguro así, aunque le garantizó que estaba contribuyendo a la causa, que era todo el aliento que Bettina necesitaba.

Cuando el vestido estuvo desabrochado del todo, la chica la cogió por los hombros y le hizo volverse, ocultando así su vientre de la mirada crítica de Liesl.

—Quédese así —susurró.

Fue al perchero y tomó una larga bata de seda que le puso a Bettina sobre los hombros. Se arrodilló para atarle un elaborado lazo en la cintura que captase la mirada y disimulara la hinchazón del vientre. Gretl se retiró un poco para ver cómo quedaba. Liesl le lanzó una mirada sombría.

—¿Qué haces rondando todavía?

Bettina le dirigió a la chica una sonrisa de agradecimiento y fue a sentarse mientras esta se marchaba a toda prisa. Liesl la siguió con la mirada.

—Esa chica es una simplona. ¿Tendrá sangre eslava?

Volvió a centrar la atención en Bettina.

—Necesitarás algún *Tracht*, una bonita falda acampanada; algo más tradicional, más *Völkisch*, para los días de verano en el lago o en los Alpes. No eres Magda Goebbels y no te dejarán a tu aire solo porque seas una artista. Mi hermano todavía no ocupa un puesto lo bastante alto para que hagas lo que te venga en gana.

—Gracias por toda tu ayuda, Liesl. No sabes cuánto la aprecio.

—Ay, no me des las gracias. Solo cumplo con mi deber. Como bien sabes, hace ya tiempo que estoy entregada al servicio de mi hermano y de su carrera. —Le dio unas palmaditas a Bettina en el dorso de la mano—. Dios sabe que todos dependemos de su ascenso, de una forma u otra.

Liesl cogió el periódico de una mesita de centro y lo desplegó para leer los titulares con avidez.

—Me alegra ver que Mussolini por fin habla con sensatez, aunque a su horrible manera latina. Ha escrito un manifiesto sobre la raza, ¿lo has visto?

Ella negó con la cabeza y Liesl suspiró.

—Bueno, ponte al día. Tienes que intentar estar informada.

Bettina titubeó.

—Liesl, ¿crees que iremos a la guerra? Se lo he preguntado a Karl una y otra vez, pero se muestra disgustado al respecto.

Liesl bajó el tono de voz y le siseó a Bettina:

—No debería tener que recordártelo. No conviene hablar en público de lo que te diga Karl en privado.

Escarmentada, Bettina agachó la cabeza. Era consciente de que a Liesl le encantaba que se mostrara arrepentida. Karl le había advertido que su hermana estaba empeñada en convertirla en un proyecto.

«Está aburrida, me parece, con los niños por toda compañía. Ha tenido poquísimo que hacer desde que murió su marido, y las otras esposas de las SS en Múnich no tienen mucho tiempo para las viudas. Detestan que les recuerden que estar casada con un soldado puede tener un desenlace fatal».

El interés de Liesl en ella le había parecido a Bettina una bendición al principio, pero enseguida fue obvio que se estaba sirviendo de su boda para reincorporarse a la alta sociedad nazi, pese a lo mucho que la menospreciaba de boquilla. Utilizaba giros mordaces que Bettina acostumbraba a comentar en sus cartas a Peter, pues sabía que a él y a Richard les harían gracia sus crueles pullas.

En ese instante, cayó en la cuenta de que la estaba escudriñando.

—Sabes, la verdad es que no me había fijado nunca, pero a la luz del día, eres más atractiva que guapa. No es que tenga nada de malo; lo que pasa es que posees una… clase de belleza masculina.

Posó una mano reconfortante en la muñeca de Bettina.

—¿Puedo darte un consejo? Seguro que no quieres acabar como Frau Himmler. No sé cómo esa bruja sebosa se las apañó para atrapar a su marido. ¿Sabes que había estado casada antes? Es increíble. —Liesl miró alrededor y bajó la voz—: Por lo visto, ahora Heinrich tiene una secretaria muy joven por la que está colado. Y, la verdad, ¿quién se lo puede reprochar? Son hombres poderosos y tienen mujeres de sobra al alcance de la mano, si lo desean. Si un hombre recurre a otra porque tú no te tomas la molestia de esforzarte, la única culpable eres tú.

Bettina anotó mentalmente el añadir semejante chisme de *Kaffeeklatsch* a su siguiente informe.

Gretl volvió con un perchero sobre ruedas en el que había colgados vestidos y trajes. Liesl chasqueó la lengua en señal de desaprobación.

—Ya era hora. —Se volvió hacia Bettina y sonrió con benevolencia—. A ver si hay algo que te sirva.

Una hora después, Liesl abría camino por la escalera de mármol abajo y hasta la calle, donde el chófer de Karl, Gerhard, las estaba esperando. El sol de media tarde que se reflejaba en los edificios de estuco blanco los obligó a entornar los ojos cuando se montaban. Liesl dio instrucciones al chófer de que, antes de regresar al apartamento, las llevara dando un rodeo a los Jardines Botánicos.

—Tenemos que aprovechar al máximo estos últimos días cálidos. Antes de que nos demos cuenta, será invierno.

Los jardines estaban de un tono dorado cuando Liesl pasó su brazo por el de Bettina y pasearon por delante de la fuente de Neptuno, su masa de piedra gris a lomos de un caballo encabritado, el tridente al hombro como una pala.

Durante un rato, Liesl se guardó sus consejos, contenta con hacer comentarios de pasada sobre la clemencia del tiempo o la belleza del entorno, pero Bettina se dio cuenta de que tenía algo más que decirle. Para cuando hubieron dado dos vueltas en torno a los arriates simétricos, a todas luces había decidido que era el momento indicado.

—¿Puedo ser sincera contigo, querida Bettina? A veces me pregunto si entiendes con todas sus implicaciones en qué te has metido.

Bettina no supo qué contestar, pero Liesl continuó, inmutable:

—Mi hermano ocupa una posición muy importante en la sociedad. Un lugar privilegiado, pero eso conlleva una gran responsabilidad. Te compadezco, la verdad.

Bettina contuvo una sonrisa torcida, pues sabía que Liesl solo se preocupaba de veras por sus propios intereses.

—Cuando te cases, accederás a un nuevo dominio. Un Reich de las mujeres, por así decirlo. No es cosa nuestra preocuparnos de lo que hacen los hombres ahí fuera en el mundo. Nuestro ámbito es el doméstico; el sitio al que regresan, que les aporta consuelo y alivio. —Liesl le hablaba con la paciencia de una madre que aleccionara a un niño muy latoso—. En el círculo en el que estás a punto de entrar, las mujeres ejercen un papel de sustento. Influyen sobre sus maridos. Estos hombres tienen poder y acceso a otros que lo ostentan, cosa de vital importancia para Karl. Así pues, puedes serle de ayuda o ser un estorbo.

Bettina captó la amenaza implícita: si no estás a la altura, nos afectará a todos. Tuvo la sensación de que debía responder, al menos en cierta medida.

—Liesl, no me interesan en absoluto los cotilleos ni ascender en la escala social; ya tengo mi trabajo.

—A eso precisamente me refiero. No trabajarás una vez te cases. Tu único objetivo será darle a mi hermano una familia, y pronto.

Bettina no se había hecho ilusiones de que no fuera esa su auténtica prioridad, lo que la sorprendió fue que Liesl se mostrara tan directa.

—Pues tengo intención de hacerlo, aunque no creo que sea asunto tuyo —repuso con calma.

—Claro que lo es. Es fundamental. No pienso tolerar que a mis futuros sobrinos los crie una *Rabenmutter*, una mujer de esas que se muere de ganas de echar a sus hijos del nido si la molestan.

Bettina se preguntó de nuevo cuánto tiempo sería capaz de sobrevivir en esas aguas. Allí donde fuera se encontraba peligros ocultos al acecho en las profundidades.

—Tu hermano sabe quién soy. Nunca me ha pedido que me someta a él ni que renuncie a mi trabajo. De hecho, ha alentado calurosamente mi carrera.

Liesl contrajo los labios en un gesto breve y arisco.

—Es encantador que, incluso a tu edad, sigas siendo tan ingenua. Se te había pasado el arroz, querida. Tuviste suerte de que mi hermano si dignara elegirte. No niego que poseas talento, pero ese no es tu objetivo en la vida. Cuando llegue el momento, dejarás de lado tus intereses y le darás dos o tres niños exquisitos. No te engañes: después de la boda, se acabó el arte.

«Cree que me tiene calada —pensó Bettina—. Que no soy más que un espíritu independiente que no quiere dejarse domar».

Liesl continuó:

—Nuestra familia ha tenido la gran desgracia de casarse con peleles; por lo visto, nuestra fuerza los atrae. A decir verdad, la primera mujer de Karl nos hizo un favor a todos cuando murió sin darle descendencia. Vimos cierta firmeza en ti, y la admiramos, pero si no cedes, acabarás rompiéndote. Yo misma me ocuparé de ello.

Bettina palideció al oír semejante brutalidad. Siguieron andando a paso lento por delante de un remanso de maravillas y pensamientos; naranja oscuro contra púrpura. Al cabo, en tono mesurado, Bettina respondió:

—Agradezco tu sinceridad, Liesl. Me ayuda a entender qué se espera de mí. Permíteme garantizarte que mi única prioridad es el hombre al que amo.

Los días se acortaban y el tiempo empezó a transcurrir cada vez más rápido. Bettina se encontró de nuevo en una encrucijada, ante un tocador en la suite nupcial de un hotel de montaña en los Alpes. Era tarde y tenía el rostro recién desmaquillado. Detrás de ella colgaba el vestido de novia bordado con perlas como una bandera que declarase su rendición.

La premura con la que se habían llevado a cabo los preparativos la había dejado sin aliento. Aunque Bettina intentó que la boda fuera una ceremonia discreta en Múnich o Berlín, Liesl había impuesto su voluntad. Estaba convencida de que una boda en Obersalzburg, en las montañas de Baviera, cimentaría el estatus de Karl: era uno de los lugares predilectos del alto mando nazi y, como Liesl acostumbraba a recordarle, el estatus lo era todo.

A su llegada, a Bettina la sorprendió sentirse hechizada por las montañas. Reinaba una suerte de calma en toda la región, con sus tupidos bosques y sus prados en pendiente sembrados de flores silvestres de colores violetas, naranjas y blancos. Los cencerros resonaban por los valles. En otras circunstancias, habría sido feliz allí, quizá hubiera encontrado cierta tranquilidad. Pero ese día, no.

Bettina reparó en las sombras azules de fatiga que tenía bajo los ojos; se veía tan cansada como lo estaba. Los invitados a la boda se habían retirado a sus camas hacía ya rato, arrullados por el aire de la montaña y deseosos de descanso, pero ella sabía que aún tardaría horas en dormir.

Desde que aceptara la proposición de Karl, había tenido la sensación de que la vida se le escapaba de las manos. Presa de la desesperación, se había visto acorralada y era incapaz de cambiar de rumbo. Tenía la sensación de que Max y ella habían estado planeando su huida ayer mismo. Ahora intentaba reconciliarse con la perspectiva de consumar el matrimonio con un hombre al que apenas conocía.

Fantaseó con la idea de hacer la maleta y marcharse. Iría a pie a la estación, cogería el tren de primera hora de la mañana a alguna parte, a cualquier parte. Estaría a medio camino de Suiza antes de que nadie se diera cuenta de su ausencia. Pero eso supondría abandonar a Max a su suerte, cosa que jamás habría hecho. Se negaba a renunciar a la esperanza de ayudarlo, de volver a verlo.

Por la mañana, tenía intención de contraer matrimonio con un hombre al que no amaba y que le exigía que renunciara al arte, lo único que le permitía mantener la cordura. Se sentía justificada, pues habría hecho lo que fuera necesario para proteger a su hijo todavía por nacer, pero aun así le pesaba. La idea de pasar años sin Max o su trabajo se le antojaba una vida vivida solo a medias.

Un toque breve y firme en la puerta la sacó de su trance depresivo. No esperaba que nadie fuera a felicitarla a última hora y no iban a asistir a la boda amistades ni parientes suyos.

—¿Quién es?

—Soy yo —respondió Karl con voz ronca.

Bettina se quedó helada un instante. Apenas lo había visto desde su llegada. Para decepción evidente de Liesl, la ceremonia no había despertado el interés de las altas esferas del Partido, pero todos los que iban a asistir parecían sumamente ocupados. Los hombres habían pasado el día haciendo corrillos para diseccionar las inminentes conversaciones entre Hitler, Chamberlain, Daladier y Mussolini.

Bettina se puso su viejo kimono de seda y cruzó la habitación para abrir la puerta. Vio de inmediato que Karl estaba borracho; el pelo entrecano, por lo general peinado y sometido a la gomina, le caía sobre un ojo en el que relucían oscuras intenciones. Alargó el brazo para apartarlo, la palma de la mano contra su pecho.

—Se supone que no deberías estar aquí.

—Anda, venga. Todo el mundo se ha acostado. Solo quería echar un último trago contigo, antes de que te conviertas en una mujer casada.

Levantó una botella de aguardiente que llevaba bajo el brazo. Estaba casi vacía. Empujó a Bettina y entró dando tumbos en la habitación para derrumbarse sobre la cama y alargarle la botella con gesto desabrido. Ella cerró la puerta con sigilo y cogió una taza de porcelana del tocador, se la tendió y lo ayudó a mantener el pulso firme mientras escanciaba. Volvió a sentarse ante el tocador y tomó un sorbito.

—Me parece que estás borracho —observó.

—Me parece que tienes razón —respondió al tiempo que se quitaba las botas dando puntapiés al aire.

Ella se agachó para recogerlas y las colocó una al lado de otra. Cuando se volvió, Karl la miraba haciendo pucheros; su cara era casi irreconocible con semejante pose infantil, las mejillas rojas y levemente sudorosas.

—¿Por qué no me quieres?

Se quedó tan pasmada que abrió la boca para contestar, pero no supo qué decir. Él la miraba con los párpados medio caídos.

—Te quiero —tartamudeó al fin—. Claro que sí, ya lo sabes.

Él negó lentamente con una exagerada expresión de pena en la cara reluciente.

—Me parece que no. Liesl tenía razón. Dijo que no me querías.

A Bettina se le agrió el ánimo nada más oír hablar de su cuñada.

—Liesl puede irse al infierno.

Karl hizo un gesto con la mano como restándole importancia.

—Pero dice que no importa.

—Ah, ¿eso dice?

La miró con picardía calibrando su reacción.

—¿Puedes guardar un secreto?

Ella pensó en el suyo, que anidaba en su vientre.

—Más de una vez lo he hecho —aseguró.

—Supongo que ahora ya no importa, estamos prácticamente casados, de todos modos. Para el caso, más vale que seamos sinceros el uno con el otro. —Los ojos se le desenfocaron un poco—. La verdad es que todo esto fue idea de Liesl. Me dijo que te pidiera matrimonio.

Bettina dejó escapar una breve carcajada por efecto de la conmoción. Karl levantó la mano a modo de protesta.

—Es porque te admira mucho. Cuando te conoció me dijo: «Eso es lo que necesitas. No un marica, sino una mujer apasionada». —Se interrumpió en pleno recuerdo y luego añadió con aire pensativo—: A menudo pienso que a ella le habría ido mejor que a mí, habría llegado más lejos de haber sido hombre. Tiene mucha más ambición.

Bettina se cruzó de brazos.

—Entonces ¿tú no tuviste voz ni voto en la decisión de con quién te ibas a casar?

Karl se recostó en la cama y se quedó mirando el techo de madera.

—Vi que tenía sentido; quiero un hijo, conque necesito una esposa, y Liesl me conoce mejor que yo mismo. —Dejó escapar un profundo suspiro—. Es de lo más práctica. Incluso encargó que comprobaran tu ascendencia para cerciorarse de que no hubiera mala sangre.

Bettina sintió una arcada que la hizo tambalearse, aunque no hubiera podido decir que la sorprendía.

—Supongo que pasé la prueba...

—En caso contrario, no estaríamos aquí. —La miró por el rabillo del ojo—. Pues bien. No me quieres.

—Teniendo en cuenta las circunstancias, ¿importa eso?

Nunca lo había visto bajo esta luz, sus emociones de alguna otra manera que no fuera sometidas al control más absoluto.

—Supongo que no. —Cerró los ojos para que la habitación no siguiera dándole vueltas.

Bettina lo observó con aire pensativo.

—¿A qué venía tanta prisa, si tú no lo deseabas?

—Liesl pensó que más valía hacerlo aprisa, para que no cambiaras de parecer. —Karl aspiró por la nariz con aire de autocompasión—. No puedes contarle lo que te he dicho, ¿de acuerdo? Se pondría hecha una furia.

Bettina estaba perpleja de que este hombre despiadado y dominante se mostrase ahora tan infantil, amedrentado por su hermana viuda. Sintió una ráfaga de furia y bochorno. Tendría que haberle dicho que se largara y, sin embargo, mantuvo el tipo, desesperadamente paralizada, embarazada y dependiente de él. Debía quedarse por el bien de Max.

Y entonces le sobrevino un destello de esperanza: una forma de hacer algo más que simplemente esperar.

—No pienso decirle ni una palabra a Liesl, te lo prometo, si me ayudas con una cosa.

Intentó proyectar un aire de control y aplomo, aunque no poseía lo uno ni lo otro.

—Me casaré contigo y te daré el hijo que quieres, de inmediato, si te avienes a otorgarme algo a cambio.

Observó su expresión con mirada severa. Él frunció el ceño sopesando sus palabras.

—Quiero algo tangible, Karl. A cambio de una familia, tienes que concederme libertad de expresión. Tú conoces gente en Allach, puedes arreglarlo para que vea al escultor que modeló mi vikingo, de modo que pueda enseñarme a hacer algo propio. Mi obra es mi vida y la necesito para seguir adelante.

Él se lo pensó un momento, luego parpadeó con solemnidad y asintió.

—Muy bien. Será mi regalo de boda. Pero el hijo debe llegar primero, accede al menos a eso. Luego, dispondrás de tu libertad.

—Te lo prometo —dijo Bettina.

13

Cuando cruzaba las puertas de Dachau, Clara se puso los auriculares del reproductor de CD portátil que le había cogido prestado a Lotte.

«Me parece que me hará falta escuchar algo que me haga poner los pies en la tierra», le había dicho a su hija.

Las notas iniciales de *Für Alina* le eran tan familiares que la calmaron, y era lo que necesitaba aquí; apenas veinticuatro horas antes Lotte y ella habían llegado a Múnich de visita en avión. La decisión había sido espontánea: unos días robados para celebrar que Lotte había presentado su propuesta artística.

«Ahora ya solo tengo que desarrollar el puñetero proyecto», había comentado Lotte en tono sardónico.

En realidad, el viaje también buscaba objetivos prácticos: Lotte quería aprovechar la oportunidad para averiguar más cosas acerca de la faceta de artista de Bettina, y ambas tenían ganas de volver al país del que provenían. La última vez que fueron de visita, Lotte era niña y apenas recordaba nada.

Con solo unos días por delante, las dos decidieron que era mejor dividir y vencer: mientras Clara se organizó para consultar los archivos de Dachau, Lotte quería explorar la Haus der Kunst, donde sabía que había expuesto en una ocasión su abuela. Ultimaron sus planes mientras en la pequeña pensión desayunaban jamón en pan de centeno y gruesas tajadas de un queso curado amarillo. Clara cayó en la cuenta de la soltura que había perdido con el alemán cuando pidió consejo sobre el mejor medio de transporte. Lotte iría a pie a la Casa del Arte Alemán mientras ella iba a la parada de tranvía más cercana, *der Straßenbahnhaltestelle*, una hermosa palabra que de algún modo había rescatado de su memoria.

Las dos acordaron verse después en el centro antiguo, donde planeaban intercambiar impresiones y brindar efusivamente por su matriarca.

Clara llegó por fin a Dachau después de un viaje en el que tuvo que enlazar trayectos en tranvía, tren y autobús. Desde la liberación del campo en 1945, la ciudad de Dachau se había extendido y lo había asimilado. Ahora rodeaban el perímetro edificios y casas, aunque no alcanzaba a imaginar la factura psíquica que podía pasarle a uno vivir tan cerca de un antiguo infierno como aquel.

Cuando cruzó las puertas, Clara se dio cuenta de que mantenía la mirada baja. Agrietada y desmenuzada, la tierra cedía bajo sus pies. Notaba los pasos plúmbeos, tanto que le recordaron la sensación del lento caminar detrás de un ataúd con la sangre medio convertida en escharcha.

El cielo estaba gris por efecto de la niebla y hacía un frío glacial. Era temprano y había pocos visitantes más, así que Clara cruzó a solas la grava grisácea del patio donde se pasaba revista. Su mente evocó imágenes que había visto en viejos documentales —en tono sepia y granulosas, los negativos vacilantes y entrecortados—. Lotte y ella habían visto un documental sobre la liberación del campo y todavía lo tenía presente, las imágenes grabadas a fuego en el cerebro: cadáveres amontonados y contorsionados como si formaran una pira, los ojos de los supervivientes que miraban a la cámara sin entusiasmo. Todo le había parecido muy lejano cuando hacían planes en Londres. Ahora era real por completo.

Mientras caminaba por los terrenos, la voz del piano de Arvo Pärt le resultaba reconfortante. Los espacios negativos se manifestaban con tanta fuerza como las propias notas, cosa que veía reflejada en el paisaje. Todos los barracones, que habían albergado a miles de prisioneros, habían sido derruidos salvo dos. No quedaba nada más que los contornos circunvalados por bordillos de hormigón. La tierra parecía casi volcánica, como si hubiera decidido abrasarse por voluntad propia hasta quedar limpia. Todo era monocromo en este mundo decolorado. Edificios marfileños y palabras de metal negro incrustadas en una verja ornamentada. La frase ARBEIT MACHT FREI destacaba en relieve contra el neblinoso cielo gris: «El trabajo os hará libres», labrada a mano por un prisionero obligado a reproducir la mentira. El único color lo brindaba una verde avenida de álamos que llevaba hasta los crematorios.

Semanas antes, Clara les había escrito para manifestar su interés en acceder al archivo de la biblioteca conmemorativa a fin de establecer qué información conservaban sobre el profesor Adler, si es que tenían algún dato. Les envió las fechas y los detalles que le facilitara Jacob Cohen, pensando que debía ser lo más precisa posible. Su respuesta fue amable, pero enseguida se dio cuenta de que tenía que ceñirse a las pruebas a su disposición y moderar las expectativas; no podía intentar siquiera definir el pajar que buscaba, ni la naturaleza de la aguja que quería encontrar.

En el centro de información hacía más calor y había más gente que por los terrenos. Sintió un alivio palpable al percibir que la historia quedaba de nuevo a una ligera distancia. Paseó lentamente por la exposición de fotografías de las fuerzas aliadas durante la liberación del campo. Fueron testigos con la previsión suficiente para dejar constancia de lo que encontraban, conscientes de que quizá generaciones futuras pusieran en tela de juicio una verdad tan insondable.

Cuando se hubo calentado los dedos entumecidos, fue a la

mesa de información para preguntar por el bibliotecario con el que había mantenido correspondencia. Apareció Herr Albert, un alma dulcemente amable, envuelto en un grueso jersey y una bufanda abrigada. En preparación a su visita, había reunido todo lo que esperaba fuera pertinente; entre otras cosas, diecinueve microfilmes diferentes con los nombres completos de muchos miles de personas llegadas a los campos el año anterior y el posterior al del inicio de la guerra en 1939. Para los apellidos que empezaban por B había una cantidad considerable de información, pero no tanta para los que empezaban por A, como Adler. Albert también le había preparado la Bobina Diez; una copia de un libro mayor escrito a mano que contenía unos 37 000 nombres de 1933 a 1940. La Bobina Trece era una lista cronológica de llegadas y partidas, incluidas las muertes, de 1941 a 1942.

Explicó que la barbarie no siempre dejaba un rastro documentado. Los nacionalsocialistas habían sido eficientes en la búsqueda de nuevas maneras de despachar seres humanos y a menudo habían llevado registros metódicos del proceso, pero no eran ingenuos. En uno de sus últimos actos antes de la liberación del campo, las SS destruyeron inmensas cantidades de información escrita.

Clara asintió. «Ich verstehe». Entiendo.

Había páginas cubiertas de palabras escritas con letra apretada y menuda que aún conservaban el olor del depósito, a polvo y un poco de moho, tinta antigua y tapas de cartón.

Clara escudriñó una página tras otra, transparentes como el papel de fumar, pero no le dijeron nada nuevo. Se detallaban, con voluntad clínica y administrativa, los nombres de pila y los números a los que se los reducía. Cierta idea de las posesiones que les arrebataron y los objetos que dejaron atrás, pero no había ningún indicio tangible, específico, de Ezra Adler en tanto que persona.

Otros documentos hacían referencia al traslado de prisioneros en 1941. Clara averiguó que conforme discurría la guerra, la fábrica de porcelana perdió muchos trabajadores destinados al frente, así que recurrieron a otros campos en busca de prisioneros sanos con experiencia apropiada. Como profesor de historia del arte, Ezra solo estaba cualificado de manera tangencial para un trabajo así, pero lo enviaron de todos modos a Dachau en tren junto con varios hombres más.

Había mucha más información acerca del campo después de que lo liberaran, cuando los soldados aliados intentaron buscarle cierto sentido a lo que habían encontrado. El nombre completo de Ezra y su edad figuraban en un libro mayor, anotados a principios de mayo de 1945, aunque los detalles eran insustanciales. Clara imaginó la conmoción que debían de haber sentido los soldados al entrar en el campo para liberarlo. Las montañas de cadáveres abandonados como si nada, los supervivientes cadavéricos que apenas conseguían aferrarse a la vida. Se maravilló de la extraordinaria fuerza de voluntad que debía de haber necesitado Ezra para irse a la otra punta del planeta y empezar de nuevo. Qué inmensa distancia entre Dachau y la fábrica de plastilina en Cincinnati, las austeras habitaciones en Over-the-Rhine.

Después de la liberación del campo, llevaron a los ciudadanos de la zona para que fueran testigos de todo lo que se había hecho en su nombre. El plan era extender el proyecto de forma que amplios sectores de la población lo experimentaran en carne propia, pero los detalles prácticos lo impidieron. Al final, llevaron sobre todo a aquellos que vivían en las inmediaciones de los campos. Había fotografías de una fila de hombres y mujeres con ropa de paisano que esperaban para pasar cubriéndose la nariz y la boca con pañuelos. Clara se preguntó si se los habrían llevado a la cara para enjugarse las lágrimas, taparse el rostro o protegerse del hedor de la muerte. Quizá, pensó, las tres cosas.

Estudió con atención las imágenes, mirando primero las caras de los prisioneros, para ver si estaba entre ellos Ezra Adler. No lo reconoció entre las docenas que contemplaban la cámara de pie o sentados, recelosos, con las mejillas chupadas, desafiantes o vencidos. Un rato después, se vio tentada de examinar también a los testigos que esperaban haciendo cola. Se preguntó si estarían entre ellos su abuela y su tío maternos. Difícilmente los habría reconocido, por mucho que estuvieran. No había álbumes familiares de fotos y Bettina rara vez los mencionaba. Su madre había hablado a menudo con cariño de Berlín y Múnich, de Weimar y Dessau, pero no se andaba con rodeos respecto a su antipatía por Allach y aseguraba que nunca se planteó regresar. Fue solo ahora, en ese lugar sagrado, cuando Clara se dio cuenta de que su madre nació y se crio a solo doce kilómetros de allí. Lo bastante cerca como para haberse visto acorralada en aquella fila y, aun así, lo que notaba era una extraña ausencia de curiosidad por sus predecesores. Por ósmosis familiar había espigado información suficiente para saber que su tío era nazi y alcohólico; su abuela, fría y cruel. Si a su madre no le había importado la suerte que corrieron, tampoco iba a importarle a ella.

En inglés, Albert le preguntó con delicadeza si había encontrado lo que buscaba. Ella le agradeció su amabilidad. Un poco más. No mucho.

Seguía pensando a su pesar en la esposa y los hijos que Ezra dejó en Sachsenhausen. ¿Le serviría de algo visitar ese campo también? Albert le pidió que aguardara. Cuando volvió, traía un facsímil impreso de un libro mayor: Zofia Adler murió en Sachsenhausen en 1942, a los veintisiete años.

Pero ¿qué había sido de las hijas, Amelie y la pequeña Hanna?, preguntó Clara. ¿Cabía la posibilidad de que hubieran sobrevivido, quizá las hubieran adoptado y llevaran otro apellido?

—Me preguntaba... ¿podría haber conocido mi madre a las niñas, quizá incluso haber adoptado ella misma a Hanna? Después de todo, nació en 1940, conque tendría casi la misma edad que yo. ¿Quizá yo soy Hanna y por eso se refirió a mi padre como «el fabricante de porcelana»?

Albert negó con la cabeza. Durante la guerra, miles de niños polacos fueron secuestrados y «germanizados» al ser dados en adopción a familias alemanas; pero eran arios, se los consideraba racialmente puros. La cruda verdad es que, con millones de muertos y millones más de desposeídos, nadie consideró que mereciera la pena dejar constancia de la vida y la muerte de dos niñas polacas.

Sumida en un aislamiento casi absoluto, Clara volvió a salir a la niebla heladora. Los edificios brutalistas parecían cernirse sobre ella como salidos de la bruma, sus líneas dentadas y su simplicidad discorde perfectamente apropiadas para el entorno. La impresión más clara que tenía era la de ausencia: de sonido, de movimiento, de humanidad. Un enorme monumento conmemorativo estaba engalanado de gotitas de neblina, su silueta contorsionada una reminiscencia deliberada de las figuras demacradas, la piel fina y colgando del cuerpo. El súbito tañido de una campana cercana rompió el silencio con su estridente y ansioso repicar. Se dio cuenta de que rara vez se había sentido tan absolutamente sola. Se estremeció, deseosa de abandonar ese lugar y retornar a la compañía de su hija y al cálido ajetreo de la humanidad.

14

Porzellanmanufaktur Allach
Otoño de 1940

Max trabajaba concienzudamente, la cabeza gacha, los hombros encorvados. Estaba sentado junto a la ventana de la sala del sótano tallando un candelabro ricamente decorado. El sol le caldeaba la espalda y él dejaba volar la imaginación. Las formas eran sumamente familiares, podría haber esculpido algo tan sencillo en sueños. Tenía la mirada concentrada en los detalles más finos; había comprobado que ya no veía tan bien de lejos, como si hubiera readaptado sus ojos para que se fijaran en lo que tenía justo delante. Aunque tampoco tenía muchos motivos para contemplar el horizonte, en cualquier caso: allí había poco que ver salvo una valla tras otra de alambre de espino.

El incremento de la demanda suponía que Porzellanmanufaktur Allach necesitaba ampliarse. Habían buscado nuevas instalaciones más cerca de Dachau, en el emplazamiento del campo de adiestramiento de las SS. Trasladaron a Holger, Max y docenas de hombres más. La segunda fábrica se dedicaba a la producción de porcelana fina y era un hervidero de actividad; desde el inicio de la guerra, los fieles alemanes eran más propensos que nunca a mostrar su lealtad de alguna manera tangible.

Una mañana, poco después de que los hubieran transferido al nuevo edificio, Holger se había pasado por allí so pretexto de inspeccionar una pieza. Los dos seguían teniendo dificultades para comunicarse. Max estaba sometido a la vigilancia constante de los guardias y las breves palabras que alcanzaban a intercambiar no estaban a la altura del abismo que tenían que sortear. En lugar de eso, Holger llevaba consigo a su galga, Marthe, pues sabía que Max tenía predilección por ella. Cualquier conversación que girase en torno al animal entrañaba seguridad. Después de recibir su ración de afecto, se había tumbado a los pies de Max a olisquear el aire cortante que entraba por los orificios de ventilación de la pared. Hacía un día frío y Max temblaba por efecto de la corriente, que le punzaba la piel como si de agujas se tratara. Holger lo había comentado a voz en cuello: «Vaya corriente entra. Habría que tapar eso con un ladrillo».

Después de que se fuera, Max se había agachado para mirar la pared. Reparó en que el ladrillo se podía retirar y detrás había un profundo hueco seco. Al fondo del todo, envuelto en tela encerada, había un par de mitones de lana, una pastilla de jabón y una tableta de chocolate. Aunque Max notó que se le levantaba el ánimo al verlos, cerró el hueco a toda prisa por miedo a que fuera alguna clase de trampa. Vigiló el escondrijo durante días para ver si alguien lo manipulaba, pero el ladrillo siguió en su sitio. Al cabo, se atrevió a reunir la valentía necesaria para coger los mitones y el jabón y llevarlos a escondidas al barracón. Dejó el chocolate donde estaba para permitirse comer una pastilla cada varios días, su sabor más delicioso que cualquier otra cosa que hubiera probado.

Max se había arrancado una de las canas cada vez más numerosas que tenía en la sien y la había dejado entre el ladrillo y la pared propiamente dicha. Permaneció allí, intacta, durante un tiempo, hasta que un día, al ir a comprobarlo, vio que el pelo se había desprendido. Retiró el ladrillo y se encontró dos manzanas envueltas en papel. Unos días después, había una loncha de carne curada y, más adelante aún, una caja de cerillas. Y así continuó. Unas veces los artículos eran útiles, cosas que Max podía cambiar por otras: tabaco o incluso una navajita. Otras, eran chucherías: un cucurucho de albaricoques secos o guindas. Los objetos aparecían de manera esporádica, pero a menudo parecía coincidir con las ocasiones en que hacía mal tiempo durante varios días seguidos o estallaba una epidemia en el campo que se cebaba con los prisioneros, malnutridos como estaban.

Max estaba perfectamente al tanto de lo que sucedería en el caso de que descubrieran el escondite. La posesión de un objeto prohibido, como una herramienta o un cuchillo, se consideraba una infracción especialmente atroz y figuraba en el *Lagerordnung*, un catálogo que detallaba los castigos que podían imponer los guardias. Verse sorprendido en posesión de contrabando conllevaba cuarenta y dos días de aislamiento en una celda con un catre duro, a pan y agua con solo una comida caliente a la semana. Si casualmente contrariabas al tipo equivocado en un mal día, podía ser mucho peor.

Ahora, tantos meses después, Max pensó en la bolsita de dulces dátiles secos que le esperaba en el hueco. Tenía intención de cogerla cuando el guardia, siempre alerta, saliera a orinar. Hasta entonces, debía suavizar y dar los últimos toques a los detalles del candelabro, conque cogió un trozo de esponja deshilachada que prácticamente se había desintegrado y lo sumergió en una cazuela de agua. La usó para rebajar los bordes del orificio donde iría la vela. Le habría gustado hacer algo disparatado; algo natural, menos uniforme, pero eso era poco común de un tiempo a esta parte. Las más de las veces, tenía que hacer platillos y medallas, candeleros y cuencos decorativos.

Oyó que se acercaban los guardias e interrumpió el trabajo para ponerse en pie al lado de la mesa, la cabeza baja, la mirada fija en el suelo. Se miró las toscas botas rotas y polvorientas, las suelas tan desgastadas que parecían de papel. Aun así, se alegraba de tenerlas. Le habían permitido mantener los pies relativamente secos durante el invierno y, ahora que el sol había requemado el fango, lo protegían mucho más que los chanclos y las sandalias que tenían tantos otros. Los corredores de alambre de espino que constituían la entrada y la salida del campo estaban empedrados de guijarros afilados. Incluso con las botas, todavía alcanzaba a sentir la mordedura de sus afiladas aristas.

Por el rabillo del ojo atinó a ver las botas de los dos guardias del campo. Las llevaban pulidas, las suelas gruesas y relativamente limpias, teniendo en cuenta el polvo que había dentro y fuera. Los hombres estaban hablando con el joven soldado que estaba de guardia. Lo habían visto pasando el rato en el umbral de una puerta abierta, tirándole piedrecitas a un perro extraviado que buscaba algún resto de comida. No lo encontraría aquí, pensó Max.

Escuchó su conversación con la esperanza de que reprendieran al guardia, aunque al parecer los militares del campo andaban muy ocupados para tomarse la molestia de hacerlo. Tenían formularios que cumplimentar y papeleo que sellar y firmar. Querían que el joven acusara recibo de la llegada de un nuevo trabajador a la fábrica de porcelana, según lo solicitado. Lo habían trasladado en tren al campo principal de Dachau y luego lo habían mandado allí.

—¿Quién lo envía? —preguntó el joven guardia.

—La carta dice que os hacen falta trabajadores para sustituir a los hombres que han llamado a filas. Han hecho un llamamiento a otros campos.

—Bueno, ¿qué se supone que tengo que hacer con él?

Los otros se encogieron de hombros.

—Nosotros solo tenemos órdenes de transferirlo a este *Außenkommando*. Ahora es problema del subcampo.

Max ladeó la cabeza levemente para ver al prisionero sin que lo sorprendieran mirando. Había allí plantado un hombre mayor sin otra cosa que lo puesto y unas pocas pertenencias envueltas en un hatillo de tela. El guardia le vociferó una pregunta. Él contestó que había venido de Sachsenhausen, era un judío de Cracovia, historiador del arte.

Los hombres del campo entregaron la documentación y se

marcharon, felices de endosarle el problema a otro. El guardia de la fábrica se volvió hacia Max.

—Búscale algo que hacer. —Se echó el rifle al hombro, enrolló los papeles y se fue a paso firme de la sala.

Max levantó la cabeza hacia el recién llegado y le tendió la mano.

—Max Ehrlich.

—Ezra Adler.

Tenía la mano grande como una pala, el apretón, firme.

—Bienvenido a Porzellanmanufaktur Allach, Ezra. Antes estabas en otro campo, ¿no?

Ezra asintió a la vez que miraba la sala y observaba el candelabro ornamentado, las superficies cubiertas de arcilla, las esculturas a medio secar en la repisa de la ventana. Aparte del puesto de trabajo de Max, las demás mesas estaban libres. Era todavía muy temprano para los empleados que venían de la ciudad. Salvo por el patán del guardia siempre presente, a esa hora del día Max se quedaba a solas con su trabajo y sus pensamientos.

—¿Eres escultor? —preguntó Ezra en un tono que delataba incredulidad.

—Trabajaba en la antigua fábrica de la ciudad de Allach antes de que me detuvieran —explicó Max—. Luego abrieron una fábrica nueva más cerca del campo y nos trasladaron aquí. ¿Te habló alguien de Porcelana Allach?

El hombre entrado en años negó con la cabeza.

—A mí solo me dijeron que iba a trabajar en una planta de fabricación. He de confesar que no sé gran cosa sobre la producción de porcelana. Antes era profesor de historia del arte, en Cracovia.

—¿Dibujas? —indagó Max.

—Siempre.

—Bueno, seguro que te resulta útil.

Max cogió un cubo de agua relativamente fresca y un trapo

para que Ezra se lavara las manos. Se adecentó como mejor pudo restregándose la mugre y el hollín del largo viaje.

—¿Qué tal van las cosas por aquí? —preguntó.

—Estamos mejor que en otros sitios, dependiendo del destacamento que te toque. Me considero afortunado en muchos aspectos. Trabajando en la fábrica estás casi siempre caliente y seco.

No solo eso, sino que tenía un ángel de la guarda en Holger, aunque no se atreviera a mencionarlo.

—Atizar el horno es un trabajo que desloma, pero se puede dormir junto al fuego, lo que es un don del cielo en invierno.

Pensó en el horno con sus sulfúricas fauces rojas y en su amigo Stefan, que trabajaba allí, sudoroso y manchado de carbonilla.

—Ahora hace un calor de mucho cuidado, pero el destacamento de transporte es lo peor: hay que acarrear vagonetas llenas de piedra desde la estación. Se lo encargan a un par de hombres y los hacen trabajar hasta que caen redondos.

Los dos prisioneros cruzaron la mirada y desearon que a Ezra no le tocara esa suerte.

—Y la comida, ¿qué? En Sachsenhausen no había casi nada, no desde el invierno.

Ezra era un hombretón, pero tenía la piel macilenta y le sobresalían las clavículas del uniforme. Max notó otra punzada de culpabilidad por su buena fortuna; tenía hambre a menudo, pero le daban una ración de pan y sopa todos los días, por escasa que fuera.

—Si hay suerte, a veces echan un poco de pescado a la sopa los domingos. —Bajó el tono de voz—: Te aconsejo que te guardes cualquier trocito de arcilla al que eches mano. Puedes hacer cosas para cambiarlas: un peine, quizá una cucharilla. Hay un granjero cerca de aquí que me da una patata a cambio de una pipa de arcilla cuando necesita otra nueva. Pero, ándate con cuidado: Dios te ayude si los guardias te pillan con algo robado.

Cerró el pico al oír que regresaban las hoscas pisadas del guardia, que se dirigió a Ezra con la cara nublada de irritación:

—Parece que tienes que quedarte aquí y ayudar a ese a preparar la arcilla. —Se volvió y le espetó a Max—: Venga, no te quedes ahí. Enséñale qué hacer.

De regreso a la puerta se encendió un cigarrillo.

—Más vale que nos pongamos manos a la obra.

Max llevó a Ezra a la mesa de trabajo observándolo de manera indirecta. No era mucho mayor que él, pensó, aunque tenía la barba incipiente salpicada de unas cuantas canas más.

—¿Sabes acuñar arcilla?

El hombre de barba miró a Max con seriedad. Tenía una voz profunda y resonante:

—Puedo hablarte largo y tendido de los orígenes del esgrafiado en la cerámica bizantina, si lo deseas, pero me parece que no he puesto las manos sobre un pedazo de arcilla en la vida.

Max rio con ganas.

—Entonces, déjame que te enseñe.

Depositó la arcilla de un manotazo sobre el tablero de la mesa.

—En realidad, se trata de sacarle todo el aire de dentro y cerciorarte de que esté lista para darle forma.

Se retiró un poco para dejar que Ezra pusiera las manos sobre el material. Las tenía anchas, con dedos gruesos y fuertes que hundió en la arcilla densamente maleable.

—Mi abuelo era pastelero; quizá tenga una afinidad natural con este oficio.

Ezra acometió la tarea con entusiasmo. Al rato, la sala fue llenándose de trabajadores de la ciudad, aunque, por lo general, pocos hablaban con Max. Los dos hombres de uniforme a rayas hablaban en voz queda cuando podían, compartiendo sin prisas sus historias. Max le habló de su vida como arquitecto y escultor antes de la detención. El profesor Adler le habló de la universidad de Cracovia. Los dos eran reacios a abordar temas personales, aunque mientras recordaba su traslado de Sachsenhausen, Ezra mencionó la familia que se había visto obligado a dejar atrás.

—No puedo más que dar por sentado que siguen allí. No las he visto desde el día que llegamos todos. —Ezra trabajaba la arcilla mientras rememoraba—. Nos apelotonaron en el tren como animales durante muchas horas. Qué alivio fue estar otra vez al aire libre. Luego separaron a los hombres y las mujeres. Fue tan repentino que no nos pudimos despedir. Volví la mirada y no vi más que a Amelie, que me decía adiós con la mano, o la alargaba hacia mí, no lo sé muy bien. Pensé que igual nos procesaban por separado y luego volvían a reunirnos, pero… no las he visto desde entonces. De eso hace seis meses. Aunque me enteré por un rabino de que Zofia y las niñas seguían juntas, no hubo aviso previo cuando me trasladaron aquí. Les pedí a los hombres que le dieran un mensaje a mi mujer, pero eso ahora está en manos de Dios.

Hundió los puños con fuerza en el pesado sedimento. No había nada más que decir.

Cuando regresaron al campo esa noche, a Ezra le asignaron un catre en un barracón diferente al de Max, aunque ambos estaban alojados en la sección judía, separada de la de los presos políticos: los rusos y los romaníes; los homosexuales, también conocidos como los 175, con sus triángulos rosas. Allí todo el mundo estaba clasificado, ya fuera por sexo, raza, nacionalidad, número, edad, categoría laboral, salud o enfermedad.

Max y Ezra se reunieron a la mañana siguiente cuando salieron del campo para ir a la fábrica, pasando de las manos de los guardias del campo a las de los guardias de los destacamentos, que gruñían sus órdenes lanzando dentelladas como si fueran pastores alemanes amarrados al extremo de un collar de eslabones de acero. Al menos aquí los prisioneros tenían un objetivo que servía a las autoridades para tenerlos trabajando, si bien no convenía poner a prueba los límites de esa necesidad. Los trabajadores de la fábrica estaban, por lo general, agradecidos de su buena suerte, aunque su utilidad solo alcanzaba a salvarlos hasta cierto punto. Si por cualquier razón volvía por la noche al campo un esclavo menos, los que se encargaban de contarlos no derramaban ni una lágrima.

En Porzellanmanufaktur Allach los presos de Dachau estaban dispersos por el edificio, unos en los estudios, otros en el patio. Stefan, el amigo de Max, trabajaba en los grandes hornos que ardían día y noche. Ayudaba a atizarlos y a llevar las largas bandejas de madera llenas de pesados moldes de platos, cuencos y jarrones por el edificio.

Hasta la llegada de Ezra, Max había sido el único prisionero que trabajaba de escultor. Por lo general, los demás empleados de la ciudad lo dejaban de lado, así que se sentaba a solas. Llegaban más tarde que los prisioneros y ocupaban las mesas donde producían faroles para el siguiente solsticio, así como candelabros y estatuillas. Encima de todos los puestos colgaba una lamparita de esmalte que alumbraba la labor. Las chicas y las mujeres trabajaban en una sala: introducían los diestros dedos en espacios minúsculos para pulir cada pieza preparándola para el horno. Había tal trajín en el proceso de fabricación que en todas las etapas y todos los puestos se trabajaba en docenas de piezas, una tras otra. El desarrollo era incesante, siempre estaba pasando algún objeto.

Al iniciarse la jornada, Max retomó su cometido con el candelabro y Ezra se puso al tajo; tenía que acarrear y preparar arcilla, mezclarla con agua y disponerla en láminas. Había tareas que debía empezar de nuevo en cuanto las terminaba: limpiar y retirar arcilla constantemente, levantar sacos llenos de materias primas y sacar los tablones cargados de piezas acabadas.

Ambos empezaron a percibir enseguida una sensación de afinidad en compañía del otro. El arte era una pasión compartida y los ayudaba a trascender los altos muros y las alambradas de espino. Ezra le contó a Max que en Sachsenhausen había mantenido la cordura recordando las galerías y los templos que visitó en el pasado. Visualizaba franquear la entrada siguiendo un itinerario que había recorrido tal vez décadas atrás, y se imaginaba delante de un cuadro o una ventana de su predilección procurando recobrar hasta el más mínimo detalle.

—Hay algo en ese acto de contemplación en silencio que… te acerca más a Dios. Deberías intentarlo.

—Hace años que no practico —dijo Max—, aunque la idea de escapar, aunque solo sea con la imaginación…, me gusta cómo suena.

La fábrica estaba en ebullición. Por primera vez en varios meses el Reichsführer-SS, el mismísimo Heinrich Himmler, tenía previsto visitar el emplazamiento y la plantilla en pleno estaba ocupada preparándose: prisioneros y empleados por igual habían limpiado, ordenado y lustrado, dedicando horas a barrer el omnipresente polvo de arcilla blanca que parecía colarse hasta en el último rincón del edificio.

Para Himmler, Allach no era meramente una fábrica que producía baratijas para el hogar. Era un recurso vital en la construcción de la idea del Reich; servía para introducir nuevas tradiciones y cimentar las antiguas. Era una herramienta de propaganda que vendía un ideal aunando el arte y la vida de familia.

A las diez en punto de la mañana de la inspección, empezó a entrar por las puertas un nutrido grupo de hombres de mediana edad. Todos parecían ir vestidos de diferentes tonos de marrón, desde el tabaco pálido hasta el ocre margoso, de tweed y gabardina, de lana y algodón encerado. Se los veía bien alimentados y cómodos, rebosantes de bonhomía y compañerismo, como escolares de excursión.

Entre esas encogidas criaturas marrones destacaba el Reichsführer Himmler. Su uniforme gris pizarra inmaculado, el cuello blanco almidonado de la camisa prístino, las botas de caña alta tan lustradas que relucían. Cuando regresara a su despacho ese día, su edecán se encontraría con que el polvo blanco de arcilla había penetrado en todas y cada una de las fibras y tendría que sacarlo del tejido a palmetazos y del cuero a golpes de cepillo.

Una vez entraron en la fábrica, Himmler fue abriendo camino. Conforme se desplazaban de sala en sala, sus ayudantes se apresuraban a su alrededor, todo un ejército de hormigas soldado invasoras. Los ojillos de Himmler se movían veloces detrás de unos quevedos sin montura encaramados al puente de la nariz. Cuando hablaba, los demás escuchaban. Cuando bromeaba, se reían; un poco demasiado fuerte, un poco demasiado forzados. A Himmler sin duda le encantaba supervisar de esa manera las instalaciones: un monarca feudal con Allach como dominio, su amparo en un mundo por lo demás sucio, peligroso y complicado. Por necesidad, la mayor parte de su vida laboral la dedicaba a la guerra. Esta era su recompensa. Venía por consideración al arte y al placer, no al dolor.

Los hombres a su alrededor se apiñaban y se movían juntos, las manos cogidas a la espalda, los cuellos alargados para observar, pero nunca tocar. Casi todas las superficies planas estaban cubiertas de frágil porcelana lista para ser inspeccionada y juzgada antes de que la colonia se desplazara por acuerdo tácito. Los hombres de marrón se mostraban joviales y atentos, sonreían y charlaban con los supervisores y entre sí, aunque mientras tanto tenían los oídos aguzados hacia la figura central. Inspeccionaron las mesas de trabajo a las que estaban sentadas las trabajadoras, el cabello bien trenzado, los delantales limpios, los puestos impolutos. En las estanterías a su lado había una multitud de *Julleuchters* inacabados: los faroles que se encendían en el solsticio. Aunque todavía faltaban meses, los hombres de color pardo sabían que los alemanes leales acudirían pronto a los comercios, no fuera a ser que la ausencia de uno de esos faroles arrojara una sombra de duda sobre su reputación.

De vez en cuando, el Reichsführer se paraba a hablar con uno de los trabajadores y le preguntaba por algún detalle menor. Se inclinaba para escuchar la respuesta susurrada y, al hacerlo, la correa de cuero que le cruzaba el pecho emitía un leve crujido. Aunque nadie se atrevía nunca a sostenerle la mirada, él se cercioraba de que los objetos que se fabricaban allí desempeñaran un papel importante en la vida alemana; se atesorarían y conservarían durante años. Antes de despedirse de cada sala, aseguraba a los presentes que no eran meros artesanos entregados a un oficio noble, sino que también cumplían un cometido vital en la recuperación del espíritu de la nación y la dignidad del pueblo alemán.

Durante toda la visita permaneció junto a él un hombre alto. Vestido con un inmaculado traje con entretela de crin, Holger Ostendorff reía con menos frecuencia que las alegres hormigas pardas y tenía a menudo una expresión tensa. Pero ¿quién se lo podía reprochar? Como Reichsführer de las Schutzstaffel, Himmler tenía en sus manos el destino de Holger junto con el de todos los hombres, mujeres y niños del edificio.

Himmler era oriundo de Múnich, ciudad en la que había nacido al inicio del siglo. Tenía sus pasiones: ser militar, la porcelana y la esgrima, entre las más destacadas.

—En muchos aspectos, es el deporte definitivo. Es un duelo en su forma más pura: dos rivales enfrentados, ambos desprovistos de todo lo que no sea su habilidad y su fuerza. Son características que deberíamos ensalzar. Quiero una figurita que le haga justicia al tema: Holger, encárguese usted.

No era una pregunta, nunca lo era. Era una presunción de conformidad. Himmler tenía acciones en Porcelana Allach desde hacía mucho tiempo, pero ahora las SS se habían hecho con el control de facto de la fábrica y el proceso de producción en su totalidad. Era Dios entre esas paredes y mantenía el dominio sobre la creación. Su agregado, que nunca se alejaba mucho de él, sacó una libreta encuadernada en cuero y tomó nota.

A medida que continuaba la visita, Holger rara vez apartaba la vista del hombre con gafas, como si intentara interpretar su estado de ánimo o predecir su siguiente petición. Holger se sorprendió mirando fijamente la barbilla y la mandíbula del hombrecillo: se le replegaba hacia el cuello, mientras que el nacimiento del pelo le retrocedía alejándose de los quevedos. De no haber sido tan agresivamente obstinado, sería uno de esos rostros asociados por lo general con la debilidad, aunque nadie se habría atrevido a bromear al respecto, ni siquiera a sus espaldas. Era cualquier cosa menos débil; poseía una crueldad caprichosa. Sus hombres habían aprendido a temer su temperamento de caza Messerschmitt y esperar a que pasase.

La gravedad del grupo giraba en torno a él. Cuando salieron a inspeccionar el perímetro al final de la visita, todos se le acercaron, aunque caminaba como si fuera solo. Se detuvo ante el precipicio de una profunda zanja para admirar el trabajo. Una oscura torre de vigilancia lo dominaba todo, y se alzaban franjas valladas de alturas ascendentes y descendentes, todas coronadas con alambre de espino, espolones afilados como navajas sobre los filamentos ensortijados. Reanudó su perorata explicando que, puesto que habían llamado a filas a tantos trabajadores, la fábrica iba a tener que recurrir al empleo de más prisioneros. No los llamaba hombres porque rehusaba pensar en ellos como seres plenamente humanos, pero eran una parte necesaria de la maquinara, estaban hechos para el trabajo pesado: para acarrear sacos de minerales o levantar tinas de arcilla cremosa. ¿No sería más conveniente combinar esos elementos en el mismo lugar: la fabricación y los componentes móviles? Todos los hombres de marrón asintieron. Era admirable en su eficiencia: como los dientes de rueda de un mecanismo, debían mantenerse, pero aun así eran prescindibles. Y, a diferencia del metal, los seres humanos podían reponerse con facilidad.

Cuando empezaron a amainar los murmullos, Holger emitió un suave carraspeó que Himmler acabó por captar. Habían llegado al final de la visita, ¿querían pasar adentro? ¿Quizá tomarse una cerveza para recuperar las fuerzas? Himmler echó a andar, así que lo siguieron cual planetas en órbita que continuaran su ciclo en torno al sol.

La sala a la que regresaron tenía amplias paredes curvas con vitrinas de madera en las que se exhibían muestras del trabajo más reciente de la fábrica. Bajo el techo abovedado tenuemente iluminado, parecía una capilla consagrada al culto de la porcelana, las reliquias del Reich.

La sala estaba cargada de humo de puro y la secretaria de Holger circulaba con botellines de cerveza y un Mosela frío abierto especialmente para la ocasión. Era una buena botella, pero la mayor parte de la compañía reunida prefirió limitar el consumo, pues estaban familiarizados con la intolerancia del Reichsführer hacia aquellos que perdían la cabeza por el alcohol.

—Es una deficiencia, aunque se puede superar. No hay apenas nada que no se pueda conseguir con disciplina y voluntad. Yo, por ejemplo, soy diestro, de modo que tengo buen cuidado de hacer prácticas de tiro con la mano izquierda para compensar cualquier debilidad en ese lado.

Himmler escudriñaba las vitrinas mientras pontificaba, examinando los artículos expuestos. Cogió un catálogo del año entrante. En la cubierta, un pequeño tamborilero y un atractivo jarrón geométrico lleno de flores de primavera. Mientras hojeaba el catálogo, le comentó a Holger el trabajo de diferentes artistas elogiándolo y también criticándolo. La barbilla se le hundía en la papada cuando se cruzaba con alguna pieza que no le gustaba, y meneaba la cabeza con gesto de decepción.

Le resultó de su agrado observar que el catálogo reflejaba un país ahora en guerra; solo los perros eran más numerosos que las figuras militares. Una figurita de un abanderado le provocó a Himmler una exclamación de regocijo y se mostró igualmente exagerado al elogiar un soldado con casco en actitud pensativa.

—Me gusta; han captado de veras su humanidad. Los soldados sienten profundamente lo que hacen. Por eso el arte de Allach es de vital importancia: debe encontrar la manera de expresar la nobleza de modo que nuestra nación pueda verla y entenderla.

A Holger se le quitó un peso de encima al ver que la obra tenía su aprobación. Casualmente, estaba a su lado cuando Himmler se cruzó con una imagen del vikingo y se detuvo a examinarla. Holger recordó las instrucciones que él mismo le había dado al fotógrafo: tenía que retratarlo sobre un podio bajo de terciopelo negro, contra un fondo también negro, a fin de que resaltaran los relucientes detalles que había labrado Max.

—¡Ah, el vikingo, tan difícil de encontrar!

La fascinación de Himmler por la mitología nórdica era notoria, pero, aun así, producían tantos objetos al cabo del año que a Holger le sorprendió que estuviera al tanto de ese en concreto.

—¿Tiene la pieza a mano, Holger?

Este le hizo un gesto a su secretaria, que se acercó a la pared curva de las vitrinas de madera y cogió la figurita. Se la tendió a Himmler, que la posó sobre su antebrazo como si fuera un bebé, sonriéndole.

—Qué fino detalle. ¿De quién es, Holger?, ¿de Debitsch?

Holger hizo una breve pausa mientras se planteaba su respuesta. De pronto, la detención de Max y su regreso a Allach como prisionero se le antojó una trampa que debería habérselas ingeniado para eludir.

—No, señor, me parece que no… Tendría que consultar mis archivos, hoy en día tenemos en nómina a muchísimos grandes artistas.

Los ojillos de Himmler lo escudriñaron.

—Mi oficina se inundó el año pasado de gente que intentaba hacerse con una de estas. Por lo visto, iban muy buscadas, aunque que me aspen si entiendo la causa. Les suministramos a ustedes todo lo que necesitan.

Holger intentó conducir la conversación a terreno más seguro; había habido una ligera demora, reconoció, pero la pieza se había vendido moderadamente bien. ¿Quizá al Reichsführer le gustaría ver en primicia algunos ejemplos de nuevas piezas?

Pero Himmler se mantuvo en sus trece. Le dio la vuelta a la figurita y la examinó.

—Traer al redil a las naciones nórdicas es clave para nuestro esfuerzo bélico. Una pieza así habla por sí sola. —Miró de hito en hito a Holger—. Todavía tiene que darle una respuesta satisfactoria a mi pregunta. Se la repito, ¿quién la hizo?

Los charlatanes de color pardo, que siempre tenían el oído aguzado para escuchar a su líder, percibieron el cambio de tono e interrumpieron sus conversaciones.

—¿Ha perdido la memoria o la cabeza?

Himmler se volvió hacia la joven secretaria y le espetó:

—Usted, vaya a averiguar quién fue.

Holger le puso una mano tranquilizadora en el hombro a la chica aterrada.

—No será necesario.

Se volvió hacia el Reichsführer procurando recuperar la compostura.

—Ahora lo recuerdo. El escultor en cuestión es un antiguo arquitecto con excelentes aptitudes. Un talento natural de lo más asombroso, como puede ver… —No tenía otra escapatoria—. Es uno de los prisioneros, el único que esculpe. De hecho, trabajaba para nosotros antes de su detención el año pasado. Se llama Max Ehrlich.

Himmler torció el gesto.

—Entiendo que es judío, ¿no?

Holger asintió con un gesto breve y seco procurando permanecer inmóvil. Himmler se volvió de nuevo hacia la secretaria, que seguía allí cerca, pálida y con los ojos como platos:

—Tráigamelo. De inmediato.

La mujer se fue de la sala a paso ligero y Himmler se sentó a la mesa de comedor. Sacó un puro y lo prensó entre los dedos para luego introducir la punta en un cortador y accionar la cuchilla a modo de guillotina de forma que el trozo sobrante cayera sobre el mantel de damasco. Se dirigió a Holger sin mirarlo:

—Soy un hombre ocupado y usted me obliga a estarlo aún más. De ahora en adelante, debo insistir en tener poder de veto sobre todos los encargos. No pienso tolerar que haya *Untermensch* esculpiendo estas figuras heroicas. ¿Queda claro, Herr Ostendorff?

Sus erres eran tan vibrantes como el grave redoble de un tambor militar. Un tímido toque a la puerta indicó el regreso de la secretaria.

—Adelante.

Ella hizo pasar a Max a la sala. Tenía el uniforme a rayas cubierto de arcilla reseca y se pasó una mano gris por el pelo incipiente de la cabeza. Su mirada fue saltando de una persona a otra hasta que se cruzó por fin con la de Holger y observó en ella un aire de aprensión.

Himmler chasqueó los dedos y Max dio un respingo y se volvió hacia él. Al tiempo que señalaba la figurita del vikingo, preguntó:

—¿Eso lo has hecho tú?

Max asintió, los ojos ahora nublados de miedo.

Himmler miró la figurita que tenía delante.

—No está mal. Aunque también es verdad que tenías buen material.

Se volvió hacia el hombre más cercano, que iba vestido de tweed, y señaló la estatuilla.

—Es increíble que el original lo pintara una mujer, ¿verdad? Semejante estudio de masculinidad. El truhan de Karl Holz estaba encaprichado con ella, por lo que tengo entendido. Se casó con la chica y la dejó embarazada de inmediato. Qué calladito se lo tenía el sinvergüenza, ¿eh?

Se giró hacia Max, que escuchaba todas y cada una de sus

palabras, sus rasgos tan blancos e inescrutables como los del vikingo.

—Como le explicaba a Herr Ostendorff, no podemos tolerar que esculpan figuras heroicas como esta los judíos. No estaría bien, aunque no veo razón para que sigas aquí. Tú cíñete a los animales y los objetos inanimados a partir ahora. ¿Lo entiendes?

Max miró a Holger, que asintió con brusquedad y respondió por Max:

—Gracias, Reichsführer.

Himmler le dio la espalda a Max y le indicó con un gesto de la mano que se fuera. Una vez despachado, la secretaria de Holger le hizo salir de la sala.

El Reichsführer hizo girar el extremo encendido del puro en el cuenco de un cenicero de porcelana. La fina ceniza gris se desprendió transformando la punta en una ascua torneada que ardía a fuego lento.

—Necesitamos más cerveza: un poco de alimento líquido para mis *Kameraden* antes de que volvamos a Múnich.

Holger asintió e hizo una reverencia.

—Y, ¿Holger?

Himmler cogió el vikingo y lo miró un momento antes de volver a lanzarlo sobre el grueso mantel. Cayó con fuerza, pero no se rompió.

—No quiero volver a verlo nunca. Destruya los moldes.

15

En algún punto entre Dachau y Múnich empezó a llover. Clara cogió el tranvía a la Marienplatz orientándose con ayuda de un mapa turístico de papel. Ocupó un asiento e intentó disponer los húmedos pliegues de origami como mejor pudo resiguiendo la ruta hasta su destino final.

Al apearse del tranvía se vio arrastrada por el gentío que pasaba por delante del Teatro Nacional con las cabezas gachas y los paraguas en alto. Apenas parecían reparar en sus elegantes columnas y opulentos frisos. Presionó contra la marea y consiguió liberarse de la corriente y salir sola a una estrecha callejuela bordeada de altas casas adosadas de piedra gris. Las ventanas y los aguilones ricamente ornamentados les daban el aspecto de la ilustración de un libro infantil, como si el arquitecto no hubiera podido resistirse al embellecimiento. Miró por los ventanales a su paso hasta que por fin vio a Lotte sentada tras una mesa, la nariz rosada de frío, una taza humeante delante de ella.

Lotte levantó la vista al oír el tintineo de la campanilla de la entrada y saludó con la mano a Clara cuando se abría paso entre las mesas.

—Dios santo, estás empapada —advirtió su hija—. Te he pedido un café con coñac. Así entrarás en calor.

Una camarera llevó a la mesa la segunda taza, coronada por una espiral de nata y chocolate rallado.

—Vaya brebaje.

—¡Una buena patada en el *Auspuff*! Bueno, ¿qué tal Dachau? ¿Has descubierto algo?

Ella negó con la cabeza, desconsolada.

—Ha sido tremendamente conmovedor, pero tengo la sensación de que he llegado a un callejón sin salida. Y tú, ¿qué tal?

Lotte había hecho su propia peregrinación a la Haus der Kunst, donde su Oma había expuesto antes de la guerra. Como consecuencia, *El vikingo* había llegado a ser su cuadro más famoso.

—No podría haber ido en mejor momento, mamá. Había una exposición estupenda: obras de artistas contemporáneos que expresan sus sentimientos acerca del pasado nazi de la institución. Toda una inspiración para mis exámenes finales. Sea como sea, he trabado conversación con una persona, era más o menos de tu edad.

—Qué raro, vernos por ahí en nuestro hábitat natural. —Clara sonrió y Lotte puso los ojos en blanco.

—Lo sabía todo acerca de *El vikingo*. Me ha dicho que en aquellos tiempos no acostumbraban a exponer obras de mujeres. Oma fue toda una rareza.

—¿Y?

—Le he preguntado qué había sido del cuadro original. Creía que se había vendido en una subasta hace unos años. Ha llamado por teléfono a un amigo suyo, un crítico de arte, y lo recordaba con claridad. Por lo visto, causó furor en la prensa en aquel entonces; había un catálogo entero de lo que denominaban «Arte Nazi», aunque el crítico ha dicho que el asunto tenía bastantes más matices. Llegó a ser una causa célebre.

—¿Hay algún modo de averiguar quién compró *El vikingo*?

—Bueno, ahí está la cosa. El hombre que lo compró se ofreció a donarlo a la ciudad, pero por lo visto rehusaron. No se ha vuelto a poner a la venta desde entonces, así que creen que probablemente siga en su posesión. Fíjate, mamá, lo han llamado…

—¿Y? ¡No me dejes en ascuas!

Lotte sonrió de oreja a oreja.

—Se llama Holger Ostendorff y ha accedido a vernos esta tarde. Resulta que vive en el casco viejo, a escasas calles de aquí.

Dio unas palmaditas, entusiasmada.

—Venga, bebe; más vale que no lleguemos tarde.

16

—Heida, haz el favor de preparar a Clara para salir de paseo.

Bettina llevaba una bata de seda gris y no parecía tener ninguna intención de ir a vestirse. Vio cómo la joven le ponía a Clara los pantaloncitos cortos abullonados por las rodillas con hoyuelos. Ya no era digna del título de «bebé»; no era una criatura, incapaz de permanecer sentada y poco dispuesta a claudicar a los cuidados de su niñera. Clara se levantó e intentó escapar, pero Heida la agarró por los tirantes. Bettina le estaba muy agradecida a la chica jovial que cuidaba a su indomable hija. Por comparación, ella a veces se sentía agotada con solo ver a Clara poniendo a prueba su paciencia con la resolución marcada en todos sus rasgos. Su rostro, simétrico pero anguloso, todo aristas y tristes ojos gris oscuro.

En los primeros meses después de nacer su hija, Bettina se había hundido en una profunda depresión, tanto así que apenas si era capaz de levantarse por la mañana. Despertaba decidida a estar en buena forma, a recuperar el control, hasta que la fuerza vital que irradiaba su hija le arrebataba toda la energía. Al final, era solo el ofrecimiento de Liesl de «ir a ayudar» lo que parecía surtir efecto. La amenaza removía algo en su interior: Bettina declaraba que antes preferiría morir que someterse a la tierna misericordia de Liesl.

En cambio, había dejado en manos de Heida, la niñera, el cuidado de Clara. Christophe y Julia ya no requerían su atención a jornada completa y era un alivio para ella responder ante alguien más aparte de Liesl. Su ayuda le ofrecía a Bettina el espacio necesario para mantener a raya los nubarrones negros. Una semana tras otra, poco a poco, volvió a ser ella misma y, aunque con retraso, regresó a la maternidad.

El médico les dijo que seguramente se debía a que Clara se había adelantado mucho, aunque resultó ser un alma considerablemente robusta en el momento de nacer y sus lloros no fueron nunca nada menos que fuertes. Bettina, más que consciente de que el embarazo había llegado a término, entendía que su estado de ánimo se derivaba por completo de haber perdido a Max. Richard fue a visitarla unas cuantas veces y ella comprobó que la alegraba mucho más que cualquier otra cosa.

A Karl no le habían afectado mucho estos dramas domésticos. Ahora estaba destinado en París con Hildebrand Gurlitt a cargo de ir desbrozando las colecciones de arte más importantes de Europa Occidental. El ambiente frío del apartamento rara vez lo animaba a volver; eso solo lo conseguía la niña. Parecía disfrutar de la naturaleza fogosa de la pequeña Clara. La hacía cabalgar subida a sus rodillas, los rizos oscuros rebotando, la energía comprimida en su cuerpecillo macizo. La lanzaba al aire hasta que chillaba con tanto entusiasmo que Bettina tenía que amenazarla con llamar a Heida para que se la llevase a su habitación.

En las ocasiones en que Karl volvía a casa, su esposa empezaba enseguida con su cantinela habitual: ¿cuándo iba a arreglarlo para que visitara Allach? Heida podía cuidar de Clara, ella necesitaba tener la cabeza ocupada otra vez. Karl iba dándole largas; juraba que se había puesto en contacto con la secretaria de Himmler y estaba esperando respuesta. «A esa gente no se le puede meter prisa», le recordaba. Eran importantísimos y tenían otras prioridades más urgentes: la guerra, para empezar.

Bettina respondía cada vez con más vehemencia que se lo había prometido y ella había mantenido su parte del trato. «Ten paciencia —contestaba él—. Disfruta de la maternidad. Tómatelo con calma».

La carta de Imre llegó a la vez que las primeras nieves. Aparecieron con unas ligeras ráfagas en cuanto las noches comenzaron a acortar, sin cuajar al principio, aunque los copos continuaron cayendo una y otra vez hasta que formaron un manto impenetrable que daba la impresión de no ir a fundirse nunca.

Bettina despertó una mañana para encontrarse con la luminosidad reflejada de la nieve, que inundaba la habitación de luz. Decidió aprovecharla al máximo y se levantó de la cama con un vigor inusitado. Descubrió el sobre en la mesa de la sala de estar y le dio la vuelta, extrañada de no reconocer la letra. La abrió y vio una sola hoja escrita, unos pocos párrafos, y debajo, la bonita firma de Imre, las letras en cursiva trazadas con pulcritud.

Queridísima Betti:

Hace una eternidad desde la última vez que hablamos. Espero que me perdones. Sinceramente, no sabía si escribir, por temor a que me tomes por una histérica, solo que debo preguntarte si estás al tanto del paradero de Richard. Nadie en Berlín lo ha visto estas últimas semanas y tanto Libertas como yo estamos preocupadas por su bienestar. Lo último que supimos fue que planeaba ir a Frankfurt y luego tenía intención de visitaros a ti y a Clara en Múnich.

Si ha conocido a alguien y ha decidido no regresar a Berlín, haz el favor de decírmelo, como amiga. Déjale claro que no me pelearé con él, solo que necesito saber que está a salvo. Estoy fuera de mí de tanto preocuparme por su situación.

Atentamente,

IMRE

Bettina se sentó a la mesa consumida por una intensa sensación de *déjà vu*.

Se preguntó cuánto habría pasado desde la última vez que habló con él. Richard la había llamado por teléfono, aunque por lo general evitaba hacerlo por miedo a que «estuviera escuchando algún matón» de las SS, de manera que la sorprendió contestar y oír su animada voz.

—¿Tienes algún plan el fin de semana que viene? —le había preguntado él.

—Estoy libre como siempre. La vida de una madre primeriza es repetitiva a más no poder.

—Intentaré ir a visitar a mis dos chicas, aunque no sé cómo me las apañaré. ¿Está usted bien, señora?

Bettina se había reído.

—Teniendo en cuenta las circunstancias, supongo que sí. ¿Y tú?

—Mejor imposible. Oye, tengo que dejarte. Espero que no te importe que llame, es que quería oír tu voz.

—Qué va, me alegro de oír la tuya. Te echo de menos.

—Yo también te echo de menos, Betti. Lamento las prisas. Ya me pondré en contacto.

—Claro.

De eso hacía cuatro semanas, según sus cálculos. No era insólito, pero si ni Imre, ni Libertas ni ella sabían dónde estaba, ¿quién iba a saberlo?

Bettina se bajó del tren en la estación de Allach la tarde siguiente. Se estremeció al encontrarse de nuevo allí recordando con nitidez la noche de la desaparición de Max, cuando estuvo escudriñando el andén vacío en su busca, esperando contra toda esperanza que estuviera aguardándola allí. El lugar no había cambiado mucho en el tiempo transcurrido, aunque apenas se reconocía a sí misma.

Después de leer la carta de Imre, pasó horas consumiéndose de inquietud antes de decidir que la única persona a la que podía recurrir era Peter Amsel, el hermano mayor de Richard. Apenas lo había visto desde que la ayudara cuando más lo necesitaba, pero sentía afinidad con él, después de haber escrito algún que otro informe sobre Karl y Liesl y haberlo enviado a su dirección. Sabía que se arriesgaba a poner en peligro a ambos al visitarlo, pero tenía la impresión de que no le quedaba nadie más a quien acudir.

Caminó por las calles húmedas a paso ligero con el grueso cuello del abrigo de terciopelo subido; los zapatos le crujían entre la nieve helada de una reciente ventisca. Los tejados de terracota casi no se veían bajo la nieve, las contraventanas bien cerradas para mantener a raya el frío. En un cruce, las roderas negras de los neumáticos destacaban en marcado contraste, los amplios arcos que describían iluminados por el sol bajo de invierno que se hundía en el horizonte. Esperó a que pasara de largo una moto militar con sidecar, ocultándose la cara por si en un golpe de la mala suerte el piloto la reconocía. Lo último que quería era tener un enfrentamiento con su hermano. Cuando se alejó, cruzó la calle a la carrera y abrió la verja en un seto alto espolvoreado de nieve.

La casa que había detrás era de tres plantas con una balaustrada de madera tallada, las contraventanas de un tono desvaído de azul de Prusia. Sabía que tanto Richard como Peter nacieron bajo ese tejado. Sus padres murieron cuando Richard todavía iba a la escuela, lo que obligó a Peter a criar a su hermano menor. Los dos vivieron juntos hasta que Richard se fue a la ciudad para estudiar bellas artes.

Bettina se quitó los gruesos guantes de lana para llamar. Esperó, entonces se abrió la puerta y Peter apareció ante ella: más delgado y menos seductor que su hermano, el pelo rubio al rape, los ojos azules medio ocultos tras las gafas. A su espalda, la casa estaba sumida en la penumbra.

—Peter, lamento mucho venir sin avisar. ¿Te importa si entro?

A él le cruzó el ceño un gesto de preocupación.

—Claro, claro, hace un frío que pela. El fuego está encendido en la cocina, pasa por aquí.

La llevó por un pasillo oscuro hasta una pequeña habitación atestada que tenía todo el aspecto de no haber cambiado como mínimo en los últimos veinte años. Las paredes estaban pintadas de un pálido tono mantequilla lleno de desconchones. En el centro había una mesita cubierta de montones de periódicos y folletos. Olía a humo de madera y restos sulfúricos de repollo.

—¿Quieres un vaso de agua? —preguntó.

—No, gracias. —Vio la ansiedad escrita en sus ojos y fue al grano de inmediato.

—Se trata de Richard, me temo. Quería preguntarte cuándo fue la última vez que supiste de él.

—Hace ya unas semanas. Quizá un mes.

Bettina sintió que se esfumaba la esperanza que albergaba.

—¿Por qué? ¿Qué ha pasado? —Peter percibió su decepción.

—Me llegó una carta de Imre. Al parecer, en Berlín nadie ha tenido noticias suyas desde hace cuatro o cinco semanas. Fue a Frankfurt y luego me habló de que iba a venir a Múnich, pero hasta donde yo sé, no vino. Esperaba que tú tuvieras alguna noción de su paradero…

Peter se quitó las gafas y se pasó ambas manos por la cara hacia abajo, una costumbre de su hermano tan familiar que a Bettina la alcanzó como un puñetazo a traición. Alargó el brazo en busca de apoyo y respiró hondo varias veces.

—No nos dejemos llevar por el pánico. —Peter se cogió el puente de la nariz entre dos dedos—. Mi hermano pequeño sabe cuidar de sí mismo, eso ya lo sabes. Es posible que haya tenido que pasar a la clandestinidad.

—No es propio de él irse sin decir ni palabra.

—Conozco gente en Frankfurt; tenemos amigos en común.

Es posible que sepan dónde se alojaba. Déjame ver qué puedo averiguar. Mientras tanto, vuelve a casa y aguarda noticias.

Ella hizo ademán de protestar, pero Peter se mantuvo firme.

—Agradezco que hayas venido, pero, sinceramente, no debes volver a hacer nada tan temerario. Si han detenido a Richard, entonces todos estamos en peligro. Él preferiría morir antes que delatarnos a ninguno, pero no sería el primero al que obligan a hablar. Solo Dios sabe lo que podrían hacerle.

Bettina se había prometido que mantendría la fortaleza, pero notó que su resolución se desmoronaba. Se limitó a asentir, muy asustada para hablar.

—Si te enteras de algo, no te arriesgues a venir aquí. Envíame una carta a la editorial católica, ¿te acuerdas?

Se acordaba. Todavía llevaba algún que otro informe allí, aunque con Karl y Liesl rara vez en casa, no tenía mucho que compartir.

—Te escribiré cuando tenga noticias. ¿Crees que te han intervenido el correo?

A ella nunca se le había pasado por la cabeza.

—No creo; las más de las veces solo estamos el servicio y yo.

Bettina recogió los guantes y Peter le apretó la mano. Titubeó un instante y luego la abrazó con fuerza. La sostuvo un momento, luego retrocedió, avergonzado.

Cuando iba a marcharse, se le ocurrió de súbito una idea.

—Quizá debería ver si mi marido puede ser de ayuda. Le pediré que investigue, a ver si mueve los hilos, ¿no crees?

—No. —Peter negó con la cabeza—. Eso te pondría en peligro, y a Richard también. ¿Y si aparece mañana, sano y salvo?

Peter intentó ofrecerle una sonrisa tranquilizadora, aunque más pareció un rictus torturado.

—Si alguien es capaz de salir de un apuro tirando de labia, es mi hermano pequeño. Ya lo ha hecho muchas veces, te lo aseguro.

Unos días después, Bettina encontró otra carta en la mesa del comedor. Era breve: los amigos de Frankfurt decían que Richard había dejado su hotel hacía cuatro semanas. Nadie sabía adónde se había dirigido, ni dónde se encontraba ahora. Se habían producido redadas y detenciones por toda Frankfurt esos días; quizá lo hubieran atrapado. Era muy posible que hubiera pasado a la clandestinidad. No había razón para dar por sentado lo peor.

Pero Bettina sabía que, de haber podido, Richard habría removido cielo y tierra para hacer saber a alguien que estaba a salvo. Eso no hacía más que agravar sus peores temores.

Bettina iba todas las mañanas a ver si había algo en la mesa y pidió a Heida y Gerhard, el chófer, que la avisaran en cuanto llegara el correo, pero aun así transcurrieron semanas sin noticias.

Karl envió un telegrama para decir que iría unos días de visita durante el solsticio de invierno. Bettina, ahora desesperada, decidió que cualquier riesgo que entrañase pedirle ayuda quedaría contrarrestado de sobra con la recompensa. Se atavió con gran consideración, escogiendo un nuevo vestido de crepé de China color carmín, elegante pero conservador. Se onduló el pelo que había empezado a dejarse largo y se le rizaba por debajo de los hombros. Se puso con esmero un poco de colorete y pintalabios, no demasiado. Quería parecer la esencia misma de la esposa obediente, no darle a Karl el menor motivo de reproche cuando fuera a pedirle ayuda.

Había esperado una cena íntima en un rincón tranquilo, pero la Osteria Bavaria, a la que él la llevó, era un establecimiento ruidoso y atestado. Oficiales de cara rojiza hablaban a gritos al tiempo que dejaban de golpe los vasos en la mesa. Los roces de las sillas y el timbre de sus voces resonaban en las superficies embaldosadas provocándole un dolor de cabeza que le oprimía las sienes. Hizo todo lo posible por disimularlo.

Karl pidió un filete y ella prestó oídos con paciencia a todos y cada uno de los detalles de su viaje: le enumeró las onerosas tareas que conllevaba reformar una cultura, los interminables trámites burocráticos necesarios para obligar a los vencidos a obedecer. La acribilló a preguntas sobre Clara: cómo le iba, si sabía escribir ya los números, qué palabras nuevas había aprendido.

Ella fingió alegría, aunque no tardó en ponerse de los nervios; su propia risa se le antojaba demasiado fuerte, su sonrisa demasiado radiante. ¿Se daría él cuenta? A menudo parecía tener un sexto sentido, aunque se le veía bastante cómodo. Procuró permanecer atenta mientras ensayaba sus frases. Ojalá consiguiera expresarse debidamente, entonces todo iría bien. Cuando Karl pidió otra botella de vino, Bettina tuvo la sensación de que había llegado el momento.

—Me preguntaba si puedo pedirte un favor…

—No puedo humillarme volviendo al despacho de Himmler, Bettina. Cuando tengan noticias, me lo dirán.

—No, no es eso —repuso, aunque le escoció que la desdeñara tan rápido—. Sé que estás terriblemente ocupado, pero parece ser que un amigo mío ha desaparecido. Hace una eternidad que no lo veo. Su prometida está preocupada y me escribió para ver si podía ayudarla. No hay gran cosa que pueda hacer, claro, pero como tú tienes contactos tan magníficos…

Dejó la frase en suspenso y rio, un quebradizo trino artificial.

—¿Cómo se llama ese amigo? —preguntó él en tono seco.

—Coincidiste con él una vez. Fue a tu fiesta de verano. ¿Richard Amsel?

Aunque la expresión de Karl no cambió, Bettina se dio cuenta de que el cuerpo se le ponía rígido. Claro que lo recordaba, pero no contestó. El estruendo de los jaraneros los rodeaba, pero ellos permanecían en silencio: un abismo que parecía llevarles una eternidad cruzar. Ella sintió una necesidad abrumadora de llenar ese espacio.

—Como decía, apenas lo he visto desde hace meses y meses, pero Imre está fuera de sí de preocupación.

Karl la miró sin sonreír, aunque su voz sonó bastante afable:

—¿Y qué crees que puedo hacer para ayudar?

¿Había percibido él la alarma escrita en su rostro? Lamentó haber dicho nada. Peter tenía razón, no había hecho más que ponerlos en peligro a ambos, pero ahora ya no se podía echar atrás.

—La última vez que lo vieron fue en Frankfurt. He pensado que igual podías hablar con tus contactos allí, a ver si saben algo; averiguar si se ha metido en algún lío.

—Y crees que lo han detenido. —Era una afirmación.

—¿Un caso de identificación errónea, quizá? Se oye hablar de cosas así.

Bettina tomó un buen sorbo de vino y lo tragó con dificultad. Le ardió en el fondo de la garganta. Karl se la quedó mirando como un pájaro curioso.

—Ah, ¿sí? Según mi experiencia, a la gente la detienen generalmente por ser culpable de algo.

Ella se sonrojó. Karl bajó la vista al plato y se puso otra vez a cortar el filete sanguinolento con precisión mordaz.

Bettina tendió una mano hacia él.

—Es un hombre bueno, Karl. Un buen alemán.

Karl no levantó la vista de la carne.

—Tengo algunos amigos en Frankfurt, en la Gestapo. Me deja en desventaja, pero les pediré ayuda.

Ella notó cómo el alivio la inundaba.

—Pero te lo advierto desde ahora, si se ha metido en líos, ni tú ni yo podremos hacer nada por él.

—Gracias, Karl; eres tremendamente bueno. No sabes lo que significa… para Imre. Es una chica encantadora y está muerta de ansiedad.

—Igual que tú, por lo visto.

Bettina forzó una sonrisa tensa.

—Es un viejo amigo, nada más.

Él ladeó la cabeza.

—Espero que no, desde luego.

Después de la cena en la Osteria, Karl regresó a París y las semanas de invierno fueron alargándose interminablemente hacia el año nuevo, frías, aburridas y oscuras. El estado de ánimo de Bettina lo reflejaba, tanto que hasta Liesl empezó a preocuparse de su apatía e instó a Karl a que le levantara el ánimo.

Él le pidió que fuera a verlo a Berlín unos días aprovechando que iba a visitar Carinhall, la casa de campo del Reichsmarschall Goering. Karl había dedicado meses a «alentar» a un museo de París a que se desprendiera de unas cuantas piezas selectas, que iban a cederse a la colección de Carinhall. El Reichsmarschall quería que estuvieran colgadas a tiempo para las celebraciones de su cumpleaños, así que se había organizado apresuradamente un viaje a la capital. Bettina no había pisado casi Berlín desde que Max y ella lo abandonaran.

A medida que se acercaba la fecha, se sintió vigorizada por la perspectiva de viajar, pues sabía que tenía muchas posibilidades de recabar información interesante en compañía de tan alto rango. Se planteó elaborar un informe, lo que no hizo sino recordarle en mayor medida aún la ausencia de Richard de la ciudad.

Karl regresó a Múnich para recogerla. Siempre inmaculado, lo incomodó ver toda la ropa y el caos de Bettina. Permaneció fríamente en el umbral observando mientras ella metía las prendas en una maleta pequeña. Se volvió para mirarlo por encima del hombro.

—Nunca sé qué llevarme para estas ocasiones.

Él se encogió de hombros.

—Haz lo que sueles hacer, siempre estás bien. Habrá cenas, por supuesto; montaremos a caballo, supongo.

La perspectiva de tener que mantener una fachada durante tanto tiempo casi la hizo desvanecerse.

—Habrá gente de sobra cuya compañía disfrutarás, no te preocupes. Walter es marchante y su esposa Bertha restaura cuadros; con ellos te sentirás como en casa. —Miró el reloj—. La verdad es que no quiero hacer esperar al Reichsmarschall…

—Perdona. ¿Por qué no vas a darle las buenas noches a Clara? Está triste por tener que quedarse con Heida.

Acabó de coger unos últimos vestidos, entre ellos el de crepé de China que había llevado en la Osteria la noche que le pidió ayuda. Los ojos se le fueron hacia Karl y vio que él también lo reconocía. Sin decir palabra, volvió a ponerlo en la percha y cogió en cambio un vestido de terciopelo gris.

—Por cierto, tuve noticias sobre tu amigo.

Lo dijo en tono despreocupado pero frío. Bettina notó que se apoderaba de ella la inmovilidad, como si un gesto en falso fuera a espantarlo.

—Me temo que no son buenas noticias. Han emitido una orden de detención, pero está en paradero desconocido. Sospechan que se ha ido del país. Ha pasado a la clandestinidad para eludirla.

—Pero él nunca… —tartamudeó Bettina.

—Un hombre culpable es capaz de hacer cosas horribles para salvar el pellejo.

Se esforzó por contener el pánico cada vez más intenso.

—¿De qué se le acusa?

—No puedo entrar en detalles, pero baste con decir que ha frecuentado malas compañías. Y eso es traición en tiempos de guerra.

Notó sus ojos duros fijos en ella.

—Te advertí sobre él hace mucho tiempo.

—Lo recuerdo. —Sabía que se esperaba de ella arrepentimiento—. Tendría que haberte hecho caso.

Se volvió hacia la cama para ocultar la cara mientras la sangre le latía con fuerza en los oídos. Imaginó que agarraba a Karl por los hombros y lo sacudía para sonsacarle la verdad. Cogió una blusa de seda y la puso sobre el cubrecama para doblar las mangas con cuidado.

—En cualquier caso, mejor dejarlo ahí. No quiero volver a oír hablar de él.

«Cómo le gusta castigarme —pensó—. Igual que su hermana».

No confiaba en ser capaz de hablar, así que se limitó a asentir. Siguió doblando la ropa con la sensación de estar flotando sobre la escena viéndose a sí misma. Se le llenaron los ojos de lágrimas. Con la espalda vuelta todavía hacia él, notó que le caía una y manchaba la seda. La frotó con disimulo; sabía que no debía dejar que la viese llorando.

—Dios bendito —murmuró—. Casi se me olvidan las medias.

Fue a paso rápido al cuarto de baño y cerró la puerta a la vez que se mordía la carne blanda del pulpejo de la mano para evitar que se le escaparan los sollozos.

Cuando llegaron a Berlín, Bettina le escribió a Peter a la editorial católica y echó el sobre al buzón del hotel. Escogió sus palabras con la mayor amabilidad posible imaginando el viaje que haría la carta y su efecto sobre el destinatario. Ojalá hubiera podido ir con ella, estar allí para consolar a Peter cuando leyera sus palabras, aunque era consciente de que así los habría puesto a ambos en mayor peligro aún.

Pasó la semana disimulando a duras pensar su tristeza, aunque Karl era indiferente o voluntariamente ciego a esta. Se suponía que estaba dispuesta a poner punto final al asunto. Además, los dos apenas coincidían nunca juntos a solas, inmersos como estaban en los requisitos sociales del viaje. Bettina no había estado nunca tanto tiempo en compañía de las altas esferas. Mientras que Karl se quedaba hasta las tantas de juerga, ella se dormía todas las noches repitiéndose la información que pondría en conocimiento de Peter a su regreso, pues la aterraba dejarla por escrito lejos de casa.

El último día, citaron inesperadamente a Karl en Carinhall; se deshizo en disculpas, pero ella le restó importancia. Le aseguró que estaba bien; iría a alguna galería.

En cambio, cogió un tranvía y cruzó la ciudad hasta la guardería donde sabía que trabajaba Imre. Se acercó a la ventana para mirar a través del papel pegado sobre el vidrio para evitar que se hiciera añicos en el caso de que cayeran cerca bombas británicas. Atinó a ver a Imre arrodillada en el suelo hablándole a un niño y llamó al cristal con los nudillos. La joven levantó la vista hacia el ruido y, al verla, palideció. Se levantó de un salto y le dijo algo a su colega: una apresurada conversación entre susurros. Poco después, salió a la calle poniéndose una rebeca para protegerse del frío.

—¿Ha muerto?

—No lo sé.

Temerosas de que alguien las oyera, empezaron a deambular juntas por las amplias calles mojadas. Bettina le transmitió exactamente las palabras que había pronunciado Karl, aunque había escaso consuelo en ellas.

—Sabe más de lo que me ha dicho, estoy segura. No creo que Richard abandonara el país. Conocía los riesgos, pero estaba decidido a quedarse.

Imre escuchaba temblorosa, embozada en la rebeca. Metió las manos en las mangas para mantenerlas calientes.

—Se le acabó la suerte. Siempre supimos que ocurriría.

Lo dijo de manera inexpresiva, casi sin emoción. Cuando volvieron a la guardería, se abrazaron sin decir palabra, como si se aferrasen a Richard por última vez, incapaces cada una por su parte de soltarse.

A su regreso a Múnich, Bettina comprobó que el nubarrón de su depresión había regresado. No podía dormir y las bulliciosas exigencias de Clara casi eran más de lo que era capaz de soportar. Se retiraba al dormitorio principal y se dedicaba a hacer un dibujo tras otro de Richard y Max procurando retenerlos en la memoria, aunque los iba tirando al fuego por miedo a lo que sucedería si la descubrían.

Karl decidió quedarse en Múnich para asistir a las celebraciones del aniversario del Partido Nazi en la Hofbräuhaus. Era una invitación prestigiosa y, como le recordaba una y otra vez su cuñada, bien podía ser que le presentaran al mismísimo Führer.

Cuando llegó el día, Bettina se sentía tan asqueada ante semejante posibilidad que pretextó una migraña y le rogó a Liesl que ocupara su lugar. Ella aceptó encantada y Bettina, débil por efecto del alivio, se acostó temprano.

A su regreso, los hermanos parecían transformados por la experiencia. Liesl entró en su habitación con aire triunfal, radiante todavía de satisfacción.

—Estaba presente todo el mundo, sencillamente todo el mundo. Te has perdido los discursos más emocionantes que he oído en la vida.

—Y te hemos echado de menos, Bettina —añadió Karl en el tono más cálido que utilizaba con ella desde hacía muchos meses—. Me habría gustado tenerte a mi lado.

Liesl enumeró los nombres de los asistentes: Hitler, por supuesto, Hess y Bormann. Y Heinrich Himmler, que ha ido a hablar con Karl, nada menos.

—Salta a la vista que te recuerda, o al menos está al tanto de tu trabajo. Ha hecho referencia a *El vikingo*, ¿verdad que sí, Karl?

—Pues sí. —Karl le sonrió con orgullo—. Ha dicho que le encantaría que colaborases con Allach. Por el bien del Partido, claro.

Todavía sonaba brusco y paternal, pero la distensión era evidente.

—Y ahora que Clara es un poco mayor, no veo razón para objetar. —Miró a Liesl, que asintió con brío, dándoles a todas luces su bendición—. Supongo que Heida puede cuidarla sin problema.

Agradecida a sus benefactores, Bettina se levantó de un salto y los besó emocionada. No alcanzaba a asimilar que quizá viera a Max de nuevo, por fin. Tenía la sensación de que iba a estallar y se guardó la esperanza para sus adentros con la sensación de que el perro negro que le lanzaba dentelladas a los talones quedaba atrás.

17

Múnich
Noviembre de 1993

El edificio que buscaban resultó ser de cuatro plantas y tremendamente estrecho; no debía de tener más de una habitación de anchura. Clara escudriñó la placa de latón junto a la puerta y vio el nombre que buscaba en la parte superior: OSTENDORFF, escrito con letra pulcra en una tarjetita de color crema. Llamó al timbre y esperó. El interfono crepitó y una mujer joven preguntó si venían a entregar un paquete. En ese caso, podían dejarlo en el portal.

Clara intentó explicar que no habían ido a llevar nada, aunque confiaba en que esperasen su visita. Se sonrojó mientras se esforzaba por hablar en su lengua materna. De alguna manera, había olvidado lo que antes sabía tan bien.

—*Ich habe Deutsch verlernt.*

Se interrumpió la comunicación por el interfono y se quedó escuchando el silencio vacío, preguntándose si debía llamar otra vez. Al cabo, resonó otra ráfaga de ruido parásito.

—*Wie heißen Sie?*

—*Mein Name ist Clara Vogel und meine Tochter ist Lotte Woolf.*

Por suerte, su alemán del jardín de infancia seguía intacto. La comunicación volvió a interrumpirse. Clara retrocedió y levantó la vista hacia las ventanas. Le cayeron a la cara unas finas gotas de lluvia; no había indicio de movimiento allá arriba. Lotte le hizo una mueca: ¿se habían olvidado de ellas? Clara se encogió de hombros. Al final, la mujer del interfono volvió a hablar: tenía que empujar fuerte para abrir y subir a la última planta.

El cierre electrónico se desactivó con un chasquido y Clara y Lotte entraron a la fría penumbra de un vestíbulo de mármol. El dinero antiguo se manifestaba en tonos discretos; el edificio tenía aspecto de haber sido construido hacía un siglo, espléndido y bien conservado.

Al otro lado de un tramo de buzones y casillas ricamente decorados, Clara esperaba ver un ascensor, quizá alguna reliquia de antes de la guerra con jaula y puertas correderas. En cambio, no había más que unas escaleras de mármol con vetas oscuras y barandilla de hierro forjado que empezaban anchas y se iban estrechando a medida que ascendían en una pronunciada espiral. Subían y subían; para cuando hubieron ascendido cuatro tramos de escaleras, a Clara le dolían los muslos por efecto de una rígida quemazón y estaba casi sin aliento. Hasta Lotte aflojó el ritmo en el último tramo.

Clara tomó una buena bocanada de aire para llenarse los pulmones y llamó a la puerta. Una mujer joven abrió y les indicó que pasaran. Llevaba el pelo recogido en una cola de caballo y una bata azul pálido encima de los vaqueros: el uniforme del servicio doméstico. A todas luces no era la hija ni la nieta por quien la había tomado Clara al oír la voz.

La mujer las llevó por un largo pasillo. El apartamento era estrecho pero profundo. Todas las paredes junto a las que pasaban estaban cubiertas de cuadros: grabados de aves exóticas e hileras de acuarelas de temática botánica. Había conjuntos de óleos dobles e individuales, unos dispuestos de manera simétrica, otros más al azar. Se veía alguna que otra mesita ornamental, una con una colección de piezas de coral, otra con una antigua cúpula nupcial de vidrio francesa, la almohadilla de terciopelo rojo antaño afelpada ahora de un rosa desvaído. En todas las superficies había algún objeto hermoso, emparejado con un helecho, o un jarrón de dalias en pudorosos tonos café con leche y crema. El efecto general era de elegancia: una colección de artículos reunidos con esmero a lo largo de toda una vida regida por el buen gusto, el dinero y el discernimiento.

La joven abrió la puerta de un estudio que olía a humo de leña y embriagadoras velas perfumadas con un denso aroma a incienso. Las profundas estanterías de caoba estaban llenas de libros desde el suelo hasta el techo. Delante de una chimenea había dos sofás de cuero gastado. Encima de las mesitas de patas ahusadas había más libros aún, muchos abiertos, con notas entre las páginas. Era una habitación dedicada al trabajo.

—*Warten Sie hier, bitte.* —Esperen aquí, por favor.

La joven cerró la puerta con cuidado a su espalda. Unos instantes después oyeron que se ponía en marcha un aspirador en un cuarto alejado. El crepitar de la leña ardiendo en el hogar de la chimenea le llamó la atención a Clara. Cuando se volvió para contemplar su calidez, la mirada se le fue a la repisa donde, bordeado de un grueso marco ornamentado, estaba *El vikingo,* el famoso cuadro de Bettina. Clara se agarró al brazo de su hija para no perder el equilibrio. Lotte dejó escapar un grito ahogado al reconocerlo.

Puesto que solo lo habían visto en reproducción, a Clara la sorprendió de inmediato el tamaño. La mayor parte de las primeras obras de su madre habían sido más pequeñas y constreñidas. Esta era grande y desacomplejada; ocupaba la pared encima de la repisa, dominando el espacio.

Para Clara, había una poderosa disonancia entre la realidad que tenía delante y el cuadro que había llevado en la memoria durante muchos años. Su idea de este estaba basada puramente en fotografías y pósteres impresos a bajo coste. Había comprado uno cuando era estudiante, pero no llegó a colgarlo porque de algún modo el dramatismo de la escena la avergonzaba. Le había recordado a la cubierta de una novela romántica, demasiado épica y pomposa para sus sencillos gustos juveniles.

La paleta de colores era más oscura y excesiva de lo que esperaba. Las versiones que había visto debían de estar desaturadas y atenuadas, porque el cuadro que tenía delante resultaba vivo, sus colores casi estridentes en algunos puntos. Otorgaban a la escena una forzada sensación de presentimiento. El cuadro también tenía más textura de lo que había imaginado; esta era la superficie rasgada de un mar inquieto. Las densas nubes en movimiento eran densas y poseían una energía oscura.

En el centro estaba plantado el vikingo en sí, azotado por un viento que le revolvía el pelo y el manto de piel colgado de los hombros. Era bastante guapo, pero demasiado real para ser heroico del todo. Tenía las facciones angulosas y el mentón firme, pero no le pareció desafiante. Más bien estaba resignado a su destino en lugar de oponerse a él.

Lotte murmuró secamente:

—Me parece que igual ahora tengo que revisar mi propuesta artística, ¿no crees?

Las dos estaban tan absortas en el cuadro que no se dieron cuenta de que tenían compañía hasta que sonó un carraspeo detrás de ellas. Clara y Lotte se dieron la vuelta simultáneamente, casi esperando que hubiera aparecido el propio vikingo, pero no era más que un anciano frágil; tirando a alto y delgado como una vara, con barba blanca bien arreglada y gafas de montura de alambre. Vestía una chaqueta de sport de piel de camello con un pañuelo de seda y apoyaba su peso en un bastón fino. Cuando habló, lo hizo directamente a Clara y en perfecto inglés:

—Clara, querida. Qué maravilloso volver a verte. Ni te imaginas cuánto había esperado este día. Pensaba que no viviría para verlo.

18

Dachau
Primavera de 1941

Lo que más le gustaba de todo a la niña eran los enormes conejos de Dachau. Su piel era el terciopelo más suave que había acariciado y los mechones que tenían en las puntas de las orejas les daban un aspecto de lo más cómico. Eran ejemplares hermosos y recios, tan grandes que necesitaba toda su fuerza para levantarlos. A su preferido lo llamó Fluffig. Era un animal imponente al que la suave piel le formaba pliegues sobre los muslos estrechos.

Siempre que Püppi acompañaba a su padre a trabajar, pedía que la llevara a ver las conejeras. Le encantaban todos, pero Fluffig ocupaba un lugar especial en su corazón y siempre le dedicaba más tiempo, pues lo consideraba su premio. Agachaba la cabeza para mirarlo, las trenzas rubias oscilantes, y le susurraba palabras cariñosas a la vez que le acariciaba las orejas, apretándolas con sus diminutos puños, para luego dejar que los cálidos apéndices se deslizaran como seda entre sus dedos.

En esta ocasión, antes de que le dejaran ver los conejos, la habían llevado a la huerta a inspeccionar los perales. Había disfrutado durante una hora vagando por allí, colgándose de las ramas bajas para hacer caer una lluvia de flores. Luego habían ido a echar un vistazo al huerto, que era como el que tenían en casa. Cogió unos pimientos pequeñitos y unos brotes de guisantes y se los escondió en el bolsillo para dárselos de comer luego a Fluffig.

Cuando la gente le preguntaba cómo se llamaba, decía que Gudrun, pero su padre la llamaba Püppi porque ella siempre sería su muñeca. Mientras paseaban por allí, le daba almendras garrapiñadas, la cobertura azucarada casi demasiado bonita para consumirla. Él le hacía gesto de que no lo contara: debía ser su secretito. Parecía sacarlas de lo más profundo de sus bolsillos y las sostenía detrás de la espalda, con la palma hacia arriba, mientras hablaba con alguno de los muchos caballeros que por lo visto estaban pendientes de todas y cada una de sus palabras.

Los días así eran sus preferidos porque podía estar con papá mientras él trabajaba. A menudo tenía que ausentarse y lo echaba en falta tremendamente, aunque llamaba por teléfono todas las noches y le escribía con frecuencia. Su trabajo era vital, le había explicado su madre, y el Jefe lo tenía siempre ocupado, más que a cualquier otro, lo que a ella le parecía sumamente injusto.

A pesar de eso, entendía que debía compartirlo, porque mucha gente confiaba en sus sabios consejos; media Europa, en realidad. Y había compensaciones: muy de vez en cuando, si el trabajo lo mantenía alejado de casa mucho tiempo, iban ellas en avión a verlo. Püppi iba corriendo a su encuentro por algún campo de aviación remoto y él la cogía y la lanzaba al aire.

Hoy no había tenido que ir muy lejos. Dachau, donde vivía su querido Fluffig, quedaba cerca de casa. Después de comer, por fin le habían dejado a Püppi visitar las conejeras, apiladas como ordenados edificios de apartamentos, una sobre otra, muchas por encima de su cabeza. Tenían calefacción, de modo que los animalillos salían a husmear bien calentitos. Su chaqueta de terciopelo verde con mangas abullonadas era muy elegante, pero no la protegía del frío, de modo que era agradable tener cerca sus suaves y entrañables cuerpecillos. Cogía los conejos del heno limpio y se los llevaba al pecho para abrazarlos y dejar que apoyaran sus mejillas en la de ella.

Por lo general, los conejos eran bastante mansos y delicados. Solo alguno que otro tenía un ramalazo cruel o depresivo que podía llevarlo a arañar o morder. A unos pocos los angustiaba tanto estar encarcelados que devoraban a sus propias crías, pero esa clase de datos se le ocultaban a Püppi, que no quería oír nada malo sobre ellos.

Estaba ocupada escogiendo a qué animal mimar primero cuando se fijó en el prisionero. Un individuo mal vestido y sin afeitar en la otra punta del patio que limpiaba las conejeras y ponía heno fresco. Le vio meter la mano en la jaula y supo de inmediato que había tenido la mala fortuna de ir a dar con uno de los pocos que mordían. El preso soltó una palabrota y dejó caer el conejo al tiempo que intentaba zafarse de sus dientecillos afilados y volver a meterlo en la jaula. Püppi había visto cómo se revelaba el drama, solemne y silenciosa, fascinada por la sangre. Después se acercó con aire furtivo a su padre y le habló entre susurros señalando al culpable para después ver cómo se llevaban al hombre a toda prisa, los brazos firmemente inmovilizados a la espalda, los pies rozando apenas el suelo. «Bien —pensó—. Que le den su merecido a esa escoria».

Pero el tipo no regresó, y ella empezó a preocuparse. Cuando preguntó por su paradero, se apresuraron a asegurarle que nunca volvería a verlo. Se echó a llorar temiendo que lo hubieran castigado por causa de ella. Aunque solo tenía once años, había oído y visto lo suficiente para saber que, al menos en ese sitio, no todos los hombres eran iguales.

No fue sencillo atajar sus lágrimas. Enviaron a buscar a su padre con discreta urgencia. La secretaria a la que habían encargado su cuidado se cercioró de tener contenta a la muñequita, temerosa de su propia seguridad en el caso de que no lo hiciera.

Cuando regresó su padre, Püppi tenía a Fluffig en el regazo y le cepillaba la piel con un peine de finos dientes. El conejo la olisqueaba satisfecho con su nariz rosa como un bebé. Las lágrimas que le habían resbalado por las mejillas de porcelana se habían secado dejando trazos; solo algún hipido suelto dejaba constancia de la ansiedad que se había adueñado de ella. Su padre se sentó a su lado y le acarició la nuca rubia inclinada sobre el enorme conejo. Ella levantó la vista, el labio inferior fruncido en un mohín de malestar. Al imitarla él, la barbilla endeble se le retiró hacia el cuello.

—Venga, Püppi, no estés triste. Si esa criatura le ha hecho daño al conejo, merece que la castiguen. Estos animalitos son muy valiosos, y su piel abrigará a nuestros valientes pilotos.

Alargó la mano para rascar a Fluffig entre las orejas velludas.

—Nosotros tratamos a los animales con decencia. Quizá somos el único pueblo del mundo que lo hace. Debe servirte de consuelo saber que, por lo que respecta a esos animales humanos, no somos despiadados, aunque en realidad no tienes por qué preocuparte de ellos. Sería un crimen que malgastaras tus lágrimas. Venga, anímate. ¿Qué te parece si papá encarga que fabriquen un conejo de porcelana especial solo para ti? ¿Te gustaría?

Ella asintió, aunque mantuvo el gesto serio. Él le indicó a su secretaria que acercara las crías de conejo. Püppi lanzó un chillido de placer cuando le dejaron los minúsculos cuerpos temblorosos entre los brazos. Tenía un montón de animales a su disposición para jugar con ellos como se le antojara. Una hilera tras otra tras otra.

Malencarado, el guardia fue a largas zancadas hacia Max con el rifle colgado del hombro. Llevaba un saco de arpillera sucio y rasgado con algo que se balanceaba en su interior. Lo dejó caer encima de la mesa.

—Ostendorff te envía un regalo.

Max parpadeó. El guardia empujó hacia él el saco mugriento.

—Venga, echa un vistazo. Aunque te lo advierto: no puedes cocinarlo.

Max acercó lentamente el saco y lo abrió, retrocediendo con

un respingo al ver un conejo de piel blanca, grande y bien muerto. El guardia rio al ver su expresión de asco.

—Más vale que te pongas a trabajar rápido. Quieren la piel antes de que se descomponga. Volveré a recogerlo dentro de un par de días.

Una vez se hubo marchado el guardia, Max sacó el conejo del saco y lo dejó en la mesa. Tenía la boca y los ojos abiertos, de un color intenso y espantosamente rosado, como si rebosaran sangre aguada. Max pensó que el conejo debía de estar recién sacrificado; el cuerpo seguía lánguido y tenía las largas orejas, con su ostentoso remate peludo, pegadas al lomo. Max lo colocó intentando recrear una pose en la que pareciera vivo. No dudaba de su capacidad para captar la escala y los detalles de la criatura, pero sería todo un reto plasmar sobre la hoja su carne viva y palpitante. Aun así, suponía un cambio agradable con respecto a los platos y los jarrones. Cogió el cuaderno de dibujo y aplicó la mano y el ojo a la tarea que tenía por delante.

Se cernió sobre Dachau una racha de días cálidos como prematuro presagio del verano y el hedor a podrido del conejo no tardó mucho en hacerse casi insoportable. Los gases le hinchaban el estómago y le manaba de los ojos un fino fluido rojizo dejando pálidas vetas de lágrimas ensangrentadas que le manchaban la piel. Max se acostumbró, empeñado como estaba en captar hasta el último detalle mientras aún lo tuviera delante. El conejo muerto se quedó rígido enseguida, de modo que lo tendió de costado, pero en la hoja de papel estaba agazapado sobre las cuatro patas, como preparado para echar a correr.

A uno de los guardias más jóvenes lo enfurecía tanto la hediondez que había tomado la costumbre de sentarse fuera en el suelo delante de la puerta. Amenazó a Max con una paliza si no acababa el dibujo enseguida y le juró que lanzaría el cadáver apestoso al horno. Max sabía que no iba a cumplir su amenaza; el guardia que le dio el conejo le habría retorcido el pescuezo. No le convenía dañar una mercancía tan preciada. Desde la invasión de Rusia, había aumentado la demanda de ropa de abrigo con forro de lana de angora.

Las consecuencias de la incursión hacia el este se notaban en todo el campo. Día y noche, llegaban en tropel por las puertas de Dachau prisioneros soviéticos; unos venían a pie, otros se derramaban de un convoy de camiones o del vientre de acero de un tren de carga. Traían consigo piojos y tifus y ocupaban hasta el último catre de los barracones, tres o cuatro hombres por lecho que tenían que turnarse para dormir. Max los veía llegar con sus rostros curtidos y cansados, los chaquetones todavía cubiertos de denso barro ruso. Los guardias parecían considerarlos totalmente prescindibles: fusilaron o dejaron morir de hambre a montones de ellos en cuestión de semanas, reduciendo a ojos vistas su número. La brutalidad de su proceder se infiltró en los sueños de Max, quien comprobó que, aunque estuviera exhausto, no conseguía descansar. Después de varias noches sin dormir descubrió que lo esperaba un paquete en el hueco detrás del ladrillo: jabón con fenol, una manzana y un cucurucho de azúcar perlado. Los gestos amables de Holger, por modestos que fuesen, hacían la vida más llevadera.

Conforme llegaba al fin el deshielo y la tierra se iba convirtiendo en barro, cada vez llamaban a filas a más empleados de la fábrica. La afluencia de rusos suponía que nunca había escasez de piezas de recambio humanas para la maquinaria, pero a los artesanos especializados era más difícil reemplazarlos. Llegaron refuerzos de otros campos: de Flossenburg, Mauthausen y Neuengamme. Max, Ezra y Stefan se convirtieron en maestros pacientes. Dieron la bienvenida a los hombres y los ayudaron a instalarse hasta contar con una docena o así de prisioneros en cada fase de la producción.

Un día frío pero despejado, el guardia le dijo a Max que se requería su presencia en el estudio de artistas de arriba en lugar de su sala de trabajo más pequeña en el sótano. Max siguió al hombre por el interior del edificio suponiendo que iban a asignarle una nueva cuadrilla de principiantes que adiestrar. El estudio era una sala espaciosa donde trabajaban los artistas y modeladores contratados cuyo ámbito, en general, nunca se veía mancillado por la presencia de prisioneros. Esa era la imagen de cara a la galería de Allach, más cercana a un taller de artistas que a una fábrica. Estaba llena de piezas a gran escala, desde vasijas hasta bustos y estatuillas. Incluso los días más cortos la sala estaba inundada de luz. Después de pasar el invierno en el sótano, Max se sintió como si estuviera ascendiendo a los cielos.

Cuando el guardia abrió la puerta, le deslumbró la luminosidad y lo sorprendió no encontrarse a unos novatos agotados esperándolo. En cambio, en el centro de la sala había una figura solitaria: una mujer vuelta de espaldas, inclinada para examinar la escultura de un ciervo como trofeo de caza. Llevaba una chaqueta de terciopelo hecha a medida con gruesos pliegues de tejido en verde pavo real.

Se giró al oírlo acercarse y le habló en tono seco al guardia:

—Gracias, ahora ya puede irse.

El guardia vaciló.

—No pasa nada, se lo aseguro. Vaya a buscar a Herr Ostendorff y dígale que estamos preparados.

Él se volvió con gesto marcial sobre los tacones y ambos se quedaron escuchando hasta que sus pisadas en la escalera de metal se perdieron a lo lejos.

Max apoyó el peso de su cuerpo en la solidez de la mesa más cercana. Bajó la vista a la mano que agarraba el borde: tenía la piel agrietada y cubierta de arcilla que nunca conseguía limpiarse del todo. Por un momento, tuvo miedo de que fuera una visión. Levantó la mirada de nuevo con incredulidad.

—Lo siento mucho —dijo Bettina—. No quería asustarte.

Él se dio cuenta de que había olvidado por completo cómo sonaba su voz; su timbre dulce y grave. ¿Cómo era posible siquiera?

—No tenemos más que un momento, pero no quería que nos

viéramos en la oficina, con otras personas alrededor, así que me temo que he insistido.

De pie ante él, era la misma y, sin embargo, distinta por completo. Elegante y serena de una manera que su Bettina no era.

Ella se le acercó, vacilante, aunque Max siguió dudando que fuera real hasta que Bettina alargó una mano para tocar la suya.

—Di algo —le suplicó con suavidad—. ¿Estás enfadado?

Él abrió la boca para hablar, pero no pudo emitir sonido alguno. Meneó la cabeza y retrocedió un paso, consciente de que todavía llevaba pegado a su cuerpo el olor del conejo. Sabía el aspecto que debía de tener: cubierto de polvo y desaliñado, chupado y malnutrido.

Ella se rodeó con sus propios brazos.

—Te han cortado tu precioso pelo.

Max se llevó una mano al cabello incipiente casi al rape, que le raspó las yemas de los dedos.

Bettina se apartó de él entonces a la vez que hurgaba en la manga en busca de un pañuelo.

—Lo siento mucho. Perdóname, por favor.

Él sonrió levemente.

—La verdad es que creo que debes de ser un espejismo.

—Pellízcame. Te prometo que soy la misma de siempre.

Bettina le tendió la mano y la alianza de oro emitió un leve centelleo en su dedo. Vio que los ojos de Max se posaban en el anillo y lo retiró con la misma rapidez que si se hubiera escaldado para esconderlo en lo más hondo del bolsillo.

Así pues, Himmler tenía razón, se había casado.

Apartó la vista procurando moderar el compás de su corazón disparado. Miró hacia el amplio horizonte, las hileras de edificios de una sola planta que se extendían a lo largo de kilómetros. Cuando Bettina habló, percibió un temblor en su voz.

—Te esperé. En la estación. —Ansiosa, continuó—: Intenté buscarte. Nunca dejé de intentarlo. Hice todo lo que pude… —Se le fue apagando la voz.

—Yo también intenté hacerte llegar un mensaje —aseguró él.

—¿El vikingo? ¡Sabía que eras tú! Te acordabas de la conejilla.

—*Mein kleines Kaninchen*. Cómo iba a olvidarla.

Sintió deseos de alargar las manos y abrazarla, pero en cambio llenó el abismo que los separaba con palabras.

—El Reichsführer Himmler me tiene haciéndole un conejo a su hija.

—Me lo contó Herr Ostendorff. Dijo que creía que sería bueno para tu situación.

—Es un buen hombre. Se preocupa de mí.

—Me alegra que haya alguien aquí que lo haga.

Probó a ofrecerle una sonrisa valiente, pero él la vio titubear.

—Max, tengo que decirte una cosa. —Se mostró seria y decidida—. Nunca se me habría ocurrido contarte algo así de esta manera, pero tenemos tan poco tiempo...

Sacó del bolsillo una fotografía para tendérsela. Era el retrato de una niña sonriente, sentada como una muñeca con las piernas estiradas con rigidez hacia delante. La foto estaba tintada a mano. El artista había elegido varios tonos distintos: el pelo ondulado de un castaño suave, los labios de arco de cupido rosas y al fondo, un lago pintado de un azul celeste tan vivo que resultaba inverosímil.

—Se llama Clara y tiene casi dos años. Es hija tuya, Max.

Él oyó las palabras y entendió su significado, pero notó un curioso distanciamiento. ¿Una hija? Era demasiado para asimilarlo.

Bettina tenía las manos trémulas; se las cogió para aplacar el temblor. Él volvió a fijar la mirada en los ojos tintados de gris oscuro de la fotografía.

—Ojalá pudiera contártelo todo: tiene una energía y una capacidad para la alegría enormes. Ya te hablaré de ella, pero hoy no. No tenemos más tiempo.

Miró la puerta de reojo con nerviosismo, como si esperara que se abriese en cualquier momento.

—He hecho un trato con Herr Ostendorff. Un acuerdo, para poder seguir viniendo a verte. Todo lo que he hecho, todo, es para que podamos estar juntos.

Se oyó un sonido procedente de la escalera; era la voz de Holger que resonaba hacia lo alto contra las paredes embaldosadas. Por lo general, hablaba con voz suave, pero ahora parecía estar acercándose con un vigor inusitado.

Bettina le dejó la fotografía en las manos.

—Ponla a salvo.

Luego retrocedió y fue a paso rígido hacia la ventana. Él se guardó la foto en el bolsillo e hizo una inclinación de cabeza con las manos firmemente entrelazadas.

Holger fue el primero en entrar en la sala, unos pasos por delante de los demás.

—Caballeros, permítanme presentarles a Frau Holz. Confío en que todo está en orden, ¿no?

Max no pudo por menos de levantar la vista hacia Bettina cuando oyó el nombre. Se dio cuenta de que ella era perfectamente consciente de que la miraba.

—Desde luego. Me muero de ganas de empezar. Este proyecto llevaba mucho tiempo gestándose y lo tengo en gran estima.

Holger se volvió y fijó la mirada en Max.

—Gracias, Max. Puedes volver a tu trabajo.

Él asintió con un gesto seco y agachó la cabeza para abandonar rápidamente la sala. Se volvió al llegar a la puerta. Bettina tendía una mano cortés mientras Holger hacía las presentaciones. Era la viva imagen del refinamiento. Cruzaron una mirada y ella se la sostuvo hasta que se cerró la puerta y Max la perdió una vez más.

En la fotografía, la célebre pintora Frau Holz, de soltera Fräulein Vogel, en Porzellanmanufaktur Allach. La artista luce una falda verde botella hecha a medida y una chaqueta entallada con hombreras y cintura ceñida a la moda. Lleva las solapas adornadas con cuentas negro azabache y un sombrero de terciopelo arrugado negro exquisitamente esculpido.

El fotógrafo había situado a Bettina en el centro de la sala con las obras más pequeñas detalladas en primer término y las piezas más grandes y dramáticas detrás para crear una sensación de altura. También había colocado estratégicamente algunos de los cuadros rurales naturalistas de la artista.

Después, el editor añadiría entusiastas leyendas a las fotografías aplaudiendo la belleza de la mujer ruborosa retratada en el corazón del imperio Allach, lista para que sus obras de arte cobraran vida con la ayuda de artesanos de gran talento.

La nueva colección incluiría un surtido de animales de porcelana, cada uno de ellos basado en uno de sus cuadros. La exposición itinerante de Gran Arte Alemán había llevado su obra por provincias, donde los temas pastorales y su espectacular realismo le habían granjeado numerosos partidarios. Habían comprado numerosas reproducciones de su tierno cordero, de la liebre de primavera que corría por el campo y el pájaro cantor que trinaba en la rama. Dentro de poco saldrían a la venta como figuritas de porcelana pintadas a mano.

En representación de Allach estaba Herr Holger Ostendorff, uno de sus directores creativos, responsable de hacer llegar esta nueva obra a un público alemán agradecido.

«Nos honra contar con la colaboración de Frau Holz en esta colección y estamos deseando trabajar estrechamente con ella en los próximos meses».

Cuando se le preguntó si había planes de reproducir la famosa obra de Frau Holz *El vikingo*, al periodista le sorprendió descubrir la existencia de una figurilla anterior. Constituyó el origen de la colección, pero por desgracia ya no estaba disponible. Las nuevas piezas, no obstante, las pintaría a mano la propia Frau Vogel, otorgándoles un lugar único en los anales de la historia de Allach, ya de por sí impresionantes.

El Reichsführer Himmler había dado su visto bueno a esta colaboración y estaba deseando supervisar el nuevo trabajo en el futuro próximo. Aunque no se podía ver todavía ninguna de las piezas pintadas, Herr Ostendorff presentó encantado una primicia en forma de conejo de porcelana, encargado en persona por el mismísimo Reichsführer. El exquisito artículo figuraba en el catálogo actual y estaba a la venta en las tiendas Allach.

Frau Holz posó para más fotografías mientras el periodista la acribillaba a preguntas que las lectoras de *Frauen Warte* sabrían apreciar. Después de todo, era la revista de las mujeres del Partido Nazi y el arte solo tenía una importancia relativa para su público.

¿Qué tal le sentaba la maternidad? Era una delicia, aseguró ella, aunque también un poco solitaria; su esposo estaba ocupado con la guerra y estaría destinado en París los tres meses siguientes. Muchas mujeres alemanas lo entenderían, sin duda. ¿Qué opinión le merecía a su marido la colección? Estaba encantado por ella y deseoso de ver las piezas a su regreso. ¿Cómo se las apañaba para trabajar y ocuparse de mantener un cálido ambiente hogareño en la residencia de los Holz en el centro de Múnich? Era todo un privilegio poder combinar las dos actividades y crear objetos con los que decoraría su casa. Ya había reunido una colección considerable de piezas de porcelana Allach de su artista preferido; sería un orgullo añadir sus propias obras.

Cuando el periodista le preguntó qué platos cocinaba, rio a carcajadas. Como cualquier madre, procuraba dar con recetas nuevas y frugales con las que alimentar a su familia. Le gustaba hacer *Eintopf*, un guiso que preparaba con pollo y patatas. Daba resultados especialmente buenos en tiempos de racionamiento.

«Además, es lo único que sé cocinar, y ni siquiera eso se me da muy bien», añadió, aunque el editor prefirió omitir la cita en el artículo definitivo.

Antes de que el equipo de *Frauen Warte* se despidiera, Herr Ostendorff les pidió que tomaran otra fotografía.

—Me preguntaba si les importaría hacer un retrato de grupo rápidamente. Para fines publicitarios, ya saben.

Durante toda la entrevista habían estado cerca dos hombres con cuadernos de dibujo y modelos preliminares a mano. Eran los trabajadores que darían forma a la arcilla y la vidriarían, explicó Herr Ostendorff. Frau Holz pasaría por la fábrica una vez a la semana para pintar a mano las piezas terminadas.

Indicó a los dos hombres que se acercaran y se colocaran a la derecha de Frau Holz mientras él ocupaba su lugar a la izquierda. Ellos se limpiaron las manos cubiertas de polvo en la bata y luego se las pasaron por la cabeza rapada para estar un poco más presentables. Frau Holz se mostró radiante entonces, la viva imagen de la belleza y la sofisticación.

—Envíenme varias copias, si no les importa —pidió Herr Ostendorff.

Luego, en el cuarto oscuro, cuando el fotógrafo le enseñó al editor las pruebas entre las que tenían que elegir, a ambos les llamó poderosamente la atención ese retrato.

—Aquí está preciosa. Toda iluminada —comentó.

—Desde luego. Una pena estos dos. —Indicó a Max y Ezra—. Se les ve claramente el uniforme debajo de la bata. No quedaría bien. Mejor una en la que salga ella sola.

Todos los martes a partir de entonces, Gerhard llevaba a Bettina de las amplias calles de Múnich a Porzellanmanufaktur Allach. Ella miraba por las ventanillas mientras atravesaban las calles húmedas de lluvia que se reflejaban en las torneadas aletas del sedán negro. El trayecto le daba tiempo a fin de prepararse mentalmente y sofocar las emociones, de manera que para cuando se disponía a bajar las escaleras hasta la pequeña sala de trabajo pudiera tener la seguridad de no dar muestras de miedo ni pena.

Cuando llegaban a los terrenos de la base de adiestramiento de las SS, el chófer empezaba a aminorar la marcha. Iba sorteando las torres de vigilancia y las zarzas de alambre de espino diseminadas por el paisaje árido. Bettina escudriñaba los rostros de todos los oficiales que veía preguntándose si estaría entre ellos su hermano. Sin su intervención aquel fatídico día, Max y ella habrían escapado; quizá ahora estarían viviendo como una familia en la casa que imaginara Max. A veces conciliaba el sueño acariciando fantasías de venganza contra Albrecht, una iracunda canción de cuna.

Además de numerosos oficiales de las SS de uniforme, se veían cuadrillas de prisioneros que trabajaban en grupos reducidos cavando calzadas o acarreando pesadas vagonetas llenas de piedra o carbón. La obsesionaban sus rostros, los ojos hundidos en las cuencas vacías. Habría sido fácil apartar la vista, pasar por alto su humanidad. Solo teniendo presente que Max era uno de ellos sentía que los veía de veras. Se preguntaba qué estaría comiendo Max, cómo lo tratarían los guardias del Außenkommando; notaba entonces el enorme peso de la culpa por su buena fortuna.

La fábrica en sí era pálida y desproporcionadamente baja, el sótano una especie de añadido como el andén de una estación. Había un tramo de escaleras en cada extremo, pero no habían dedicado mucha atención al aspecto estético. La necesidad de luz diurna e iluminación tenía, con creces, mayor peso que cualquier otra consideración. Docenas de gigantescos ventanales con marco metálico rodeaban el edificio formando hileras, lo que hacía que las salas fueran terriblemente frías en invierno y sofocantes en un día de verano. No había apenas sombra; no crecían más que un puñado de cedros en las inmediaciones, sus oscuras ramas lacias y desmayadas.

Cuando llegaron delante del edificio, Gerhard maniobró para aparcar. Siempre acompañaba a Bettina hasta la puerta y la dejaba al cuidado de Fräulein Schaffer, la secretaria de Holger, que la estaba esperando. Gerhard regresaba a la ciudad y luego volvía a por ella a media tarde.

Una vez dentro de la fábrica, Fräulein Schaffer abría camino por el largo pasillo central que recorría como una arteria el cuerpo del edificio. Bettina la seguía despojándose por el camino de sus capas exteriores para ponerse una máscara de risueña positividad.

El trayecto las llevaba a través del corazón de Porzellanmanufaktur Allach, lo que le permitía ver todo el proceso de producción. La savia vital del edificio corría en distintos tonos de blanco, desde el gris paloma de la arcilla mezclada con agua hasta el azul pálido de las figurillas terminadas y bruñidas. Había salas enteras dedicadas exclusivamente a ellas, estanterías de listones abiertos de pino llenas de arriba abajo de vasijas y jarrones; toda una biblioteca de espectros.

En la otra punta del pasillo se iniciaba el veloz descenso al sótano, donde las ventanas eran pequeñas y el trabajo, un poco más sucio. Era la sala de motores de la fábrica; hollín negro mezclado con polvo blanco de arcilla, como los residuos cenicientos de un crematorio. Era allí donde trabajaba Max, plantas por debajo del espacioso estudio donde se había llevado a cabo la sesión de fotos. Su sala tenía techos bajos y ventanas cuadradas, lamparitas con pantalla de esmalte colgadas encima de la cabeza. En la puerta de al lado había un pequeño equipo de artesanos demasiado mayores para que los hubieran llamado a filas. Especializados en las tareas más delicadas, todos tenían décadas de experiencia, pero como mucho se los consideraba obreros.

Fräulein Schaffer había animado a Bettina a que usara el estudio de arriba, que trabajase junto con los demás artistas y se limitara a enviarles las piezas cuando fuera necesario a Max y Ezra en el sótano. La secretaria se quedó de piedra cuando Bettina insistió en bajar a colaborar con ellos directamente y se sorprendió en igual medida cuando Holger accedió de buen grado.

Al Außenkommandoführer, a cargo de los prisioneros en los destacamentos de trabajo, no le había hecho ninguna gracia. Era responsable a título personal de la seguridad de Frau Holz y, en consecuencia, Bettina, Max y Ezra descubrieron que rara vez los interrumpían, pero nunca se hallaban a solas del todo. Siempre estaba presente un guardia, o bien en la propia sala o bien fuera en el pasillo, y dos o tres veces al día la solícita Fräulein Schaffer «bajaba un momentito» a ver qué tal estaba Frau Holz.

La presencia de tanta gente suponía que muy pocas conversaciones eran íntimas de verdad. Bettina hablaba de su hija y Max escuchaba embelesado con toda su atención. Ella intentaba hacerle preguntas sobre su vida en el campo y las circunstancias de su detención, pero Max no parecía dispuesto a contestar y a menudo las rehuía. Bettina lo entendía; ella tenía sus propias heridas abiertas. Puso a Max al tanto enseguida de la desaparición de Richard, confesándole que ahora estaba convencida de que había muerto.

—Quiero mantener la esperanza, pero mi corazón lo sabe; no puedo negarlo.

El tema de Karl estaba casi por completo prohibido. Le contó a Max lo esencial de su decisión, el camino que había elegido para proteger a Clara y esperarlo a él. Se cercioró de que supiera que Karl estaba en buena medida ausente de sus vidas más allá de eso, no hacía falta que le diera más detalles: su miedo ante la perspectiva de que Karl acabara regresando, su padecimiento cuando la tocaba y, lo peor de todo, el doloroso hecho de que la pequeña Clara pensaba que era su padre.

Bettina intentaba centrarse en cambio en lo positivo: que Max sobrevivió, que ella estaba allí, que su hija seguía viva y crecía feliz.

Cuando Bettina abandonaba el sótano al final de la jornada, acostumbraba a pasar como aturdida por el despacho de Holger y llamar a la puerta. Max le había dicho que confiaba en él de forma incondicional y sin duda entendía la naturaleza de su relación, aunque ninguno hablaba de ello directamente. Era mejor no exponer los hechos de viva voz, pues así quedaba la posibilidad de negarlos.

La amistad de Holger supuso un consuelo que ella echaba en falta desde la desaparición de Richard. Simplemente saber que Max y ella contaban con un aliado en este mundo, en el que por lo demás no tenían amigos, marcaba una gran diferencia.

—No soporto verlo aquí —dijo Bettina.

—Haces todo lo que puedes. Tu presencia le da fuerzas.

Con el tiempo, su pequeño remanso de calma en el sótano empezó a cobrar vida. Por orden de Holger, Ezra fue ascendido de modo que colaborase en su trabajo: ayudaría a Bettina a preparar sus pinturas y glasearía y hornearía todos sus experimentos. Era meticuloso, pero no fue su profundo y perdurable amor al arte lo que hizo que Bettina le tomara aprecio. En su voz sosegada, acostumbraba a reflexionar sobre el simbolismo y los niveles de significado. La hacía remontarse a sus tiempos en la Bauhaus, cuando se dedicaba al arte por el arte.

La colección de Bettina iba a estar compuesta por animales de porcelana copiados de sus cuadros. El plan consistía en que Max las esculpiera y luego ella las pintara a mano recreando las pinceladas de los originales.

La planificación y la ejecución los animaron a todos de maneras inesperadas. En el caso de los dos hombres, les daba a sus jornadas un propósito y un sentido. Durante quince horas seguidas tenían el cerebro ocupado por completo en el esfuerzo de bocetar, esculpir y dar forma a cada animal. De miércoles a lunes trabajaban en una figurilla, preparándola para el martes, cuando regresaba Bettina.

Después de muchas pruebas, ella decidió decorar la superficie de las piezas antes de vidriarlas con el mismo nivel de detalle que aplicaba sobre el lienzo. Le llevaba muchas horas replicar los resultados que requería para cada pieza. La profundidad y el tono de los colores cambiaba durante la cocción y la técnica de Bettina fue evolucionando a medida que se familiarizaba con las texturas torneadas, ya que no estaba acostumbrada a trabajar en tres dimensiones ni sobre una superficie tan porosa.

Con gran paciencia, Ezra intentaba casar los tonos y las texturas de las criaturas que ella había pintado años antes, como la liebre que brincaba a través de un campo arado y cubierto de niebla.

—Max me ha dicho que estos animales son autorretratos tuyos, ¿no es así?

—Lo son en cierto modo, aunque suena un poco ridículo en abstracto.

—En absoluto. El «metamorfo» tiene una larga y noble tradición en el arte: se podría denominar teriantropía. Hay quien ve las pinturas rupestres desde esa perspectiva: cada animal simboliza algo del artista y para el artista, dependiendo de cómo lo interpretes. —Mientras hablaba con ella, iba colocando el trabajo de la jornada sobre una bandeja larga y gruesa para llevarlo al horno y someterlo a la primera cocción—. Tu conejilla, por ejemplo; los holandeses eran muy aficionados a pintar conejos, por lo menos muertos: *Voluptas carnis*. Representan los pecados de la carne. Y seguro que estás familiarizada con *Der Feldhase* de Durero, ¿no? El caso es que, si te fijas bien, se aprecia el reflejo de una ventana en su ojo. Quiere advertirte de que un animal silvestre puede ser capturado. —Levantó las manos—. Aunque no es una lección que nos haga falta aquí. —Señaló el conejo que estaba esculpiendo Max—. La Torá me dice que estas criaturas son impuras, pero según aseguran eruditos que he conocido, representan la Diáspora; la supervivencia. ¿Tú qué crees, Max?

Max se había limitado a sonreír como respuesta, abstraído en la satisfacción de la compañía mientras trabajaba. Los tres acostumbraban a pasar largos periodos en cómodo silencio, interrumpido solo por los ruidos de la fábrica arriba y todo alrededor; los ladridos de los guardias siempre presentes del otro lado de la puerta.

Además de un conejo y una liebre, Bettina tenía planeado hacer un ratón de campo, un tordo cantor, un cuervo y un topo. Cada uno se encontraba en una etapa distinta, aunque el conejo, basado como estaba en el que había hecho Max para Gudrun Himmler, estaba prácticamente acabado. Bettina empezaría a pintarlo pronto, una vez hubieran determinado la paleta de colores.

Estos nuevos procesos le resultaban más difíciles de lo esperado y comprobó con agrado que la simplicidad del conejo la ayudaba a ir acostumbrándose. Estuvo esforzándose por replicar el tono adecuado de rosa intenso para los ojos. Cada prueba daba como resultado algo parecido a manchas de sangre satinadas después de la cocción. Habían enviado a los hornos una muestra tras otra, pero todas volvían transformadas en una decepción.

—No te preocupes. Insistiremos —le aseguró Ezra a Bettina, aunque en secreto a ella le encantaban las demoras. No soportaba enfrentarse a la idea de lo que sucedería cuando acabaran el trabajo.

El martes siguiente, Bettina despertó con determinación renovada. Quizá todos estuvieran de luto por una vida que se les negaba, pero al menos ella podía llevar un poco de luminosidad al sótano húmedo y oscuro. Fue al armario y escogió una chaqueta de lana color crema con una abrigada bufanda gris también de lana que la protegiera de la aguanieve.

Bajó las escaleras del sótano esa mañana antes de que los artesanos estuvieran sentados a sus mesas en la puerta de al lado. Encontró a Ezra esperándola, los ojos inquietos de emoción. En los días transcurridos desde su última visita, había estado trabajando en más muestras de color que habían respondido bien al horno. Se las mostró para que diera su aprobación.

—Son maravillosas, Ezra, gracias —dijo Bettina.

—No me las des a mí, ha sido cosa de Stefan.

Max, Ezra y Stefan habían constituido una especie de hermandad. Atizar los hornos era un trabajo sucio y pesado, pero al igual que Max, Stefan poseía un innato sentido espacial: la capacidad de pensar y planificar en tres dimensiones. Llegó a ser tan diestro en la labor de alimentar el horno que se encontró a cargo de la cocción de las piezas más delicadas y preciosas. Max insistía en que nadie más se ocupara de hornear la obra de Frau Holz.

Juntos, Stefan y Ezra habían preparado y horneado docenas de piezas de prueba distintas a lo largo de la semana. Al final, ambos coincidieron en que habían dado con el tono preciso de rojo rosado para los ojos del conejo: un frambuesa líquido que relucía de vida.

—Por fin podemos empezar —anunció Ezra.

Bettina sonrió con gratitud, aunque por dentro notó una punzada al sentirse un paso más cerca de acabar.

Empezó a pintar bloques sólidos de color sobre la base blanco tiza: primero el suave gris castaño de la piel sobre la nariz del conejo, luego un tono carne de color masilla entre los dedos de los pies, el rosáceo del interior de las orejas y, finalmente, el carmesí cristalino de los ojos del conejo. Cuando los hubo pintado, se pasó a una técnica más translúcida. Aquí iba elaborándola por capas para recrear la textura de los filamentos diminutos; por ejemplo, la piel tersa como el plumón de las mejillas y el pecho del conejo.

Cuando hubo terminado la primera figura, se retrepó en la silla para admirarla. Todos coincidieron en que era un trabajo de gran precisión; realismo romántico, pero con un toque asalvajado que le otorgaba autenticidad. Bettina le pidió a Ezra que le diera prioridad para ir al horno. Quería saber lo antes posible si los colores funcionaban. La figura sería sometida a diversos vidriados y cocciones, todo lo cual alteraría los tonos tornándolos gradualmente más vivos e intensos, pero el primer horneado sería el punto definitivo en el que tendría claro si iban por el buen camino.

El joven soldado que montaba guardia ese día estaba aburrido y apático junto a la puerta. A petición de Bettina, se despabiló y accedió a regañadientes a abrir las puertas para que Ezra pudiera acceder a la sala de hornos con la bandeja. Con el rifle al hombro, fue arrastrando los pies detrás del hombre mayor.

Una vez se hubieron ido, Bettina volvió a sentarse a la mesa y se acercó la siguiente pieza, ansiosa por seguir mejorando su técnica. Estaba decidida a dar con el equilibrio perfecto entre opacidad y textura. Cuando empezó a pintar le sobrevino una sensación de claridad sosegada y todo en torno a ella desapareció.

De pronto, salida de la nada, notó que una gota de algo líquido le salpicaba la mejilla. Se llevó los dedos a la cara y se quedó mirando las yemas sin entender. Las tenía manchadas de lo que parecía sangre húmeda. Vio gotas de lo mismo en la pechera de la chaqueta y una lágrima de color rojo vino en el morro del conejo.

Levantó la mirada hacia Max y aconteció un momento de silencio absoluto: estaba sentado al otro lado de la mesa, con un pincel en la mano del que resbalaba pintura de color burdeos. Los dos se echaron a reír al cobrar conciencia de lo que ocurría, aunque Max se llevó de inmediato la mano a la boca.

—¿A qué demonios viene esto? —preguntó ella riendo todavía.

Max apartó la mano de la cara y mostró la boca abierta de sorpresa.

—Lo siento mucho. No… No tengo ni idea de qué me ha pasado. Estabas tan intensamente ocupada, y quería hacerte reír…

—Bueno, pues ha funcionado.

—Parece que te hubieran pegado un tiro. Ay, Dios, tu chaqueta…

El semblante horrorizado de él la hizo estallar en carcajadas otra vez. Max se puso en pie de un brinco y cogió un trapo relativamente limpio para empaparlo en agua. Frotó la lana, pero no supuso la menor diferencia.

—Venga, no te preocupes. No tiene la menor importancia.

No sé en qué estaba pensando cuando me la he puesto. Qué boba soy; nunca me pongo algo así para trabajar. Solo quería tener un aspecto animado. Pensaba que te haría feliz.

—Tu presencia me hace feliz de todos modos, da igual lo que lleves.

—Aun así, debo parecer de lo más estúpida viniendo aquí de punta en blanco.

—Me enamoré de ti cuando ibas vestida con un saco y estabas en lo alto de una escalera de mano, por si no lo recuerdas.

Se sonrojó al recordar a la chica ingenua y arisca que era cuando se conocieron; altiva y con mucho genio.

—Claro que lo recuerdo, pero era mucho más joven. En casi todos los sentidos.

Le cogió el trapo y se frotó la mancha roja de la mejilla.

—¿Está todo?

Max alargó la mano para limpiar la última salpicadura rosa. Se demoró deleitándose en el tacto de su piel.

—El caso es que, la siguiente vez que te vi, no llevabas nada en absoluto.

Le pasó el pulgar por los labios. Se apartaron con un suspiro. Ella alargó la mano para rozar con las yemas de sus dedos los de él. Los entrelazaron con fuerza.

—Max…

Llegó de lo alto un súbito ruido de pisadas de botas en las escaleras.

Se separaron de inmediato, Bettina arrebolada, una llamarada de intenso color en su piel pálida. Max se volvió presa del pánico columpiando la mirada entre la puerta y el conejo salpicado de pintura encima de la mesa.

Bettina le susurró con urgencia:

—¿Qué pasa? ¿Has perdido algo?

Max negó.

—Solo la cabeza.

La ansiedad nerviosa le provocó a Bettina una risa tonta que le llenó los ojos de lágrimas. Intentó contenerlas, pero no logró más que propiciar un acceso de tos.

El guardia entró en la sala seguido de cerca por Ezra, a todas luces preocupado.

—¿Va todo bien, Frau Holz?

—Sí, gracias —dijo enjugándose las lágrimas—. Me temo que me he puesto perdida en tu ausencia.

Indicó las gotas de pintura roja que todavía había sobre la mesa, el conejo y su chaqueta.

—Es evidente que no se me puede dejar sola.

Ezra y Max ayudaron a Bettina a limpiar como mejor pudieron, aunque el conejo y la chaqueta siguieron inmunes a sus esfuerzos. El guardia fue a pasear fuera del edificio para fumar y estirar las piernas.

Cuando regresaron a sus mesas y Ezra estaba ocupado ordenando, Max le susurró una disculpa a Bettina:

—Sinceramente, no sé qué me ha pasado. Me han vencido las ganas de hacer una travesura.

Ella meneó la cabeza sonriendo.

—Creía que te conocía, Max Ehrlich, pero salta a la vista que todavía tienes sorpresas guardadas.

—Evidentemente.

Ella se estremeció al recordar su tacto.

—Pero tenemos que andarnos con cuidado. ¿Y si nos descubren?

—Tienes razón, lo siento. Sé que tienes razón.

A medida que pasaban las horas, se comunicaban por medio de retazos susurrados y lenguaje codificado, aunque se interrumpían en cuanto se aproximaba alguien y minutos después reanudaban la conversación donde la hubieran dejado. Temas que antes parecían demasiado sensibles para abordarlos eran ahora como heridas recién cicatrizadas. Sensibles, pero aptas para la exploración.

—No sé cuánto tiempo habría aguantado esto si no hubieras venido.

—En cuanto supe que estabas aquí, nada habría podido impedirme venir a buscarte.

Aunque retomaron sus tareas, a los dos les resultaba difícil concentrarse. Cuando Bettina levantó la vista se encontró a Max mirándola. Levantó el conejo para que él lo inspeccionara; le había dado varias capas de pintura, pero la lágrima sanguinolenta seguía siendo tercamente visible.

—Supongo que acabará por desaparecer —suspiró—. Aunque lo cierto es que me gusta la lágrima sangrienta.

Max alargó el cuello para verla.

—Curiosamente, tenía ese mismo aspecto cuando lo estaba bosquejando.

Sacó los bocetos que había hecho del conejo para Gudrun Himmler.

—Me trajeron un conejo de Angora de verdad como modelo. Muerto, claro. Le manaba de los ojos un liquidillo rojo, como si llorase sangre.

Max los dispuso sobre la mesa.

—Los crían por su piel en el campo principal; a centenares. Se rumorea que los tratan mejor que a los prisioneros.

—Es la metáfora perfecta de este lugar olvidado de Dios — dijo Bettina entre dientes mirando la sombra del guardia delante de la puerta.

Max dejó escapar un bufido desdeñoso.

—Ojalá fueran siquiera la mitad de compasivos con los seres humanos. Encerrados, apaleados y privados de comida. Hacinados en barracones donde en pleno invierno hace un frío helador, mientras los conejos disponen de conejeras con calefacción.

—¿De verdad? —preguntó ella. La crueldad nunca dejaba de sorprenderla.

Él casi escupió las palabras de respuesta:

—No te lo puedo describir como es debido. Destrozan familias, nos niegan la libertad y nos doblegan el espíritu. Matan sin pensárselo dos veces; fusilan a los débiles o los envían a correr Dios sabe qué suerte peor aún.

En todas las semanas desde su reencuentro, ella nunca lo había oído hablar así. Max fue levantando la voz a medida que se acaloraba.

—Este lugar es una granja de seres humanos. Un matadero.

Ella volvió a mirar la sombra del guardia, preocupada por si alcanzaba a oírlos. Se llevó un dedo a los labios en gesto de advertencia y él bajó la voz transformándola en un susurro iracundo.

—En vez de tallar animalitos, tendríamos que trabajar en algo que muestre este infierno tal como es.

Pasó las páginas del cuaderno de dibujo: una imagen tras otra del conejo descomponiéndose, pudriéndose delante de ella, los ojos hundidos llorando sangre. Su furia era contagiosa. Bettina asintió con vehemencia.

—Tienes razón: una rata en un cepo o un zorro hecho pedazos por los perros hasta morir. Tendríamos que servirnos de este puñetero medio anémico para mostrar todas las formas de tortura que se emplean: cómo dejan morir a los seres humanos, los envenenan, los fusilan, golpean, enjaulan, los anulan.

—Ya lo veo. Una carnicería, pero al ganado lo conducen a la muerte sobre dos piernas.

A Bettina le brillaban los ojos, iluminados por las visiones que pasaban ante ellos.

—¿Y si tomáramos las esculturas en las que hemos estado trabajando y las convirtiéramos en auténtico arte para enseñarle al mundo lo que está pasando? Una subversión de esta modalidad supuestamente «pura» que es cualquier cosa menos eso. Al cuerno con los hornos, tendríamos que cocerlas en crematorios.

—Hablaba tan rápido que los pensamientos le llevaban la delantera—. Las sacaría de tapadillo, aunque Dios sabe si llegarían a ver la luz del día. Podríamos hacerlo, Max, aunque solo fuera para nosotros. Como *El vikingo*: sencillamente saber que fuiste tú quien lo hizo le confirió un valor inmenso para mí. Eso me dio fuerzas. —Ahora estaba sin aliento—. ¿Te lo imaginas? Cuando éramos más jóvenes no habríamos dejado escapar algo así. Tenemos que hacer algo, o para el caso, como si estuviéramos muertos.

—Pero ¿de qué serviría? En realidad, no cambiaría nada.

—Cambiaría para nosotros. Tenemos que encauzar este dolor y esta ira en alguna dirección, darle forma —insistió ella—. Richard plantó cara, pero yo estaba muy asustada para hacerlo. Ahora él se ha ido y tú estás encerrado aquí. Si no peleo ahora, entonces ¿cuándo? —Continuó en tono suplicante—: Los dos necesitamos un objetivo, algo más por lo que vivir, algo que nos ayude a seguir adelante. Si todo esto acaba, cuando acabe, como sin duda hará, de esta manera nuestras almas permanecerán intactas. Necesito que Clara sepa que luché por ella, por nosotros. Prométeme que lo pensarás, ¿de acuerdo?

Él negó con la cabeza.

—No necesito pensarlo. Sé que tienes razón. Nunca había estado más seguro.

—¿De verdad?

Ella estaba casi jadeante de emoción.

—Las firmaremos como «El Fabricante de porcelana de Dachau». Una auténtica colaboración: tú y yo, trabajando como una sola persona por fin. Como siempre estuvo destinado a ser.

19

Múnich
Noviembre de 1993

El caballero entrado en años respondió con inquietud a la expresión anonadada de Clara.

—Perdona. No tenía intención de asustarte. *Die Putzfrau*, Paulina, la chica que viene a limpiar…, cuando me ha dicho tu nombre, no podía creerlo. Pero en cuanto te he visto, lo he sabido de inmediato. Haced el favor de pasar y sentaros.

Fue a paso rígido hasta los dos sofás junto al fuego y acomodó su cuerpo estrecho en uno de ellos.

—¡Así que aquí estás por fin, Clara Vogel, hecha y derecha! ¿Y esta es…?

—Mi hija, Lotte.

La señaló agitando un dedo.

—¡Lotte Wolf, sí! A ti sí te esperaba. Bueno, vamos a volver a empezar.

Se inclinó hacia delante apoyado en el bastón que tenía entre las rodillas, sus manos un nudo de venas.

—¿Cómo me habéis encontrado? Supongo que os ha enviado Bettina, ¿no?

Clara y Lotte cruzaron una mirada ansiosa.

—Me temo que mi madre murió hace tres años.

—Ah. —Agachó la cabeza haciendo un leve asentimiento de resignación—. *Meine liebe* Bettina. Esperaba que me dijeras que seguía viva y con buena salud. Me habría gustado volver a verla. Le tenía mucho aprecio a tu madre.

—Lo siento mucho. Solo nos enteramos de su existencia muy recientemente.

Lotte terció con voz cantarina:

—Hablé con una persona en la Haus der Kunst que me contó lo de *El vikingo*.

Clara abrió el cierre de su bolso y sacó del fondo la fotografía de su madre.

—Y creo que este puede ser usted, en una fotografía que llegó a mis manos hace poco.

Le tendió la imagen granulosa en blanco y negro y él la miró con ojos de miope.

—Es de 1941 —le explicó—. ¿Estoy en lo cierto?, ¿es usted junto a mi madre?

—Así es. Pero dime, *bitte*, te has presentado como Clara Vogel. ¿No te casaste?

—Me casé y me divorcié. Volví a tomar mi apellido de soltera.

—Igual que tu madre.

—¿Conocía usted a su esposo Karl?

El anciano hizo una mueca.

—En realidad no, solo coincidí con él un par de veces. No me caía bien. No era digno de ella, cosa que me parece que él mismo sospechaba.

Clara no conseguía creerse que por fin estaba con alguien que quizá tuviera respuestas a la multitud de preguntas que le inundaban la cabeza.

—Perdone, Herr Ostendorff, lo cierto es que no sé por dónde empezar. Hemos venido a Múnich para intentar averiguar quién era mi padre. Igual usted es la única persona con vida que puede ayudarnos. Mi madre se negaba a hablar de él, pero una vez lo llamó «el fabricante de porcelana de Dachau». ¿Significa algo para usted?

Lanzó una breve carcajada.

—¡Por supuesto!

Señaló con un gesto la cuarta figura de la fotografía: el desconocido con el pelo al rape que estaba entre su madre y Ezra Adler.

—Aquí está, este es tu padre, Max Ehrlich, mi querido amigo. —Le devolvió la fotografía, ahora con una amplia sonrisa, su rostro transformado—. Todavía recuerdo aquel día con nitidez.

Clara escudriñó la fotografía viéndola desde una perspectiva nueva por completo. El hombre musculoso de ojos tristes y oscuros era su padre.

—Las dos os parecéis mucho a él. Creo que os habría reconocido aunque no os hubierais presentado por vuestros nombres.

Señaló el cuadro encima de la repisa de la chimenea.

—Seguro que veis el parecido, ¿no?

Tanto Lotte como Clara se volvieron para contemplar *El vikingo* una vez más. Clara sintió que su hija le agarraba la mano. Ellas solo habían apreciado los rasgos de Bettina reflejados en sus caras: los labios torneados y las cejas arqueadas. Ahora las dos observaron otros detalles del cuadro: el fuerte mentón, la nariz larga y recta, los ojos serios que miraban hacia la lejanía.

—*El vikingo* estaba basado en un retrato de tu padre, Max. Debajo de esta pintura hay otra oculta; un bosquejo impresionista que hizo tu madre de él. Yo nunca lo vi, claro, pero ella me contó que estaba ahí. Bettina nunca tuvo ocasión de desarrollar al máximo su talento, pero aun así todas las capas del cuadro cuentan su historia. —Lo señaló una vez más con un dedo tembloroso—. Durante décadas deseé compartirlo con el mundo. Ahora es vuestra herencia y ambas debéis decidir qué hacer con él.

20

Porzellanmanufaktur Allach
Primavera de 1942

En Múnich los parques estaban sembrados de flores arrancadas por las rachas de viento de una primavera turbulenta. Diecisiete kilómetros al norte, la tierra arrasada de Dachau no mostraba señales semejantes, pues allí no crecía prácticamente nada.

Por un camino embarrado venía un bronco cortejo de carretones tirados por prisioneros con arneses. Los carros iban por lo general llenos de tierra o grava, pero ese día contenían los cadáveres de hombres demasiado devastados para seguir adelante. Sus pálidas extremidades parecían huecas, como huesos de aves, casi lo bastante livianos para que se los llevara el viento. Era un cargamento sagrado tratado como profano.

La muerte a menudo pasaba inadvertida en Dachau. No había ningún rito de paso, no se concedía dignidad alguna a los días finales. No se celebraba funeral, no había tiempo para guardar luto o llorar. La crueldad era habitual; una vida podía apagarse delante de ti en cualquier instante. El final llegaba de pronto y de maneras tan diversas que los presos casi se acostumbraban. Llegaba al pasar revista por la mañana o de camino al trabajo, y cuando lo hacía, rara vez era heroica. A algunos podía parecerles una bendición, después de todo lo que habían soportado.

A solas a primera hora de la mañana, Max había visto pasar los carros. Era una estampa con la que estaba más que familiarizado, pero aún se detenía para presenciarla. Rezaba por los muertos con la esperanza de que alguien hiciera lo mismo por él. Sabía que, si enfermaba, seguramente lo trasladarían a Hartheim, cerca de Linz, donde llevaban a morir a los enfermos de Dachau. Le consolaba en cierta medida saber que quizá lo enterrarían en suelo austriaco, pero era consciente de que allí no habría nadie en absoluto que rezase por él.

Todavía temía a la muerte, pero ya no le resultaba tan espantosa, rodeado de ella como estaba. Terrores de mayor envergadura rondaban sus pensamientos; notaba su aliento en el cogote cuando imaginaba su mundo sin Bettina. Toda esperanza vivía y moría con ella.

En la fábrica, la jornada empezaba entre gritos, estruendos y topetazos. No había tiempo para la veneración. Para todo aquel que era capaz, la vida era trabajo.

Un rato después, Max estaba encorvado sobre la mesa cuando oyó que la voz de Bettina resonaba a lo lejos. Notó que se animaba un poco; eran esos los momentos que le daban una razón para vivir. Los días en que ella estaba ausente sentía cernirse sobre él la desidia y solo a su regreso se notaba revivir.

Cuando Bettina entró en la sala del sótano, el guardia adoptó la postura de firmes. Ella saludó a Ezra y se interesó por su salud preguntándole si había tenido ya alguna noticia de Sachsenhausen. Le habían dado permiso para escribir a Zofia, así que Bettina le llevó papel y sellos, pero él no tenía ni idea de si su mujer había llegado a recibir la carta. Prefería mantener la esperanza y esperar una respuesta. Bettina lo entendía; así se sentía ella con respecto a Richard. Cuando Imre y ella cruzaban cartas siempre hablaban de él en presente, pues ninguna de las dos estaba dispuesta a renunciar del todo a la esperanza.

Max vio cómo Bettina se quitaba el abrigo y se ponía la vieja bata color marrón tabaco para pintar. Los atuendos de colores llamativos que había llevado las primeras semanas habían quedado ahora en el armario. Eran de Frau Holz; esta era la Bettina de Max.

Sonrió e hizo una pequeña reverencia.

—Buenos días, Max.

—Buenos días, Frau Holz.

Aunque la formalidad resultaba peculiar, él casi la saboreaba. Era la señal de que había comenzado su día juntos. Después de ese instante, el tiempo pasaba a toda prisa. Ella volvería a irse antes de que se diera cuenta.

—¿Estás bien?

—Muy bien, gracias.

Ezra se retiró a la otra punta de la sala, donde empezó a amasar pedazos de arcilla con estrepitoso vigor. Todos mantenían las apariencias, aunque Max estaba seguro de que Ezra entendía la auténtica naturaleza de sus sentimientos. Bettina miró alrededor y luego alargó la mano hacia el otro lado de la mesa para coger un lápiz, rozándole a Max la mano con las yemas de los dedos un instante. Las oportunidades para tener cualquier tipo de intimidad eran contadas. Aunque sabían que eso podía suponer su perdición, seguían sintiéndose atraídos. En el momento, la recompensa de un breve roce o una mirada de soslayo parecía pesar más que el riesgo, pero luego los consumía a ambos la sensación de culpa y temían las consecuencias en el caso de que los descubriesen.

En sus últimas visitas, habían comenzado a trabajar en serio en la colección secreta, lo que les permitía concentrarse en algo más. Sabían que sus días juntos estaban contados: la colección principal estaba a punto de quedar concluida. La fábrica entera se estaba preparando de cara a la siguiente inspección del Reichsführer en la que Bettina le mostraría las piezas en persona. A partir de allí estaba lo desconocido: el final de las visitas semanales y las historias que le contaba sobre su hija; el final de todo lo que confería sentido a su existencia. Eso suponía que las horas que quedaban debían saborearlas, y compartir ese proyecto era de suma importancia para ambos. Bettina habló en voz baja, aunque el guardia estaba al otro lado de la puerta y Ezra cantaba a voz en cuello mientras trabajaba:

—He estado pensando en el pájaro cantor.

Su serie de animales subversivos había empezado siendo bastante reducida: un sencillo ratón de porcelana atrapado en un cepo real, el cuello partido, una mancha de sangre en los bigotes y los dientes. Se lo habían ido pasado a escondidas para trabajarlo hasta que consideraron que estaba terminado. Max lo escondió en el hueco detrás del ladrillo de la ventilación.

Luego vino un conejo tendido sobre una losa de mármol. Temiendo que Holger se topara con las piezas detrás del ladrillo, Bettina había tomado la costumbre de guardarlas en un bolso de mano grande de tejido de alfombra que llevaba consigo, envueltas en un trapo húmedo y en tela encerada. No era más que una solución temporal; vivía con miedo a que la descubrieran.

Entonces, una mañana radiante, una oronda paloma torcaz entró volando en la sala y se instaló en las vigas del techo. La oyeron arrullar durante horas, pero permaneció oculta a la vista hasta que el guardia subió con una escoba para desalojarla. Al día siguiente, Bettina volvió a llevar el ratón y el conejo y los transfirió a su escondrijo allá arriba. Lo único que tenían que hacer era bajarlas cualquier instante que pudieran buscar para ellos solos. Una tercera figurilla —un cuervo— no tardó en sumarse a las otras dos.

Aunque trabajaban a un ritmo constante, el tema de la siguiente pieza fue motivo de cierta discusión. Por conveniencia, tenía que ser una variación de alguna de las criaturas de la colección oficial, pero Bettina estaba empeñada en imbuirla de sentido real.

—Quiero que esta pieza hable de la propaganda. Esta fábrica produce a destajo obras de arte que cuentan una historia: sobre la guerra, sobre una versión parcial de la manera de vivir alemana, pero nosotros sabemos que esa historia es una patraña. Para empezar, está hecha a costa de mano de obra esclava que el público no ve.

—O eso parece. Prefieren no hacer demasiadas preguntas —observó Max.

—Ese artículo en la revista *Frauen Warte* era propaganda, así de sencillo. Nuestra colección principal es lo mismo. No me arrepiento de nada: nos permite estar juntos, pero trabajar con ellos de cualquier manera se me antoja connivencia, sea cual sea la intención. Por eso esta colección secreta es tan importante; necesito hacer algo para contrarrestar este canto de sirenas.

—Entonces ¿qué debería ser? ¿Una advertencia, quizá?, ¿una especie de declaración?

—Esta sensación de cómplice me está reconcomiendo. Me asquea y me recuerda una impresión de la infancia. No podía concretarla, pero anoche me vino a la cabeza: una cosa que hizo Albrecht cuando éramos niños. Lleva años obsesionándome.

A Max se le nubló el gesto ante la mera mención de su hermano.

—Yo debía de tener diez u once años; él era bastante mayor, un joven ya. Un día fue al bosque detrás de nuestra granja y atrapó un pajarillo. Creo que era un tordo cantor, quizá un ruiseñor. Sea como sea, me lo dio en una jaulita y me dijo que sería nuestro secreto. Yo sabía que mamá y papá me habrían obligado a soltarlo, conque seguí su consejo y lo tuve escondido en la bodega para que no cantara.

»Lo adoraba. Recogía gusanos y buscaba orugas para alimentarlo. Le dejaba que se me subiera al dedo, pero con el tiempo empezó a marchitarse allí abajo. Al final, le dije a Albrecht que creía que debíamos dejarlo en libertad, pero él se negó. No mucho después, bajé y había desaparecido. Tenía que habérselo llevado él, así que salí corriendo a buscarlo en el bosque. —La pena recordada durante tanto tiempo le humedecía los ojos—. Al principio, no lo encontraba por ninguna parte, y entonces lo oí.

Un pájaro empezó a cantar y era tan hermoso que supe que era el mío.

Max casi alcanzaba a ver la escena y oír los trinos.

—Para cuando llegué, era demasiado tarde. La jaula colgaba de una rama y había otros pájaros alrededor, cinco o seis, todos agonizantes. Uno ya había muerto y estaba suspendido de las patitas, aunque de algún modo se aferraba a la rama. Yo no entendía lo que estaba viendo, pero él me lo explicó. Disfrutó haciéndolo, de hecho. —Apretó los labios pálidos—. Es una treta de cazador furtivo. Había untado las ramas de pegamento fuerte y denso como el barniz. Colgó la jaula del árbol y luego se escondió. Mi pajarillo estaba tan feliz de volver a ver por fin el cielo que cantó con toda su alma. Los otros pájaros se sintieron atraídos y se posaron cerca para escuchar sus trinos. Cuando intentaron remontar el vuelo, ya era tarde: estaban pegados sin remedio. Entraron en pánico y empezaron a aletear con todas sus fuerzas hasta que todo, plumas, alas y picos, quedó adherido a las ramas. Casi se habían descoyuntado los cuerpecillos intentando escapar, pero cuanto más se esforzaban, peor.

—¿No intentó ocultártelo?

—Se rio. Se quedó allí mirando mientras forcejeaban. Al final, todos se dieron por vencidos y murieron. Mató incluso a mi pajarito. Le retorció el pescuezo y amenazó con darme una paliza si le contaba a nuestra madre lo que había hecho. —Se estremeció al recordarlo—. Era un sádico. Sigue siéndolo, como tan bien sabemos nosotros. No te imaginas cuánto lamento haberlo introducido en tu vida.

—No fue culpa tuya. Nada de esto lo es.

Bettina le volvió la espalda esperando a que se esfumara la vergüenza. Cuando volvió a levantar la vista, Max estaba dibujando. Al acabar, le alargó el boceto.

—Podemos usar el tordo cantor de la colección principal como punto de partida. ¿Es lo que estabas pensando?

En su dibujo, las alas estaban extendidas en pleno vuelo, pero una había quedado pegada a la rama, y el pájaro tenía la cabeza torcida, el cuello contorsionado como si intentara liberarse.

Bettina asintió agradecida.

—Exactamente. ¿Puedes hacer un poco más gruesa la rama sobre la que está? Quiero usar el artículo de *Frauen Warte* para cubrirla. Y el pegamento debe ser transparente, algo que se endurezca como el vidrio fundido.

—Voy a ver.

Puso la mano sobre la mesa al lado de la de él.

—Estaba pensando… Quizá estos sean nuestros gólems, Max. ¿Te acuerdas?

—Por supuesto.

—Les damos forma juntos a partir de la arcilla, luego los enviamos al mundo para protegernos.

—Con un poco de suerte, nos preservarán —convino él.

—Eso espero. Cuánto lo necesitamos.

La mañana siguiente, Bettina insistió en regresar a Porzellanmanufaktur Allach. Le dijo al chófer de Karl que a partir de entonces iría a la fábrica todos los días. Solo faltaba una semana para la inspección de Himmler y el tiempo era primordial.

A su llegada, la sala del sótano estaba a pleno rendimiento. Max y Ezra inspeccionaban piezas recién cocidas y discutían acerca de cómo exponer la obra terminada. Himmler escogería algunas piezas para la fabricación en serie y Max estaba convencido de que la colección gozaría de popularidad.

—Igual así puedes seguir viniendo aquí para pintar.

Bettina sonrió y asintió, pero parecía distraída. Ezra cruzó una mirada con Max y anunció que era hora de llevar la siguiente remesa al horno. El guardia abrió la puerta y lo ayudó a subir las escaleras.

—¡Dile a Stefan que tenga cuidado con ellas! —le advirtió Max.

Cuando se hubieron ido, habló con Bettina en tono urgente.

—¿Va todo bien?

Ella negó con la cabeza; el labio inferior le temblaba.

—Anoche recibí un telegrama de Karl. Va a volver mucho antes de lo esperado: solo unos días después de la inspección. Por mucho que Himmler encargue otra colección, Karl solo accedió a que yo me encargara de una. —Ya no podía disimular su inquietud—. Tenemos que hacer algo, Max. No puedo irme y dejarte aquí —susurró—. Semana tras semana, me he permitido venir a este lugar como sonámbula. Después de tanto tiempo separados, tenía la sensación de que era suficiente. Pero ahora no puedo volver a mi vida de antes. He visto lo que ocurre aquí, lo que te han hecho y todavía podrían hacerte... —La voz le aleteaba presa de la ansiedad como una polilla asustada volando hacia la luz—. Ay, ¿por qué no accedí a que nos marcháramos hace años, cuando me lo pediste?

—No lo sabíamos. No podíamos prever el futuro.

—He tomado la decisión equivocada una y otra vez. Sigo sin saber qué hacer, salvo... Sé que no puedo dejarte aquí y no puedo pasar con Karl ni un momento más.

—¿Estás segura de que no te dejaría ir?

Ella negó con la cabeza.

—Igual que los guardias no te dejarían marchar a ti. Estamos los dos atrapados, solo que yo lo estoy en una prisión que yo misma me busqué. Sigo esperando que se me ocurra algo, que se presente alguna solución, pero no hay salida. Es inútil.

Oyeron voces fuera y guardaron silencio, Bettina retorciéndose los dedos sobre el regazo. El guardia abrió la puerta y entró Fräulein Shaeffer.

—Lamento molestarla, Frau Holz, pero Herr Ostendorff pregunta si quiere reunirse con él después para almorzar.

Bettina irguió los hombros y procuró mostrar entusiasmo.

—Gracias, Fräulein. Haga el favor de decirle que acepto.

—Le pediré al guardia que la acompañe dentro de una hora.

Abandonó la sala y oyeron el murmullo grave de su conversación. Max le susurró con urgencia:

—Escúchame, Bet, no podemos esperar ni un instante más: Clara y tú tenéis que iros. Su seguridad y la tuya son lo único que importa. Id a Suiza y buscad a mis padres. Si sé que estáis a salvo, entonces seguro que podré resistir. Habla con Holger —le instó—. Él os ayudará, estoy convencido.

—¿Tienes la certeza de que puedas confiar en él? —preguntó.

—Sin reservas, igual que confío en ti.

Bettina meneó la cabeza negando su afirmación.

—Hablaré con él, pero no pienso dejarte; no te dejaré nunca. Tenemos que buscar una salida distinta.

La pesada puerta se abrió otra vez y el joven guardia asomó la cabeza.

—Disculpe, Frau Holz, me llaman del despacho del Außerkommandoführer. La llevaré a la oficina de Herr Ostendorff a mi regreso.

—Gracias.

Max aguardó hasta que el soldado se hubo marchado y entonces se puso en pie.

—He estado haciendo algo para ti. Como mínimo, puede servirte de distracción.

Subió hasta las vigas que describían arcos por encima de sus cabezas. Cayó una rociada de polvo y desechos que repiqueteó sobre la mesa. Cogió una pequeña escultura en arcilla de un tordo cantor todavía envuelta en un trapo húmedo. Había girado el ala, tal como se la describiera Bettina, y hecho una rama nueva un poco más grande que la oficial.

Encolar la hoja impresa de propaganda sería bastante fácil, el auténtico reto lo suponía buscar el tiempo y el espacio seguro para hacerlo sin interrupciones. Aunque de vez en cuando ella se había llevado las piezas a casa para seguir trabajando por la noche, no quería arriesgarse a que la descubrieran dejándolas allí demasiado tiempo. El servicio tenía acceso a todas las habitaciones del apartamento y la pequeña Clara estaba en esa edad en la que había empezado a investigar el contenido de todo aquello con lo que se topaba. Bettina contempló el detallado trabajo de Max y sintió deseos de compartirlo con el mundo, por remota que fuera esa esperanza.

A menudo se encontraba soñando con otra vida en la que trabajar en libertad. ¿Qué efecto tendría su arte si trascendiera esas paredes? Se imaginó la fábrica que los rodeaba, llena de estanterías con estatuillas, un tonel tras otro rebosantes de paja para repartir las obras de arte por todo el territorio. Todas las semanas se enviaban cientos de piezas a Berlín y por todo el Reich. Ojalá pudieran hacer ellos lo mismo. Sería muy sencillo: toda su colección cabría en un barril.

Poco a poco fue cobrando forma una noción: ¿y si lo esencial no fuera el subterfugio sino el valor? Después de todo, desde allí se enviaban figurillas constantemente sin que apenas nadie les echara otro vistazo. Lo único que tenían que hacer era cerciorarse de tener el embalaje adecuado y la valentía de sus convicciones.

Se preguntó ahora por qué había sido tan cauta durante tanto tiempo. Si se limitaba a envolverlas todas y sacarlas en una elegante caja de Allach adornada con un lazo, ¿quién le daría la menor importancia? Rio de viva voz, asombrada de no haberlo visto con claridad antes.

Holger estaba sentado a su mesa con una grabación de la ópera *Dalibor* sonando a un volumen discreto de fondo. Elaboraba un borrador preliminar del nuevo catálogo cuando oyó que el guardia llamaba a la puerta.

—¡Frau Holz, qué placer! Adelante, adelante. Fräulein Schaffer ha encargado que sirvan un almuerzo frío en el comedor, pero he pensado que le vendría bien un breve respiro aquí antes.

Despidió al guardia con un gesto de la cabeza y cerró la puerta a su espalda.

—¿Quiere tomar algo? ¿Un chocolate caliente, quizá? —Estaba al tanto de sus predilecciones.

—No, gracias. —Sonrió—. Pero sí que tomaría algo más fuerte, si lo tiene en el cajón de abajo. Tengo entendido que guarda ahí un par de gotas, para emergencias.

A Holger le chispearon los ojos al ver la oportunidad de hacer una travesura. Sacó la botella y dos vasos pequeños. Bettina apuró el whisky de un trago y notó la quemazón. Agachó la cabeza un momento esperando a que la calidez le infundiera coraje. Si Max confiaba de veras en ese hombre, ella también debía hacerlo.

—Tengo que hablarle de un asunto un poco delicado. Se trata de Max…

Holger notó una punzada de preocupación.

—¿Va todo bien?

Ella respiró hondo.

—A decir verdad, acudo a usted por desesperación. Seguro que no le sorprende, pero Max es muy importante para mí. De hecho, lo es todo.

—Yo también tengo en gran estima nuestra amistad.

—Lo ha mantenido a salvo, de momento, pero ya no se puede confiar en esa seguridad. —Carraspeó—. Siempre hemos eludido el tema, pero queda poco tiempo, así que debo ser sincera. Me he enterado de que mi marido va a regresar a Múnich dentro de poco más de una semana. —Se miró las manos, los dedos hechos un nudo sobre el regazo—. Nuestro matrimonio siempre ha sido un asunto de conveniencia por su parte y de necesidad por la mía, pero han cambiado las circunstancias y ya no puedo seguir con él. Tengo que marcharme de inmediato con mi hija, pero… no nos podemos ir sin su padre.

No se atrevió a decir más, pero vio cómo a Holger se le dilataban los ojos al comprender la implicación de sus palabras.

—Ya veo…

—Hay un gran riesgo en todas direcciones, pero he visto por mí misma lo que soporta Max y eso está por encima de cualquier otra consideración. Creo que tengo un plan, pero ahora necesito alguien que me ayude a llevarlo a cabo...

—Querida señora, ¿qué puedo hacer? Solo tiene que pedírmelo.

La cara casi se le descompuso de alivio, pero decidió mantenerse firme. Irguió los hombros como retando a Holger a que pusiera en tela de juicio su convicción.

—Creo que Max puede salir andando de este edificio y escapar. Parece absurdo, pero estoy segura de que existe la manera de hacerlo y necesito que me ayude a convencerlo.

Hablaron durante una hora y luego otra vez al día siguiente. Holger intentó discutir con ella y explicarle los motivos por los que su plan era una locura, pero ella rebatió todos y cada uno de ellos. Cuando por fin accedió, dijo que era a pesar suyo: habían sobrevivido hasta ese instante y tenían que seguir adelante de la misma manera, pero Bettina no se dejó disuadir.

—Sabe tan bien como yo que aquí la vida humana no vale nada. No solo la de los hombres, sino también la de las mujeres y los niños —insistió—. ¡Los niños, Holger! Las barbaridades que he oído, las cosas que he visto. Sé que usted también las ha visto.

Al final, Holger no pudo refutar más sus argumentos, aunque siguió diciendo que era una locura. Ella no se mostró en desacuerdo.

—Sé que lo es, pero aun así... no puedo abandonarlo sin más a su suerte.

Ahora solo faltaba convencer a Max, y se estaba acabando el tiempo: solo faltaban unos días para la inspección de Himmler, y su marido regresaría poco después. Ella sabía en lo más hondo que tenían que pasar a la acción de inmediato.

En momentillos robados, mientras trabajaban, ella le expuso todo el plan.

Aprovechando la inspección del Reichsführer escaparían los dos junto con Clara. Lo esencial, le explicó, era que Max se escondiera a la vista de todos, disfrazado de su esposo. El uniforme de reserva de su marido estaba colgado en el armario, limpio y planchado. Planeaba sacarlo a escondidas para que se lo pusiera Max. Ella llevaría a Clara consigo a la fábrica, en apariencia para que conociese a Herr Himmler. En cambio, Holger los ayudaría a escabullirse a los tres y los llevaría en coche a la estación, donde emprenderían la huida. Se decía que muy pocos tendrían el valor de pedirle la documentación a un oficial de las SS, pero aun así retocaría con un pincel fino y una lupa un viejo pasaporte de Karl, por si acaso. Sabía que lograría que pareciera Max, si alguien echaba un vistazo.

Al oír su plan, Max se horrorizó y se negó a considerarlo siquiera: era una locura que abandonase la seguridad de su matrimonio con Karl y la protección que les ofrecía a ella y a Clara, pero Bettina no estaba dispuesta a dar su brazo a torcer.

—No podemos volver a como eran antes las cosas. Hice lo que tenía que hacer para esperarte, pero ahora te he visto con mis propios ojos. No puedo dejarte aquí ni un solo día más de lo necesario. Te lo aseguro, preferiría morir.

Él discutió sus argumentos, pero Bettina rechazó todas sus razones con lógica y determinación.

—Nos aferramos a la esperanza durante mucho tiempo, pero ahora tenemos que enfrentarnos a la realidad. ¿Cuántas vidas has visto arrebatadas en estos últimos años? ¿Cuánto has visto que no me has contado? ¿Qué horrores? Lo sé, Max. Veo cómo te obsesiona.

Él no podía negarlo.

—Esto no es más que lo que planeamos antes de que te detuvieran. Podemos hacerlo ahora; sé que podemos. Seremos una familia, como siempre debimos ser.

Bettina había ido guardando ropa de abrigo para Clara en el bolso de tejido de alfombra que ahora estaba escondido en el fondo de su armario bajo varias mantas viejas. Ella iría con lo puesto. No llevaría nada más. Max dio argumentos en contra hasta que ya no pudo seguir oponiéndose. Él también lo deseaba; estaba unas veces entusiasmado y otras aterrado. Al cabo, se resignó.

Tres días antes de la inspección, Bettina estaba tan llena de energía nerviosa que apenas era capaz de contenerla. Daba un respingo a cada ruido y farfullaba sus pensamientos cuando nadie los oía, en un intento de hacer planes para un futuro todavía incierto.

—Puedes volver a trabajar en el diseño de la casa. Compraremos un terreno en algún lugar seguro en cuanto tengamos ocasión y la construiremos allí mismo: nuestro refugio en el bosque. Y cuando esté acabada, trabajaremos juntos y mostraremos al mundo lo que está pasando aquí.

—Un refugio en el bosque; suena como el mismísimo paraíso.

Los pensamientos de Max giraban siempre en torno a su hija; en torno a la muñequita que solo había visto aún en una fotografía. Seguía siendo su posesión más preciada, escondida bajo las mantas en su jergón, entre la paja y el polvo. Pero no era eso lo único que escondía. En el techo encima de la mesa de trabajo, en la oscuridad, también permanecían ocultos sus gólems. Max sugirió sin mucho convencimiento que los destruyeran, preocupado de que los descubriesen, pero Bettina no quiso ni oír hablar de ello.

—Son demasiado importantes, son nuestra voz. Podríamos contar un millar de historias sobre lo que ocurre aquí, pero ¿quién escucharía? Estas piezas se expresan de una manera que va más allá del lenguaje. Tenemos que llevárnoslas, sencillamente tentemos que hacerlo.

Ella planeaba sacar las piezas a escondidas cuando estuvieran disponiendo la colección oficial de cara a la inspección. Allí las podría traspasar al bolso de mano después de retirar el uniforme, envolviéndolas en la ropa de Clara.

—Y cuando lleguemos a Suiza, haremos una docena más. Tengo una idea para un topo de porcelana; podemos colgarlo de un alambre de espino.

Max parecía confuso, así que ella se lo explicó:

—Siempre se me olvida que eres un chico de ciudad. Los guardabosques lo hacen para demostrar cuántos animales dañinos han matado. Yo los veía constantemente cuando era niña: hileras de topos colgando del alambre hasta que se pudrían. Creían que los cadáveres eran una advertencia y hacían huir a los demás.

A Max se le nublaron los ojos. Resurgió un recuerdo que había relegado a las profundidades y se estremeció.

—Sí. Eso estaría bien.

Cuando Bettina se despidió esa tarde, Ezra y Stefan estaban presentes junto con el guardia en la puerta. Ella tuvo que resignarse a cruzar solo una breve mirada con Max.

—Os veré a todos mañana.

Le sonrió a Max y él hizo lo propio. Todavía quedaban vestigios de sol en el cielo cuando salió del edificio. «Los días son cada vez más largos», pensó. La certeza de la primavera la animó y la llevó de regreso a Múnich.

Cuando salió del ascensor y accedió al apartamento, la sorprendió encontrarse a Liesl espetándoles órdenes a los criados que corrían de aquí para allá. Había baúles y cajas en el vestíbulo y montones de ropa de cama limpia. Bettina miró a su alrededor, aturdida ante tanta actividad.

—¿Qué demonios pasa aquí?

Liesl le lanzó una mirada severa.

—Eso mismo podría preguntarte yo. ¿Dónde te habías metido?

—Estaba en la fábrica, trabajando.

—No soy tu secretaria, Bettina. Por lo general, vas una vez

a la semana, los martes. ¿Cómo iba a saber dónde estabas cuando Karl ha telefoneado para hablar contigo? No tenía la menor idea de qué decir.

—¿Ha dicho cuándo volvería a llamar?

—Tu marido no tardará en volver a casa, Bettina, preguntándose sin duda dónde andará su mujer.

—Pero no tenía que volver hasta dentro de unos días —protestó Bettina.

Liesl entornó los ojos.

—Creo que lo que quieres decir es: qué maravilla que mi marido vaya a volver a casa conmigo por fin.

Liesl la miró de arriba abajo sopesando la bata de trabajo cubierta de polvo y el pelo recogido de cualquier manera. Le agarró el brazo sin miramientos a una criada que pasaba cargada de ropa limpia.

—Ursi, vete a prepararle el baño a Frau Holz. —Se volvió hacia Bettina y frunció los labios—. Podrías al menos intentar estar presentable.

Bettina se encontró plantada delante del armario abierto mirando fijamente el uniforme de Karl que seguía allí colgado. Debajo de un montón de mantas estaba el bolso de tejido de alfombra. ¿Lo habían movido? No se lo pareció. Se arrodilló para mirar dentro. La ropa y los juguetes de Clara seguía allí, tal como los había dejado. Cobró conciencia de su propia respiración, rápida y somera. Se recostó contra la cama. Las piernas le decían que huyera, pero su mente no obedecía. La lógica había quedado ahogada por la confusión y velada por el miedo.

Desde lo que le pareció una enorme distancia, oyó reverberar la voz de Karl al otro lado de la pared. Luego llegó la respuesta estridente de Liesl y el ruido de Clara corriendo por la gruesa moqueta del pasillo. Sin darse cuenta, Bettina se levantó y fue hacia la puerta. Puso una mano en el frío pomo de latón, aguardando a la escucha. Atinó a distinguir su nombre entre la sopa de voces. Cerró los ojos y apretó la frente contra la jamba; ahora ya era demasiado tarde, no había salida. Como si estuviera flotando, abrió la puerta y forzó una sonrisa.

En el vestíbulo, Clara estaba colgada del cuello de Karl, que la abrazaba con las mangas almidonadas del uniforme y la cogía en volandas.

—¡Cómo pesas, *Liebchen*! —rio.

Bettina fue hacia él, que se puso a Clara a horcajadas en la cadera y se adelantó para besar a su esposa y se echó a reír cuando ella retrocedió.

—Lo siento —dijo Karl—. Qué torpe soy.

—Qué va.

Le ofreció debidamente la mejilla y él se inclinó de nuevo para besarla. Clara le cogió un puñado de pelo y tiró de él. Bettina hizo un gesto de dolor y le aflojó los deditos.

—¿Qué tal el viaje?

—Pesado. Me alegro de estar en casa.

Liesl volvió a intervenir con un tintineo de risa.

—Y nosotras nos alegramos de que estés aquí, ¿verdad, Bettina?

Hizo el esfuerzo de combar un poco más hacia arriba las comisuras de la boca.

—Por supuesto que sí.

Liesl cogió a Clara de los brazos de su hermano.

—He pensado que igual podemos cenar todos juntos. ¿Quieres cambiarte antes?

Karl mantuvo la mirada fija en Bettina.

—La verdad, Liesl, es que prefiero que cenemos a solas mi mujer y yo.

Clara elevó un gemido de protesta, pero Liesl la hizo callar.

—¡Claro! Yo cenaré con los niños, así tendréis ocasión de poneros al día. Venga, Clara; ven, querida.

La doncella puso la mesa para dos mientras el ama de llaves

llevaba una sopera de porcelana de cremoso guisado *Hasenpfe-ffer* aderezado con vino y unos cuencos humeantes de patatas nuevas con menta y espárragos. Karl abrió una botella de champán.

—*Zum Wohl*. ¡Salud! Hay muchas más de donde ha salido esta.

Bettina asintió y tomó un trago considerable antes de apartarla, consciente de que Karl no le quitaba ojo. Pinchó delicadamente la carne con el tenedor y masticó un bocado en silencio meditativo. Ella había esperado una conversación animada; por lo general, regresaba con historias inacabables acerca de sus proezas con Gurlitt y las vicisitudes del gobierno de Vichy, pero esa noche parecía inusualmente distraído. Transcurridos unos minutos, habló por fin:

—Bueno, dime, ¿qué has estado haciendo en mi ausencia? Liesl dice que apenas podía seguirte la pista.

—He pasado casi todo el tiempo en la fábrica de porcelana, terminando la colección.

Asintió con aire pensativo.

—¿Y estás contenta con los resultados?

—Todo lo contenta que se puede estar a estas alturas. Himmler va a venir a inspeccionar las piezas en persona dentro de tres días.

—Bueno, entonces, esperemos que el esfuerzo haya merecido la pena. —Otro silencio torturado y entonces, por fin, volvió a hablar—: Supongo que más vale que te cuente mis noticias, aunque ya veo que no te has interesado.

—Son buenas, espero.

—Me atrevería a decir que son motivo de celebración: Hildebrand Gurlitt me ha invitado oficialmente a que colabore con él en la adquisición de obras de arte para el nuevo *Führermuseum*.

Ella alzó la copa para brindar.

—¡Enhorabuena, Karl, es maravilloso! Y muy merecido, además. Sé lo mucho que has trabajado para conseguirlo.

Él se permitió esbozar una sonrisilla como restándole toda importancia. Bettina tomó otro trago de champán.

—Bien, dime, ¿dónde te destinarán?

—París, como puedes imaginar. Me temo que se me necesita de inmediato. Tendré que regresar lo antes posible.

Ella sofocó un suspiro de alivio; no se había atrevido a esperar que su visita fuera tan breve.

—Qué pena, Clara se llevará un disgusto. Tenía toda clase de planes contigo.

Karl sonrió con indulgencia.

—Yo también los tengo con ella.

Dejó el cuchillo y el tenedor e hizo una breve pausa, por lo visto considerando sus siguientes palabras.

—Creo que debo informarte de que tengo intención de permanecer indefinidamente en París.

—Ah, ¿sí?

—Y teniendo eso en cuenta…, he decidido que Clara se venga conmigo. La echo tremendamente en falta cuando estoy lejos.

—Pero, no podemos ir contigo, Karl. Para empezar, está la inspección…

Él meneó la cabeza con determinación.

—No volverás a la fábrica. No hay necesidad.

Bettina sintió que se cernía sobre ella un terror pálido. Levantó una mano.

—Tampoco tengo intención de llevarte conmigo a París. Solo a Clara.

—¿Qué razón puedes tener para algo así? —Lo miró con el ceño fruncido, horrorizada.

La sonrisa que le ofreció él fue ácida.

—Esperaba desde hace tiempo que un poco de indulgencia por mi parte te ayudase a asentarte. Pero ahora veo que en cambio te ha echado a perder. Te ha dado la idea de que podías descuidar tus deberes como esposa y como madre.

Pese a la implicación de sus palabras, Karl tenía pintada en el rostro una expresión de paciencia benevolente. Decidida a no perder la calma, Bettina dejó los cubiertos con cuidado en el plato.

—Haz el favor de explicarte.

—Pensaba que era evidente. Has abusado de mi generosidad demasiado tiempo.

Ella no pudo evitar espetarle:

—Ya veo. ¿Y por qué se supone que debo pedir perdón esta vez?

—Igual podemos dejarnos de fingimientos. —Suspiró—. El servicio, mi servicio, me ha tenido bien informado de todos tus movimientos estos últimos años. Todos los encuentros clandestinos con amistades indeseables, los caballeros que iban de visita a tu estudio. Más recientemente, las visitas casi diarias a la fábrica, cuando habíamos acordado que irías un día a la semana. Cartas y llamadas de teléfono secretas. Y ahora, según tengo entendido, escondes en el armario un bolso de viaje preparado. ¿De verdad creías estar pasando inadvertida?

—Has estado espiándome.

—Con razón, por lo visto.

Ella palideció ante lo que se avecinaba. Karl tiró la servilleta encima de la mesa, decidido a castigarla:

—¡Pensar siquiera que te dejaría marchar con Clara! Sabes que jamás te lo permitiría y, sin embargo, insistes en llevar esta farsa hasta extremos absurdos. Puedo hacer la vista gorda ante tus arrebatos dramáticos, pero no pienso quedarme cruzado de brazos mientras maquinas arrebatarme a mi hija. —Sacudió la cabeza, aparentemente dolido—: Lo que más me entristece es que de verdad pensaba que habías aprendido la lección la última vez. La falta de respeto que me demuestras ahora es mortificante.

—¿De qué hablas? ¿Qué última vez?

—No me hace ninguna gracia tener que solucionar tus líos, Bettina.

Ella se le quedó mirando, ahora desconcertada por completo.

—Venga, ¿tengo que explicártelo en detalle? Aquel desafortunado episodio con el caballero de Frankfurt.

Bettina empezó a entenderlo.

—¿Te refieres a Richard?

—Ya te lo dije, no quiero oírte pronunciar su nombre. —Tensó la mandíbula—. Basta con decir que... ese caballero no volverá a importunarnos.

Bettina escudriñó su semblante y vio que tenía intención de silenciarla, pero se negó a callar.

—¿Qué estás diciendo?

Hubo un momento de silencio absoluto.

—Te lo advertí, pero no quisiste escuchar. Luego tuviste la temeridad de venirme con tu triste cuento.

—¿Qué hiciste, Karl? ¡Dímelo!

Que se atreviera a preguntarlo siquiera lo dejó incrédulo.

—¿Qué quieres que te diga? ¿Qué tu «amigo» desaparecido no volverá a ver la luz del día a menos que decidan dragar el Rin?

Su amigo desaparecido.

—Aquí la única culpable eres tú, Bettina. Fuiste tú quien me alertó sobre él. Prácticamente me lo restregaste por las narices.

Bettina se llevó las manos a la cara presa del pánico, su semblante horrorizado en el momento de comprenderlo todo.

Karl la miró con desprecio apenas disimulado.

—Estamos en guerra y yo lucho por el futuro de mi hija. Sin duda habrá bajas. Te sería bueno tenerlo presente, por tu propio bien.

Notó que le sobrevenía una arcada y aunque salió corriendo de la habitación apenas tuvo tiempo de llegar al lavabo antes de que le saliera por la boca la carne rosada de conejo cuajada de salsa. Se sintió como una niña en la *Teufelsrad* de la feria, la rueda del diablo que giraba y luego te arrojaba contra el lateral y te dejaba hecha un guiñapo en el suelo.

Estuvo plantada varios minutos delante del espejo mirando

su propia cara, tanto rato que perdió la noción del tiempo. Temblando, se limpió la boca con el dorso de la mano; era todo ojos y piel cerosa, una mancha de pintalabios como sangre seca. Un retrato expresionista, no era una mujer real en absoluto. Volvió a paso inseguro al comedor, donde Karl, que por lo visto había recuperado la compostura, estaba fumando.

—He llamado al médico. Le he dicho que estabas crispada y que necesitabas descanso. Ya había pensado que mis noticias provocarían estos… vapores. Parece ser que ahora hay disponible un tratamiento decente en Italia. Haz un equipaje ligero, no te hará falta mucha ropa.

—Karl, por favor, no lo hagas.

—Ya no está en mis manos. Estás completamente histérica y cuando te encierren, como con toda seguridad harán, será por tu propio bien.

—No me envíes lejos, te lo ruego —le imploró—. Clara necesita a su madre, ¡seguro que lo entiendes!

—Clara puede vivir conmigo en París hasta que entres en razón. ¿De qué le ibas a servir tal como estás? Heida cuidará de ella perfectamente bien, tú misma lo dijiste cuando suplicaste que te dejara trabajar.

Karl la miraba con frialdad. Bettina no podía explicarse cómo había llegado ahí, cómo había permitido que las cosas se torcieran tanto.

—Por el amor de Dios, ¿por qué me castigas así?

—No me has dejado otra opción. Esto no es un castigo, es rehabilitación y deberías agradecérmelo. Otros no se habrían mostrado tan compasivos, pero esa es la clase de hombre que soy.

—Ah, sé precisamente la clase de hombre que eres.

Se formó ante sus ojos una imagen de Richard.

—Eres un asesino. Un monstruo. Eres todos tus peores miedos hechos realidad y tendré buen cuidado de que Clara lo sepa.

En ese momento dejó de importarle qué más le pudiera hacer. Sin Max, ya no era nada. Presa de la más absoluta desesperación, las palabras se derramaron de su boca y se clavaron como un puñal:

—Nunca te quise y ella tampoco te querrá. Me aseguraré de que así sea.

Karl se puso en pie bien tieso, como si se le hubiera cristalizado la sangre en las venas. Ella le vio mover la boca mascando palabras que escupirle, pero ninguna debió de saberle lo bastante acre, pues no emitió ningún sonido. Hizo un breve ademán de abalanzarse hacia ella, como si fuera a alargar las manos por encima de la mesa para echárselas al cuello. Bettina retrocedió y luego le vio recuperar el control, los nudillos ahora de marfil pulido.

—Da igual —siseó entre dientes. Se sirvió otra copa de champán, aunque ella vio que le temblaba el pulso—. Eres mi mujer. Clara es mi hija y haré lo que considere mejor para esta familia. Ahora, vete a acostarte. El médico no tardará en llegar.

En Dachau, la primera hora de la mañana llegó y quedó atrás con el pase de revista. Todo el mundo se puso manos a la obra para limpiar los barracones hasta que estuvieron fregados y ordenados. Quizá Himmler decidiera inspeccionarlos mientras se hallara en la fábrica y el Kommandant estaba perfectamente al tanto de su pasión por la limpieza. No se podía permitir que proliferaran las enfermedades, como ya había ocurrido allí varias veces. No había vestigio alguno de humanidad en el edicto, sencillamente se enorgullecía de ello.

En la fábrica seguían los preparativos. Hoy iban a escogerse las piezas definitivas. En el sótano se habían dispuesto copias de todas las figurillas. Bettina escogería las mejores y añadiría algún que otro toque final: un poquito de lustre adicional, para hacerlas cobrar vida. Entonces se expondrían sobre un lecho de paja, todas y cada una en su propia caja Allach fabricada para la ocasión.

Pero primero estaban todas las labores matinales de costumbre: preparar la arcilla para el día que se avecinaba y acondicionar el puesto de trabajo de Bettina. Max percibía una anticipación electrizante en todos sus movimientos. Cuanto más trivial la tarea, más trascendental se le antojaba. Notaba el eco de todos los días que había pasado desde su detención encargándose de las mismas rutinas y rituales, todos ellos ordenados e inmutables. Solo ahora era capaz de levantar la cabeza y volver la vista sobre todos los años que habían transcurrido. Le parecían toda una vida.

El sol empezó a entrar por la ventana inundando brevemente de luz la sala. Max miró el techo, preocupado de que algo allí arriba le llamara la atención al guardia, pero los gólems seguían a salvo a cobijo de las sombras. Solo los días más radiantes alcanzaban a penetrar en la profunda penumbra del sótano.

Cuando entraba alguien en la sala, levantaba la vista en busca de los rasgos familiares de ella. Ezra, Stefan, incluso Holger llegaron y se fueron, pero el puesto de Bettina siguió vacío. Max hizo el esfuerzo de trabajar, empezando por un sencillo jarrón para mantener distraído el cerebro consciente. Repasó repetidamente la primera etapa de la huida que tenían planificada. Holger y ella habían perfilado aún más el plan. Aunque él no había tenido ocasión de hablar con su amigo al respecto, Bettina se lo había descrito la víspera entre susurros apresurados.

La mañana de la inspección, Holger llamaría a Max a su despacho, donde esperarían atentos a la llegada de Bettina y Clara. A Max le había supuesto un alivio pensar que vería primero a su hija desde lejos; esperaba que eso lo preparase para su encuentro cara a cara. No quería que su primer recuerdo de él fuera verlo deshecho en lágrimas.

La secretaria de Holger, Fräulein Schaffer, acompañaría a Bettina y a la pequeña Clara al estudio antes de ir en busca de Holger y Max para que se reunieran con ellas. A su llegada, Bettina fingiría estar indispuesta y, en ausencia de su chófer, Holger se ofrecería a llevarla a casa.

Fräulein Schaffer los acompañaría a la salida y dejaría a Max en el estudio a solas, donde él se pondría el uniforme de las SS de Karl, que Bettina habría escondido junto con sus gólems de porcelana. Iría por la escalera de incendios y saldría fuera. La fábrica estaba en el centro del campo de adiestramiento de las SS, conque un hombre uniformado más no llamaría mucho la atención. Holger estaría aguardando en el sendero de acceso para recogerlo. Los llevaría a la estación, donde los dejaría antes de volver a la fábrica a tiempo para que lo vieran docenas de personas tomando parte en los preparativos finales, lo que le daría una coartada. En el caos de la jornada, pasarían horas antes de que echaran a nadie de menos.

Max, Bettina y Clara irían a coger el tren de Zúrich: la familia Holz al completo con toda la documentación necesaria. A Max le preocupaba que Clara se quejara de su compañía o renegara de él en caso de que los interrogaran, pero Bettina le aseguró que le encantaban los juegos de fantasía elaborados.

—Si le digo que eres su padre en un juego, nos seguirá la corriente con ferocidad absoluta. Tiene una imaginación formidable.

—Igual que su madre —había contestado Max.

No tenía sino una noción imprecisa de la siguiente fase del viaje hasta la frontera: la leve esperanza de que transcurriera sin incidentes hasta que tuvieran ocasión de apearse del tren y cruzar andando al cobijo de la noche. Era un riesgo tremendo, se mirara como se mirase, pero mejor que cualquier otra alternativa.

Max oyó un ruido fuera y volvió a prestar atención. Ahora el sol estaba en lo más alto de su trayectoria y la tarea que tenía ante sí seguía intacta, el buril cogido con dedos lánguidos. La puerta se abrió, pero para su evidente decepción solo era Holger.

—¿Va todo bien por aquí?

El joven guardia en la puerta arrastraba los tacones de las botas. Max asintió mirando fijamente la silla vacía de Bettina. Holger captó su intención y le preguntó al guardia:

—¿No ha venido hoy Frau Holz?

El soldado se encogió de hombros y negó con la cabeza.

—Me pregunto dónde se habrá metido… —rumió Holger volviendo la vista hacia Max.

—Seguro que vendrá mañana a primera hora. Tenemos que esperar a ver.

Para cuando Holger bajó las resonantes escaleras a la mañana siguiente, Max tenía el rostro ceniciento de preocupación. Ya se le habían ensombrecido los ojos por efecto de la desnutrición, pero ahora Holger le veía las venas a través de la piel fina cual papel de seda, las pupilas oscuras como un pozo inundado.

El guardia le informó de lo que ya sabía: Bettina estaba ausente por segundo día. Holger asintió con gesto gravemente alentador y dijo en voz alta:

—Ahora mismo voy a ver qué ocurre.

Volvió a su despacho y le pidió a Fräulein Schaffer que telefoneara directamente al apartamento de Frau Holz, pero no contestaron. Estuvo sentado a su mesa cinco minutos enteros con la cabeza entre las manos intentando decidirse, luego se puso en pie y avisó en la oficina de que iba a salir. Fue al coche y condujo directo a la ciudad, donde aparcó en la ancha calle enfrente del apartamento de Holz. Se planteó un momento qué hacer a continuación. Observó el flujo de tránsito del edificio, la gente que entraba y salía, y cruzó la calle. Accedió al vestíbulo a paso ligero y fue directo al ascensor. Anunció su destino con aire de confianza aplomada: la residencia de los Holz. ¿Le estaban esperando? Por supuesto. El ascensorista no tuvo otra opción que llevarlo arriba. El ascensor se abrió al terso silencio de la planta superior, donde solo se veía a una doncella. Holger salió y llamó a la chica.

—¿Puede hacer el favor de decirle a la señora que ha venido a verla Holger Ostendorff?

Aguardó a solas en el amplio y elegante vestíbulo. No había ninguna señal de que allí viviera una niña, ni juguetes ni vestigio alguno de ambiente familiar. Todas las ventanas ofrecían una panorámica desde las alturas de la ciudad. Bettina sin duda vivía allí con bastante comodidad, pero un ave silvestre ansiaba huir de la jaula por mucho que esta fuera de oro.

La doncella regresó con una mujer de cara chupada que lucía una larga bata de casa de seda firmemente sujeta contra la clavícula por una mano demacrada.

—¿Se supone que yo lo estaba esperando?

Su cara mostraba un gesto de incredulidad y hastío al mismo tiempo.

—Lamento las molestias; esperaba ver a Frau Holz. —Sacó del bolsillo una tarjeta de visita pulcramente impresa y se la tendió—. Holger Ostendorff, director artístico de Porcelana Allach.

Alzó una sola ceja:

—¿Y?

—Y soy amigo de Frau Holz —continuó él—. Llevamos varios meses trabajando juntos.

A ella se le agrió el gesto.

—No sabía que mi cuñada tuviera ningún amigo. Pero, teniendo en cuenta la extensa colección de porcelana que ha traído en los últimos meses, no me sorprende. ¡El billetero de mi hermano debe de mantenerlo a usted a flote!

Señaló con un gesto la repisa de la chimenea cercana donde Holger vio expuestas muchas de las piezas que había esculpido Max a lo largo de los últimos cuatro años.

—Esperábamos verla en la fábrica esta mañana. Me he preocupado. ¿Se encuentra bien?

—Me temo que no. Enfermó de repente. Creen los médicos que fue por exceso de trabajo.

Le lanzó una mirada cargada de intención como si tuviera él personalmente la culpa.

—Solo se lo pregunto porque tenía que reunirse con el Reichsführer-SS mañana y estoy seguro de que él se interesará por su ausencia.

La mención de Himmler, al menos, le granjeó su atención. Suspiró, a todas luces contrariada al ver que estaba decidido a obtener una respuesta de más enjundia.

—No es asunto de nadie aparte de la familia, pero es evidente que tenía alguna clase de dolencia nerviosa latente. La han enviado a Italia para someterse a tratamiento. Haga el favor de transmitir nuestras disculpas al Reichsführer.

—¿Y cuándo puedo decirle que esperamos su regreso?

—Lo siento, Herr Ostendorff, ¿no me he expresado con la suficiente claridad?

Llamó a la doncella.

—Y ahora, debo insistir en que se vaya. Es un momento muy difícil para toda su familia, como puede imaginar.

Holger envió a buscar a Max y le dio la noticia con la mayor delicadeza posible, aunque no había modo de suavizar semejante golpe. Casi esperaba que se viniera abajo, pero él sencillamente escuchó con expresión inescrutable. Al cabo, Holger tuvo la sensación de que sus esfuerzos por consolarlo estaban surtiendo el efecto opuesto, así que guardó silencio y dejó que Max hablara por fin.

—¿No había señal de Clara?

—No la había de ninguna de las dos.

Max se estaba hurgando las uñas sin darse cuenta. Holger se quedó mirando las cutículas ajadas, los profundos surcos de piel rosada en carne viva a la vista.

—Piensas lo peor.

—¿Tú no?

Dejó de toquetearse los padrastros cuando se fijó en dónde tenía puesta la mirada Holger.

—Es la arcilla. Me ha endurecido la piel, por mucho que me la despegue. A veces sueño que me estoy convirtiendo en un gólem.

Max ocultó las manos y se volvió para poner fin a la conversación.

—¿Max?

Se giró.

—Haz el favor de no perder la esperanza, ya os reencontrasteis una vez.

—Ojalá te pudiera creer. Me parece que de algún modo descubrieron que Bettina tenía intención de escapar. Estuvieron a punto de perder a su pequeña. No volverán a cometer semejante error.

Cuando se hubo marchado Holger, estaba demasiado inquieto para centrarse en el trabajo. En cambio, deambuló a paso lento por el edificio observando los preparativos para la visita de Himmler, ahora ya muy avanzados. Se dirigió primero hacia el horno donde Ezra y Stefan estaban ocupados preparando unas chucherías de temporada para hornearlas: una petición de último minuto de la oficina del Reichsführer. Ahora que la colección de Bettina ya estaba completa, le habían encargado a Ezra que ayudase en otros departamentos. Que Max pasara el día solo casi por entero no sirvió sino para que Holger se preocupara aún más. Le confesó sus temores al hombre mayor y le contó lo que le había dicho a Max.

—¿Y cómo respondió?

—No dijo gran cosa, pero lo que manifestó fue bastante fatalista.

—Tiene que llorar la pérdida, Herr Ostendorff. Debemos dejar que eso siga su curso.

Holger se quitó las gafas y se frotó los ojos; al parecer no podía concentrarse.

—Estoy preocupado por él.

—Entonces, téngalo ocupado, permita que se prepare para la

visita de Himmler y trabaje todas las horas que pueda. Debe hacer algo para distraerse. Por eso todas las culturas tiene una versión del *levoya*, un funeral.

—Ella no ha muerto. Aún es posible que regrese en el futuro.

—Al margen de lo que haya sucedido, se las han arrebatado, a las dos. Créame: seguimos llorando su pérdida, aunque sigan vivos.

Fräulein Schaffer lo organizó con el Außenkommandoführer, que supervisaba a todos los prisioneros en los destacamentos de trabajo. Max debía encargarse de una tarea especial que consistía en dejar el estudio listo para la inspección del Reichsführer.

Las obras fundamentales tenían prioridad. Eran de importancia primordial las figurillas humanas y los bustos, que incluían al niño del tambor, a un esgrimista e incluso al mismísimo Führer; todos ellos un modelo de perfección glacial. Ocuparían el centro de la sala, expuestos en plintos individuales. Luego estaban las vasijas y los cálices con hojas de roble, símbolos y signos rúnicos, todos como salidos de un banquete vikingo. Se exhibirían encima de una serie de columnas cuadradas dispuestas en el lateral derecho de la sala. A la izquierda, en una larga mesa, se expondría la colección de animales fabricados en colaboración con Frau Holz. Todas y cada una de las criaturas se presentarían sobre un lecho de paja en una caja Allach con el emblema de los dobles relámpagos de las SS.

Como una representación teatral, exigía una planificación, construcción y coreografía minuciosas. En tanto que método de distracción, requería la plena atención de Max.

La noche anterior a la visita de Himmler, Holger fue a echar un vistazo al estudio en persona. El espacio resonante estaba sumido en la oscuridad salvo por la luz de la luna que brillaba a través de los grandes ventanales. Max parecía exhausto, como un espectro, pero la sala estaba inmaculada. Le mostró a Holger las mesas, los plintos y los estantes, todo dispuesto para la inspección. Conforme hacían la ronda, fue realizando pequeños ajustes con cada pieza para que se vieran desde su mejor ángulo.

Al final, Max llevó a Holger a la larga mesa donde estaba su propio trabajo. Las seis cajas se encontraban perfectamente alineadas. Holger levantó la tapa de la primera y vio la obra de Bettina, el delicado conejo pintado a mano, acomodado sobre un lecho de fragante heno real. A la luz tenue parecía tan dotado de vida que Holger atinó a imaginar que se le movía la naricilla rosa.

—Cuánto lamento que ella no pudiera verlo, Max. Pero no te quepa duda de que se habría sentido orgullosa.

Max arrastró los pies y meneó la cabeza.

—Lo único que quise siempre fue protegerla. Tendría que haber hecho mucho más.

Horas después, Max despertó en la oscuridad de antes del amanecer. Apenas había dormido, presa de sueños inquietos atormentados por la parálisis. En cada ocasión que se despertaba, le volvía a la mente la certeza de que le habían arrebatado a Clara y Bettina, y notaba una presión tal que los pulmones se le quedaban sin aire.

La última vez había despertado de una visión en la que los tres se estaban ahogando; le subió a los labios un grito que a punto estuvo de escapársele al notar que los pulmones se le empezaban a llenar de agua. Después, decidió que más le valía quedarse despierto y esperar a que amaneciera. No tardaría en llegar el pase de revista, seguido por la inspección del Reichsführer. No alcanzaba a imaginar ningún futuro después de eso: ante él se extendía un paisaje baldío, un inmenso banco de niebla en el horizonte.

A escasa distancia en el barracón, un rabino despertó y pronunció una breve oración para dar las gracias por otro día de vida. Estaba agradecido de que su alma hubiera regresado a su cuerpo después de la pequeña muerte del sueño, aunque no se atrevió a invocar el nombre de Dios, pues aún tenía que lavarse las manos. Max se preguntó cómo podía el rabino seguir mostrando semejante gratitud. Había visto las calvas que tenía en la barbilla donde le habían arrancado los pelos uno a uno: los guardias estaban empeñados en castigarlo por seguir manteniendo la fe frente a su barbarie.

Poco a poco la luz fue pasando del negro al índigo profundo y Max palpó bajo el colchón lleno de paja en busca de la fotografía de Clara allí escondida. Solo dispondría de unos momentos en los que contemplar la preciosa imagen de su hija antes de que tocaran diana.

La fotografía era una ventana a otro mundo. La niña estaba sentada sobre una explanada de hierba verde grisácea que descendía hacia la orilla del agua. Detrás de ella había un lago como aquel en el que sus padres sintieron por última vez el sol sobre los hombros. Los dos habían estado sobrellevando el dolor de la pérdida por separado, pero se habían reencontrado al regresar, temblorosos, de las profundidades más oscuras. Después de aquello habían vuelto a ser felices, aunque nunca tan despreocupados.

Max oyó los sonidos de los hombres que por docenas despertaban del sueño. Los duros tablones sobre los que dormían crujieron a modo de protesta.

En algunos catres había prisioneros que aborrecían abandonar el sueño. El amanecer era el instante más duro para los esqueletos de ojos tristes, víctimas de la ictericia y la fiebre, que sabían que no les quedaba mucho tiempo. No había oportunidad de tratamiento para los enfermos y los muertos; los únicos médicos de Dachau eran aquellos empeñados en averiguar hasta dónde llegaba la capacidad de resistencia de un cuerpo humano. El filo naciente del sol sencillamente mermaba sus posibilidades de supervivencia. Si tropezaban o se desmayaban, podía venir un guardia y arrebatarles a palos la poca vida que les quedaba. Quienes eludieran esa suerte, no tardarían en ser enviados a Hartheim.

A la zaga de esos, según creía Max, estaban los que habían perdido toda esperanza. Vivían, aunque el propósito de la vida los había abandonado. Ahora su único deseo era buscar un final rápido de su propia elección. Los primeros días de internamiento, Max había sentido que se cernía sobre él ese nivel de desesperación, pero después notó que se atenuaba un poco al reunirse con Holger y, más adelante, con la llegada de Bettina. Pensar en ella, en Clara, lo había sustentado desde entonces. Ahora que volvía a vislumbrar su fría sombra amenazante, su mero roce lo estremecía.

Max volvió a guardar la fotografía en su escondrijo. No necesitaba verla para recordar todos y cada uno de los pliegues y líneas y todas y cada una de las pecas de la carita sonriente de su hija. Elevó una oración muda por las dos, allá donde estuvieran. No invocó el nombre de Dios, pues no se atrevía a esperar que hubiera alguien escuchando.

Todos los trabajadores volvieron temprano a la fábrica. Aún quedaban muchos preparativos por hacer y el Reichsführer era muy quisquilloso. Pobre de cualquiera a quien pillaran desatendiendo su trabajo cuando Himmler estuviera en el edificio. Hasta los guardias estaban un poco más tiesos en sus puestos.

El día amaneció más radiante que cualquier otro desde hacía muchos meses. Por fin había llegado la primavera y con ella el feroz resplandor del sol, que iluminaba el mundo, aunque dejaba al descubierto todos sus defectos. Holger había pedido que se barriera el estudio a primera hora de modo que las nubes de polvo tuvieran tiempo de asentarse, y que después se barriera de nuevo, pero seguían formándose montoncillos de partículas blancas contra las orillas de la habitación y llenándose las grietas entre los tablones del suelo. Volvieron a levantarse nubes de polvo cuando sacudieron, cual látigos, los paños blancos y almidonados para las mesas; luego los colocaron. Las figurillas de tonos crema mate y esmalte color leche recibieron un último pase de trapo y plumero antes de que las situaran en sus columnas de escayola para que quedaran iluminadas por haces de limpia luz primaveral. Al cabo, todo estuvo dispuesto.

Los artistas modeladores de Allach ocuparon sus lugares junto a sus obras. No estaba garantizado que todas las obras fueran a ser aprobadas, pero las que lo fueran no tardarían en reproducirse en abundancia y venderse por todo el Reich. Los escultores vestían su larga bata blanca, inmaculada para la ocasión. Solo Max llevaba la estrella de David amarilla en un brazalete.

A las diez de la mañana llegó un séquito de vehículos por la calzada de grava. Holger había dejado que Fräulein Schaffer los recibiera a la entrada y acompañara a Himmler y sus hombres por el edificio. Sabía que él no estaba en posición de competir: Himmler disfrutaba encabezando la procesión por las avenidas embaldosadas de su dominio de porcelana. Ese día venía acompañado de un grupo de oficiales superiores, cinco en total. Ataviados con uniformes casi idénticos, solo el lenguaje codificado de sus estrellas, charreteras y botones, sus medallas y galones, dictaba quién podía estar cerca del Reichsführer y quién debía mantenerse en los márgenes; quién podía hacer observaciones y quién estaba allí meramente para asentir y escuchar con toda su atención. Aunque Himmler era el hombre más menudo con diferencia, ejercía una fuerza que superaba con creces su estatura. Quizá sus hombros endebles estuvieran encorvados bajo el peso de la rígida gabardina de cuero, pero los hombres seguían apiñándose en torno a él como carroñeros, haciéndose un hueco a codazos.

Sus pasos retumbaron por las escaleras y resonaron contra las sólidas paredes de cerámica al subir hacia el estudio. Al oír que se acercaban, Holger cerró los ojos un momento. Entonces irrumpieron en la sala, Himmler en cabeza, asintiendo con serenidad conforme lo iba supervisando todo. Los presentes sacaron pecho y se irguieron un poco más al tiempo que alzaban el brazo en un enérgico saludo. Holger se adelantó.

—Bien, mi querido Ostendorff, ¿qué me tiene reservado hoy?

—Un trabajo muy refinado, Reichsführer. Pero que muy refinado.

Lo llevó primero hacia los plintos de escayola, cada cual coronado por una estatuilla humana: el culmen artístico de Allach. Había un soldado condecorado a lomos de un caballo puesto de manos, una dulce pastora con un cordero entre los brazos y un niño tamborilero con la camisa remangada y el pelo peinado hacia atrás. Los cinco individuos que rodeaban a Himmler emitieron tímidos sonidos de aprobación columpiando la mirada entre las figurillas y la cara de este. Nadie quería ofenderlo excediéndose con los elogios o quedándose corto. Himmler se tomó su tiempo. Se inclinó para mirarlas todas con detalle, pasando un dedo cauto por el acabado antes de emitir su juicio. Al final, declaró que las tres eran ideales y borboteó entre sus acompañantes un murmullo encantado. Ahora que sabían por dónde iban los tiros ya podían permitirse mostrarse efusivos en su admiración.

A Holger le pareció un buen momento para mostrar el busto de Hitler. Era una reproducción excelente, pero aun así poseía cierto potencial de provocación: tenía los labios de arcilla fruncidos, la mandíbula apretada y levantada, la viva imagen de la belicosidad.

—Es bueno —declaró.

Holger inspiró llenándose los pulmones de una sensación de alivio.

—Pero cerciórese de que permanezca exactamente así: no hay que estropearlo vidriándolo, eso es muy importante. —Miró a la secretaria y le espetó—: ¡Venga, anótelo, Fräulein!

Holger abrió paso hasta una mesa auxiliar en la que había varios platillos de temporada: una suerte de limpiador de paladar, puro en su simplicidad. Himmler fue examinándolos uno tras otro, pasándoselos al oficial, que emitió varias exclamaciones al ver las diferentes divisas. Al final, Himmler se dirigió a Holger y le tendió un plato con una rueda solar en el centro y un lema escrito alrededor: «Meine Ehre heißt Treue», Mi honor es la lealtad.

—Vamos a usar la rueda, es más apropiada para el invierno y me gusta su elegancia. Aun así, la antorcha tiene un no sé qué… La puerta de mi despacho está flanqueada por dos grandes huecos. Quiero ese motivo en un par de vasijas.

Holger asintió.

—Por supuesto, Reichsführer, será un placer.

Al cabo, llamó la atención de los invitados sobre la hilera de seis cajas.

—Estas piezas forman parte de una alianza entre Allach y la artista Frau Holz. Es una colección de animales pintados a mano inspirados en sus cuadros.

Miró brevemente de soslayo a Max, que permaneció con la mirada baja.

Himmler echó un vistazo alrededor:

—¿Está aquí?

Holger se dirigió a él bajando el tono de voz:

—Lamento decirle que, según me han informado, la señora no se encuentra bien. Ha tenido que ir a someterse a un tratamiento.

Himmler arqueó una ceja sin mucho interés.

—Pobre Holz, no tiene mucha suerte con sus esposas.

Holger retrocedió un paso e invitó a los seis caballeros a abrir una caja por barba. Volvió a mirar de reojo a Max, que seguía allí plantado, inmóvil como una estatua.

A los hombres de uniforme los entusiasmó que los invitaran a participar; echaron mano a las tapas y las levantaron, ansiosos por ver lo que había dentro. El primero emitió un grito ahogado, y luego lo hizo el segundo. Entonces se alzó un coro de exclamaciones, esta vez sin matizar, sino expresadas libremente. Todos se inclinaron para examinar las piezas que tenían delante con mayor atención. Max se había superado y el detalle exquisito de las pinceladas de Bettina las realzaba más incluso. Aunque ya estaba familiarizado con ellas, Holger las vio como por primera vez. No eran dóciles mascotas; de algún modo habían captado algo salvaje sobre su naturaleza. Tras el desfile blanco y vacío de platos, bustos y cuencos, estas criaturas poseían una vitalidad de color que refulgía bajo el vidriado.

Himmler levantó el conejo del lecho y le dio la vuelta resiguiendo con la yema del dedo la firma de Bettina junto al emblema de las SS. Luego se paseó por delante de la mesa levantando una pieza tras otra para sostenerlas a la luz: el tordo cantor en la rama, con el pico abierto de par en par como si en cualquier momento fuera a ponerse a trinar. Todos y cada uno de los filamentos de las plumas eran delicados y nítidos. El ratón, presto a huir sobre sus ágiles patitas, las orejas rosas tan finísimas que las atravesaba la luz.

Himmler asentía para sí, a todas luces satisfecho con lo que veía. Se volvió hacia Holger y le dio una palmada en la espalda.

—Todo un triunfo, Herr Ostendorff. Tenemos que asegurarnos de que el Führer las vea en persona.

Sonrió de oreja a oreja a los hombres encantados de que su querido líder estuviera al tanto del papel que habían desempeñado en semejante logro; en plena guerra, tenía sentido sumarse a las buenas noticias siempre que fuera posible. Estalló una salva de aplausos que Himmler pareció aceptar para sí mismo con una modesta inclinación.

En ese momento, Holger se dio cuenta de que había un alboroto justo delante de la puerta. Los guardias que los habían escoltado hasta el estudio estaban apiñados en torno al Außenkommandoführer conferenciando entre susurros. La conversación se caldeó e hizo que se girase más de una cabeza. Al quedar privado de su atención, Himmler se revolvió contra el ofensor.

—¿A qué viene esta interrupción?

—Disculpe, Reichsführer.

El Außenkommandoführer cruzó la sala hacia él. Holger vio que llevaba algo en la mano, un conejito de porcelana sobre una losa de mármol. Incluso a distancia, reconoció el estilo.

El conejo de porcelana era anatómicamente perfecto y de color blanco alabastro, lo que propiciaba que el largo tajo rojo en mitad del animal resultara más llamativo incluso. Daba la impresión de que lo hubieran abierto en canal desde la garganta hasta la entrepierna, dejando una herida tan oscura que era casi negra. Se derramaban sobre la plancha vísceras ensangrentadas y entrañas de un gris azulado que relucían como si estuviesen húmedas.

Himmler frunció el entrecejo.

—¿Qué significa esto?

El Außenkommandoführer se volvió e hizo un gesto a los soldados para que se acercaran.

—Los guardias han descubierto un alijo de estas…

Los dos hombres se adelantaron, cada cual con una creación de porcelana en la mano, sus colores brillantes y formas escorzadas confusas por completo al principio. Había un pájaro cantor en una rama ensangrentada, la corteza envuelta en papel de prensa. Era similar al pájaro encaramado sobre la mesa, salvo por la piel de un rosa puro a la vista bajo el ala, donde se había arrancado su propio plumaje intentando desesperadamente escapar del pegamento cristalino que lo retenía.

El segundo soldado sostenía una caja de pino que recordaba a un sencillo ataúd de madera. Tendido en ella había un cuervo de porcelana azul petróleo y negro que descansaba sobre un lecho de rocas. Le coronaba el cráneo una herida mellada de color carmesí donde una piedra se lo había partido.

Holger no sabía cómo reconciliar esta visión con las demás

figurillas: se quedó mirando el conejo sobre la plancha de mármol, los ojos vidriosos bordeados de sangre y los rastros de lágrimas herrumbrosas marcados en el pelaje. Las cuatro patas de la criatura estaban clavadas como si lo hubieran crucificado.

El guardia de pelo entrecano le murmuró a su comandante:

—Hay más abajo, Reichsführer…

Aunque Himmler le daba la espalda, Holger se dio cuenta de que el hombre menudo se erguía, la columna vertebral ahora recta como un ariete, refrenando su esencia misma. Sus acompañantes observaban las piezas de porcelana, asqueados y sin acabar de entender, pero Himmler parecía comprender plenamente la amenaza que implicaban. Tenía la cara pálida de furia y la mirada clavada en Holger.

—¿Puede explicármelo, Ostendorff?

—No puedo, Reichsführer. Nunca había visto nada de esto. No tienen nada que ver con la clase de trabajo que habíamos encargado.

—Y, sin embargo, aquí están, en una fábrica bajo su dirección artística… —Su voz sonó amenazadora. Se volvió hacia el guardia—: ¿Dónde las han encontrado?

—En el sótano, Herr Direktor.

—Así pues, saldrá a relucir el culpable. ¿Quién trabaja ahí, Holger? Quiero nombres.

Por el rabillo del ojo, Holger percibió el movimiento de alguien que se adelantaba. Le corrió por las venas un pánico frío e intentó menear la cabeza de manera imperceptible, pero Max dio otro paso más decidido.

Himmler se volvió hacia él con un atisbo de reconocimiento.

—Te conozco.

Su tono fue ominoso: a nadie le convenía que lo conociera.

—Soy Max Ehrlich.

A Holger casi se le doblaron las rodillas; notó una sensación de ingravidez, de separación de su propio cuerpo.

—Esto es obra mía, de nadie más. —Max dio la impresión de

flaquear un instante y luego reunió más fuerzas—: Los hice y los escondí en las vigas. Pregúnteselo a los guardias y le confirmarán que los han encontrado ahí. Robé el trabajo de Frau Holz y luego le di un nuevo uso para mostrar al mundo lo que nos ocurre en este cementerio. Soy el fabricante de porcelana de Dachau y esta es mi colección.

Tomó aliento, pero antes de que tuviera ocasión de hablar otra vez, el hombre de gafas cruzó la distancia que los separaba y levantó la pistola para asestarle un golpe que lo derribó al instante. Himmler se quedó plantado sobre Max con la respiración agitada, los dedos apretados en torno al tambor de la pistola, los nudillos blancos, el pelo repeinado hacia atrás caído sobre la cara formando una amplia cortina grasienta.

Max se puso de rodillas y levantó la cara. Abrió la boca para volver a hablar, una mancha escarlata en los dientes, pero la violenta réplica de la pistola lo silenció. La primera bala le perforó el pecho y dejó una florecilla roja en el blanco de la bata, como una mancha de pintura o una rosa de las que se llevan en el ojal. Floreció allí lentamente antes de que otra se sumara a ella, ambas con los rebordes negros y mellados. Una tercera bala lo alcanzó en el corazón y lo dejó doblado. La cuarta le atravesó el pómulo justo debajo del remanso oscuro de su ojo, de varias brazas de profundidad y reluciente. Esa lo hizo volverse de lado y lo derribó. No alargó la mano para salvarse porque no había nada que salvar. Se quedó allí tendido, con los ojos abiertos, pero sin ver nada ya. Y todavía lo sacudieron una quinta y una sexta balas, aunque no le quedaba ni pizca de vida.

Consumido por una saña que ni siquiera seis disparos podían saciar, el hombre de gafas se volvió hacia el guardia que tenía el conejo de porcelana. Se lo arrebató y lo lanzó contra el suelo. Descargó sobre él la empuñadura de la pistola una y otra vez, un mazo de ira que lo dejó hecho añicos. La dura arcilla explotó hacia lo alto, metralla vidriosa que surcó el aire. Con gruñidos de esfuerzo carentes de palabras, levantó el brazo una y otra vez sin que su ira llegara a disiparse; una fuente de furia que se renovaba de manera incesante y no se avino a parar hasta que sencillamente no quedó nada.

En la quietud lacerante que siguió, el aire se llenó de polvo, motitas de arcilla que descendían a través de un haz de luz. Se fueron posando despacio sobre el cuerpo quebrado de Max como polen que cayera un día de verano.

21

Para cuando Holger hubo concluido su relato, había dejado de llover y el apartamento estaba en penumbra. El sol poniente reflejaba un rubor rosado sobre los tejados y los edificios de estuco de la zona antigua de la ciudad. Lotte estaba sentada con el brazo en torno a los hombros de su madre y las dos miraban los rescoldos del fuego. Transcurrieron unos minutos. En algún lugar del apartamento sonó un reloj.

Clara, que tenía la cabeza empañada de imágenes tan nítidas que más parecían recuerdos, fue la primera en romper el silencio.

—Siempre había estado convencida de que no noté la ausencia de un padre cuando crecía: ¿cómo vas a echar en falta algo que nunca tuviste? Pero ahora sé cuánto me perdí. Daría cualquier cosa por haberlo conocido.

La voz de Holger sonó densa de emoción.

—En ese instante creo que pensó que no tendría esa oportunidad. Lo hizo por tu madre y por Ezra, y por mí. Cargó con la culpa y encajó las balas para salvarnos a todos. De haber tenido fe, quizá esta le hubiera dado fuerzas para luchar y seguir adelante. Habrías sido para él el sol, la luna y las estrellas; las dos lo habríais sido.

—¿Le importa si le preguntó qué fue de usted, Herr Ostendorff…, después?

Puesto que solo era una silueta sentada, Lotte no alcanzaba a distinguir su expresión.

—Se me consideró culpable por asociación; me detuvieron y me mandaron a Dachau, aunque solo unos meses. Himmler me perdonó en persona a condición de que volviese a dirigir la fábrica. Mi castigo solo era necesario en tanto en cuanto contribuyera a sus objetivos.

—No sé cómo lo soportó; cómo lo soportó nadie. —La voz de Lotte era poco más que un suspiro.

—Para eterna vergüenza mía, estuve enfadado con Max un tiempo, furioso de que se hubiera sacrificado por voluntad propia. Pero tras la temporada que pasé en el *Lager*, el campo de Dachau, entendí mucho mejor lo que había sobrellevado. Yo nunca sufrí sus pérdidas. De haberlas padecido, seguro que habría hecho lo mismo.

Holger alargó la mano y encendió la lámpara de mesa. Resplandeció en el interior de la cúpula de vidrio blanco una luz cálida que le iluminó la cara, tallada en pena y pesar. Se levantó y reunió fuerzas para acercarse a un gabinete alto que dominaba el espacio entre las ventanas. Abrió un par de puertas de roble taraceadas. Atinaron a ver el brillo apagado de lo que había dentro: un solo estante cubierto de fragmentos rotos de porcelana.

—Ezra barrió los restos de las colecciones de Max y Bettina, tanto la oficial como la subversiva. Los guardó a salvo y me los dio antes de marcharse a América. A cambio, yo le di una de las pocas figuritas del vikingo que quedaban. Parece perfectamente apropiado que os condujera de regreso hasta mí.

—Así pues, la colección de porcelana y los planos arquitectónicos de Oma, ¿eran obra de Max?

Holger asintió.

—Al final, lo único que dejamos a nuestro paso es arte y amor.

Clara notó que empezaban a resbalarle las lágrimas, abrumada por la pérdida, por el amor y la ira de resultas de todo lo que le habían arrebatado. Se tapó la cara y Lotte se inclinó hacia ella, preocupada.

—¿Estás bien, mamá?

Clara meneó la cabeza con vehemencia.

—No lo entiendo. ¿Por qué me ocultó todo esto? ¿Por qué me escondió la existencia de mi padre, cuando es evidente que lo era todo para ella?

Holger fue a sentarse a su lado.

—Yo me hacía la misma pregunta. Fui a buscaros a las dos, después de la guerra. Localicé el sanatorio al que la enviaron y le escribí, pero no obtuve respuesta. Luego, unos meses después, llegó un telegrama invitándome a que os visitara en la casa del lago. Vivisteis allí un tiempo, antes de mudaros a Londres.

Asomó a la superficie un recuerdo fantasma: la luz del sol moteando a colores un árbol inclinado cuyas ramas caían lánguidas sobre el agua resplandeciente.

Holger continuó:

—Recuerdo sentarme en un césped que descendía hacia la orilla del agua. Tu madre y yo mirábamos cómo nadabas en el lago. Cuánto te parecías a él, ya entonces. —Alargó la mano para coger la de ella con fuerza—. Tu madre pensó que podría ahorrarte el tormento de perder a tu padre cargando con él ella sola. Max se había sacrificado por todos nosotros y creyó, con razón o sin ella, que ella debía hacer lo mismo por ti. En aquel entonces me cuestioné su decisión, pero creo que ahora la comprendo: no podía soportar dejar atrás la tristeza. No quería dejarlo ir.

Sus ojos azul pálido buscaron los de ella, suplicantes.

—Tienes que entenderlo, Clara: eras lo único que la mantenía anclada al mundo. Escogió vivir por ti, pero murió con él aquel día.

22

Lago de Starnberg
Verano de 1946

Holger miraba a Bettina mientras ella removía una cucharada de hielo en un vaso de limonada provocando un tintineo contra el vidrio. Se lo tendió y volvió a sentarse. Notó sus ojos sobre él mientras miraba a Clara jugar en el agua zambulléndose como una nutria, un cerco de ondas cada vez más amplias en torno a ella.

—¿Ves el parecido?

Él asintió.

—No supone el consuelo que igual crees.

El sol proyectaba marcadas sombras bajo la sombrilla, el ambiente denso por efecto del calor de la tarde. Apenas una leve brisa agitaba la superficie del agua; solo los chapoteos de Clara y las olas que lamían la orilla perturbaban la quietud. Bettina se estaba abanicando; llevaba un vestido de playa de algodón amarillo encima del traje de baño blanco, y los ojos protegidos por gafas de sol, un estilo que había adoptado en Italia. Holger seguía mirando con los párpados entrecerrados cómo la luz danzaba sobre el agua y se reflejaba en las ramas de los árboles.

—Qué tranquilidad reina aquí —comentó.

—¿Tú crees? Podemos darnos un baño luego, si te apetece. Refrescarnos. He de confesar que a mí siempre me ha parecido un lugar más bien estirado y formal, pero si te interesa, voy a venderlo. Necesitamos empezar de cero, lejos de aquí. Por el bien de ambas.

—¿Adónde iréis?

—Adonde podamos; no importa mucho por lo que a mí respecta, ninguno de esos lugares nos brindó un refugio seguro cuando lo necesitábamos. Lo irónico es que, gracias a Karl, ahora tengo todo el dinero que preciso para conseguirlo.

—¿Te lo dejó todo?

—Así es. Después de que me dieran el alta del hospital, volví aquí. No tenía ningún otro sitio donde ir. Se negó a concederme el divorcio, pero al menos me devolvió a Clara. Solo descubrí el contenido del testamento después de que se quitara la vida. Habían cambiado las tornas de la guerra para entonces y vio lo que se avecinaba. Cambió el testamento por el bien de Clara. Yo desde luego no lo esperaba. Y Liesl tampoco, si a eso vamos.

Holger soltó un bufido.

—La conocí, ¿sabes? Fui a verla a Múnich, cuando desapareciste. Fue ella quien me dijo que te habían hospitalizado.

—Imagino que disfrutó al hacerlo. Tanto como disfruté yo al decirle que Karl no le había dejado nada.

—¿Y qué hay de tu familia? ¿Qué fue de ellos?

Ella lo miró por encima de las gafas.

—Mi madre murió en el cuarenta y cuatro, pero lamento decir que *liebe* Albrecht sigue con nosotros. Lo arrestaron y está pendiente de juicio. No creo que salga bien parado, teniendo en cuenta toda la gente a la que perjudicó a lo largo de los años. ¿Adivinas adónde lo mandaron?

Él negó con la cabeza. A Bettina se le curvaron hacia arriba las comisuras de la boca, aunque no hubiera cabido describirlo como una sonrisa.

—A Dachau. Lo han convertido en una prisión para criminales de guerra y miembros de las SS. Averiguar que lo habían detenido y encarcelado allí me produjo la mayor satisfacción que sentía desde hacía años.

—Ya me lo imagino —respondió secamente.

Él notó que lo estaba observando, aunque con las gafas oscuras era difícil saberlo. Intentó mantener un tono tan despreocupado como el de ella.

—Bueno, ¿cómo convencieron a los médicos de que habías enloquecido?

Aunque la pregunta le había estado pesando mucho, siguió mirando hacia otro lado porque no quería ver el efecto que le causaba.

—No tuvieron que hacerlo, pasó a ser un simple hecho. Después de que asesinaran a Max, me interrogaron los *Kameraden* de mi hermano. Querían averiguar si había estado al tanto de su plan. Me obligaron a renegar de él. Si no lo hubiera hecho, me habrían matado y Clara se habría criado con Karl. —Tomó un sorbo de limonada con mano trémula—. Si me hubiera bastado con desearlo para que ambas dejáramos de existir, no estaríamos aquí ahora.

Holger contempló el agua con una sensación de frío pese al calor que hacía. «Esto es un velatorio —pensó—. Por Max y todo lo que hemos perdido».

—Me llevó meses comenzar siquiera a recuperar la cordura después de aquello. Ahora no recuerdo gran cosa, a decir verdad. Seguramente, mejor así. Karl costeó el mejor tratamiento, la terapia electroconvulsiva. Es el no va más en Italia. Me restituyó, por decirlo de alguna manera.

—Me alegra que así fuera.

—Sí. Supongo que sí.

Alargó la mano y se quedó mirándola.

—Todavía siento la corriente pasando a través de mí. No he sido capaz de dar ni una sola pincelada desde entonces. Supongo que no lo volveré a hacer. —Frunció el ceño al ver la angustia que reflejaba el rostro de Holger—: No te preocupes, forma parte de mi penitencia. Es lo menos que me merezco.

—No tienes nada que expiar. Todos sentimos nuestra parte de culpa.

—Ya, pero ¿tenemos todos manchadas las manos con la sangre de los dos hombres que más amábamos? Quizá no.

—Eso sencillamente no es verdad.

—Ah, ¿no? Max dio su vida para protegerme y lo acribillaron como a un animal. Richard, mi queridísimo amigo, fue asesinado por mi marido celoso. Todo por mi causa. —Parecía displicente y distanciada de lo que estaba describiendo—. Siempre hubo mala sangre en mi familia. Intenté huir de ello, pero ¿cómo iba a poder hacerlo si llevaba el veneno dentro? Somos producto de lo que corre por nuestras venas.

—En ese caso, Max continúa aquí, en Clara.

—Que es lo único que me hace seguir en esta tierra. Es lo único que queda de él, y mientras me necesite, me tendrá, aunque no creo que vaya a servirle de mucho. He de confesar que compadezco a todo aquel que haya tenido la mala fortuna de que yo lo quiera.

Bettina tomó una larga bocanada de aire y la expulsó lentamente mientras la risa de Clara flotaba a ras del agua como una semilla a lomos del viento.

—¿Qué le contarás cuando sea mayor? —preguntó él.

—Todavía no lo sé. Quiero protegerla de la horrible verdad y darle la oportunidad de que sea feliz. El daño que le provocaría entender lo que le fue arrebatado, la maldad de la que es capaz la gente… Cómo ninguno de nosotros puede seguir adelante sabiéndolo es algo que escapa a mi comprensión.

—Pero el hombre también es capaz de gran bondad, de sacrificio.

Ella arrugó el entrecejo con determinación:

—Y Max fue el mejor ejemplo de ello, pero Clara no llegó a conocerlo. Es cruel hasta la saciedad. Incalificable e inhumano.

—No puedes protegerla de ello por completo, tendrá que saber la verdad algún día.

—¿Quién decidió que la verdad era de alguna manera un absoluto moral? Algo así no es neutro, es insensible y sádico y no pienso lastimarla así. Ella es inmaculada, lo único bueno en el mundo entero; el último vestigio de él, que solo me tiene a mí para protegerla.

Holger palideció.

—Es una carga muy grande que llevar.

—Y debo llevarla yo sola. Que le arrebataran algo tan valioso… Quizá sea más compasivo que nunca lo sepa.

La calima ondeaba pesadamente en el aire y el zumbido de los insectos perturbaba el silencio. Bettina respiró profundo otra vez y puso ambas manos en las rodillas.

—Ya basta. No puedes estar oyéndome divagar así todo el día.

Se levantó y saludó con la mano a la niña que chapoteaba en el agua.

—Clara, cariño, voy a bañarme.

Se volvió hacia Holger y sonrió, esta vez con todo el rostro.

—¿Me esperas? No tengo del todo claro que regrese a menos que sepa que estás aquí. Sencillamente siento la necesidad de sumergirme, de dejar que el agua se lo lleve todo.

Mientras hablaba, se quitó el vestido de playa de algodón por la cabeza y lo tiró a la hierba. Volvió la vista hacia el agua en movimiento del lago, donde la luz que se reflejaba la cegó y proyectó unas ondas sobre su rostro. Fue a la orilla del agua y empezó a meterse. El lago estaba frío como la muerte; agachó la cabeza y se zambulló.

EPÍLOGO

Pinakothek der Moderne München
(Museo de Arte Moderno, Múnich)

Queda usted invitado a una visita privada a EL FABRICANTE DE
PORCELANA DE DACHAU: UNA EXPOSICIÓN DE ARTE DEGENERADO.

Entre las obras en préstamo está *El vikingo*, un cuadro de
Bettina Vogel antaño admirado por el Partido Nazi y considerado emblemático del realismo romántico alemán, que como aquí
se ve ocultaba un retrato expresionista perteneciente a la poco
conocida fase vanguardista de la pintora.

La capa superior muestra al vikingo como ideal ario. Debajo
hay un retrato anterior de Max Ehrlich, una visceral representación cromática de un hombre judío. La artista y el modelo
tuvieron una relación de por vida, atajada por el asesinato de él
a manos de Heinrich Himmler en 1942, cuando estaba prisionero y trabajaba en Porzellanmanufaktur Allach, una sección del
campo de concentración de Dachau.

El retrato dual se revela en toda su complejidad dramática
gracias a que su hija, Clara Vogel-Ehrlich, ha autorizado al departamento de restauración del museo a disolver parte de la capa
superior de *El vikingo* a fin de devolver la vida al retrato original.

El cuadro se expone junto con una retrospectiva de la obra de la artista y piezas escogidas de Max Ehrlich y Lotte Woolf:

El conejo de Gudrun y otras obras
Figuritas de porcelana esculpidas por Max Ehrlich entre los años 1938 y 1942, en préstamo de las colecciones privadas de Clara Vogel-Ehrlich y Holger Ostendorff.

Esquemas del Refugio del Bosque
Max Ehrlich 1936-1938
Dibujos arquitectónicos provisionales a lápiz, tinta negra y acuarelas en color sobre papel.

Gólems
Técnicas mixtas de Lotte Woolf, 1994
Una reconstrucción imaginada de las obras subversivas del colectivo artístico El Fabricante de porcelana de Dachau, formado por Max Ehrlich y Bettina Vogel.

AGRADECIMIENTOS

Easton, mayo de 2023

Aunque ubicada en una época y un lugar al que autores y lectores vuelven una y otra vez, *El fabricante de porcelana* es una obra de ficción. Parece territorio conocido, y aun así hay mucho que ignoramos acerca de los detalles específicos de esos tiempos. He hecho todo lo posible por ser precisa, pero no soy una experta y seguro que habré pasado por alto algún detalle. Mientras que ciertos personajes históricos, instituciones y lugares se basan en la realidad, otros se derivan de la pura imaginación. Gudrun y Heinrich Himmler fueron del todo reales, aunque no puedo atribuirme entender sus entresijos. Gudrun fue de visita a los campos de concentración con su padre y viajó a Dachau en primavera de 1941, pero fui yo quien decidió enviarla a las conejeras. Los propios conejos y sus jaulas con calefacción están debidamente documentados: Himmler crio 65 000 ejemplares en los distintos campos por todo el Reich y tenía álbumes de fotografías encuadernados en piel de angora de sus animales preferidos. Porcelana Allach y el subcampo de Dachau Porzellanmanufaktur Allach sin duda existieron, y esta última usaba mano de obra forzada de los campos; sin embargo, Bettina, Max, Richard, Holger y demás nunca fueron de carne y hueso fuera de estas páginas.

En el transcurso de mi investigación resultaron de un valor incalculable muchas personas y recursos.

Gracias en particular a Dmitri Abrahams y Richard Freedman de The Cape Town Holocaust & Genocide Centre, que tanto me ayudaron.

A la Wiener Holocaust Library, David Irwin y Ben Barkow, que se mostraron increíblemente generosos al compartir sus recuerdos de la biblioteca en otros tiempos.

A Albert Knoll y al Comité Internacional de Dachau, que trabajan sin descanso para garantizar que los crímenes cometidos en el campo de concentración de Dachau y sus subcampos no caigan en el olvido.

A The United States Holocaust Memorial Museum, un recurso de valor incalculable que dio vida a infinidad de cosas, desde objetos hasta testimonios de supervivientes. Y crucialmente, a los supervivientes del Holocausto que compartieron sus recuerdos con el mundo de manera que nunca olvidemos lo que soportaron.

Quiero dar las gracias a los artistas de Ucrania por su imponente ejemplo del papel vital que desempeña el arte en la comunicación de las consecuencias de la guerra. Espero que esta novela sirva como recordatorio de la humanidad de todos los refugiados. Si las naciones del mundo los hubieran acogido con mejor disposición a finales de la década de 1930, quién sabe cuántos millones habrían sobrevivido.

Escribir *El fabricante de porcelana* no habría sido posible sin un equipo tremendamente brillante de gente inteligente y simpática como guías, cuyos sabios consejos han hecho de este libro un texto mucho más entretenido de lo que hubiera sido de otro modo.

Ante todo, esta historia sencillamente no existiría sin el inestimable Walter Iuzzolino, mi mentor y amigo. Si yo soy la madre de la historia, él es el padre, y su ADN figura en todas y cada una de sus páginas. Walter me inspiró la confianza para intentar ponerme a escribir y su apoyo y asesoría constantes me han impulsado a seguir adelante a las duras y a las maduras. Es una fuerza de la naturaleza y un ser humano extraordinario; no puedo agradecerle lo suficiente todo lo que ha hecho. Cuánto me alegro de haber tenido el sentido común de aferrarme a ti hace tantos años, querido mío.

Jo McGrath es amiga mía desde hace muchas décadas, un apoyo y una lectora increíblemente generosa y atenta; sin la absoluta inspiración y la consejera tan enormemente compasiva que es Jo, nada de esto habría sido posible. No puedo expresar la deuda de gratitud que tengo por todo el tiempo que me has brindado y la fe que has tenido en mí.

Clare Hey y Louise Davies de Simon & Schuster, gracias a las dos por ayudarme a coger la tosca arcilla del primer borrador y darle forma; vuestra sabiduría y experiencia hicieron que todo fuera mucho mejor. Habéis demostrado una paciencia y comprensión tremendas y os estoy agradecida de veras por esta oportunidad.

Charles Spicer, de St. Martin's Press: he recibido tu entusiasmo y energía con sumo agradecimiento. Las palabras amables y los magníficos consejos supusieron una diferencia enorme a la hora de perfilar esta novela y no puedo agradecerte lo suficiente todo el esfuerzo para hacerla llegar a un público más amplio.

Cari Rosen no es solo una editora fantástica, sino también una vieja amiga; la sincronía quiso que nuestros caminos volvieran a cruzarse en este momento para inmensa fortuna mía. Te desviviste por ayudarme en mis esfuerzos a la hora de contar esta historia. Ha sido un privilegio escribirla, inmensamente mejorada por tus consideradas y generosas aportaciones en una fase tan vital.

También estoy muy agradecida a todos los equipos creativos que respaldan la novela, desde los encargados de los preciosos diseños de portada hasta los de prensa y marketing, pasando por producción y ventas: muchísimas gracias por vuestro maravilloso trabajo.

A todos mis amigos y familiares, gracias por mostrarme tanto apoyo y aliento en este proyecto disparatado.

Philip Nockles, amor mío. Me permites disponer del tiempo y del espacio suficientes para dedicarme a esto y nunca habría sido posible sin tu sustento, en todos los sentidos imaginables. Has tenido una paciencia interminable, has asumido muchísimo y sacrificado lo indecible para hacerme sitio, por lo que te estoy agradecida de verdad. Gracias, Cosita, mi discreto paladín en todo momento. Gracias por tu paciencia, tu apoyo y toda la diversión; no habría empezado y no podría haber acabado sin ti.

A mi hija, Esme, querida ratoncita. Gracias por toda la inspiración que me has dado. Espero que algún día leas esta novela y me perdones todos los ratitos que fui hurtando para escribirla. Para mí eres el sol, la luna y las estrellas.

A mi madre, a quien se lo debo todo, incluido el amor a la lectura, la escritura y al arte, y a tantas otras cosas más: eres una inspiración y mi mayor animadora y te quiero muchísimo. Y a mi maravillosa hermana, que completa el aquelarre: no habría podido pedir una hermanita mejor, siempre, siempre me has respaldado y te adoro. Cuánto nos quiero.

A mi brillante hermano: qué agradecida estoy de que llegaras a mi vida. Te quiero muchísimo. Y a Liz por ser la perfecta cuñada, eternamente dispuesta a mostrar bondad y apoyo. Qué suerte tuve contigo y con Merv.

Muchísimos amigos merecen que les dé las gracias por leerme y animarme, como mi mejor amiga de por vida Shaheen y mi ahijada Rania, además de las chicas del pueblo: Heather, Charlie, Dionne, Natalie, Fi, Leila y Sophie.

Gracias en especial a Rebecca por dedicar horas a oírme perorar acerca de Bettina, Max y Richard, y ayudarme a que cobraran vida, y a Catherine, que tan generosamente me brindó su experiencia, su apoyo y sus considerables conocimientos de alemán.

A Edmund de Waal, cuya obra fue una inmensa fuente de inspiración. Y a Dan Snow, cuyos libros y programas de radio supusieron una puerta de acceso a tantas historias rara vez contadas de este periodo. Gracias a Elizabeth Haynes, Rebecca Horsfall y Claire Fuller por su sabiduría y generosidad con una ingenua.

«Para viajar lejos no hay mejor nave que un libro».

EMILY DICKINSON

Gracias por tu lectura de este libro.

En **penguinlibros.club** encontrarás las mejores
recomendaciones de lectura.

Únete a nuestra comunidad y viaja con nosotros.

penguinlibros.club